Rachel Linden
Dreimal du und ich

RACHEL LINDEN

Dreimal du und ich

ROMAN

Aus dem amerikanischen Englisch von
Charlotte Lungstrass-Kapfer

dtv

MIX
Papier | Fördert gute Waldnutzung
FSC® C083411

Deutsche Erstausgabe

Titel der amerikanischen Originalausgabe:
›The Magic of Lemon Drop Pie‹
2022 erschienen bei Berkley.
An Imprint of Penguin Random House LLC
Umschlaggestaltung: FAVORITBUERO, München
Umschlagmotive: shutterstock.com / © VICUSCHKA;
Maite Tiscar; sergio34 und Maly Designer
Redaktion: Angela Kuepper
Gesetzt aus der Stempel Garamond
Satz: Greiner & Reichel, Köln
Druck und Bindung: CPI books GmbH, Leck
Printed in Germany · ISBN 978-3-423-26362-7

Für Dr. Kathryn A. Smith, die echte Tante Gert.
Auch wenn du mir keine Zitronenbonbons geschenkt hast,
hast du mir doch neue Welten eröffnet.
Dafür bin ich dir unglaublich dankbar.

1

Mein Leben ist eine Zitrone.

Wieder einmal mit dieser Wahrheit konfrontiert, beugte ich mich über die kalte Rührschüssel und verwandelte durch kräftiges Schlagen Eiweiß und Zucker in eine steife Masse für die Baiserhaube.

»›Lollys Lebensziel Nummer zwei‹«, las meine Schwester Daphne laut vor. Sie saß auf einem Hocker auf der anderen Seite des glänzenden Arbeitstisches aus Edelstahl in der Küche unseres kleinen Restaurants. Kurz überflog sie die Liste der ambitionierten Wunschvorstellungen meines viel jüngeren Ich, die ich als Schülerin mit violettem Glitzergelstift und einer Menge Optimismus in meinem Tagebuch festgehalten hatte.

»›An einem spektakulären Ort mein eigenes Restaurant haben.‹« Skeptisch blickte sie zu mir herüber. »Ob die Leitung unseres Familiendiners in Magnolia da wohl zählt?«

»Ich glaube nicht, dass ich dänisches Wohlfühlessen in einem alten Diner vor Augen hatte, als ich das schrieb«, antwortete ich und bedachte sie mit einem schiefen Blick. Im Grunde war so einiges in meinem Leben nicht so, wie ich mir das vorgestellt hatte, als ich diese Liste angelegt hatte. Mit neuem Elan widmete ich mich dem Rührgerät.

Draußen vor den Sprossenfenstern schummelte sich gerade ein perlweißer Schimmer in die winterliche Dunkelheit. Der Morgen brach an. Vermutlich würden die Wolken für einen feinen Nieselregen sorgen, der den ganzen Tag anhielt. Der Winter in Seattle war gegen Ende oft nass, kalt und dauergrau. Normalerweise liebte ich diese Tageszeit – Kuchenbackzeit, ganz allein in der Küche mit ernsthaftem Arbeitseifer und Tanya Tuckers wehmütigem Gesang im Radio –, aber nicht heute. Heute passte das Wetter hervorragend zu meiner Laune.

»›Nummer drei: mich verlieben.‹« Wieder unterbrach sich Daphne und starrte angestrengt auf die Seite. »Du hast da noch etwas an den Rand geschrieben. ›Er sollte aussehen wie Freddie Prinze junior oder Brad Pitt.‹« Leicht verwirrt zog sie die Nase kraus. »Wer ist Freddie Prinze junior?«

»Hast du nie *Eine wie keine* gesehen? Hm, dafür bist du wahrscheinlich zu jung.« Ich schob eine lose Strähne zurück in meinen hoch sitzenden Pferdeschwanz. »Das waren die Neunziger. Freddie war ganz der verträumte Typ, ein totaler Mädchenschwarm.« Ich widmete mich wieder meiner Eiweißmasse, die nun von selbst stand und schaumige weiße Spitzen bildete.

Daphne starrte weiter auf das Blatt. »Wozu hast du diese Liste damals überhaupt erstellt?«

Ich schloss die Augen und wurde sofort in das Klassenzimmer der Siebten zurückkatapultiert, durchtränkt von Hormonen und dem Gefühl der Unbesiegbarkeit, hatte wieder den Geruch des alten Linoleums und der heranwachsenden Jungen mit zu wenig Deodorant in der Nase, ergänzt durch den Duft der Mädchen mit übertrieben viel fruchtigem Bodyspray.

»Für Ms. Beesons Englischkurs. Wir sollten aufschreiben, welche Ziele wir im Leben hatten, sozusagen einen Plan für die nächsten zwanzig Jahre machen. Was schon irgendwie irre war, da die meisten von uns mit dreizehn noch so gut wie überhaupt nicht vorausschauend waren. Aber sie war ein großer Fan von Plänen. Von Bleistiftröcken und Plänen.«

»Sehr ehrgeizig jedenfalls«, befand Daphne, nachdem sie noch einen Blick auf die Liste geworfen hatte.

»Eigentlich ziemlich traurig, wenn man sie aus heutiger Sicht liest«, stellte ich leichthin fest.

»Wieso traurig?«

Ich schaltete den Mixer aus. »Nächsten Monat werde ich dreiunddreißig. Es ist jetzt fast zwanzig Jahre her, dass ich diese Liste zusammengestellt habe, und ich habe keinen einzigen Punkt davon erfüllt.« Obwohl ich das ganz nüchtern sagte, versetzte mir die Erkenntnis einen schmerzhaften Stich. Zwar hatte ich seit Jahren nicht mehr an die Liste gedacht, trotzdem war es enttäuschend, dass ich nicht einmal eines dieser Ziele erreicht hatte.

Daphne klappte das Tagebuch zu und warf es auf die Arbeitsfläche, dann streckte sie ihren jungen, geschmeidigen, in Yogaklamotten gehüllten Körper. Dabei glitt ihr glänzendes braunes Haar über ihre Schultern. Rein äußerlich betrachtet, war diese Haarfarbe unsere einzige Gemeinsamkeit. Daphne kam nach unserem Dad, sie war klein, sehnig und durchtrainiert, hatte die Figur einer Tänzerin. Ich hingegen vertrat den dänischen Part der Familie, die Seite unserer Mutter: hochgewachsen, kurvig, mit breiten, ausgeprägten Wangenknochen. Nachdem sie von ihrem Hocker geglitten war, musterte meine Schwester mich abschätzend. »Willst du all das denn immer noch?«

»Freddie Prinze junior ist wirklich gut gealtert. Ich mag diesen Silberfuchs-Look.« Grinsend verteilte ich die Eiweißmasse auf der gelben Füllung der sechs vorbereiteten Zitronenkuchen und wich so der eigentlichen Frage aus. Ich war mir nicht sicher, ob ich überhaupt eine Antwort darauf hatte oder es riskieren konnte, genauer über eine solche nachzudenken. Meine Träume und persönlichen Wünsche hatte ich vor rund zehn Jahren aufgegeben. Diesen Luxus konnte ich mir einfach nicht mehr leisten.

Daphne warf einen Blick auf ihr Telefon und quiekte alarmiert. »Ich muss in fünfzehn Minuten eine Vinyasa-Stunde geben.« Hastig riss sie die Tür des Gastro-Kühlschranks auf und nahm sich einen Apfel. »Ich habe bis halb fünf Unterricht, aber dann komme ich und helfe euch beim Abendgeschäft. Damien kann mich fahren.«

Sie war im ersten Jahr ihrer Tanzausbildung am Cornish College of Arts in Seattle und gab nebenbei Yogaunterricht, um für einen Teil der horrenden Studiengebühren aufkommen zu können. Ihr Freund Damien studierte ebenfalls an der Cornish. Seufzend wischte ich mir die Hände an meiner grünen, mit weißen Punkten verzierten Fünfzigerjahre-Rüschenschürze ab – der Standardbekleidung im Diner, seit ich denken konnte.

»Hilfe beim Abendgeschäft wäre prima. Tante Gert und ich schaffen die Tische kaum allein.«

Bei der Erwähnung unserer temperamentvollen Großtante wechselten wir einen vielsagenden Blick.

»Okay, dann bis heute Abend.« Daphne öffnete die Hintertür und warf mir eine Kusshand zu. »Hab dich lieb.«

Ich fing den Luftkuss auf und drückte ihn an meine Wange. »Ich dich mehr.« Diese Verabschiedung hatte unsere Mutter uns beigebracht, als wir klein gewesen waren, und wir hatten sie bis heute beibehalten.

Daphne verschwand, streckte dann aber noch einmal den Kopf durch die Tür und sagte nachdenklich: »Weißt du, es wäre nicht zu spät, um die Liste abzuarbeiten, wenn du das immer noch willst.«

Ich winkte ab. »Und wer soll dann hier alles am Laufen halten? Wer wäre der Kleister, der das Ganze zusammenhält?«

»Ich wusste, dass du das sagen würdest.« Sie verzog das Gesicht. »Und genau das werden sie auch in deinen Grabstein meißeln, wenn sie dich irgendwann alt, grau und tot auffinden, mit dem Gesicht in einem deiner Zitronenbaiserkuchen. ›Ich war der Kleister.‹«

Welch ein schrecklicher Gedanke. Und traurigerweise nicht einmal besonders weit hergeholt. Ich streckte Daphne die Zunge heraus.

»Bist du nicht eigentlich spät dran?«

Das entlockte ihr einen leisen Schrei, und sie stürzte hektisch davon, während ich ihr mit einer Mischung aus mütterlicher Zuneigung und schwesterlicher Verzweiflung hinterherblickte. Da sie zwölf Jahre jünger war als ich, war Daphne erst zehn gewesen, als Mom gestorben war. Also hatte ich versucht, diese Lücke in ihrem Leben bestmöglich zu füllen. Und an manchen Tagen hatte ich beinahe den Eindruck, dass es mir gelungen war.

In der nun stillen Küche widmete ich mich wieder dem Ei-Schnee und türmte ihn mit der Rückseite eines großen Löffels zu dekorativen Spitzen auf. Dann überprüfte ich noch einmal alle sechs Kuchen. Gut, die Baiserhaube reichte überall bis zum Rand. Das verhinderte, dass das Baiser hinterher anfing Tropfen zu bilden, als würde es weinen – eine besondere Tücke des Schaumgebäcks. In den vergangenen zehn Jahren hatte ich beinahe täglich sechs Zitronenbaiserkuchen gebacken. Mein Dad Marty, der Küchenchef unseres Diners, kümmerte sich mit seinem Hilfskoch Julio um das gesamte restliche Essen, aber ich machte unseren berühmten Kuchen, den besten in ganz Seattle. Denn nur ich kannte das Geheimrezept meiner Mutter. Sie hatte es mich auswendig lernen lassen, am Abend bevor sie gestorben war.

Nachdem ich die Kuchen in den riesigen Ofen geschoben hatte, stellte ich den Timer und sah kurz auf die Uhr. Noch eine Stunde, bis um acht das Restaurant öffnete. Bald würden Dad und Julio kommen und mit den Vorbereitungen für den Abend beginnen. Mein Tagebuch lag noch immer auf der Arbeitsfläche, ein Gruß aus der Vergangenheit mit grellbunten Einhörnern, die über einen farbenfrohen, mit Sternen überzogenen Regenbogen sprangen. Mit dreizehn hatte ich das Lisa-Frank-Tagebuch mit dem schrill-fröhlichen Cover geliebt, dessen linierte Seiten nur darauf zu warten schienen, mit den Träumen und Wünschen meines jungen, idealistischen Herzens gefüllt zu werden. Daphne hatte es vor ein paar Tagen wiedergefunden, als sie in einer Kiste mit Kindersachen von uns gekramt hatte.

Wehmütig strich ich mit den Fingern über den Einband, hin- und hergerissen zwischen dem Bedürfnis, es loszuwerden oder aufzuschlagen und jede einzelne Zeile zu verschlingen. Vielleicht könnte ich so für einen kurzen Moment noch einmal das Gefühl genießen, vor einer unendlichen Anzahl von Möglichkeiten zu stehen, und mich der naiven Annahme hingeben, dass die Dinge Realität werden könnten, wenn ich einfach nur fest genug daran glaubte … Heute kam mir der Gedanke beinahe dreist vor. Und doch war er irgendwie auch reizvoll.

Ich schniefte kurz. Unter dem sich langsam ausbreitenden Zitrusduft der backenden Kuchen glaubte ich einen

Hauch von Bedauern zu riechen, stechend und bitter wie Rosmarin. Schnell schaltete ich das altmodische CD-Radio am Fenster ein, suchte nach einem klassischen Countrysender und öffnete die Hintertür, um ein wenig frische Luft hereinzulassen. Ich bekam allerdings nur einen kalten, nassen Windstoß ab, der den herben Geruch von Traurigkeit mitbrachte, schwer und salzig wie das Meer. Also schloss ich die Tür wieder und drehte dafür das Radio lauter. Gegen Shania Twains Rockabilly-Girlpower hatte die Nostalgie keine Chance.

Ich nahm das Tagebuch, verließ die Küche und legte es in der zu einem Büro umfunktionierten Speisekammer auf meinen Schreibtisch. Dann zog ich mit einem Ruck die Tür zu. Ich hatte eine Familie zu versorgen und musste einen Diner am Laufen halten, der ganz schön zu kämpfen hatte. Da blieb keine Zeit für Nostalgie oder Reue.

2

»Ist der frische Kaffee schon fertig?«, bellte Tante Gert und schob sich durch die Schwingtür in die Küche. Wir hatten seit einer Stunde für Frühstücksgäste geöffnet. »Norman verlangt bereits Nachschub.« Missbilligend schnalzte sie mit der Zunge.

»Die Kanne müsste eigentlich voll sein, ich habe die Maschine vorhin angestellt.« Dad blickte von seinem Schneidebrett auf, auf dem sich die Kartoffelwürfel auftürmten. Julio und er steckten mitten in den Vorbereitungen für das Tagesgeschäft. Nun streckte ich den Kopf aus der Tür meines Minibüros, in dem ich gerade wieder einmal über den deprimierenden Bilanzen brütete.

»Ich kümmere mich drum.«

Unsere Frühstückskarte war einfach gehalten und bestand eigentlich nur aus dem Gebäck von Petit Pierre, der französischen Bäckerei in unserer Straße. Dazu gab es den typisch mittelmäßigen Diner-Kaffee, der gratis nachgeschenkt wurde. So war der morgendliche Ansturm leicht in den Griff zu bekommen, obwohl der Begriff »Ansturm« nicht mehr ganz zutreffend war, da in den letzten Jahren lediglich ein magerer Strom an Kundschaft vor dem Mittagessen den Weg in unseren Gastraum fand. Und in den trüben Wintermonaten ging das Geschäft sogar noch schlechter.

Tante Gert nickte mir hoheitsvoll zu. »Vielen Dank.«

Heute trug sie einen orangefarben gemusterten Kaftan, der mit so vielen Holzperlen bestickt war, dass sie bei jeder Bewegung klapperten. Auf ihrem feinen weißen Haar thronte ein dazu passender Turban. Zusammen mit ihrer Hakennase und den eisblauen Augen erweckte sie den Eindruck eines reich geschmückten Raubvogels. Eines Falken vielleicht.

Dr. Gertrude Lund, meine Großtante mütterlicherseits, war achtzig Jahre alt und eine angesehene emeritierte Professorin für Religionswissenschaften und Mythologie, die vor knapp zwei Jahren aus New England in das winzige Cottage in unserem Garten übergesiedelt war. Sie zeichnete sich aus durch eine äußerst willensstarke, fast schon von Starrsinn geprägte Persönlichkeit, einen absurden Modegeschmack und einen messerscharfen Verstand. Und obwohl ihre sauertöpfische Art sie so gar nicht für den Beruf der Kellnerin qualifizierte, bestand sie darauf, uns im Diner zu helfen. Ihren Beitrag zu leisten, wie sie es nannte. Unsere Stammgäste hatten gelernt, das dumpfe Knarzen ihrer orthopädischen Schuhe zu fürchten.

Ich holte die Kaffeekanne von ihrem Platz neben der Küchentür, und Tante Gert folgte mir in den Gastraum. »Der alte Kauz haut euch doch übers Ohr. Kommt jeden Morgen her und blockiert stundenlang einen ganzen Tisch, während er nur eine lausige Tasse Kaffee bestellt.« Sie spitzte die Lippen und sah mit finsterer Miene zu Norman hinüber, der wie immer an seinem üblichen Tisch an dem großen Sprossenfenster saß.

»Ich glaube, er ist einfach nur einsam. Immerhin ist es noch kein Jahr her, dass Mabel gestorben ist«, rief ich meiner Tante ins Gedächtnis. Ich hatte eine gewisse Schwäche für Norman und spendierte ihm regelmäßig Kuchen vom Vortag, wenn wir welchen übrig hatten. Trauer war mir nicht fremd, und auch wenn ein Stück Kuchen den Schmerz über den Verlust seiner Frau nicht lindern konnte, wusste ich doch aus Erfahrung, dass kleine freundliche Gesten der reinste Balsam für verwundete Herzen sein konnten.

Tante Gert hingegen räusperte sich empört. »Du bist viel zu weichherzig, meine Liebe«, stellte sie fest. Dann fuhr sie mit erhobener Stimme fort, damit Norman sie am anderen Ende des Raumes auch hören konnte: »Weißt du, was die Bhagavad Gita über gierige Menschen sagt? Wollust, Zorn und Gier bilden die drei Tore zur Hölle. Nicht meine Worte, sondern die des heiligen Krishna.«

»Was für ein herzerwärmender Gedanke.« Ich ging an einem Paar mittleren Alters in Wanderkleidung vorbei, das in einer der Nischen saß und unser Gespräch neugierig verfolgt hatte. Tante Gert stapfte in ihren so gar nicht zum Outfit passenden schwarzen Schnürschuhen hinter mir her.

Im hellen Morgenlicht wirkte der Diner pittoresk, aber auch ein wenig heruntergekommen.

Vom Glanz des einst warmen goldbraunen Holzbodens war nicht viel übrig, nachdem jahrzehntelang Gäste darübergelaufen waren. Die minzgrünen Paspeln an den mit weißem Kunstleder überzogenen Sitznischen waren stellenweise ausgefranst, aber insgesamt war dem Diner ein großer Teil seines nostalgischen Charmes erhalten geblieben.

Das schlicht Eatery genannte Restaurant befand sich im Besitz meiner Familie, seit meine Großeltern mütterlicherseits es in den Fünfzigerjahren als frisch gebackenes Ehepaar eröffnet hatten. Als Anzahlung für den kleinen Laden hatte das für die Hochzeitsreise gesparte Geld gedient. Er lag direkt an der Hauptstraße des reizenden Örtchens Magnolia, in einer ruhigen Gegend westlich von Seattle, die an drei Seiten vom Puget Sound umschlossen wurde. Magnolia war die Art von Ort, in dem die Nachbarn kurz vorbeischauten und einem ein Pfund Manila-Muscheln schenkten, wenn sie vom Muschelsammeln am Hood Canal zurückkehrten. Ein Ort, in dem man jedes Mal Bekannte traf, wenn man sich samstagmorgens bei Petit Pierre anstellte, um Schokocroissants zu kaufen, und in dessen Buchhandlung – dem Magnolia Bookstore – stets die perfekte Empfehlung auf einen wartete, sobald man durch die Eingangstür trat.

Ich liebte Magnolia und das Restaurant. Immerhin war ich in diesem Diner aufgewachsen, hatte zwischen den Kunstlederbänken und Barhockern meine ersten Schritte gemacht, immer an dem langen weißen Resopaltresen entlang. Hier war ich zu Hause. Nun atmete ich tief ein, roch den jahrzehntealten Duft von starkem, bitterem Kaffee und rissigem Kunstleder, überlagert von einem Hauch frischen Zitronenbaiserkuchens. Den Geruch meiner Kindheit.

»Guten Morgen, Norman.« Ich füllte seine Kaffeetasse auf.

»Morgen, Lolly.« Norman kämpfte gerade mit einem Zuckerpäckchen.

»Darf ich dir helfen? Die können wirklich verzwickt sein.« Ich riss den oberen Rand des Päckchens ab und reichte es ihm.

Norman nahm den Zucker entgegen und tätschelte mir dir Hand. »Du bist ein gutes Mädchen, Lolly. Und bildhübsch. Warum hat dich nicht schon längst irgendein Kerl eingesackt?«

»Sie ist doch kein Linsengericht im Sonderangebot. ›Eingesackt‹, also wirklich«, schnaubte Tante Gert hinter mir abfällig. Sie war meines Wissens nie verheiratet gewesen und eine überzeugte Verfechterin der Frauenrechte. Bei einer Kundgebung hatte sie sogar einmal mit Gloria Steinem auf dem Podium gestanden.

Ich verkniff mir ein Lächeln und antwortete so neutral wie möglich: »Momentan habe ich keine Zeit für die Liebe, Norman. Mit meiner Familie und dem Diner habe ich alle Hände voll zu tun.«

Nachdem er mich einen Moment lang mit wässrigen Augen gemustert hatte, blickte er angestrengt über meine Schulter hinweg, als versuchte er, sich an etwas Bestimmtes zu erinnern.

»Was ist denn aus diesem Jungen geworden, der so verknallt in dich war? Hat vor einigen Jahren hier gearbeitet, hat Tische abgeräumt, glaube ich. So ein netter junger Mann, sehr höflich. Hatte Haare wie ein glänzender Penny. Wie hieß er noch gleich?«

Mein Mund war plötzlich wie ausgetrocknet. Diesen Namen hatte ich seit Jahren nicht mehr laut ausgesprochen.

»Rory. Rory Shaw.«

Sofort hellte sich Normans Miene auf. »Genau. Er schien völlig hin und weg von dir zu sein. Mabel hat immer gesagt, er sei die Sonnenblume und du die Sonne. Wann immer du den Raum betreten hast, hat er sich dir zugewandt, als würde er dem Licht folgen, meinte sie.«

Ich schob mir meine Vintage-Cat-Eye-Brille höher auf die Nase und gab mir alle Mühe, eine ausdruckslose Miene aufzusetzen. Dabei spürte ich, wie Gert und Norman mich neugierig musterten. In Wahrheit hatte Rory genau diesen

Impuls bei mir ausgelöst. Wir waren beide die Blume des anderen gewesen, beide die Sonne. Auf der Liste der Dinge, die ich in meinem Leben bereute, stand Rory Shaw mit Abstand auf dem ersten Platz.

»Manches soll wohl einfach nicht sein«, sagte ich schließlich mit einem schmalen Lächeln und versuchte, Normans Kommentar als belanglos abzutun, auch wenn Rorys Name mir einen feinen bedauernden Nadelstich ins Herz versetzt hatte.

»Na ja, hoffentlich lernst du bald mal wieder jemanden kennen. Mabel und ich waren fast sechzig Jahre verheiratet, und wir waren so glücklich miteinander. Ein solches Glück hast du auch verdient, Lolly.«

Ich nickte leicht verdrießlich. Was hatte dieser Tag nur an sich, dass er mich ständig mit meinen unerfüllten Hoffnungen und Wünschen konfrontierte? »Vielleicht lande ich ja eines Tages einen Glückstreffer«, erwiderte ich.

Als ich hochblickte, bemerkte ich, dass Tante Gert mich mit schmalen Augen musterte. Der Blick, den sie mir unter ihrem gefältelten Turban hervor zuwarf, war so durchdringend, als wäre ich ein mysteriöser Code, den es zu knacken galt.

»Ja, vielleicht«, stimmte sie mir bedächtig zu. »Oder du schlägst einen ganz anderen Weg ein.«

Überrascht sah ich sie an. Das hatte irgendwie bedeutungsvoll geklungen. Dabei konnte sie doch gar nichts von der Lebensliste in meinem Büro wissen. Ich wich ihrem scharfen Blick aus, befürchtete plötzlich, sie könnte mich durchschauen. Könnte die Enttäuschung in mir sehen, die Sehnsucht. Heute fühlte ich mich extrem verwundbar, quasi nackt. Es wurde höchste Zeit, dass ich mich zusammenriss.

»Sag mal, Lolly, habt ihr zufällig noch Kuchen von gestern übrig?«, fragte Norman hoffnungsvoll. »Ich denke, heute könnte ich ein Stückchen zu meinem Morgenkaffee vertragen.«

»Aber sicher, Norman. Lass mich kurz nachsehen.« Ich ging zu der Kuchenkühlvitrine, die direkt am Eingang stand, um möglichst viele Gäste in den Laden zu locken. Diese Strategie hatte mehr als sechzig Jahre lang gut funktioniert. Am Ende des Tages blieb kaum Kuchen übrig. Auch heute lag nur noch ein einsames Stück Zitronenbaiserkuchen auf dem Servierteller hinter der Scheibe. Als ich es für Norman herausnahm, überfiel mich eine so lebhafte Erinnerung, dass ich mich einen Moment lang nicht rühren konnte. Genau hier hatte ich gestanden, als ich Rory Shaw das erste Mal gesehen hatte.

3

Neunzehn Jahre zuvor
Juli

Lolly, das ist Rory, der Sohn der neuen Nachbarn, von denen ich dir erzählt habe.« Meine Mutter stand vor der Kuchenvitrine. Ihre Hand ruhte auf der Schulter eines Jungen, der ungefähr in meinem Alter sein musste. »Er ist gerade vierzehn geworden, ihr werdet euch also bestimmt schnell anfreunden.«

Ich ließ den Glasreiniger sinken, mit dem ich die Vitrinentür putzte, und sah mir den Neuankömmling an. Er war groß und schlaksig, und seine Hose war ein wenig zu kurz, so als wäre er über Nacht ein Stück in die Höhe geschossen, ohne dass es jemand bemerkt hätte. Seine braunen Haare hatten einen kräftigen roten Schimmer, wie ein neuer Penny, der noch schön glänzte. Sie waren so kurz geschnitten, dass sie am Hinterkopf ein wenig abstanden. Dazu Sommersprossen und warme braune Augen. Sah er jetzt blöd aus oder cool? Ich konnte mich nicht entscheiden. Vielleicht ein wenig von beidem.

Als ich ihn ansah, vollführte mein Magen eine Art Purzelbaum. Anders als meine beste Freundin Ashley, die seit der fünften Klasse ständig einen neuen Freund an ihrer Seite hatte, interessierte ich mich noch nicht für Jungs. Aber Rory hatte etwas an sich, das mich sofort anzog. Irgendwie wirkte er vertraut, ihn anzusehen war wie ein warmes Kaminfeuer an einem kalten, verregneten Nachmittag. Nein, das war keine Liebe auf den ersten Blick zwischen mir und Rory Shaw. Aber wir mochten uns auf Anhieb. Sehr sogar. Völlig verunsichert trat ich einen Schritt zurück. Ich war dreizehn – das hieß Pferdeschwanz, ein kaum ausgefüllter Sport-BH und spitze Ellbogen. Jungs waren absolutes Neuland für mich.

»Brauchst du Hilfe?«, fragte er und zeigte auf den Glasreiniger in meiner Hand. Seine Augen hatten die Farbe von Rootbeer, bemerkte ich nun, und irgendwie war sein Blick ähnlich prickelnd.

»Okay.« Ich zeigte ihm, wie er die Zeitung knüllen musste, und dann putzten wir gemeinsam die Sprossenfenster des Gastraums, während unsere Mütter an einem der Tische zusammen Kaffee tranken. Meine Mom gab jedem von uns einen Quarter, und wir suchten uns abwechselnd etwas in der Jukebox aus. Diese Maschine hatten meine Eltern sich geleistet, als sie in ihrem ersten Ehejahr das Restaurant übernommen hatten. Meine Mutter liebte klassische Countrymusik, und sie hatten die Box günstig von einer Westernbar in Tacoma erstanden, die gerade pleitegegangen war. In einen Diner, der dänische Spezialitäten servierte, schien die Jukebox irgendwie nicht ganz zu passen, aber das hatte meine Mutter nie gekümmert. Sie hatte immer einige Münzen in der Tasche, um jederzeit Nummer C9 hören zu können, Tanya Tucker mit *What's Your Mama's Name*. So war ich mit Johnny Cash, Hank Williams, Loretta Lynn und ihren Liedern über Liebe, Leid und Herzschmerz aufgewachsen, während meine Mutter ihren Gästen *flæskesteg* als Tagesgericht servierte.

Ich entschied mich für F4, Dolly Partons *I Will Always Love You,* was ich damals für den tragischsten und romantischsten Song aller Zeiten hielt. Anschließend wählte Rory etwas von Johnny Cash. Neben der Musik bekam ich mit, wie meine Mutter Rorys Mom Nancy fröhlich Löcher in den Bauch fragte. Die Shaws waren in der ersten Juliwoche aus der Bay Area in das Haus aus den Fünfzigern gezogen, das genau auf der anderen Straßenseite stand. Und meine Mom – selbst ernanntes Begrüßungskomitee der Nachbarschaft – hatte ihnen prompt einen Zitronenrührkuchen vorbeigebracht und sie eingeladen, mal im Diner vorbeizuschauen. Was sie an diesem Nachmittag dann auch getan hatten. Am Ende ihres Gesprächs überlegte meine Mutter bereits, Rory als Abräumhilfe einzustellen, sobald er alt genug dafür wäre, und hatte die Familie Shaw für das kommende Wochenende zum Essen zu uns eingeladen. Meine Mutter verplante gerne das Leben anderer Leute.

Während unsere Mütter sich unterhielten, arbeiteten Rory und ich schweigend vor uns hin. Er war schlaksig, aber nicht tollpatschig. Erstaunlicherweise schien er sich in seiner Haut vollkommen wohlzufühlen. Das machte es leicht für mich, in seiner Nähe zu sein, und ich atmete befreit auf. Dabei nahm ich seinen Duft wahr: frisch gewaschenes Fußballtrikot und darunter ein Hauch sauberer Jungenschweiß. Und dann war da noch etwas, eine Nuance, die mich an Eichenlaub und den süßen Sonnentee denken ließ, den meine Mutter im Sommer auf der Terrasse ansetzte. Immer wieder sah ich verstohlen zu ihm hinüber. Wenn sich unsere Ellbogen berührten, jagte das kleine Stromstöße durch meinen Arm, die bis in den Magen kribbelten. Eigentlich wischten wir bloß Fingerabdrücke von einem Fenster, aber ich hätte ewig weiterputzen können, solange ich dabei nur neben ihm stand.

Das war der Anfang.

4

Drei Uhr morgens, und ich stand wieder in der Küche des Diners und rollte mit gereizten, kraftvollen Stößen sechs Teigstücke für die Kuchen aus. Stundenlang hatte ich mich im Bett hin und her gewälzt, bevor ich den Gedanken an Schlaf aufgegeben, mein kleines Mansardenzimmer verlassen und mich an unserer schnarchenden Bassethündin Bertha vorbeigeschlichen hatte, um dann zu Fuß durch die stillen, kalten Straßen von Magnolia zur Eatery zu wandern. Jetzt bereitete ich die tägliche Kuchenration vor und hörte dabei leise Johnny Cashs *Greatest Hits*, um mein aufgewühltes Herz zu besänftigen. Ich bekam diese dämliche Liste einfach nicht mehr aus dem Kopf.

Immer wieder wanderte mein Blick zu dem Tagebuch hinüber, das neben der französischen Butter auf der Arbeitsfläche lag. Die fröhlich hüpfenden Einhörner ahnten nichts von dem Aufruhr in meinem Innern. Nachdem ich mir die Hände an der Schürze abgewischt hatte, schlug ich die Seite auf, die Daphne vorgelesen hatte. In violettem Glitzer sprang mir die Liste entgegen:

Lollys Lebensziele

1. In einem anderen Land leben.

2. An einem spektakulären Ort mein eigenes Restaurant haben.

3. Mich verlieben.

4. Meiner Familie dabei helfen, für immer vereint und glücklich zu sein.
5. Ein eigenes Pferd.

*

Der letzte Punkt entlockte mir ein reuiges Lächeln. *Ein eigenes Pferd.* Dieser Wunsch hatte sich verflüchtigt, als ich irgendwann meinen Führerschein gemacht hatte, doch in meinen frühen Teenagerjahren hatte ich noch von einer Reitkarriere geträumt.

Punkt Nummer vier ... Meiner Familie dabei helfen, für immer vereint und glücklich zu sein. Der unbeschwerte Optimismus dahinter ließ mich schmerzlich zusammenzucken.

»Wie sich herausgestellt hat, liegt es nicht in unserer Macht zu entscheiden, ob unsere Lieben sicher oder glücklich sind«, erklärte ich meinem jüngeren Ich leise. Zehn Jahre nachdem ich diese Liste verfasst hatte, hatte sich unsere kleine glückliche Familie in einen Scherbenhaufen verwandelt, da uns der Dreh- und Angelpunkt unseres Lebens genommen worden war.

Aber die restlichen drei ... Ich fuhr die geschwungenen Buchstaben von Punkt eins und zwei mit dem Finger nach. *In einem anderen Land leben. An einem spektakulären Ort mein eigenes Restaurant haben.* Ich hatte tatsächlich immer davon geträumt, in einem anderen Land zu leben. Während meines ersten Studienjahrs an der Portland State University hatte ich ein Auslandssemester in London absolviert und mich dabei bis über beide Ohren in England verliebt. Eine Zeit lang hatte ich sogar dorthin ziehen und ein Restaurant eröffnen wollen.

»Toast.« Wieder ein Name, den ich seit Jahren nicht laut ausgesprochen hatte. Er stand für meine Wunschvorstellung von einem Café: vielschichtig und ein wenig verschroben (so wie ich), spezialisiert auf nachhaltige, regionale Bioprodukte. Selbst heute noch konnte ich das Traumbild des hellen, weitläufigen Ladens mit diesem gewissen Retrochic vor meinem inneren Auge heraufbeschwören: ein Ort, an dem Menschen zusammenfanden, ein Ort der Ruhe und Entschleunigung. Dort sollte gutes, einfaches Essen geschätzt werden, dazu Wein aus der Region und entspannte Gespräche über Bücher oder Filme. Dabei ging es nicht nur darum, den Leuten schmackhafte Gerichte zu servieren; der Besuch sollte zu einem Erlebnis werden, das die Gäste stärker mit Mutter Erde und miteinander in Verbindung brachte, das Dankbarkeit und Besonnenheit förderte. In jedem Bissen sollten schlichte Freude und Herzensgüte stecken.

»Toast. Gemeinsam genießen.« Leise sagte ich den Slogan auf, den ich in einem Marketingkurs am College mühevoll erarbeitet hatte. Manchmal dachte ich heute noch sehnsuchtsvoll an England und an den Traum vom Toast zurück. Er war nie Wirklichkeit geworden, denn das Leben hatte mir dazwischengefunkt. Nach Moms plötzlichem Tod war ich nach Hause zurückgekehrt und geblieben. Mein Dad und die damals zehnjährige Daphne wären niemals allein zurechtgekommen, also hatte ich nach Kräften versucht, Moms Platz im Diner und in der Familie auszufüllen.

Nun sah ich mich in der Küche um. Ja, ich hatte getan, was ich konnte, doch an vielen Tagen schien das einfach nicht genug zu sein. In Wahrheit störte mich so einiges an meiner Rolle im Diner: die ewige Buchhaltung, die sich ständig ändernden behördlichen Vorschriften, dazu all die Kleinigkeiten, die nötig waren, um den täglichen Betrieb möglichst reibungslos am Laufen zu halten. Ich verfügte über eine Menge Verantwortungsgefühl und Organisationstalent, aber ich war nicht sonderlich erpicht darauf, die Hintergrundlogistik eines angeschlagenen Diners zu stemmen. Das war meilenweit von dem entfernt, was ich mir mit meinem Restaurant namens Toast erträumt hatte. Aber nach Moms Tod hatte ich nun mal keine andere Wahl gehabt. Dad litt unter einer schweren Form von Dyslexie; zwar konnte er allein mit Panzerband und einer Tüte einen Rohrbruch reparieren und außerdem leckere *karbonader* auf den Grill hauen, aber die geschäftliche Seite des Diners war wie Buchstabensuppe für ihn. Und Daphne war noch so klein gewesen, als wir Mom verloren hatten. Zu jung, um all die Pflichten zu schultern, die unsere Mutter uns hinterlassen hatte. Niemand außer mir hatte ihren Platz einnehmen können. Also war ich eingesprungen.

Abrupt legte ich das Tagebuch weg und kehrte zu meinem Teig zurück. Lebensziele waren schwierig. Aber Kuchen backen konnte ich. Ich schob die Teigkreise in die eingefetteten Aluminiumformen, drückte mit schnellen Kniffen die Kanten zurecht, legte Backpapier darüber und beschwerte es mit Kuchengewichten. Nachdem ich den Timer eingestellt hatte, schob ich die Formen in den Ofen, um die Böden vorzubacken. Dann schlug ich fünf große Eier auf, trennte Dotter und Eiweiß und stellte Letzteres beiseite, da ich es später für die Baiserhaube brauchte. Im Radio stimmte Johnny in typisch rauem Ton *I Walk the Line* an.

Ich verrührte bei mittlerer Hitze Wasser, Zucker, Maisstärke, Salz, Zitronensaft und Zitronenzesten miteinander.

Laut Moms Geheimrezept wurden nur Meyer-Zitronen verwendet, da sie dem Kuchen ein süßeres, volleres Aroma verliehen. Das war einer ihrer Tricks. Das und die europäische Butter. Da sie einen höheren Fettgehalt hatte als amerikanische, machte sie den Boden knuspriger.

»Was sind die drei Geheimzutaten, die unseren Zitronenbaiserkuchen zum besten der Welt machen, Lolly?« In der Nacht vor ihrem Tod hatte sie mir alles eingetrichtert, hatte mich jede Zutat wiederholen lassen, jeden Arbeitsschritt, bis sie schließlich sicher gewesen war, dass ich alles aus dem Effeff aufsagen konnte.

»Die drei Geheimzutaten sind Meyer-Zitronen, europäische Butter und ein Blättchen Zitronenmelisse, das mit in den kochenden Sirup gegeben wird«, hatte ich an ihrem Krankenbett sitzend aufgezählt. Schon damals hatte ich die erstickende Trauer gespürt, und mit jedem Wort hatte mich die Last der Verantwortung stärker niedergedrückt.

Zitronenmelisse war für ein Kuchenrezept eher ungewöhnlich, aber Mom hatte immer gerne mit essbaren Blüten und Kräutern gekocht und gebacken. Von ihr hatte ich alles gelernt, was ich darüber wusste. Jetzt streckte ich die Hand nach dem kleinen Topf mit der Zitronenmelisse aus, der auf dem Fensterbrett an der Spüle stand, und zupfte vorsichtig ein Blättchen ab.

»In der Sprache der Blumen steht die Zitronenmelisse für Mitgefühl und Fröhlichkeit«, hatte sie mir einmal erklärt. »Also trägt jeder Bissen dieses Kuchens dazu bei, den Tag ein wenig fröhlicher zu machen.«

Ich zerdrückte das Blatt zwischen den Fingern und atmete seinen Duft ein, vielleicht half es ja. Doch ich hatte kein Glück. Schließlich ließ ich das Blatt in den Topf fallen und rührte weiter. Jedes Mal, wenn ich diese Kuchen backte, glaubte ich, Moms Anwesenheit zu spüren. Sie hatte Zitronen geliebt – ihren herben, frischen Duft und ihre fröhliche Farbe. Manchmal schnitt sie eine Zitrone auf und roch einfach nur daran.

»Weißt du, Lolly«, sagte sie dann glücklich, »durch Zitronen wird jeder Tag ein bisschen schöner. Sie enthalten eine Prise Küchenmagie, und wir brauchen schließlich alle etwas Zauber in unserem Leben.« Da sie die Schalen oft zwischen ihren Fingern verrieb, rochen ihre Hände immer nach Sommersonnenschein. Aber nach ihrem plötzlichen Tod und allem, was dann passiert war, hatte ich Zitronen nicht mehr viel Positives abringen können. Heute standen sie für mich viel eher für Pflicht und Verlust.

Das flüssige, trübe Gebräu in meinem Topf war ungefähr so ansprechend wie Spülwasser. Doch in ein paar Minuten würde es eindicken und fröhlich vor sich hin köcheln. Schon jetzt stieg ein verführerischer Duft aus dem Topf auf, eine Mischung aus dem sauren Geruch des Zitronensafts und der Süße des schmelzenden Zuckers, mit einem Hauch von Zitronenmelisse. Fröstelnd lehnte ich mich an den Herd; in der voll gefliesten Küche mit ihren Stahlschränken war es morgens immer kalt. Zwar trug ich eine Jogginghose und ein Sweatshirt unter der Schürze, doch ich spürte die Kälte trotzdem. Während ich darauf wartete, dass die Masse anfing zu köcheln, spähte ich verstohlen zu der Liste hinüber, die noch immer offen auf dem Arbeitstisch lag. Mein Blick scheute vor allem vor Nummer drei zurück. Dabei wusste ich ja, was dort stand: *mich verlieben*. Technisch gesehen hatte ich dieses Ziel bereits erreicht.

Sofort zogen reihenweise Bilder an meinem inneren

Auge vorbei, bunt und flüchtig wie das Feuerwerk am vierten Juli. Hellbraune Augen, um die sich feine Lachfältchen bildeten; die zimtfarbenen Bartstoppeln an seinem Kinn, die er so gerne über die zarte Haut an meinem Hals rieb, nur um mich quietschen zu hören; die besondere Anordnung der Sommersprossen auf seinen Schulterblättern; seine starken Arme, die sich um mich legten und uns nahezu nahtlos miteinander verschmelzen ließen; meine Wange an der knotigen Wolle seines Seemannspullovers; seine Lippen auf meinem Haar. Und ich hörte, wie er meinen Namen sagte, fast als wäre er die Antwort auf seine Gebete, so rau und zärtlich, dass es mich dahinschmelzen ließ wie französische Butter.

Rory Shaw. Ohne jeden Zweifel hatte ich mich in ihn verliebt. Der Weg unserer Liebe war steinig gewesen, und trotzdem hatte es mich voll erwischt, so sehr, dass ich danach Jahre gebraucht hatte, um mich davon zu erholen. Eigentlich war ich mir gar nicht sicher, ob ich mich tatsächlich davon erholt hatte. Einen Augenblick lang glaubte ich den Geruch seiner von der Sonne erhitzten Haut in der Nase zu haben und diese Mischung aus honigweichem Eichenduft von Bourbon und süßem Tee. Die Trauer umfing mich so intensiv, dass ich kaum atmen konnte. Er war der erste und einzige Junge gewesen, den ich je geliebt hatte. Der Junge, dem ich das Herz gebrochen hatte. Der Junge, der mein Herz in tausend Stücke geschlagen hatte.

Schnell beugte ich mich über den Topf, um die Füllung zu prüfen, dann trat ich vom Herd weg und tupfte mir die Tränen ab, die hinter meiner Brille aufstiegen, da ich befürchtete, sie könnten meine Zitronenmischung versalzen. Es war ein dumpfer Schmerz, die Liebe zu einem Mann, der so absolut unerreichbar war, unwiderruflich fort. Zählte es denn, wenn man sich zwar verliebte, diese Liebe dann aber ein katastrophales Ende nahm, das man selbst herbeigeführt hatte?

»Die Antwort auf diese Frage lautet mit großer Wahrscheinlichkeit Nein«, flüsterte ich, während ich versuchte, den drückenden Kloß in meinem Hals herunterzuschlucken.

So sah sie aus, die Wahrheit über mein zitronenartiges Leben. Mein dreiunddreißigster Geburtstag stand demnächst bevor, und diese violett glitzernde Liste verkündete klar und deutlich, was ich alles nicht erreicht hatte. Bittere Verzweiflung überfiel mich in meiner einsamen Küche. Wie hatte es so weit kommen können? Warum hatte ich es nicht geschafft, auch nur einen Punkt auf dieser Liste abzuhaken? Direkt über der Tür zum Gastraum hing ein Schild mit einem der Lieblingssprüche meiner Mutter. Auf dem dünnen, weißlich bemalten und auf alt getrimmten Metall stand: SCHENKT DIR DAS LEBEN ZITRONEN, MACH LIMONADE DARAUS. Die Botschaft war so altbekannt, dass sie fast schon abgedroschen wirkte, aber meine Mutter hatte sie trotzdem stets voller Hingabe umgesetzt. Sie war eine Limonadenfrau gewesen und jedem Hindernis mit forschem, tatkräftigem Optimismus begegnet. Ich wusste genau, was sie mir gesagt hätte, wenn sie jetzt hier gewesen wäre.

»Hör auf, dich über die Zitronen in deinem Leben zu beklagen, Lolly. Fang lieber an, dir zu überlegen, wie du Limonade aus ihnen machen kannst.«

Doch sie war nicht hier, und ihre Abwesenheit war der Hauptgrund dafür, dass mein Leben zu einer Zitrone geworden war. Noch einmal las ich den Spruch auf dem

Schild über der Tür, und plötzlich regte sich Entschlossenheit in mir. Als ich die Liste erstellt hatte, war ich fest davon überzeugt gewesen, all das erreichen zu können. Und bis vor zehn Jahren war ich auch auf einem guten Weg dorthin gewesen, bis mir das Leben einen Strich durch die Rechnung gemacht hatte. Es war nicht meine Schuld, dass ich durch äußere Umstände vom Weg abgekommen war. Und fair war es schon gar nicht. Aber es war nun einmal geschehen.

Jahrelang hatte ich mir eingeredet, dass ich meine Träume irgendwann weiterverfolgen würde, nur halt etwas später: wenn Daphne älter wäre, wenn das Restaurant finanziell wieder besser aufgestellt wäre, wenn, wenn, wenn. Aber irgendwie war dieser Moment nie gekommen.

Es ist noch nicht zu spät, raunte mir die Stimme meiner Mutter in Gedanken zu.

»Wo sollte ich überhaupt anfangen?«, flüsterte ich zurück.

Aber wenn ich jetzt nichts unternahm, wann dann? Noch einmal sah ich zu der Liste hinüber, und plötzlich traf ich eine Entscheidung. Auf gar keinen Fall würde ich meinen dreiunddreißigsten Geburtstag feiern, ohne meine Ziele erreicht zu haben.

»Mir bleibt noch über einen Monat«, sagte ich laut und reckte entschlossen das Kinn. Dort, in der kalten Küche mit der köchelnden Zitronenfüllung auf dem Herd und Johnnys seltsam schwermütiger Interpretation von *You Are My Sunshine* im Ohr, gab ich mir selbst ein Versprechen. »Ich werde mindestens einen Punkt auf dieser Liste abhaken, bevor ich die Kerzen auf meinem Geburtstagskuchen ausblase. Und wenn es das Letzte ist, was ich tue.«

Dann griff ich zum Löffel und rührte voller Tatendrang meine Kuchenfüllung um. Dabei versuchte ich, mich voll und ganz auf die Zukunft und all die vielen Möglichkeiten zu konzentrieren, die vor mir lagen – nicht auf die Scherben der Vergangenheit und das, was ich zurückgelassen hatte.

5

Achtzehn Jahre zuvor
Silvesterabend

An Silvester saß ich allein in meinem Zimmer und las für meinen Englischkurs *Wer die Nachtigall stört*. Die Hälfte hatte ich schon geschafft. Irgendwann wanderte mein Blick zum Fenster und hinüber auf die andere Straßenseite. In Rorys Zimmer brannte Licht. Das war merkwürdig. Eigentlich hatte ich gedacht, er wäre auf Jessica Sharmas Silvesterfeier. Jessica war das beliebteste Mädchen in Rorys Jahrgangsstufe, und angeblich schmiss sie heute eine Party für fünfzig Auserwählte. Die Einladungen waren heiß begehrt. Natürlich gehörte ich nicht zu den Glücklichen, aber selbst wenn ich eingeladen gewesen wäre, hätte ich nicht hingehen können. Ich musste heute zu Hause bleiben, da meine Eltern zusammen mit Mr. und Mrs. Shaw und den Stewarts in Green Lake Silvester feierten und sie mich dafür bezahlt hatten, dass ich auf Daphne aufpasste. Die lag inzwischen fest schlafend auf der anderen Seite des Flurs in ihrem Bett, und ich bereute es bereits, mich heute als Babysitter verpflichtet zu haben.

Ich hatte meine Freundin Ashley eingeladen rüberzukommen, damit wir uns zusammen ansehen konnten, wie um Mitternacht am Times Square der Zeitball heruntergelassen wurde, aber sie hatte am Morgen abgesagt, weil sie sich eine Magen-Darm-Grippe eingefangen hatte. Und so stand mir nun wohl das langweiligste Silvester aller Zeiten bevor. Angestrengt sah ich aus dem Fenster und versuchte, Rory in seinem Zimmer zu erspähen, doch bei ihm rührte sich nichts. Vielleicht hatte er nur aus Versehen das Licht angelassen.

Mit einem enttäuschten Seufzer wandte ich mich dem nächsten Kapitel zu, behielt dabei aber weiterhin Rorys Fenster im Auge. Nachdem die Shaws letztes Jahr gegenüber eingezogen waren, hatten sich unsere Mütter schnell angefreundet, sodass Rory und ich uns plötzlich öfter über den Weg liefen. Montags – am einzigen Tag der Woche, an dem der Diner geschlossen war – kamen die Shaws oft auf einen Spieleabend vorbei. Während die Erwachsenen dann im Esszimmer Poker spielten und Bier oder trockene Martinis tranken, schauten Rory und ich uns im Arbeitszimmer einen Film an. Rory liebte unsere alte Bassethündin Myrtle und konnte prima mit Daphne umgehen, die gerade erst laufen lernte. Ständig kroch sie auf ihm herum und steckte ihm die Fingerchen in die Ohren oder in die Nase, oder er trug sie wie ein Pferd auf seinem Rücken.

Mein bester Freund war Rory nicht – dafür hatte ich Ashley und er seine Kumpels aus dem Fußballteam der Schule. Aber wir verstanden uns gut. Rory war eine Jahrgangsstufe über mir, doch er grüßte mich immer, wenn wir uns zwischen den Schulstunden auf dem Flur begegneten. Abgesehen von den montäglichen Spieleabenden unternahmen wir eigentlich nichts miteinander, trotzdem machte es mich irgendwie glücklich, dass er gegenüber wohnte. In Rorys Gegenwart war ich nie angespannt. Bei ihm fühlte ich mich rundum wohl in meiner Haut. Wenn er da war, war die Welt immer genau richtig.

Wieder seufzte ich und sah auf die Uhr. Kurz nach elf. Mein Magen knurrte, also sprang ich aus dem Bett. Zeit für einen kleinen Snack. Vielleicht sollte ich den Fernseher einschalten und mir den Silvesterball trotzdem ansehen, auch wenn es ein wenig trist war, das allein zu tun. Leise schlich ich die Treppe hinunter, um Daphne nicht zu wecken. Myrtle schnüffelte erwartungsvoll an meinen Füßen. Sie beherrschte die Kunst des Bettelns wie keine Zweite.

Nachdem ich in der Küche Licht gemacht hatte, holte ich mir einen Teller und die Schachtel mit den Crackern. Einen ließ ich für Myrtle fallen, die mich aber nur traurig anblickte und mit dem Schwanz wedelte. Sie hoffte auf Käse.

»Heute kein Käse, meine Liebe«, erklärte ich ihr und nahm einen Apfel aus der Obstschale. Mit dem guten Gemüsemesser, das Dad jeden Monat schärfte, schnitt ich den Apfel auf. Zack, zack. Nun das Kerngehäuse rausschneiden. Ich summte eine flotte Version von *Auld Lang Syne*, während ich schnippelte. Gerade als ich beim letzten Apfelstück zum Schnitt ansetzte, rammte Myrtle ihren rundlichen, nicht einmal kniehohen Körper gegen mein Bein. Das Messer glitt durch den Apfel und durch das weiche Fleisch an meinem Daumen.

Mit einem erstickten Keuchen ließ ich Apfel und Messer fallen und umklammerte meine Hand. Die Wunde begann sofort zu bluten, tiefrot und glänzend quoll es aus dem Schnitt, lief über mein Handgelenk und tropfte auf die Arbeitsfläche. Oh nein, das war schlimm. Leicht benommen versuchte ich, einen klaren Gedanken zu fassen. Mein Herz raste, und irgendwie war mir schwindelig. Es tat höllisch weh. Myrtle, die spürte, dass etwas nicht in

Ordnung war, bellte leise und starrte verwirrt und besorgt zu mir auf.

»Oh nein, nein, nein. Mädchen, was sollen wir nur tun?« Ich schnappte mir ein Geschirrtuch und wickelte es um die verletzte Hand. Dann griff ich ungeschickt zum Telefon und rief bei den Stewarts an, bei denen meine Eltern heute feierten. Es ging niemand dran. Ashleys gesamte Familie lag mit dem Magen-Darm-Virus flach, sie konnten mir also auch nicht helfen. Ängstlich kaute ich auf meiner Unterlippe herum. Sicher war es nicht so schlimm, dass ich einen Krankenwagen brauchte, und selbst wenn ich zum Arzt müsste, konnte ich Daphne nicht allein lassen. Im Krankenwagen mitfahren konnte sie auch nicht. Das würde ihr nur schreckliche Angst machen. Ich zögerte noch eine Minute, dann rief ich drüben bei den Shaws an. Stumm betete ich, dass Rory wirklich zu Hause war. Mein Herz pochte wild, und mir wurde immer schwindliger.

Nach zweimal Klingeln nahm er den Hörer ab. »Hallo?«

Sobald ich seine Stimme hörte, war ich erleichtert. »Rory, hier ist Lolly. Ich habe mir in die Hand geschnitten, und es blutet ziemlich stark.« Plötzlich fing ich an zu weinen. »Kannst du rüberkommen?«

Kurz darauf war er auch schon da. Offenbar hatte er gerade geduscht, denn seine kupferroten Haare waren noch nass und kräuselten sich über den Ohren, außerdem trug er ein altes Fußballshirt und eine Jogginghose mit einem Loch am Knie. Ich ließ ihn herein, wobei ich die verletzte Hand über meinen Kopf hielt. Irgendwo meinte ich gehört zu haben, dass man das bei einer Blutung tun solle. Myrtle begrüßte Rory mit einem Schwanzwedeln, fiepte dann aber leise, da sie nicht begriff, was los war.

»Wie schlimm ist es?«, fragte er besorgt, während er die

Turnschuhe auszog und gleichzeitig meine Hand musterte. An manchen Stellen war das Blut schon durch das Geschirrtuch gesickert. Es sah schrecklich aus.

Ich verzog das Gesicht. »Weiß nicht. Ich habe mir den Schnitt gar nicht richtig angesehen, irgendwie stand ich unter Schock.«

Rory runzelte die Stirn. »Soll ich dich in die Notaufnahme bringen? Eigentlich darf ich nur in Begleitung eines Erwachsenen fahren, aber bei einem Notfall …« Er sah mich aufmerksam an. Inzwischen war er fünfzehn und hatte einen Lernführerschein.

Zögernd schüttelte ich den Kopf. Dabei streckte ich die verletzte Hand so weit in die Höhe, als wollte ich mich in der Schule zu Wort melden. Ich versuchte, ruhig zu bleiben und logisch zu denken. »So schlimm ist es bestimmt nicht. Hoffentlich nicht. Ich habe schon versucht, meine Eltern anzurufen, aber da ist niemand rangegangen. Daphne schläft oben, und ich weiß einfach nicht, was ich tun soll.« Wieder kamen mir die Tränen. Mein Daumen tat schrecklich weh.

»Schauen wir es uns doch einmal an, dann wissen wir, wie schlimm es ist«, schlug Rory ganz ruhig vor.

Schniefend nickte ich. »Okay.«

Er hielt stützend meinen Ellbogen und führte mich vorsichtig zur Küchenspüle, wo er behutsam das Geschirrtuch von meiner Hand abwickelte. Ich schloss ängstlich die Augen, während er die Wunde untersuchte.

»Aua«, murmelte er mitfühlend. Vorsichtig öffnete ich ein Auge, aber nur einen Spalt weit. Offenbar hatte ich mir ein Stück von meiner Daumenbeere abgeschnitten. Es war eine einfache, offene Wunde, die aber noch immer stark blutete.

»Wie schlimm ist es?«, flüsterte ich. »Muss ich genäht werden?«

Abschätzend musterte Rory die Wunde. Er hatte im Herbst einen Erste-Hilfe-Kurs gemacht, außerdem wusste ich, dass er später einmal Arzt werden wollte. »Es blutet zwar ziemlich, aber ich denke nicht, dass es viel bringen würde, das zu nähen. Eigentlich gibt es ja gar nichts, was vernäht werden könnte. Die Haut ist ab. Wir müssen die Wunde reinigen und Druck auf sie ausüben, um die Blutung zu stoppen.«

»Okay«, hauchte ich schwach. Dass er genau zu wissen schien, was getan werden musste, war eine Riesenerleichterung für mich.

»Komm, setz dich.« Er holte einen Stuhl und half mir, mich hinzusetzen, den Arm weiter über der Spüle, sodass das Blut direkt in den Abfluss tropfte. »Wo ist euer Erste-Hilfe-Kasten?« Durch seinen gelassenen Tonfall fühlte ich mich gleich viel ruhiger.

»Oben im Bad«, murmelte ich. Mir wurde schlecht, schwarze Flecken tanzten am Rande meines Gesichtsfelds. Ich stützte den Kopf gegen das Spülbecken und schloss die Augen, während Rory das Verbandszeug holte.

»Lolly, alles okay?« Plötzlich stand er wieder neben mir und beugte sich über mich. Konzentriert sah er mir ins Gesicht. Seine Hand lag auf meiner Schulter und gab mir Halt.

Ich nickte. »Glaube schon. Es tut nur so weh.«

»Ich werde die Wunde jetzt verbinden, okay?« Rory wies mich an: »Wenn du dich schwach fühlst, kannst du dich einfach bei mir anlehnen.«

Wieder nickte ich und schmiegte mich dankbar an seine Seite. Sein T-Shirt war alt und deswegen schön weich. Er roch nach Teebaumöl-Shampoo und nach Rory, nach dieser feinen Mischung aus Eichenlaub und süßem Tee, die ich jedes Mal in mich aufsaugen wollte, wenn ich ihn sah. So nah wie jetzt waren wir uns noch nie gekommen. Jeder seiner Atemzüge war mir deutlich bewusst, genau wie die straffen Muskeln, die ich an meiner Wange spürte. Es war einerseits beruhigend, ihm so nah zu sein, andererseits machte es mich aber auch nervös. Immerhin hatte ich ihn ziemlich gern. Zögerlich beugte ich mich noch ein wenig näher zu ihm.

»Das könnte jetzt etwas wehtun«, warnte er mich leise. »Aber nur für einen Moment.«

Ich stieß einen erstickten Schrei aus, als er die Wasserstoffperoxid-Lösung auf die Wunde goss. Es zischte und brodelte. Plötzlich beugte Rory sich vor und pustete auf die Wunde. »Meine Mom hat das früher immer gemacht«, erklärte er mir mit einem verlegenen Lächeln. »Keine Ahnung, ob es wirklich hilft, aber mir ging es danach immer gleich besser.«

Und seltsamerweise fühlte ich mich tatsächlich besser. Als Rory mich angrinste, konnte ich sogar schwach zurücklächeln.

»Nur noch ein paar Schritte«, tröstete er mich. Er tupfte die Wunde mit einer sauberen Kompresse ab, wickelte geschickt eine Mullbinde darum und klebte sie fest. Ich spürte, dass seine Finger bei der Arbeit leicht zitterten, und sein Atem ging schnell. Dadurch wurde mir klar, dass er ziemlich nervös war, es sich aber nicht anmerken lassen wollte. Er versuchte, stark zu sein und sich um mich zu kümmern. Krampfhaft biss ich die Zähne zusammen und schloss die Augen, um nicht zu weinen. Ich wollte auch stark und tapfer wirken.

»Okay, das war's.«

Vorsichtig öffnete ich die Augen wieder. Rory schob gerade den Abfall in den Mülleimer, darunter auch das blutige Geschirrtuch. Das Blumenmuster war vermutlich sowieso nicht mehr zu retten. Dann packte er das Verbandsmaterial zurück in den Erste-Hilfe-Kasten. Und schon sah es aus, als wäre nie etwas passiert.

»Vielen Dank.« Ich musterte meinen verbundenen Daumen. Er hatte jetzt den Umfang und die Form eines Hühnerbeins. »Willst du noch etwas bleiben und dir mit mir den Silvesterball ansehen?« Inzwischen war es kurz vor Mitternacht.

»Gerne. Ich sollte sowieso noch einmal überprüfen, ob die Blutung wirklich aufgehört hat, bevor ich gehe.« Rory führte mich ins Wohnzimmer, schaltete den Fernseher ein und suchte NBC, wo die Silvesterfeier am Times Square übertragen wurde. Er legte eine Decke über meine Beine und bettete meine verletzte Hand auf einen Kissenstapel, sodass sie über Herzniveau lag. Von meiner Mom einmal abgesehen, hatte sich noch nie jemand so liebevoll um mich gekümmert. Ich fand das überraschend schön.

Wir setzten uns zusammen auf die Couch – ohne auf Tuchfühlung zu gehen, aber auch nicht sonderlich weit auseinander. Myrtle streckte sich zu unseren Füßen aus, froh, dass nun alles wieder normal zu sein schien. Als sie einschlief, fing sie an zu schnarchen. Auf dem Bildschirm wirkte der Times Square eisig und festlich, und er quoll regelrecht über vor Menschen, die zusammen das neue Jahr begrüßen wollten. Verstohlen spähte ich zu Rory hinüber. Sein Blick war auf den Fernseher gerichtet.

»Ich dachte, du wärst heute auf Jessica Sharmas Party«, sagte ich.

Er zuckte mit den Schultern. »Ja, war ich auch. Es war ganz okay, aber ziemlich laut. Irgendwie war mir nicht danach. Also bin ich früh gegangen.«

»Ich bin froh drum.« Ein bisschen zittrig fühlte ich mich schon noch. »Danke, dass du rübergekommen bist. Ich wusste einfach nicht, was ich tun sollte.«

Rory sah mich ruhig an. »Ich werde immer für dich da sein, Lolly«, versicherte er mir, und ich glaubte ihm. Und in diesem Augenblick war das der tröstlichste Gedanke der Welt.

Am Time Square wurde der Countdown gestartet. »Zehn … neun … acht … sieben …«

Wieder blickte ich zu ihm hinüber. Er hatte uns den sprudelnden Cranberrysaft eingeschenkt, den Mom für Ashley und mich in den Kühlschrank gestellt hatte, weil wir ja noch zu jung waren, um Sekt zu trinken. Jetzt nippte ich daran und musterte Rorys Profil. Mir war regelrecht schwindelig vor Erleichterung, und ich fühlte mich beinahe schwerelos, als würde ich ein paar Zentimeter über der Couch schweben. Gleichzeitig war ich zutiefst dankbar dafür, dass er bei mir war und mir geholfen hatte. Hier, an seiner Seite, war ich rundum glücklich und zufrieden.

»Vier … drei … zwei … eins. Frohes neues Jahr!« Auf dem Times Square brach Jubel aus. Rory drehte sich zu mir um, zog belustigt eine Augenbraue hoch und erhob sein Glas. Ungeschickt beugte ich mich vor und stieß mit ihm an.

»Frohes Neues, Lolly.«

»Frohes Neues.« Wir tranken.

Nun erschienen auf dem Bildschirm Zusammenschnitte von verschiedenen Feierlichkeiten überall in den Staaten:

Menschen mit Partyhüten und funkelnder Abendgarderobe in Atlanta; ein großes Lagerfeuer in Wyoming, wo mit Bier angestoßen wurde. In Maryland stand eine Gruppe älterer Damen in Badeanzügen am Ufer der Chesapeake Bay, zählte von drei runter und sprang dann ins Wasser.

»Das wollte ich auch immer schon mal machen«, meinte Rory, während er zusah, wie die alten Damen sich kreischend gegenseitig mit Wasser bespritzten. »Ich glaube, man nennt das Neujahrsbaden.«

Ich dachte kurz nach. »Wir könnten das morgen machen.« Eine völlig verrückte Idee, aber ich fühlte mich mit Rory so wohl, das sollte nicht schon vorbei sein. Und der Gedanke, mit ihm ein kleines Abenteuer zu erleben, war wirklich aufregend.

Sofort leuchteten seine Augen auf. »Echt jetzt?«

In diesem Moment dachte ich weder an meine verletzte Hand, noch überlegte ich, wie wir unsere Eltern davon überzeugen könnten, uns gehen zu lassen. Ich sagte einfach zu.

»Klar«, versicherte ich achselzuckend. »Wir treffen uns morgen früh um zehn hier. Ich weiß auch schon genau, wo wir das machen können.«

*

»Wow. Einfach nur wow.«

Am folgenden Vormittag stand Rory mit mir an dem langen, einsamen, felsigen Küstenstreifen von Magnolia, der einfach nur South Beach genannt wurde. Er sah sich um und nahm die Aussicht in sich auf: das stahlgraue, rastlose Wasser des Sound erstreckte sich bis zu den grünen Hügeln von Bainbridge Island, dahinter ragten majestätisch die Olympic Mountains in den wolkenverhangenen Himmel auf. Er stieß einen leisen Pfiff aus. »Lolly, das ist atemberaubend.«

Ich musste lächeln, auch wenn ich in der eisigen Luft ein wenig fröstelte. Da konnte ich ihm nur zustimmen. Es war ein kalter, klarer Neujahrstag, und meine Mom hatte uns am Discovery Park abgesetzt, der sich knapp eine Meile von unserem Haus entfernt mit seinen weitläufigen Wäldern, Wiesen und Klippen am Puget Sound entlangzog. Mit den langen Wanderwegen, dem Leuchtturm und dem wundervollen, abgelegenen South Beach hatte der Park schon immer zu meinen absoluten Lieblingsorten gehört. Seit ich denken konnte, waren meine Eltern mit mir hierhergefahren, und heute wollte ich diesen Ort mit Rory teilen. Außerdem war es der perfekte Platz für unser Neujahrsbad.

Eingepackt in warme Jacken und Schals, die uns gegen den kalten Januarwind schützen sollten und unter denen wir schon unsere Schwimmsachen trugen, standen wir nun am nördlichen Ende des Strandes, hinter dem Leuchtturm mit seinem kleinen Parkplatz. Eine kalte Brise fuhr durch Rorys kupferfarbene Locken und ließ die Sommersprossen auf seinen Wangen noch deutlicher hervortreten.

»Bereit?«, fragte ich nervös. Es war so schon kalt, und das Wasser war sicherlich eisig. Langsam bekam ich Bedenken, dass mein Vorschlag vielleicht etwas überstürzt gewesen sein könnte. Ich hatte Mom gesagt, wir wollten wandern gehen, denn sie hätte uns höchstwahrscheinlich nicht erlaubt herzukommen, wenn sie gewusst hätte, was wir wirklich vorhatten. Außerdem hatte ich nicht an meinen verletzten Finger gedacht. Ich hatte einen kleinen Ziplock-Beutel und ein Gummiband mitgenommen, um ihn wasserfest zu verpacken. Doch jetzt, im hellen, kalten Tageslicht, kam mir der ganze Plan plötzlich dumm vor.

Rory nickte. »Klar, ziehen wir's durch.«

»Dann komm.« Ich signalisierte ihm, mir zu folgen, und ging zum Wasser hinunter. Es war so klar, dass ich jede einzelne Wasserpflanze über dem Sand und den bunten Steinen auf dem Grund sehen konnte. Weiter draußen streckte ein Seehund den Kopf aus dem Wasser und beobachtete uns neugierig. Kleine Wellen rollten an den Strand. Ich zog Jacke, Pulli und Leggings aus, schnürte meine Turnschuhe auf und stand dann zitternd und mit Gänsehaut überzogen in meinem einteiligen Badeanzug im kalten, nassen Sand. Rory folgte meinem Beispiel. Er stellte sich neben mich und schlang schützend die Arme um seine nackte Brust. Vorsichtig schob ich meine Hand in den Plastikbeutel, und Rory half mir dabei, ihn mit dem Gummiband an meinem Handgelenk zu fixieren. Hoffentlich blieb der Verband in dem Beutel trocken.

»Okay«, sagte Rory dann, als wollte er sich innerlich wappnen. Ich hatte ihn bisher noch nie ohne Hemd gesehen, und der Anblick von so viel nackter, sommersprossiger Haut trieb mir das Blut in die Wangen. Allerdings waren die Wangen auch das Einzige an meinem Körper, das warm war. Meine Oberschenkel schienen bereits halb erfroren zu sein. Und nachdem wir im Wasser gewesen wären, stünde uns ja noch der lange, kalte, nasse Heimweg bevor. Um möglichst tapfer zu wirken, tauchte ich einen Zeh ins Wasser. Ich keuchte. Es war so kalt, dass meine Haut brannte.

»Bereit?« Rory griff nach meiner gesunden Hand. Warm drückte sich seine Handfläche an meine. Ich nickte und atmete noch einmal tief durch. Das war eine wirklich grauenvolle Idee.

»Eins … zwei …« Ohne mich aus den Augen zu lassen, begann Rory, langsam zu zählen. Ich spürte, wie er sich für den Sprung ins Wasser bereitmachte.

»Halt!«, schrie ich im allerletzten Moment. »Es ist viel zu kalt, und ich bin viel zu feige dazu.«

Erleichtert stieß Rory den Atem aus. »Ich auch«, gestand er grinsend. »Mir sind gewisse Bedenken gekommen, dass wir vielleicht Erfrierungen erleiden könnten, bevor wir es bis nach Hause schaffen, aber ich wollte nicht kneifen. Jetzt können wir einfach zusammen feige sein.«

»Klingt gut«, entschied ich ebenfalls grinsend. Da ich nur eine Hand benutzen konnte, war es etwas mühsam, Leggings und Pulli wieder anzuziehen, trotzdem musste ich lachen, während mir gleichzeitig die Zähne klapperten. Voller Erleichterung schlüpften wir, so schnell wir konnten, wieder in unsere Kleidung.

»Sollen wir noch ein bisschen bleiben, oder willst du direkt nach Hause?«, fragte ich, während ich den Reißverschluss meines dicken Mantels zuzog. Herrlich warm.

Rory sah sich um. »Lass uns noch bleiben. Zu Hause muss ich meinem Vater dabei helfen, die Weihnachtsbeleuchtung abzubauen. Hier ist es bestimmt lustiger.«

»Dann komm mit.« Ich führte ihn zu einem riesigen, ausgebleichten Treibholzstamm, der, solange ich zurückdenken konnte, hier am Strand lag. Ganz unten, dicht bei den knorrigen Wurzeln, gab es eine geschützte Mulde im Sand, die gerade groß genug war für zwei Personen. Meine verletzte Hand schützend, ließ ich mich in den Sand gleiten und winkte Rory zu mir heran. Er setzte sich neben mich.

»Weißt du, wo du hier gerade bist?«, fragte ich.

Er warf mir einen belustigten Blick zu. »Ist das so eine Kontrollfrage wie bei Patienten mit Kopfverletzungen? Datum, Uhrzeit, wer ist gerade Präsident?«

Ich musste lachen. »Nein, die Frage war ernst gemeint. Das hier ist mein absolut liebster Ort auf der ganzen Welt.«

Rory wurde sogleich wieder ernst und sah sich aufmerksam um. »Kann ich verstehen.«

Von hier war die Aussicht einfach atemberaubend: die schneebedeckten Berggipfel, das funkelnde graue Wasser, der menschenleere Felsenstrand. Majestätisch, ruhig und ein wenig wild. Ich liebte es einfach.

»Manchmal liegen dort drüben am Strand kleine Babyrobben.« Ich zeigte auf die Stelle. »An diesem Strandabschnitt ist eigentlich nie jemand.«

Rory stützte die Arme auf die Knie und lehnte sich gegen den Holzstamm. Entspannt wirkte er, als wäre er vollkommen mit sich im Reinen. »Das hier ist tausendmal besser, als den ganzen Tag über Weihnachtslichter abzuhängen«, befand er. »Mein Dad verbraucht dabei in einer Stunde einen Jahresvorrat an Schimpfwörtern. Danke, dass du mich davor bewahrt hast.«

»Na ja, du hast mich ja zuerst gerettet«, entgegnete ich fröhlich.

Als meine Eltern um ein Uhr morgens nach Hause gekommen waren, hatten sie mich mit verbundener und hochgelegter Hand auf dem Sofa vorgefunden, den Kopf an Rorys Schulter gelehnt. Wir hatten beide tief und fest geschlafen, der Fernseher war noch gelaufen. Vermutlich fühlten sich meine Eltern schuldig, weil ich sie nicht hatte erreichen können und weil Rory und ich gezwungen gewesen waren, ganz allein mit diesem medizinischen Notfall fertig zu werden. Meine Mom war ihm so dankbar für die Erste Hilfe gewesen, dass sie Mrs. Shaw dazu überredet hatte, Rory heute mit mir losziehen zu lassen. Ich hatte sie dann dazu überredet, uns hier abzusetzen und zu Fuß nach Hause laufen zu lassen. So hatten wir einen halben Tag, an dem wir tun konnten, was immer wir wollten.

»Ich habe noch nie jemanden hierher mitgenommen«, gestand ich.

Neugierig sah Rory zu mir herüber. »Und warum ausgerechnet mich?«

Achselzuckend antwortete ich: »Weil ich es mit dir teilen wollte.«

Das war die Wahrheit. Diesen Ort hatte ich bislang nicht einmal Ashley gezeigt. Doch als ich Rory nun neben mir im Sand sitzen sah, wusste ich, dass es die richtige Entscheidung gewesen war. Er gehörte hierher, an meine Seite.

Ich weiß nicht mehr, wie lange wir dort saßen, doch es waren bestimmt mehrere Stunden. Anfangs genossen wir schweigend die wilde Schönheit, die uns umgab. Dann fingen wir nach und nach an zu reden, erzählten uns voneinander. Wir sprachen über so ziemlich alles. Rory berichtete mir von seinem Traum, Sportmediziner zu werden und für eine Profimannschaft zu arbeiten. Ich schilderte ihm meinen Traum vom eigenen Restaurant. Als wir irgendwann Hunger bekamen, holte Rory einen leicht zerdrückten Schokoriegel aus der Tasche, den wir gerecht aufteilten. Während wir aßen, suchten wir nach Seehunden und beobachteten die riesigen Containerschiffe, die zum Hafen von Seattle unterwegs waren.

Als wir dort saßen, an den dicken Treibholzstamm gelehnt, allein mit dem Wasser, dem Himmel und dem Geschrei der Möwen, schien es fast so, als wären wir die einzigen Menschen auf der Welt. Wir redeten über Musik, über unsere Englischkurse, über Rorys letzte Fußballsaison. Dabei fanden wir heraus, dass wir beide Keith Urban und *Wer die Nachtigall stört* mochten. Ich vertraute ihm sogar an, dass ich meine Tochter – falls ich einmal eine haben sollte – Scout nennen wollte, wie die Protagonistin des Buches. Rory ahmte daraufhin perfekt die nasale Sprechweise unserer Englischlehrerin Mrs. Keen nach, was mich so sehr zum Lachen brachte, dass ich kopfüber in den Sand plumpste, woraufhin er einen solchen Lachkrampf bekam, dass er kaum noch atmen konnte. Während ich lang ausgestreckt im Sand lag und meine Rippen noch vom Lachen schmerzten, spürte ich plötzlich, dass ich einfach nur glücklich war. Mit Rory konnte ich albern und auch ernst sein. Und immer sah er mich an, als wäre ich der wichtigste Mensch auf der Welt. Sein warmer Blick gab mir das Gefühl, clever und witzig zu sein, gemocht zu werden. Als wir schließlich aufstanden und uns auf den Heimweg machten, tat es mir irgendwie leid.

»Hey, vielen Dank, dass du mich heute hierher mitgenommen hast.« Rory schob die Hände in die Hosentaschen. Zögernd fragte er: »Können wir irgendwann wieder herkommen?« Hoffnungsvoll sah er mich an, wodurch er beinahe verletzlich wirkte.

»Klar doch.« Zitternd versuchte ich, mit den Zehen zu wackeln, um sie etwas anzuwärmen. »Es war lustig.« Was eindeutig untertrieben war. Dieser Vormittag gehörte zu den schönsten, die ich je erlebt hatte. Nicht einmal mit Ashley hatte ich so viel Spaß.

Rory streckte die Hand aus und krümmte den kleinen Finger. »Fest versprochen?«, fragte er mit Mrs. Keens Stimme.

Grinsend verschränkte ich meinen Finger mit seinem, und wir schüttelten uns so die Hand. »Fest versprochen«, antwortete ich mit Roboterstimme.

Rory zog spielerisch an meinem Pferdeschwanz. »Du bist schon eine Nummer, Lolly Blanchard.«

Plötzlich verlegen, senkte ich den Blick. »Komm jetzt, es ist noch ziemlich weit bis nach Hause.«

Damals wusste ich es noch nicht, aber diese Stunden am Strand waren eine Art Wendepunkt. An diesem Tag wurden wir Freunde. Und ohne dass ich es bemerkt hätte, verliebte ich mich in Rory Shaw.

6

Guten Morgen, Sonnenschein.«

Mühsam blinzelte ich gegen das fahle Licht an, das durch das Fenster meines Speisekammer-Büros hereinfiel, und hob den Kopf von dem dicken Rechnungsstapel, auf dem ich wohl aus Versehen eingeschlafen war. Ein leichter Schlaf war es nur gewesen, durchsetzt mit Träumen von Rory und jenem lange zurückliegenden Neujahrstag am Strand. Nun stand Tante Gert mit in die Hüften gestemmten Händen vor mir. Ich spähte zu ihr hoch. Sie trug einen khakifarbenen Zweiteiler, den ich das letzte Mal an Jane Goodall gesehen zu haben glaubte, in irgendeiner *National Geographic*-Dokumentation. Meine Tante wirkte auf mich, als wollte sie unverzüglich in die Wildnis von Äquatorialafrika aufbrechen, um dort nach Schimpansensippen zu suchen. Fehlte nur noch der Tropenhelm.

»Gegrüßet seist du«, sagte sie und musterte mich skeptisch. »Hast du heute Nacht etwa hier geschlafen? Das ist aber nicht gut für deinen Rücken.«

Ich richtete mich auf, versuchte, mich zu erinnern und tastete nach meiner Brille. »Ich bin früher gekommen, um die Kuchen zu backen, und muss dann wohl eingenickt sein.«

Die Kuchen standen in zwei ordentlichen Reihen auf der Arbeitsfläche und kühlten dort ab. Mein Leben mochte ein vor sich hin schwärendes Buschfeuer sein, aber meine Kuchen waren immer perfekt.

»Hmpf.« Tante Gert spitzte pikiert die Lippen. »Ich habe Bertha gefüttert und sie zum Pipimachen in den Garten gelassen. Du hast übrigens das hier auf dem Vorbereitungstisch liegen lassen.« Sie streckte mir das Tagebuch mit der Liste entgegen. Verlegen riss ich es ihr aus der Hand. Hatte sie es etwa gelesen? So eng war unsere Beziehung nicht. Die Vorstellung, dass ihr messerscharfer Blick die Liste meiner Lebensziele seziert haben könnte, war beschämend. Ausgerechnet sie, die so viel erreicht hatte.

Neben ihrer Professur an einem renommierten Frauen-College in New England hatte Tante Gert während des Kalten Krieges auch einem speziellen Gremium der Vereinten Nationen angehört, das sich mit den verschiedenen Weltreligionen befasste. Sie hatte das Atlasgebirge durchwandert und unter Beduinen gelebt, außerdem hatte sie die religiösen Praktiken eines isoliert lebenden Ureinwohnerstammes im Amazonasgebiet erforscht. Im Vergleich zu ihr wirkten meine bisherigen Errungenschaften äußerst dürftig.

Tante Gert musterte mich auf eine Art und Weise, die mich nervös machte. Im Grunde war sie eine zupackende Frau, die nach dem Motto lebte, man müsse sofort wieder aufs Pferd steigen, wenn man heruntergefallen sei. Dementsprechend hielten sich Mitgefühl und offene Zuneigung bei ihr eher in Grenzen. Doch hin und wieder zeigte sie ein Maß an Warmherzigkeit und Einfühlungsvermögen, das mich jedes Mal aufs Neue überraschte. Im Moment rangierte ihr Blick irgendwo zwischen Missbilligung und Verständnis. Das war beunruhigend.

Ich wandte mich ab und ließ das Tagebuch in der obersten Schreibtischschublade verschwinden. »Daphne hat mein Tagebuch aus der Mittelstufe gefunden, als sie für ein

Schulprojekt in alten Kisten gestöbert hat.« Ich schüttelte meine hoffnungslos zerknitterte Küchenschürze aus, die obendrein mit Kuchenfüllung beschmiert war. »Irgendwie lustig, sich noch einmal anzusehen, was man sich erträumt hat, als man noch jung war, oder nicht?«, sagte ich in dem Versuch, die Liste als bedeutungslos abzutun, als kindliche Spinnerei.

»Ganz im Gegenteil, ich denke, in unserer Jugend sind wir am ehrlichsten«, erwiderte Tante Gert brüsk. »Erst später im Leben lernen wir, uns selbst etwas vorzumachen.«

Es dauerte einen Moment, bis ich das verdaut hatte.

»Gibt es in deinem Leben etwas, was du bereust?«, fragte ich spontan. »Würdest du irgendetwas ändern, wenn du es könntest?«

Ich kannte nur die groben Eckdaten von Tante Gerts Lebenslauf: ihre beschwerliche Kindheit auf einer Obstfarm in Ohio, wie sie sich allein durch Hartnäckigkeit und ihren brillanten Verstand das Studium an der Columbia University erkämpft hatte und dass sie eine illustre Karriere vorzuweisen hatte. Aber wie sie selbst ihr Leben einschätzte, wusste ich nicht. Gab es etwas, woran sie sehnsuchtsvoll zurückdachte, wenn sie nachts in ihrem schmalen Einzelbett lag?

Sie überlegte kurz und schüttelte dann entschlossen den Kopf.

»Das Leben ist zu kurz für Reue.« Sie rümpfte die Nase. »Man trifft die bestmögliche Entscheidung, und dann lebt man damit. Ich blicke nicht zurück.« Prüfend fragte sie: »Und was ist mit dir? Hast du in deinem zarten Alter etwa schon Entscheidungen getroffen, die du heute bereust?«

»Reue wäre wohl ein zu starkes Wort«, antwortete ich

ausweichend, schob eine lose Haarsträhne in meinen Pferdeschwanz und strich den Pony zurecht. Immer wieder rutschten die Strähnen fröhlich in die linke Stirnhälfte hinüber. »Es sind wohl eher Was-wäre-Wenns. Ich musste schon einige schwierige Entscheidungen treffen, und vieles ist einfach passiert, ohne dass ich es hätte kontrollieren können.«

Sie brummte zustimmend. »Der Tod deiner Mutter.«

Ich nickte. »Manchmal frage ich mich, wie mein Leben wohl aussehen würde, wenn sie noch lebte.« Rorys Gesicht tauchte vor meinem inneren Auge auf, und mir versagte kurz die Stimme. »Mir ist natürlich klar, dass sich das nicht mehr ändern lässt, aber die Frage bleibt. Wie würde mein Leben dann heute aussehen?«

Wieder musterte mich Tante Gert abschätzend. »Angenommen, du bekämst die Chance, das herauszufinden – würdest du sie ergreifen?«

Ganz offensichtlich war das eine rein theoretische Frage, trotzdem sah sie mich so durchdringend an, als hinge von meiner Antwort eine Menge ab.

»Natürlich«, stotterte ich verblüfft. »Warum auch nicht? Aber das ist unmöglich.«

Fragend neigte sie den Kopf. »Tatsächlich? Oft sagen wir ›unmöglich‹, wenn wir eigentlich ›unbekannt‹ meinen. Vieles ist möglich, aber nur sehr wenig ist uns bekannt. Das wirst du schon bald herausfinden.«

Da ich nicht wusste, was ich darauf antworten sollte, sah ich sie einfach nur schweigend an.

»Nun ja, du bist noch jung.« Voller Tatendrang klatschte Tante Gert in die Hände. »Du hast noch Zeit. Trotz deiner momentanen Situation liegen jede Menge Möglichkeiten vor dir. Du musst versuchen, wie mein geschätzter

Kollege, der renommierte Mythologieprofessor Joseph Campbell, zu sagen pflegte, ›deinem Glück zu folgen‹.«

»Meinem Glück folgen?« Das klang wie der Spruch aus einer Joghurtwerbung.

Tante Gert nickte wieder. »Ganz egal, wie die Umstände auch sein mögen, du musst deinem Glück folgen.«

»Aber was soll das heißen? Ich habe Verpflichtungen. Ich kann nicht einfach alles stehen und liegen lassen, um herauszufinden, was mich glücklich macht«, protestierte ich.

Tante Gert schnaubte abfällig. »Wer hat denn etwas von glücklich sein gesagt? Sei keine Närrin. Fälschlicherweise setzt du ›Glück‹ mit ›glücklich sein‹ gleich. Das ist aber nicht dasselbe.«

»Ach nein?«, fragte ich verblüfft. Hatte mich eigentlich schon jemals irgendjemand als Närrin bezeichnet? »Wo ist denn da der Unterschied?«

»Glücklich sein ist ein vorübergehender Zustand, flüchtig, oft von äußeren Umständen abhängig.« Ungeduldig wedelte Tante Gert mit der Hand. »Bist du darauf aus, endet es meistens in einer Enttäuschung, einfach weil das Leben so ist, wie es ist. Das Leben ist hart, manchmal regelrecht brutal und oft ungerecht. Doch seinem Glück zu folgen, ist etwas vollkommen anderes. Es bedeutet, sich der Realität zu stellen, aufrichtig und mutig, und dabei stets nach ein wenig Freude Ausschau zu halten, auch wenn es nur ein winziger Funke im Dunkel deines Lebens ist. Gib nicht auf. Suche weiter nach dem Licht in deinem Leben, denn irgendwo gibt es immer Licht: eine Kleinigkeit, für die man dankbar sein kann, etwas, was gefeiert werden will, vielleicht etwas, womit man anderen eine Freude machen oder woran man wachsen kann. Bewege dich auf dieses Licht zu, suche danach, egal was geschieht. Das alles zusammengenommen ist das Streben nach dem ganz persönlichen Glück. Daher sei ehrlich. Sei aufmerksam. Suche nach Freude.«

»›Sei ehrlich, sei aufmerksam, suche nach Freude‹«, wiederholte ich. »Stammt das auch von Joseph Campbell?«

»Nein, das stammt von Gertrude Lund.« Sie schwieg kurz, um dieses Selbstzitat sacken zu lassen. »Die Damentoilette ist übrigens wieder verstopft«, fügte sie dann noch hinzu, bevor sie sich auf dem Absatz umdrehte und hinausmarschierte.

7

»Okay, du hast also einen Monat Zeit, um ein Ziel von deiner Liste umzusetzen, richtig?« Eve, inzwischen seit über zehn Jahren meine beste Freundin, reichte einer wartenden Kundin zwei Stücke ihrer hausgemachten Orangenblüten-Ziegenmilchseife und schob das Geld in die Metallkassette. Seit meinem frühmorgendlichen Gespräch mit Tante Gert war ein halber Tag vergangen, und nun saß ich auf einem Hocker unter dem Sonnensegel von Eves Stand auf dem Ballard Sunday Farmers Market, während wir Ideen sammelten, wie ich zumindest einen Punkt auf meiner Lebensliste abhaken könnte.

»Genau – ein Monat, ein Ziel.« Schaudernd rieb ich über die Ärmel meines Kaschmirjäckchens mit den Perlknöpfen. Es war früher Nachmittag, fühlte sich aber an wie Abend, da sich am Himmel bedrohlich dunkle Wolken auftürmten. Trotz des nahenden Unwetters gingen die Geschäfte auf dem Wochenmarkt gut, auf den Wegen zwischen den Ständen drängten sich die Kunden.

»Und wenn du es nicht schaffst?«, fragte Eve.

»Dann habe ich total versagt und nichts von dem geschafft, was ich in meinem Leben erreichen wollte«, erwiderte ich unbeschwert, um die trostlose Wahrheit der Worte zu übertünchen. Bei vollem Tageslicht schien die Messlatte noch viel höher zu liegen als während meines Schwurs in der tröstlichen Morgendämmerung.

Eve zog skeptisch die Augenbrauen hoch. »Lies mir die Liste noch einmal vor«, befahl sie.

Ich holte das Tagebuch aus der Tasche meines kirschroten Vintage-Pudelrocks und gehorchte. Da gerade kein Kunde im Anmarsch war, lehnte sich Eve gegen den Verkaufstisch und lauschte aufmerksam. Sie trug eine lange weiße Schürze, ähnlich wie ein Metzger, und darunter Jeans und ein Tanktop, das den Blick freigab auf die Tattoos, die sich um ihren straffen rechten Oberarm rankten. Ja, es war ein regnerischer Februartag mit rund zehn Grad Außentemperatur, aber sie schien immun zu sein gegen die Kälte.

Ihre kurzen, an den Seiten abrasierten und zuckerwattepink gefärbten Haare verliehen ihr eine Aura, die irgendwo zwischen Back to Nature und Hardcore Punk anzusiedeln war. Alles in allem war sie die Verkörperung ihrer Marke Gritty Girl Soap Co., unter der sie handgemachte Bio-Ziegenmilchprodukte verkaufte. Heute wäre wohl niemand mehr darauf gekommen, dass sie noch vor fünf Jahren die jüngste Marketingleiterin einer großen New Yorker Firma gewesen war, was sie durch Panikattacken und ein angehendes Magengeschwür einwandfrei belegen konnte. Wir waren uns während meines Auslandssemesters in London über den Weg gelaufen und hatten uns während diverser Ausflüge ins British Museum, zum Borough Market und nach Notting Hill angefreundet – zwei jugendlich frische Amerikanerinnen, denen die Welt zu Füßen lag. Zwar hatte sich das Leben ganz anders entwickelt, als wir uns das damals vorgestellt hatten, aber wir waren seitdem die besten Freundinnen.

»Kauf dir ein Pferd. Das ist am leichtesten zu bewerkstelligen«, entschied Eve, nachdem ich ihr die Liste vorgelesen hatte. »Du kannst es bei mir auf dem Hof unterstellen.« Sie rieb sich die Hände – Problem gelöst.

»Ja, aber dummerweise will ich gar kein Pferd mehr.« Deswegen hatte ich Punkt Nummer fünf auch schon mit Rotstift durchgestrichen. »Und ich denke, es zählt nur, wenn ich dieses Ziel heute noch erreichen will.«

Blieben also vier Möglichkeiten. Oder eigentlich nur drei.

Eve schien meine Gedanken zu lesen. »Nummer vier?«, fragte sie leise.

»Ist nicht mehr umsetzbar«, antwortete ich sofort. Meine Familie würde nie wieder *für immer vereint und glücklich sein*. Dieses Ziel war mir vor zehn Jahren unwiderruflich entglitten.

Ich knabberte an meiner Unterlippe herum und sprang gedanklich zwischen den verbliebenen Punkten hin und her. Bei welchem hatte ich die besten Erfolgschancen?

Auch Eve ging mit vor der Brust verschränkten Armen die restlichen Möglichkeiten durch. »Eins und zwei sind schwierig. Wenn du in einem anderen Land lebst oder dein eigenes Restaurant betreibst, wirst du dich wahrscheinlich nicht gleichzeitig um den Diner kümmern können. Wärst du bereit, ihn aufzugeben?«

Ich überlegte kurz. »Das würde niemals funktionieren«, gab ich schließlich zu. »Dad und Daphne schaffen es ohne mich nicht.«

Eve warf mir einen kurzen Seitenblick zu. Ich wusste, dass sie in dieser Hinsicht anderer Meinung war. Eigentlich galt das für ziemlich viele Dinge. Sie unterbrach unser Gespräch, um einer Dame mit zwei Boston Terrieren in einem Hundewägelchen eine Probe ihres Basilikum-Nagelhautbalsams anzubieten. Die Frau nahm die Probe und ging weiter zum Stand der Öko-Bäckerei auf der anderen Straßenseite, wo sie deren Sauerteigstangen begutachtete.

»Dann bleibt also noch ...« Eve zählte an den Fingern ab. »Nummer drei. Sich verlieben.«

»Genau, sich verlieben«, bestätigte ich. Allein der Gedanke löste eine leise Panik in mir aus, aber ich musste zugeben, dass es der machbarste Punkt auf meiner Liste war.

Eve schnippte mit den Fingern. »Ein Katalog-Ehemann aus dem Internet«, schlug sie vor. »Ich kriege ständig Spam-Mails, die mir versprechen, die Liebe sei nur einen Mausklick entfernt.« Sie grinste breit.

»Ich denke nicht, dass ein Katalog-Ehemann aus dem Internet die Kriterien des Sichverliebens erfüllt«, protestierte ich lachend. »Außerdem ist das bestimmt illegal.«

Das war Eve nicht mehr als ein Achselzucken wert. »Kleinkram.«

Ich ließ den Blick über die Ballard Avenue und das historische Viertel wandern, wo über mehrere Blocks hinweg weiße Sonnensegel im Wind schaukelten. Im Gegensatz zu unserem Wochenmarkt in Magnolia, der nur während der Sommermonate stattfand, war in Ballard – Seattles Randbezirk, der nördlich von uns lag – das ganze Jahr über Markt, und Eve stand hier jede Woche an ihrem Stand. Oft stahl ich mich am Sonntagnachmittag für ein oder zwei Stunden aus dem Diner davon – angeblich, um Eve mit den Kunden zu helfen, doch in Wirklichkeit hing ich einfach nur hinter dem Verkaufstisch herum und tratschte mit ihr.

Nun trommelte Eve ungeduldig mit den Fingern auf dem Tisch. »Was ist mit Dating-Apps? Bumble soll angeblich nicht schlecht sein. Da machen die Frauen den ersten Schritt.« Sie musterte mich prüfend.

»Ich glaube, ich bin nicht fürs Onlinedating gemacht.« Kopfschüttelnd erinnerte ich mich an meinen letzten Versuch mit einer Dating-App, der nun schon mehrere Jahre zurücklag. Eine karge Welt voller Männer, die mich krampfhaft zu beeindrucken versuchten, dazu überteuerte Cocktails in protzigen Bars in Capitol Hill. Jedes Mal marschierte ich mit einem unguten Gefühl im Bauch und unbequemen High Heels an den Füßen in diese Bars oder Restaurants und wusste schon, bevor ich überhaupt Platz genommen hatte, dass es nicht funktionieren würde. Einige der Männer waren viel zu sehr von sich eingenommen, andere waren ganz nett. Aber bei keinem von ihnen sprang der Funke über. Nach sechs Monaten gab ich es schließlich auf und verspürte bei der Deinstallation der App eine so überwältigende Erleichterung, dass ich es nie wieder versuchte. »Vielleicht bin ich einfach undatebar.« Ich griff nach dem Tester der Ringelblumensalbe für trockene Haut, drückte mir einen Tropfen in die Handfläche und verrieb ihn.

»Na klar.« Eve verdrehte die Augen. »Weil Männer ja auch nicht auf niedliche Hipsterfrauen mit straffen Titties stehen, die erfolgreich ein eigenes Geschäft leiten und jeden Tag Kuchen backen. Du bist quasi die June Cleaver von Seattle. Was gibt es da nicht zu mögen?«

»Ein eingeschränkt erfolgreiches Geschäft«, korrigierte ich im Dienste der Wahrheit. »Also, eigentlich ein sich langsam dem Untergang näherndes Geschäft.«

»Na schön«, gab Eve nach, »ein angeschlagenes Geschäft. Aber du bist clever und liebenswert, Lolly. Du bist verantwortungsbewusst und der loyalste Mensch, den ich kenne. Und du ziehst dieses unglaublich entzückende Vintage-Ding durch.« Sie deutete auf meine Strickjacke, den

Pudelrock und die Cat-Eye-Brille. »Du bist absolut datebar. Das ist sicher nicht das Problem.« Nun warf sie mir einen wissenden Blick zu.

»Ach ja? Was ist es denn dann?« Ihre sachliche Aufzählung meiner Vorzüge hatte mich verlegen gemacht, also sprang ich von meinem Hocker auf und schob unnötigerweise den Stapel mit den Aktivkohle-Gesichtsreinigungsseifen zurecht.

»Du kannst dich nicht mehr verlieben, weil du bereits verliebt bist«, erklärte sie mir mit einem strengen Blick. »Du hängst immer noch an Rory.«

Darauf antwortete ich nicht. Inzwischen näherte sich ein Pärchen dem Stand. Beide hatten Pappbecher von Starbucks in der Hand, und aus ihrem Jutebeutel ragten Grünkohl und Rosenkohlstrünke hervor. »Haben Sie auch Bartpflegemittel?«, erkundigte sich der Mann, woraufhin Eve ihm eine Probe ihrer Zedernölbartcreme für den gepflegten Gentleman gab. Sie roch nach Kiefernharz, sanft und anregend zugleich.

Nachdem der Mann einen Tiegel Bartcreme gekauft hatte, wandte sich Eve wieder mir zu. »Du kommst einfach nicht über ihn hinweg. Als du ihm das Herz gebrochen hast, hast du deines gleich mit gebrochen, und auch wenn du ihn gezwungen hast, dich zu verlassen, hast du ihn doch nie wirklich gehen lassen.«

Da lag sie nicht ganz falsch.

»Ich weiß nicht, wie ich ihn gehen lassen kann«, gab ich ehrlich zu.

»Weißt du es nicht, oder willst du es nicht? Das sind zwei grundverschiedene Dinge.« Eve verschränkte die Arme vor der Brust und sah mich überraschend mitfühlend an. »Lolly, ich liebe dich wie eine Schwester. Du bist meine beste Freundin. Du hast mich schon aus den finstersten Löchern geholt. Und ich wäre dir keine gute Freundin, wenn ich nicht ehrlich zu dir wäre. Rory ist Geschichte. Er ist ein verheirateter Vater. Er hängt nicht mehr an dir. Er lebt jetzt mit Frau und Kind in Florida, wo er bestimmt seinen Traumjob ausübt, als Mannschaftsarzt für irgendein Sportteam.«

»Tampa Bay Mutiny«, wusste ich beizusteuern. »Fußball.«

Kopfschüttelnd stellte Eve fest: »Dass du das überhaupt weißt, ist schon unglaublich traurig.«

»Sehr wahr.« Hastig wandte ich mich ab, damit sie nicht sah, wie rot ich geworden war. Eves Feststellung war mir peinlich. Ich fühlte mich ertappt. Natürlich war mir klar, dass Eve mich liebte und nur mein Bestes wollte, trotzdem kam es mir so vor, als wäre gerade mein angeschlagenes Herz vollkommen bloßgelegt worden. Ich fühlte mich nackt und angreifbar. Denn das Problem war: Sie hatte recht.

»Wenn du wirklich etwas auf dieser Liste abhaken willst, wirst du dich von ihm lösen müssen«, prophezeite Eve sanft, aber bestimmt. Dabei tippte sie vielsagend auf das Tagebuch, das direkt neben den in Jutesäckchen und Zwirn verpackten Hafermehl-Honig-Lotion-Bars lag.

»Und wie?« Ich schnappte mir das Tagebuch und ließ es wieder in meiner weiten Rocktasche verschwinden.

»Keine Ahnung«, gab Eve achselzuckend zu. »Das wirst du schon selbst herausfinden müssen. Aber eines weiß ich: Du kannst nicht auf der Stelle treten und gleichzeitig erwarten, dass sich etwas ändert. Erstes Newtonsches Gesetz: Ein kräftefreier Körper, der ruht, bleibt im Ruhezustand, und ein kräftefreier Körper in Bewegung bleibt in Bewegung, solange keine Kraft auf ihn einwirkt und was daran ändert. Grob umschrieben.« Herausfordernd zog sie eine Augenbraue hoch und wartete.

Ich vergaß immer, dass Eve neben ihrem Marketingabschluss, zu dem sie ihr CEO-Firmenchef-Vater gedrängt hatte, auch noch Physik studiert hatte, einfach weil es sie interessierte.

»Bin ich in diesem Bild der kräftefreie Körper?«, fragte ich trocken.

»Ganz genau.« Eve holte eine Holzkiste unter dem Tisch hervor und nahm eine Handvoll Lippenpflegestifte heraus: Brombeer-Süßmais, Rosmarin-Minze und Koriander-Limette. Vollkommen sachlich fuhr sie fort: »Du bist ein Körper im Ruhezustand, Lolly. Du musst den Ball ins Rollen bringen. Setz dich in Bewegung, sonst wirst du nie dorthin kommen, wo du hinmöchtest.«

Auch damit hatte sie recht, das wusste ich. Aber wenn ich ganz ehrlich zu mir war und tief in mein Innerstes blickte, konnte ich mir einfach nicht vorstellen, dass es eine Zukunft geben könnte, die besser war als die, die ich verloren hatte. Der Sog von Verantwortung und Reue hielt mich gefangen. Meine Familie oder meine Pflichten im Diner aufzugeben, kam nicht infrage. Und mich noch einmal zu verlieben, war ebenso unvorstellbar. Eve hatte es ganz richtig erkannt: Ich steckte fest. Alles in mir wollte sich vorwärtsbewegen, ich sehnte mich so sehr danach. Doch wie ich das bewerkstelligen sollte, wusste ich nicht. Ich war ein Körper im Ruhezustand, und ich brauchte dringend jemanden oder etwas, das mir einen Schubs in die richtige Richtung verpasste.

8

Am Morgen nach meinem Gespräch mit Eve fand ich an der Cafetière in der Küche eine Nachricht vor:

Komm zu mir, wenn du aufgestanden bist. G.

Es war noch früh, draußen war es stockdunkel. Montags war der Diner zwar geschlossen, aber ich wachte aus Gewohnheit trotzdem immer vor Sonnenaufgang auf. Vom Küchenfenster aus sah ich, dass in dem Gästehäuschen hinten im Garten Licht brannte. Tante Gert war also wach. Bertha – die Bassethündin, die wir nach Myrtles Tod bekommen hatten – stand winselnd neben der Tür und wedelte mit dem Schwanz, wobei sie mir einen traurigen und zugleich hoffnungsvollen Blick zuwarf.

»Na komm, mein Mädchen.« Ich streichelte sie kurz, dann ließ ich sie in den Garten, um anschließend Futter in den Napf zu füllen, der neben dem Küchentresen auf dem Boden stand. Wenig später kratzte sie an der Tür, um wieder reingelassen zu werden. Sie wusste, dass hier ihr Frühstück auf sie wartete, und blieb deshalb nicht länger als unbedingt nötig draußen in der feuchten Kälte. Ich ließ sie herein, und sie marschierte schnurstracks zu ihrem Napf. Ihr rundlicher Körper auf den unfassbar kurzen Beinen schleifte beinahe über die Fliesen. Ich setzte Wasser auf, um mit meinem unverzichtbaren morgendlichen Kaffeezubereitungsritual zu beginnen, dann griff ich zur Kaffeemühle und gab anschließend den frisch gemahlenen Edelkaffee in meine Cafetière. Da es noch etwas dauern würde, bis das Wasser kochte, ging ich zunächst zu Tante Gert.

In Jogginghose und mit Schlaf in den Augen wanderte ich durch den Garten zu dem Gästehaus hinüber, das meine Eltern vor Jahren gebaut hatten. Das niedliche Häuschen stand unter den ausladenden Ästen eines riesigen Seqouia-Baumes. Es verfügte über ein großes Panoramafenster und eine geschwungene Eingangstür – ein Tiny House, bevor Tiny Houses überhaupt in Mode gekommen waren. Nun stand ich also vor der Haustür, spürte gähnend, wie sich der sanfte Nebel auf mein Haar legte, und klopfte.

Zwei Jahre zuvor hatte Tante Gert meinem Vater einen Brief geschickt, in dem sie angefragt hatte, ob sie bei uns wohnen könne. Sie habe sonst niemanden, hatte sie erklärt und versprochen, uns nicht zur Last zu fallen und im Diner mitzuhelfen. Ehrlich gesagt waren wir nicht begeistert gewesen. Meine Mutter war immer Gerts Lieblingsverwandte gewesen, und sie hatte auch darauf bestanden, dass wir mit ihr in Kontakt blieben, während ich aufwuchs. Wir hatten sie sogar zweimal in New England besucht, einmal, während ich in der Grundschule gewesen war, und dann noch einmal in der Mittelstufe. Doch auch wenn meine Mutter und Tante Gert viel Freude an dieser Beziehung hatten, war Tante Gert nicht gerade ein warmherziger Mensch. Ihre kratzbürstige Art hatte mich als Kind ebenso fasziniert, wie sie mir Angst gemacht hatte. Trotzdem war meine Mutter wie eine Tochter für sie gewesen, weshalb Dad ihr schließlich zurückgeschrieben hatte, dass sie willkommen sei, obgleich Mom zu diesem

Zeitpunkt schon fast acht Jahre tot gewesen war. Sie gehört zur Familie, hatte er Daphne und mir erklärt, und die Familie lässt man nicht hängen, auch wenn sie aus einer brillanten, aber exzentrischen Professorin für Religionswissenschaften und Mythologie besteht, die eine Vorliebe für wild gemusterte Kaftans hat.

Schon nach dem ersten Klopfen öffnete Tante Gert die Tür. Sie trug einen grellpinken Seidenmorgenmantel, auf den vor üppigem Hintergrund türkisfarbene Kraniche aufgestickt waren.

»Coole Robe«, sagte ich bewundernd.

»Das Geschenk eines chinesischen Diplomaten, der sich bei einem Shanghai-Besuch vor vielen Jahren ein wenig in mich verguckt hatte«, erklärte sie, winkte gelassen ab und trat dann beiseite, damit ich eintreten konnte. Als ich an ihr vorbeiging, nahm ich einen feinen, exotischen Duft wahr: schwarzer Pfeffer, Weihrauch und Sternanis. Ein Hinweis auf lang zurückliegende Abenteuer in der Fremde.

Der kleine Raum war hell erleuchtet, es lagen mehrere dicke Bücher herum, und in den Regalen an der Wand fanden sich Souvenirs von ihren Reisen. Sie trat an den kleinen Zweiertisch, wo sie gerade grünen Tee aufbrühte. Neben der Kanne lag ein aufgeschlagenes Sudoku-Heft.

»Tee?«, fragte sie.

»Nein, danke. Ich mache drüben im Haus gerade Kaffee.«

Sie zeigte auf den freien Stuhl. »Bitte, setz dich.« Das klang eher wie ein Befehl, weniger wie eine Einladung.

Ich nahm Platz.

»Vermutlich fragst du dich, warum ich dich hergebeten habe«, begann sie mit einem fast schon gebieterischen Blick.

»Ja, schon.« Ich rutschte ungeduldig auf dem harten Stuhl herum, da ich eigentlich zurück in meine Küche wollte. Der Kaffee rief nach mir. Tante Gert ging zum Regal hinüber und kramte in einer kleinen, reich verzierten Silberdose herum, dann kam sie zurück zum Tisch und streckte mir die Hand entgegen. Sie trug zwei große, exotisch aussehende Ringe: Einer war aus Gold, mit einem Rubin in einer Cabochonfassung, der andere stellte einen Pfau dar, dessen Juwelengefieder einem sofort ins Auge sprang. »Hier, ich habe etwas für dich. Sieh es als vorgezogenes Geburtstagsgeschenk.«

Überrascht streckte ich nun ebenfalls die Hand aus. Tante Gerts Finger waren kalt, knochig und stark. Sie ließ mehrere ungefähr murmelgroße Gegenstände auf meine Handfläche fallen und trat dann einen Schritt zurück. Neugierig sah ich mir das Geschenk an. In meiner Hand lagen drei simple Zitronenbonbons, die quietschgelben, die wie Zitronen geformt und mit Puderzucker bestäubt waren. Die Art von Süßigkeiten, die bei Großmüttern ewig im Bonbonglas verstaubten, weil niemand sie essen wollte.

»Äh … danke schön.« Ich versuchte, mir meine Überraschung nicht anmerken zu lassen. Was für ein merkwürdiges Geschenk.

»Das ist nicht das, wofür du es hältst.« Tante Gert ließ sich gegenüber von mir am Tisch nieder. Eindringlich sah sie mich an. »Das sind ganz besondere Bonbons. Sie können dir das Leben zeigen, das du hättest führen können. Sie können dir deinen wahren Lebensweg zeigen.«

Ich blinzelte verwirrt. *Meinen wahren Lebensweg?* Wovon redete sie denn da? Nun starrte sie mich so unverwandt an, dass mich fast der Verdacht beschlich, sie könne meine Gedanken lesen. Zuzutrauen wäre es ihr. Irgendwie hatte sie schon immer etwas Überweltliches an sich gehabt, einen Hauch von Mystik, und das lag nicht nur an den Räucherstäbchen aus Sandelholz, die sie in einer Schale in ihrem Bad abbrannte.

Tante Gert beugte sich über den Tisch und packte mich so fest bei der Hand, dass es wehtat. Im Gegensatz dazu war ihre Miene erstaunlich sanft. »Ich habe sie selbst als junge Frau geschenkt bekommen, zu einer Zeit, als ich das Gefühl hatte, in meinem Leben festzustecken. Sie können alles verändern.«

Ich musterte die Bonbons in meiner Hand. Ihr Geschmack war mir vertraut, und ich wusste genau, wie sie sich im Mund anfühlten, denn ich hatte als kleines Kind oft genug welche aus dem angestaubten Bonbonglas meiner Großmutter stibitzt. »Ich verstehe nicht«, sagte ich verwirrt. »Wie sollen die denn irgendetwas verändern?«

Hatte Tante Gert etwa mit einer frühen Form der Demenz zu kämpfen, die sich auf diese Art bemerkbar machte? Ein erschreckender Gedanke.

»Du hältst mich für verrückt«, stellte sie mit einem rätselhaften Lächeln fest, bevor sie sich im Stuhl zurücklehnte. Gelassen zog sie an dem Tee-Ei in ihrer Tasse, das nun das Wasser hellgrün einfärbte. Ein himmlischer Duft nach grünem Tee und Jasmin stieg auf. »Meine Liebe, das Leben definiert sich nicht allein durch die Grenzen deines Erfahrungshorizonts. Die Wahrheit des Universums reicht weit über die beschränkten Weiten deines Verständnisses hinaus. Wie sagte der heilige Augustinus doch einst? ›Wunder geschehen nicht im Widerspruch zur Natur, sondern nur im Widerspruch zu dem, was uns über die Natur bekannt ist.‹ Und er hatte recht. Wunder, Magie, wie auch immer du es nennen möchtest.« Sie deutete mit dem Kopf auf die Zitronenbonbons. »Ich gebe dir die Chance, dir durch gewisse Einblicke ein umfassenderes Bild von deinem Leben zu machen, um so vielleicht einen anderen Weg einzuschlagen, der dich zu einem besseren Ende führt. Ich gebe dir die Chance, *deinem Glück zu folgen.*«

Nun war ich vollends verwirrt. *Wunder. Magie. Folge deinem Glück.* Was hatte das alles mit den drei Bonbons in meiner Hand zu tun?

»Probiere es aus«, drängte sie. »Und sieh dir an, was passiert.« Träge stieg der aromatische Dampf aus ihrer Tasse auf. Ein wenig kam es mir vor, als säße ich einer Wahrsagerin oder einer guten Fee gegenüber – einer etwas glupschäugigen und ziemlich furchteinflößenden guten Fee. »Lutsche eines der Bonbons, wenn du abends ins Bett gehst, und benenne laut eine Sache, die du in deinem Leben gerne ändern würdest, etwas, das du bereust. Dann schlaf, und wenn du aufwachst, wirst du einen Tag lang das Leben leben, das dir zuteilgeworden wäre, wenn du dich in diesem Punkt anders entschieden hättest. Keine Sorge, die Wirkung ist nur vorübergehend. Am nächsten Morgen kehrst du in dein normales Leben zurück, als wäre nie etwas geschehen.« Sie nippte an ihrem heißen Tee. »Aber innerhalb eines Tages kann sich natürlich eine Menge ändern.«

»Okay … äh …« Ich schob meinen Stuhl zurück und stand auf. Tante Gert bereitete mir Sorgen. Sicher, sie war ein Genie und äußerst exzentrisch, aber das klang einfach nur verrückt. Wenn sie wirklich an Demenz erkrankt war (und im Grunde konnte es ja nichts anderes sein), wie sollten wir das schaffen? Wir kamen ja so schon kaum über die Runden. Beim Gedanken daran wurde mir ganz anders.

»Vielen Dank für das Geschenk«, sagte ich schnell, da ich unbedingt wegwollte. Ich brauchte jetzt einen Kaffee und ein paar Minuten für mich, um meine Gedanken zu ordnen.

»Du glaubst mir nicht, aber das ist nicht weiter schlimm. Versprich mir nur eins«, forderte sie herrisch. »Versprich mir, dass du es heute Abend ausprobierst. Mach es genau so, wie ich es dir gesagt habe. Tu einer alten Frau den Gefallen.« Da war so ein merkwürdiges Funkeln in ihren Augen, das mich nervös machte. Mit einer ausholenden Geste zeigte sie zur Tür und scheuchte mich quasi hinaus. »Und erzähl mir morgen davon.«

Ich nickte. »Also gut, ich verspreche es.« Damit steckte ich die Zitronenbonbons in meine Hosentasche und machte mir eine gedankliche Notiz, am Abend eines davon zu lutschen, damit ich ihr morgen guten Gewissens sagen könnte, ich hätte es versucht.

Tante Gert brachte mich zur Tür, blieb dann aber noch einen Moment mit der Hand an der Klinke stehen. »Sei vorsichtig. Triff kluge Entscheidungen.« Ihre Augenbrauen, die so hell waren, dass sie fast durchscheinend wirkten, verzogen sich zu einem unheilvollen, steilen V. »Man weiß nie, was passiert, was man gewinnt oder verliert, wenn man den Lauf der eigenen Geschichte verändert.« Dann öffnete sie die Tür und ließ mich wortlos hinausgehen.

9

Bis zum Abend darauf hatte ich die Zitronenbonbons völlig vergessen, da ich bei unserem wöchentlichen Lagebericht zur Situation des Diners wieder einmal ein besonders frustrierendes Gespräch mit Dad führen musste.

»Wir schaffen es also, uns weiterhin über Wasser zu halten«, stellte er mit einem müden, aber erleichterten Blick auf die Finanzberichte fest, die zwischen uns auf dem Edelstahltisch ausgebreitet lagen. Dad und ich standen uns in der Küche gegenüber, er mit hochgekrempelten Ärmeln und einer Kochschürze um den Bauch. Nun packte er je ein Pfund Kalbs- und Schweinehack in eine Schüssel und fing an, beides mit der Hand zu vermischen. Bei jeder Bewegung zuckte das Navy-Tattoo an seinem Oberarm, ein Anker mit den aus Seil geknüpften Buchstaben USN. Er machte *frikadeller*, dänische Fleischbällchen, die heute Abend das Tagesgericht werden sollten. Draußen wickelte inzwischen Tante Gert die letzten Gäste vom Mittagsgeschäft ab. Drüben am Spülbecken schälte Julio Kartoffeln. Julios kleiner Bruder Angel bereitete den Servierwagen vor, um damit gleich die Tische abzuräumen. Aus dem Radio drang leise die krächzende Version von *Tequila Sunrise*, die von Dads Lieblingsband stammte: The Eagles.

»Mit Mühe«, schränkte ich ein und klopfte mit meinem Stift auf ein paar rot eingekreiste Zahlen. Während ich mich über das Blatt beugte, schob ich mir die Cat-Eye-

Brille höher auf die Nase. Das war mein absolutes Lieblingsmodell, ein freches Aluminiumgestell, das an den geschwungenen Ecken mit Glitzersteinen besetzt war. Leider rutschte sie mir jedes Mal fast von der Nase, wenn ich den Kopf senkte, aber ich liebte sie trotzdem. »Wir halten uns nur mit großer Mühe über Wasser. Es sind weniger Gäste als letztes Jahr, gleichzeitig haben wir höhere Ausgaben. Dad, wenn jetzt noch etwas kommt, und sei es nur eine Kleinigkeit, kann es uns das Genick brechen.«

Vollkommen entmutigt blätterte ich in den Rechnungen, Tabellen und Listen, die zwischen uns lagen. Es sah noch düsterer aus als sonst. Letzte Woche war der Geschirrspüler kaputtgegangen, was eine unumgängliche, aber kostspielige Reparatur zur Folge gehabt hatte, die unseren sowieso schon mageren Profit weiter hatte schrumpfen lassen. Während der letzten Jahre war es mit jeder Woche immer knapper geworden, und die Zukunftsaussichten waren kein bisschen besser.

Dad seufzte schwer und nickte dann. Mit dem aufgekrempelten Ärmel strich er sich eine Strähne seiner immer dünner werdenden schwarzen Haare aus der Stirn. »Okay, dann müssen wir uns eben etwas einfallen lassen.« Er gab eine Tasse gehackte Zwiebeln und eine Tasse Vollfettmilch zu dem Hackfleisch und vermengte alles. Der scharfe Zwiebelgeruch brannte in den Augen, und ich musste gegen die Tränen ankämpfen. Das helle Licht in der Küche zeigte deutlich, wie erschöpft mein Vater war, wie dunkel die Ringe unter seinen braunen Augen waren. Eigentlich konnte ich mich nicht mehr daran erinnern, wann er einmal nicht müde ausgesehen hatte.

Marty Blanchard war mit seinen fünfundsechzig Jahren der fleißigste Mensch, den ich kannte. Schon immer klein und drahtig, hatte er während seiner Jugend auf einer Ranch in Wyoming als Viehtreiber gearbeitet, um anschließend zehn Jahre bei der Navy zu dienen. Nach seiner Hochzeit mit Mom hatte er ununterbrochen im Diner geschuftet, wo er sowohl Chefkoch als auch Hausmeister und Mann für alles war. Zwar war ich morgens immer die Erste im Laden, dafür knipste er abends als Letzter das Licht aus. Ich wusste nicht einmal mehr, wann er das letzte Mal Urlaub gemacht oder sich auch nur einen Kinobesuch gegönnt hätte. Jedenfalls nicht mehr, seit meine Mutter gestorben und der Diner finanziell in Schieflage geraten war. Er verlor nie viele Worte, wurde jedoch von einer tief sitzenden Loyalität und Fürsorglichkeit angetrieben. Meine Mom hatte er geradezu vergöttert, und ihr Tod hatte ihn fix und fertig gemacht, doch er hatte trotzdem durchgehalten und sich unermüdlich für Daphne und mich ins Zeug gelegt.

»Dad, wenn wir den Laden nicht bald dichtmachen wollen, müssen wir dringend ein paar grundlegende Sachen ändern«, drängte ich ihn sanft. Das war ein schwieriges Thema, bei dem wir vollkommen verschiedene Standpunkte vertraten. »Hast du die Artikel über den Siegeszug der Bio-Food-Bewegung an der Westküste gelesen, die ich dir ausgedruckt habe?«

»Nein.« Dad schüttelte den Kopf und schlug mit einer Hand ein Ei auf, das ebenfalls in die Schüssel wanderte. »Und das brauche ich auch gar nicht. Lolly, wir können hier keine größeren Änderungen vornehmen. Deine Mutter hatte eine Vision, genau wie ihre Eltern vor ihr, und es ist nun an uns, diese Vision fortzuführen. Das ist dein Erbe.« Schnell und routiniert schlug er drei weitere Eier auf.

»Aber wenn wir nichts ändern, könnten wir alles verlieren«, platzte es aus mir heraus. Dieses blinde Festhalten an einem Ideal, das von Tag zu Tag altbackener wurde, machte mich wahnsinnig. »Dad, die Gastroszene in Seattle wird immer rauer. Jede Menge Läden gehen pleite. Die meisten Menschen wollen ihr Geld nicht länger in einem Laden wie der Eatery ausgeben. Nostalgie zieht nicht mehr. Inzwischen will so gut wie niemand mehr dänisches Wohlfühlessen haben.« Ich zeigte auf die Schüssel mit der Hackmischung, die darauf wartete, weiterverarbeitet, zu Kugeln geformt und in Butter gebraten zu werden. »Die Leute wollen nachhaltiges, gesundes Essen mit transparenter Herkunft. So sieht es in der Gastronomie zurzeit nun einmal aus.«

Ich hielt mich an der Tischkante fest und beugte mich vor, um meinen Worten mehr Nachdruck zu verleihen. Wir alle hatten unser Leben in diesen Diner gesteckt, von meinen Großeltern über meine Eltern bis hin zu mir. Wir durften ihn nicht verlieren, nur weil wir es nicht schafften, mit der Zeit zu gehen. Dieser Diner stand für unser Leben, für unsere Geschichte. Er war unser Herz, war viel mehr unser Heim als jedes Haus, in dem wir je gewohnt hatten. Ein Ort, der untrennbar mit unserer Familie und unserem Vermächtnis verknüpft war. Hinter mir sang Glenn Frey sanft *Peaceful Easy Feeling*, was schon ziemlich ironisch war, da ich gerade so aufgewühlt war, dass ich beinahe zitterte.

»Wir müssen etwas ändern, bevor es zu spät ist«, beharrte ich.

»Dieser Diner hat einen Ruf, ein Vermächtnis. Daran pfuscht man nicht einfach so herum«, sagte Dad unerbittlich. Er bestreute das Hackfleisch mit einer Tasse Brotkrumen und einer Tasse Mehl und verknetete alles.

Ich schloss die Augen und atmete mehrmals tief durch die Nase ein, um die Angst und die Frustration zurückzudrängen. Seit Jahren schlug ich mich nun mit dem aussichtslosen Kampf um das Restaurant herum, und Dad weigerte sich beharrlich, auf die Stimme der Vernunft zu hören. »Wir müssen etwas unternehmen«, drängte ich wieder. »So funktioniert es einfach nicht mehr.«

»Okay, dann nehmen wir sonntags eben wieder die *fiskefrikadeller* auf die Tageskarte.« Dad drehte den Plastikverschluss von einer Flasche Selters ab und schüttete die Hälfte des Wassers zu dem Fleisch in die Schüssel. »Die waren immer der Renner«, fügte er versöhnlich hinzu. »Damit gehen die Zahlen bestimmt wieder rauf.«

Mit einem hoffnungslosen Seufzer trat ich vom Tisch zurück. Er verstand es einfach nicht. Er begriff nicht, wie prekär unsere Lage war. Wir waren kurz davor, alles zu verlieren, und seine Lösung bestand darin, Fischfrikadellen auf die Karte zu setzen? Er hatte in der Navy kochen gelernt und sein Können dann mithilfe der Mutter meiner Mutter weiter ausgebaut, indem er sich sämtliche Gerichte des Diners aneignete, bevor meine Eltern den Laden übernahmen. Doch er war ein altmodischer Koch mit einem eingeschränkten Repertoire, der sich jeder Veränderung verweigerte. Vermutlich, weil die Vorstellung, sich auf etwas Neues einzulassen, ihn verunsicherte.

Ich wollte noch einmal nachlegen, doch als ich in sein müdes Gesicht sah – die Kiefer fest zusammengepresst, während er mit gleichmäßigen Bewegungen das Wasser in die Fleischmasse einarbeitete –, verkniff ich es mir. Er hatte sich nie wirklich vom Tod meiner Mutter erholt, sondern einfach stur weitergemacht, um sich um Daphne und mich zu kümmern. Dafür hatte er alles aufgegeben, jedes

Leben, das er vielleicht hätte haben können, aber er hatte sich kein einziges Mal beklagt. So war er nicht. Mit stiller und unablässiger Hingabe hatte er sich für uns aufgeopfert, ohne an sein eigenes Glück oder sein Wohlergehen zu denken. Ich beobachtete, wie sich die Sehnen an seinen Armen spannten, während er knetete. Dann wanderte mein Blick zu seinem Kopf hinauf, wo die helle Haut durch das sich lichtende Haar schimmerte. Ich wurde weich. Er tat, was er konnte. Wir alle taten, was wir konnten. Und ich hoffte mit jeder Faser meines Herzens, dass es genug war. Doch gleichzeitig ahnte ich, dass es eines Tages eben nicht mehr ausreichen würde.

»Okay, Dad, ich setze die Fischfrikadellen auf die Speisekarte«, sagte ich schließlich und gab damit wieder einmal klein bei. Es war völlig egal, was ich aus dem Diner machen wollte, was ich mir erträumte und wie es auch tatsächlich werden könnte. In meinem Büro hatte ich eine Schublade voller Zeichnungen, ein ganzes Notizbuch voller Ideen, um mit ein paar Dollar und etwas Muskelschmalz aus der gemütlichen und leicht schäbigen Eatery einen dieser coolen Lifestyle-Läden zu machen, für die Seattle berühmt war.

Vor meinem inneren Auge sah ich es schon: Einmachgläser mit kleinen Sukkulenten auf den Tischen, an den Wänden alte Reiseplakate aus den Fünfzigern in schlichten weißen Rahmen, in der Ecke ein Plattenspieler mit Big-Band-Hits von Glenn Miller und Duke Ellington, dazu eine Speisekarte mit frischen regionalen Gerichten. Aus schäbig könnten wir retro-cool machen, aber Dad konnte sich offenbar nicht einmal einen Hauch Veränderung vorstellen. Ich hatte ja schon ewig auf ihn einreden müssen, um letztes Jahr auf Papierstrohhalme und kompostierbare Take-away-Verpackungen umzustellen.

Dad trug die Schüssel mit der Fleischmasse zum Kühlschrank und stellte sie hinein. »Julio, *hombre,* wie sieht es mit den Kartoffeln aus?«

Anscheinend war unser Treffen beendet. Dad blieb kurz neben mir stehen. »Mach dir keine Sorgen, Lollylein. Wir finden schon eine Lösung.« Mit einem müden Lächeln tätschelte er mein Kinn. »Wie immer eben.«

Nickend suchte ich meine Unterlagen zusammen, doch der Frust grub sich wie ein wirbelnder Schneebesen immer tiefer in mein Innerstes. Ich hatte es so satt, Woche für Woche hier zu stehen und jedes Mal dieselbe Debatte zu führen. Es war zermürbend. Sollte das etwa die Summe meines Lebens sein – mit Mühe ein angeschlagenes Diner am Laufen zu halten, kaum über die Runden zu kommen, gefangen in einem Leben, das von Tag zu Tag kleiner und enger zu werden schien? Nein, ganz bestimmt nicht. Es musste sich dringend etwas ändern.

Erst viel später, als ich bereits in meiner bequemsten Flanellpyjamahose und dem ausgewaschenen grün-weißen Sweatshirt der Portland State University in meinem Bett lag, fielen mir die Zitronenbonbons wieder ein. Ich war hundemüde, aber der Gedanke, Tante Gert am Morgen gegenübertreten und aufs Neue zugeben zu müssen, dass ich mein Versprechen gebrochen hatte, reichte aus, um mich noch einmal aus dem Bett zu treiben. Schon heute hatte sie mich in aller Früh gefragt, ob ich eines probiert hätte, und ich hatte ihr geschworen, an diesem Abend daran zu denken. Diese Frau hatte einen Blick drauf, der einen quasi schrumpfen ließ. Und ehrlich gesagt war ich auch ein kleines bisschen neugierig. Natürlich glaubte ich nicht wirklich daran, dass einfache Zitronenbonbons auf magische Art und Weise mein Leben verändern könnten. Das war absurd, vollkommen undenkbar, so etwas gab es nur im Märchen. Aber deshalb konnte ich doch trotzdem den Wunsch haben, dass es wahr wäre.

Ein kleiner, kindlicher Teil von mir wünschte sich, dass es tatsächlich Magie in unserer Welt gäbe. Was, wenn ich wirklich die Zeit um Tage, Monate oder Jahre zurückdrehen und mich neu entscheiden könnte? Eine Kostprobe eines anderen Lebens nehmen könnte? Wäre das nicht wundervoll? Welch ein Geschenk – ein Neuanfang! Um meinem Glück zu folgen, wie auch immer das letztlich aussehen mochte.

Meine Jogginghose hing über einem Stuhl, und ich fischte nun eines der Bonbons aus der Hosentasche. Im gedämpften Licht der Nachttischlampe sah ich mir das kleine Ding genau an, drehte es zwischen den Fingern hin und her, leckte vorsichtig daran. Es schmeckte anders als die Bonbons meiner Kindheit, das war nicht dieses übliche künstliche Zitronenaroma, sondern irgendwie … prickelnder. Wie frisch gemachte Limonade. Es erinnerte mich an meine Mom, an den Duft ihrer Hände. Vielleicht enthielten diese Bonbons ja auch ein klein wenig Küchenmagie. Bei dem Gedanken musste ich schmunzeln.

Ich steckte mir das Bonbon in den Mund und ging zurück ins Bett, dann starrte ich an die Decke meines winzigen Schlafzimmers, lutschte fleißig und wartete darauf, dass der harte Knubbel sich auflöste, damit ich schlafen konnte. Das war das beste Zitronenbonbon, das ich je gegessen hatte, süß und sauer waren perfekt abgewogen. Es schmeckte nach strahlenden Julinachmittagen, nach Limonadenständen und Pappbechern voller knirschender Eiswürfel, nach Spaziergängen im kalten Wasser des Puget

Sound, nach Gelächter und kribbelnder, vollkommen grundloser Freude in der Brust.

Die Minuten vergingen, während ich lutschend im Bett lag. Irgendwann war nur noch ein kleiner, saurer Rest auf meiner Zunge übrig. Ich streckte mich, um das Licht auszuschalten. Dann hielt ich inne. Was hatte Tante Gert gesagt? Ich musste laut aussprechen, was ich bereute, eine Entscheidung benennen, die ich ändern wollte. Mein Blick wanderte zu dem Einhorntagebuch auf meinem Nachttisch. Dann dachte ich an das frustrierende Gespräch mit Dad und daran, wie festgefahren sich mein Leben im Diner anfühlte. An die ersten beiden Ziele auf der Liste, die heute so völlig unerreichbar schienen. An das Bild vom Körper im Ruhezustand.

1. *In einem anderen Land leben.*
2. *An einem spektakulären Ort mein eigenes Restaurant haben.*

Zwei Punkte, für mich unauflöslich miteinander verknüpft. Und so lag mir, als ich das Licht ausschaltete, ein Wort auf der Zunge, das in mir Sehnsucht und Bedauern auslöste, ähnlich herb wie der Zitronengeschmack des Bonbons.

»Das Toast.«

10

Ein schrilles Piepen riss mich aus dem Schlaf. Leise ächzend setzte ich mich auf und blinzelte gegen das graue Licht des frühen Morgens an. Gleichzeitig suchte ich nach dem Ursprung dieses schrecklichen Lärms, der so rein gar nichts mit meinem üblichen Weckton gemeinsam hatte – June Carter Cashs Version von *Keep On the Sunny Side* –, der mich jeden Morgen um fünf Uhr aus den Federn holte. Plötzlich erstarrte ich, sah mich verwirrt um, auch wenn alles leicht verschwommen war. Das war nicht mein Schlafzimmer.

Ich saß in einem Doppelbett mit altmodischem geschnitztem Holzrahmen und trug einen beigefarbenen Seidenpyjama, den ich beim Schlafengehen ganz bestimmt nicht angehabt hatte. Mit wild klopfendem Herzen tastete ich nach dem Handy auf dem Nachttisch und stellte das unaufhörliche Piepsen ab. Dann suchte ich nach meiner Brille. Panik schnürte mir die Kehle zu. Wo war ich? Schließlich entdeckte ich eine Brille neben dem Handy: elegantes Schildpattgestell mit goldenen Akzenten, eigentlich gar nicht mein Stil. Zögernd setzte ich sie auf. Sofort wurde alles um mich herum scharf. Also meine Stärke.

Ich befand mich in einem kleinen Zimmer mit Dachschrägen, das mit einem bequem aussehenden Polstersessel, einem wuchtigen antiken Kleiderschrank und einem abgewetzten Perserteppich eingerichtet war. Äußerst merkwürdig. Auf allen vieren kroch ich ans Fußende und blickte durch das kleine Sprossenfenster auf die Straße hinunter. Eigentlich war es mehr eine Gasse, sehr malerisch, mit schmalen, bunt gestrichenen Reihenhäusern rechts und links, die sich dicht aneinanderdrängten. Auf einer gestreiften Markise auf der anderen Straßenseite prangte der Schriftzug CREAM TEA AND HOMEMADE SCONES. Irgendwie kam mir der Name der Teestube bekannt vor. Und dann wusste ich es plötzlich.

»Brighton.« Vollkommen erschlagen ließ ich mich wieder auf meinen Hintern fallen. »Ich bin in England.«

In meiner Vorstellung hatte ich das Toast immer in Brighton angesiedelt, einer liebenswert schrulligen kleinen Stadt an Englands Südküste. Schon bei meinem ersten Besuch dort war ich dem Städtchen mit seiner fröhlichen Ferienstimmung, dem Kiesstrand und dem prunkvollen viktorianischen Pier mit Haut und Haaren verfallen. Ich hatte sogar den perfekten Standort für mein Café entdeckt, ein ehemaliges Fabrikgebäude im Stadtteil North Laine, das leer stand und zum Verkauf angeboten wurde. Aber dann hatte der Tod meiner Mutter diesen Ambitionen ein Ende bereitet. Ich war nie wieder nach Brighton zurückgekehrt, und das Toast war zu einem halb vergessenen Wunschtraum geworden. Bis zu diesem Morgen.

Ich schüttelte den Kopf. Bestimmt war das nur ein Traum. Beim Einschlafen hatte ich an das Toast und meine Zeit in England gedacht, und jetzt träumte ich eben davon. Aber irgendwie, tief in mir drin, wusste ich, dass diese Erklärung – so logisch sie auch sein mochte – nicht der Wahrheit entsprach. Alles fühlte sich vollkommen real an, lebendig und fest, nicht wie ein Fantasiegebilde in einem Traum. Bis hinunter zu meinen kalten, nackten Zehen spürte ich, dass ich tatsächlich in Brighton war. Wie war das möglich?

Lutsche eines der Bonbons, wenn du abends ins Bett gehst, und benenne laut eine Sache, die du in deinem Leben gerne ändern würdest, etwas, das du bereust, fielen mir Tante Gerts Anweisungen wieder ein. *Dann schlaf, und wenn du aufwachst, wirst du einen Tag lang das Leben leben, das dir zuteilgeworden wäre, wenn …*

Aber nein, es war lächerlich, das auch nur in Erwägung zu ziehen. Absolut unmöglich. Und doch … Ich sah durch das Fenster auf die Straße hinaus, die mir so bekannt vorkam. Leise Hoffnung regte sich in mir. Ich war schon einmal hier gewesen. Elf Jahre zuvor hatte ich in der Teestube mit Begeisterung Cream Tea getrunken, an einem Tisch hinter dem Fenster dort drüben, und hatte mir warme Scones mit Himbeermarmelade dazu gegönnt.

Konnte es tatsächlich wahr sein? Befand ich mich unbegreiflicherweise und entgegen aller Logik wirklich in einer anderen Version meines Lebens, in der das Toast Realität geworden war? Ein erschreckender Gedanke, der aber gleichzeitig unheimlich aufregend war. Was hatte das zu bedeuten? Und wie lange würde es anhalten? Hatte Tante Gert mir das nicht auch gesagt, als sie mir die Zitronenbonbons gegeben hatte? Ich schloss die Augen und versuchte, mich zu erinnern, spürte dabei leichte Panik in mir aufsteigen.

Keine Sorge, die Wirkung ist nur vorübergehend. Am nächsten Morgen kehrst du in dein normales Leben zurück, als wäre nie etwas geschehen.

Ja, das hatte sie gesagt, während sie an ihrem Tee genippt hatte – als wäre das etwas vollkommen Alltägliches. Nun gut. Ich atmete einmal tief durch. Also nur ein Tag. Selbst wenn das hier kein Traum war und ich tatsächlich auf mysteriöse Weise nach Brighton befördert worden war, blieb es nicht auf Dauer so. Ein erleichterter Seufzer stahl sich von meinen Lippen.

Ich griff wieder nach dem Handy und prüfte Uhrzeit und Datum. Offenbar hatte ich länger geschlafen als üblich, denn es war schon nach sieben. Und laut Kalender war heute Mittwoch, der 23. Februar. Als ich mich bonbonlutschend ins Bett gelegt hatte, war es Dienstagnacht gewesen, am 22. Februar. Was bedeutete, dass niemand am Raum-Zeit-Kontinuum herumgepfuscht hatte. Auch das war eine Erleichterung. Ich war also am richtigen Tag aufgewacht, nur eben nicht am erwarteten Ort. Während ich mich noch einmal im Zimmer umsah und dann wieder zu der Teestube hinüberstarrte, verwandelte sich meine innere Anspannung in etwas, das sich eher wie Vorfreude anfühlte.

Lag nun wirklich ein wundervoller, außergewöhnlicher Tag vor mir, an dem ich noch einmal England besuchen und mir ansehen konnte, wie mein Leben verlaufen wäre, wenn ich mich dafür entschieden hätte, das Toast zu realisieren? Welch ein seltsames, unfassbares, erstaunliches Geschenk.

Als ich aufgeregt im Bett herumrutschte, bemerkte ich, dass ich auf einer Wärmflasche saß. Ich zog sie unter der Decke hervor und stellte fest, dass sie noch lauwarm war. Aufmerksam blickte ich mich weiter im Zimmer um, bis mir plötzlich eine ganz andere Frage durch den Kopf schoss: Wie sah ich eigentlich aus? Noch so wie immer, oder war das hier wie bei *Zurück in die Vergangenheit*, und ich war in einem anderen Körper gelandet? Meine Mom hatte keine Folge der Serie verpasst, als ich noch klein gewesen war. Irgendwie hatte sie wohl auf Scott

Bakula und sein Kinngrübchen gestanden. Schnell setzte ich mich auf und sah in den ovalen Spiegel, der neben dem Kleiderschrank hing. Zwar blickte mir daraus eindeutig mein Gesicht entgegen, allerdings hatte es doch ein paar Änderungen gegeben.

»Ein Bob? Ziemlich gewagt.« Mein Haar war zu einem eleganten glatten Bob geschnitten und mit karamellfarbenen Strähnchen versehen, die nicht wirklich zu meinem hellen Hautton passten. Ehrlich gesagt machten sie mich ziemlich blass. Als ich nun die Hände in die Hüften stemmte, bemerkte ich, dass sie sich irgendwie knochig anfühlten. Erstaunt hob ich das Pyjamaoberteil an und drehte mich hin und her. So dünn war ich seit der Pubertät nicht mehr gewesen. Nicht zu dünn, aber schick dünn, mit deutlich sichtbaren Schlüsselbeinen und schmalen Handgelenken. In meinem richtigen Leben war ich eben ein wenig kurviger. Hier in England nicht. Kein Wunder, dass mir so kalt war. Es fehlte jegliche Isolierung gegen die kühle Meeresluft.

Mit morbider Faszination starrte ich diese geschmeidige, dünne Version von mir an. Mein Gesicht wirkte älter und beinahe fahl. Vielleicht lag das aber auch am Licht. Oder daran, dass schick dünn eben doch nicht zu mir passte.

Plötzlich begann das Handy auf dem Nachttisch zu klingeln. Nach kurzem Zögern nahm ich es in die Hand. Dank Gesichtserkennung entsperrte es sich sofort.

»Hallo?« Klang ich wirklich ein wenig britisch? Ich hätte schwören können, dass da ein europäischer Einschlag in dem Wörtchen zu hören war. Wie nobel.

»Diesmal hat er wirklich den Vogel abgeschossen. Er hat es schon wieder getan, der verdammte Wichser.« Die Frau am anderen Ende der Leitung hatte einen starken nordenglischen Akzent und war offenbar außer sich vor Wut. »Während dein Loverboy sich eine nette Zeit macht, müssen wir sehen, wie wir mit seiner Lieferung ein anständiges Essen auf den Tisch kriegen. Weder Rosenkohl noch Steckrüben. Für die Salate nur Eisberg. Ist es denn wirklich zu viel verlangt, dass er sich an eine simple Liste hält und wenigstens ein einziges verfluchtes Mal das liefert, *was wir bestellt haben?*«

Erschrocken hielt ich das Telefon von meinem Ohr weg, was allerdings nichts daran änderte, dass ich jedes ihrer schwer verständlichen Worte hörte. Bei vielen Ausdrücken musste ich mir zusammenreimen, was gemeint war.

Jetzt galt es, schnell zu sein. Egal in welcher Beziehung ich zu dieser Frau stand, sie erwartete eine intelligente Antwort von mir. Was ziemlich schwierig war, da ich keine Ahnung hatte, was eigentlich los war. Von jetzt auf gleich war mir schon alles über den Kopf gewachsen.

»Äh ... tut mir leid. Wer spricht denn da?«, versuchte ich, Zeit zu schinden.

Es folgte eine lange Pause. »Was soll das heißen – wer spricht da? Hier ist *Nicola*. Deine Küchenchefin. Weißt du noch? Bist du irre? Wie viele Pints hast du dir denn gestern im Pub reingezogen?«, fragte die Frau empört.

»Ja, das war dann wohl eins zu viel. Tut mir echt leid«, hangelte ich mich weiter, während ich krampfhaft versuchte, mich wieder in das britische Englisch einzuhören, das mir während meiner Zeit in London eigentlich sehr vertraut geworden war. Also, sie hatte etwas von Rüben gesagt und ... Rosenkohl? Und wer war dieser Loverboy?

»Wo bist du denn gerade?« Zähneknirschend nahm ich das Telefon wieder vom Ohr, da ich mit der nächsten Explosion rechnete.

»Was glaubst du denn, wo ich bin? Wo ich immer bin. Wo wir beide quasi *wohnen.*« Erstaunlicherweise schaffte sie es, noch eine Oktave schriller zu klingen. »Ich bin im Toast, wo du jetzt besser auch hinkommst, denn sonst können wir zum Brunch nichts weiter anbieten als schnöden Standardsalat von Tesco!«

»Ja, klar, genau. Bin schon unterwegs«, versicherte ich, doch sie hatte bereits aufgelegt. Mir wurde plötzlich bewusst, dass all das hier real war. Ich war ich selbst und andererseits doch wieder nicht, und befand mich in England in einem Leben, über das ich nichts wusste, wo ich aber anscheinend ein eigenes Restaurant mit einer extrem cholerischen Küchenchefin hatte. Wie in aller Welt sollte ich einen Tag in einem Leben überstehen, von dem ich nicht die blasseste Ahnung hatte?

Und wer war dieser Loverboy?, fragte ich mich erneut. War ich Single? Verheiratet? Schnell schaute ich auf meine Hand. Kein Ring. Das wäre auch sicher kompliziert geworden. Ich wusste nicht einmal, wo ich frische Unterwäsche und meine Zahnbürste finden konnte. Oder ob das hier überhaupt mein Haus war. Verbissen schüttelte ich den Kopf. Bestimmt lag ich friedlich schlafend in meinem Bett in Magnolia, versunken in zitronig duftende Träume. Und bald würde ich aufwachen und den Speck riechen, den Dad für uns briet, begleitet von Daphnes Interpretation der größten Hits von Ariana Grande.

Doch ich hatte jetzt keine Zeit, mir über die wundervolle und zugleich verstörende Unmöglichkeit des Ganzen Gedanken zu machen. Ob Traum, Realität oder Wahnzustand, ich war spät dran. Wozu ich zu spät kam, wo das Ganze stattfand und was ich zu tun hatte, wenn ich erst dort wäre, wusste ich nicht. Aber ich trug noch immer einen Pyjama und musste dringend pinkeln. Also, eins nach dem anderen. Ich atmete einmal tief durch, riss mich zusammen und machte mich auf die Suche nach einer Toilette.

Eine halbe Stunde später trat ich in den milchig trüben, kalten englischen Wintermorgen hinaus. Nachdem ich das Badezimmer, saubere Kleidung und eine Art Frühstück gefunden hatte (in dieser Reihenfolge), fühlte ich mich etwas besser. Außerdem konnte ich wohl davon ausgehen, tatsächlich in meiner eigenen Wohnung aufgewacht zu sein, da ich auf ein Foto gestoßen war, das mich mit einer Gruppe Leute zeigte, die sich alle um ein schlichtes schwarz-weißes Schild versammelt hatten, das den Schriftzug TOAST trug. Ich sah mir ihre Gesichter an. Wir alle schienen mit einer Mischung aus Erschöpfung und Euphorie zu kämpfen. Auf der Rückseite des Bildes stand: *Eröffnungsfeier, 15. Mai 2016.* Beinahe sechs Jahre war das schon her. Brighton, das Toast … ich hatte es geschafft. Bittersüßer Stolz stieg in mir auf. In einem anderen Leben hatte ich meinen Traum also in die Tat umgesetzt und mein eigenes Restaurant eröffnet.

Der Rest der Wohnung war in meinem üblichen Vintage-Stil eingerichtet, doch alles fühlte sich irgendwie leer an, beinahe verlassen. Im Kühlschrank fand sich nichts außer abgelaufener Milch und ein paar schrumpeligen Birnen. Ich hatte keine Haustiere, und auf dem winzigen Küchentisch stand bloß ein einsames Usambaraveilchen, das ebenfalls so aussah, als würde es keinerlei Zuwendung bekommen, denn die wenigen pelzigen Blätter waren an den Rändern schon ganz braun. Es gab nur einen Stuhl. Merkwürdigerweise waren nirgendwo Familienfotos zu sehen. Das gab mir zu denken. Wo waren die Bilder von Daphne und Dad? Und wie mochte mein Leben hier in England wohl sein? War ich glücklich? Hatte ich Freunde, ein reges Sozialleben? War ich vielleicht verliebt?

Mein Kleiderschrank entpuppte sich als eine herbe Enttäuschung. Volle fünf Minuten lang starrte ich die adretten beigefarbenen Bleistiftröcke, die figurbetonten dunkelblauen Blazer und die faltenfreien weißen Blusen an, alles ordentlich aufgehängt. Wo waren meine Vintagekleider? Meine bunten Strickjacken, meine gepunkteten Zigarettenhosen? War das wirklich mein Kleiderschrank? Das war alles so … praktisch, fast schon langweilig. Das Bunteste hier war noch eine Schleifenbluse in einem sehr dezenten Rosa, die ich schließlich auch anzog, zusammen mit einer braunen Hose und Perlohrringen. Die Frau, die mir nun aus dem Spiegel entgegenblickte, sah durch und durch respektabel und professionell aus, aber auch irgendwie streng. Eine erwachsenere Version meiner selbst. So sah jemand aus, der nicht besonders viel Spaß im Leben hatte.

Ausgerüstet mit Kaffee (Instant, schwach; ach, England, woher kommt nur deine Liebe zu Instantkaffee?) und einer halben Packung Kekse – zum Glück die mit Schokolade –, machte ich mich also auf die Suche nach dem Toast. Das Navi auf meinem Handy verriet mir, dass mir ein zügiger Fünfzehnminutenmarsch nach North Laine bevorstand, und so schaute ich immer mit einem Auge auf das Display, während ich gleichzeitig versuchte, die Atmosphäre von Brighton in mich aufzusaugen.

Obwohl mein Schreck über die ungewöhnliche Situation, in der ich mich beim Aufwachen wiedergefunden hatte, noch nicht ganz abgeklungen war, war ich zugleich hellauf begeistert davon, nun wieder in diesem Städtchen zu sein, das ich so liebte. Wie sehr ich es doch vermisst hatte! Während meines Auslandssemesters war ich oft hier gewesen, hatte einfach einen Tagesausflug mit dem Zug gemacht. London war natürlich beeindruckend gewesen, aufgrund seiner Größe und der dort herrschenden Hektik aber auch ein wenig furchteinflößend. Brighton hingegen mit seinen charmanten Gässchen und der Unbeschwertheit eines (wenn auch oft wolkenverhangenen) Badeortes war perfekt – einerseits ein wenig unkonventionell, andererseits ein Touristenmagnet, untermalt von einer gewissen Schäbigkeit, die an vielen Stellen hinter der bezaubernden historischen Fassade hervorblitzte. Ich fand es einfach nur herrlich.

Die Stadt hatte sich in den vergangenen zehn Jahren kaum verändert. Ganz tief nahm ich die vertraute Mischung aus Seeluft und Fish-and-Chips-Gerüchen in mich auf. Vom Strand, der nur ein paar Straßen entfernt war, hallte das Geschrei der Möwen herüber. Einige von ihnen kreisten über mir in der kühlen Morgenluft. Das Navi führte mich durch schmale Gassen, vorbei an Boutiquen, Juweliergeschäften und noblen Antiquitätenläden mit hübschen kleinen Schaufenstern, bunt gestrichenen Fassaden und schicken Schildern. Dieser Teil von Brighton war für den Autoverkehr gesperrt, und da die meisten Geschäfte erst in ein bis zwei Stunden öffnen würden, waren die Straßen sehr ruhig, beinahe menschenleer.

Ich spazierte ein wenig umher und ließ die Atmosphäre auf mich wirken. Sie war noch genauso berauschend wie damals während des Studiums. Mit geschlossenen Augen atmete ich ein: nasser Teer und Benzin, kalter Zigarettenrauch und immer der kühle Hauch des Meeres. Oh ja, ich hatte es vermisst. Und es fühlte sich so gut an, wieder hier zu sein. In diesem Moment beschloss ich, die Situation mit Freude anzugehen, jede Sekunde auszukosten, solange es auch dauern mochte. Warum und wie ich hergekommen war, wusste ich noch immer nicht, aber genau hiervon hatte ich so lange geträumt. Also schwor ich mir, es zu genießen.

Mein Weg führte mich auch am Royal Pavilion vorbei, einem großen, opulenten Lustschloss mit Kuppeldach, das einer der britischen Monarchen errichtet hatte. Mit seinen Türmchen und Zwiebeldächern erinnerte es irgendwie an das Taj Mahal. Anschließend ging ich über die Church Street und die Jubilee Street weiter, bis ich nach North Laine kam, einem Stadtteil voller kleiner Läden, Cafés und Pubs, in dem eine lockere, trendige Stimmung herrschte, die insbesondere Studenten anzog. Hier bog ich schließlich in eine kleine Straße ein, und dann sah ich es. Einen Augenblick lang hielt ich reglos inne und staunte. In schlichten Buchstaben stand es dort: TOAST. Und zwar genau an dem alten Ziegelbau, den ich schon immer für die perfekte Location gehalten hatte, dem ehemaligen Fabrikgebäude. Die Fassade war in glänzendem Schwarz gestrichen und hatte riesige Stahlsprossenfenster, die sich bei schönem Wetter komplett öffnen ließen. Eine gelb-weiß gestreifte Markise flatterte im Wind, und in den vielen steinernen Pflanztöpfen fanden sich selbst jetzt im Winter noch ein paar violette Zierkürbisse. Es war einfach bezaubernd. Und genau so, wie ich es mir immer vorgestellt hatte.

In diesem Moment trat eine hochgewachsene Frau durch die Tür. Sie hatte lange, um den Kopf geschlungene Zöpfe, die ihr hinten offen auf den Rücken fielen. Kurz winkte sie mir zu, bevor sie eine Menütafel vor dem Eingang aufstellte. Unsicher winkte ich zurück. Bestimmt sollte ich sie kennen, wusste aber absolut nicht, wen ich hier vor mir hatte. Dieser Tag würde noch viele Stolperfallen für mich bereithalten. Jetzt aber holte ich einmal tief Luft und überquerte dann hoch erhobenen Hauptes die Straße. Plötzlich fiel mir wieder ein, was meine Highschool-Freundin Ashley immer gesagt hatte: *Fake it till you make it.*

»Du schaffst das«, versicherte ich mir, um die aufsteigende Nervosität zu bändigen, die sich unter die Vorfreude mischte. Schließlich würde ich in Kürze erfahren, was genau mir in all den Jahren gefehlt hatte.

11

Innen war das Toast genauso bezaubernd wie außen. Die weißen Wände reflektierten das Licht, das durch die hohen Fenster hereinströmte, der Holzboden war in einem hellen Jadegrün lackiert. Im Gastraum standen wild durcheinandergewürfelte Stühle und Tische, auf jedem eine altmodische Kristallvase mit Wintergrün. An der Rückwand zogen sich hohe Regale entlang, in denen regionale Köstlichkeiten aufgereiht waren: Honig aus East Sussex, verschiedene Cider-Sorten, Lavendel- und Salbeisträuße. Alles wirkte gemütlich, entspannt und sauber. So viele Jahre hatte ich von diesem Ort geträumt; ihn nun live vor mir zu sehen, war einfach überwältigend. Eine bittersüße Mischung aus Stolz und Bedauern erfasste mich, als ich mir alles ansah.

Die Frau, die mir zugewinkt hatte, begrüßte mich freundlich, dann verdrehte sie die Augen, was sich wohl auf den Lärm bezog, der aus dem angrenzenden Raum drang. Die Küche, nahm ich an.

»Heute ist sie ganz besonders gut drauf«, raunte sie mir zu. Ihr Akzent verriet mir, dass sie wohl jamaikanisch-britische Wurzeln hatte. Gott sei Dank trug sie ein Namensschild.

»Vielen Dank für die Warnung … Chandice«, antwortete ich etwas holprig.

»Ich mache hier vorne alles fertig, bis wir für den Brunch

öffnen«, fuhr sie fort. »Du hast heute mit Nicola genug zu tun.«

»Wunderbar, danke.« Noch einmal sah ich mich im Restaurant um. Die Einrichtung schuf genau die richtige Mischung aus skandinavischer Klarheit und unkonventioneller Gastlichkeit. Ich war hin und weg. Am liebsten wäre ich hier eingezogen.

»Treibst du dich etwa da draußen herum, Lolly?« Die aggressive Frage aus dem Nebenraum riss mich aus meiner Schwärmerei und sorgte dafür, dass ich durch den Flur nach hinten eilte, wo ich in einer hell erleuchteten Gastroküche landete. In einer Ecke standen ein paar einsame Kisten mit Salat. Auf dem Herd köchelte in einem großen Topf irgendetwas köstlich Duftendes vor sich hin. An einem langen Arbeitstisch hackte sich ein Souschef oder Mitglied des Küchenteams durch einen Gemüseberg. Ein weiteres Teammitglied stand am Herd und rührte abwechselnd in mehreren Töpfen. Beide grüßten kurz, blickten aber nicht von ihrer Arbeit auf. Und in der Mitte der Küche stand eine Frau, bei der es sich wohl um Nicola handelte.

Sie trug eine weiße Kochjacke und weiße Clogs und hatte die Hände in die Hüften gestemmt. Unter den kurzen blonden Haaren, die wild vom Kopf abstanden, blickte mir ein vor Wut verzerrtes Gesicht entgegen. Ich schätzte sie auf Anfang fünfzig. Klein und kräftig war sie, und man sah ihr an, dass sie wohl ihr Leben lang hart gearbeitet hatte.

»Guten Morgen.« Ich hielt mich zunächst an allgemeiner Höflichkeit fest, bis ich ein Gespür dafür entwickeln konnte, was genau hier eigentlich los war.

»Das war der letzte Tropfen«, teilte mir Nicola ohne jede Einleitung mit. »Mir ist schon klar, dass du mit Colin in die Kiste steigst, aber er muss trotzdem weg.« Mit einer melodramatischen Geste zeigte sie auf die Salatkisten.

Oje. Wer war Colin? Und war das mit der Kiste so gemeint, wie ich es vermutete?

»Was ist passiert?« Das schien mir für den Moment die unverbindlichste Frage zu sein.

Nicola verzog das Gesicht. »Baut Colin das beste Gemüse von ganz East Sussex an? Ja. Sind seine alten Tomatensorten so süß, dass sie selbst Engel zum Weinen bringen? Absolut. Aber er kriegt keine einzige verdammte Bestellung richtig hin. Das ist diesen Monat schon das dritte Mal, dass er es versaut hat. Wir können nicht ständig in letzter Minute die Karte abändern oder miese Simpelgerichte servieren. Okay, ich verzehre mich regelrecht nach seinem Wurzelgemüse, und ich weiß, dass du total auf seinen verträumten Schlafzimmerblick abfährst, aber du musst einen anderen Lieferanten für uns auftreiben. Das ist eine Frage der Professionalität.« Nachdem sie ihre kleine Ansprache beendet hatte, verschränkte sie abwartend die Arme vor der Brust und starrte mich unnachgiebig an.

Meine Gedanken überschlugen sich. Was sollte ich darauf antworten? Dann hatte ich eine Idee. »Du hast vollkommen recht, und ich will das unbedingt noch mal in aller Ausführlichkeit besprechen. Wie wäre es, wenn wir morgen ein Meeting dazu abhalten?« Denn falls Tante Gerts Angaben korrekt waren, wäre ich morgen wieder sicher in meinem normalen Leben angekommen, und die seltsame Magie, die hier am Werke war, hätte alles ausgebügelt. Ich beschloss, an diesem Tag so viel wie irgend möglich auf morgen zu verschieben. Sollte sich doch das Universum irgendwie darum kümmern. Unter diesen Umständen hielt ich das für einen ziemlich geschickten Plan.

Nicola nickte brüsk. »Na schön, dann morgen, bevor wir anfangen. Und was machen wir mit der heutigen Speisekarte?«

»Was haben wir denn noch da?«

Die nächsten zwanzig Minuten sichteten wir die verfügbaren Zutaten und tauschten Ideen aus, um uns schließlich darauf zu einigen, dass der Salat durch Eier Benedikt mit Bratkartoffeln ersetzt wurde und die Rüben (die ich nach hektischem Googeln auf meinem Handy konkreter als Steckrüben identifizieren konnte) durch geröstete Pastinaken. Das alles so aus dem Stegreif heraufzubeschwören, war einerseits furchteinflößend, andererseits aber auf eine elektrifizierende, adrenalingeschwängerte Art lustig.

»Wäre das dann alles?«, fragte ich, als die Ersatzkarte feststand.

Nicola nickte. »Wird schon hinhauen.« Sie wischte sich mit dem Ärmel den Schweiß von der Stirn. »Ich werde zu alt für diesen Scheiß. Ich brauche dringend eine Auszeit.«

»Dann nimm doch Urlaub«, meinte ich vollkommen selbstverständlich.

»Ha.« Sie lachte höhnisch. »Sagt ausgerechnet die Frau, die sich keinen einzigen Tag freigenommen hat, seit wir den Laden eröffnet haben?«

»Wirklich?« Das konnte nicht stimmen. Gab es das Toast nicht schon seit fast sechs Jahren?

Sie stieß einen melodramatischen Seufzer aus. »Dieser Laden wird dir noch das letzte bisschen Leben aus den Knochen saugen. Aber wir sind wie Junkies, nicht wahr?« Kopfschüttelnd stellte sie fest: »Sieh uns doch an. Ein schönes Paar sind wir – arbeiten die ganze Zeit, anstatt mal Urlaub zu machen, wo es warm ist und man ein Schirmchen in seinen bunten Drink bekommt. Ehe wir's uns versehen, sind wir sechzig und stopfen uns allein und faltig vor dem Fernseher mit Fertigpudding voll.«

Welch rosige Aussicht. Hatte ich tatsächlich seit fast sechs Jahren keinen Urlaub gemacht? Aber was war mit meiner Familie? War ich denn nie in Seattle gewesen?

»Das kann doch keine sechs Jahre her sein«, protestierte ich. »Wann bin ich denn das letzte Mal in die Staaten geflogen?« Ja, es war riskant, eine solche Frage zu stellen, die ihr wahrscheinlich merkwürdig vorkam, aber ich musste es einfach wissen.

Nicola antwortete achselzuckend: »Keine Ahnung. Seit ich hier arbeite, jedenfalls noch nie.«

Das schockierte mich. Ich war seit sechs Jahren nicht mehr zu Hause gewesen? Was hatte das wohl zu bedeuten? Was war mit meinem Dad und Daphne? Wieder meldete sich dieses komische Gefühl in meinem Bauch, eine Art Vorahnung, dass hier irgendetwas nicht stimmte. Und diesmal war es deutlich stärker als zuvor. Nie im Leben würde ich meine Familie so lange nicht besuchen. Das war absolut undenkbar.

Nachdem ich die Küche wieder Nicolas fähigen Händen überlassen hatte, schlich ich unauffällig im Lokal herum, bis ich auf mein Büro stieß. Gott sei Dank stand mein Name an der Tür. Es hatte eine gewisse Ähnlichkeit mit meinem Büro in der Eatery, war allerdings etwas größer und verfügte über ein Fenster, das man sogar öffnen konnte. Eindeutig eine Verbesserung.

Leicht benommen setzte ich mich hinter den Schreibtisch und atmete erst einmal tief durch. Ich hatte es geschafft. Die erste Stunde meines alternativen Lebens hatte ich hinter mir. Nachdem sich mein Puls ein wenig beruhigt hatte und mein Adrenalinspiegel wieder etwas abgesunken war, fing ich an, mich selbst auszuspionieren. Dieses Büro wirkte wesentlich lebendiger als das Haus, in dem ich aufgewacht war. Sauber war es, aber unordentlich. Auf einigen Aktenordnern stand ein Becher mit kaltem, bitterem Kaffee, auf dem Laptop waren Bilanzen zu sehen, laut denen das Toast zumindest auf den ersten Blick schwarze Zahlen schrieb. Das war eine Erleichterung.

Ich zog die Schreibtischschubladen auf: Zahnbürste, Deo, Ersatzklamotten. Ein historischer Roman, in dem ganz vorne noch der Kassenzettel steckte. Anscheinend hatte ich nicht viel Zeit zum Lesen. Und noch immer nirgendwo ein Familienfoto, nur eines von meiner Mutter, das sie als junge Frau in Dänemark zeigte. Sie stand vor dem Felsen, auf dem die berühmte Bronzeskulptur der Kleinen Meerjungfrau thronte. Beide blickten sehnsüchtig auf das Meer hinaus. Dieses Foto hatte ich noch nie gesehen, aber das dicke blonde Haar und die entschlossen gereckten Schultern waren unverkennbar.

Nun holte ich mein Handy hervor und ging neugierig die Kontakte durch. Nur sehr wenige Namen kamen mir bekannt vor. Das meiste schien geschäftlich zu sein: Thomas Drew – Fleischer. Kate Fowler – Bioblumenlieferantin. Eve war nirgendwo zu finden, was mir zu denken gab. Warum war sie nicht in den Kontakten gespeichert? Wir waren doch sicherlich noch befreundet, oder? Im Endeffekt entpuppte sich die Liste als lang und erschreckend unpersönlich. Ich lehnte mich zurück und ließ den Blick durch den Raum schweifen. Irgendwie fühlte ich mich einsam bei dem Versuch, dieses Leben in den Griff zu bekommen. Wer war ich? Was für ein Leben hatte ich mir hier aufgebaut? War ich glücklich? Hatte ich tatsächlich meinen Traum Wirklichkeit werden lassen?

Ein Klopfen an der Tür riss mich aus meinen Gedanken. Chandice streckte den Kopf herein.

»Hugh hat gerade die Käseauswahl für diese Woche vorbeigebracht. Ich dachte mir, du willst sie vielleicht verkosten?«

Das heiterte mich schlagartig auf. Käseverkostung, das machte sicher Spaß. Außerdem war ich halb verhungert. Die Kekse waren nicht besonders sättigend gewesen. In dem hellen, luftigen Gastraum herrschte produktive Hektik. Vier Servicekräfte waren damit beschäftigt, die Tische einzudecken und das Besteck zurechtzulegen. Draußen goss jemand die Zierkürbisse. Ich setzte mich mit Chandice an einen Tisch und probierte ein halbes Dutzend regionaler Käsesorten, darunter ein herber englischer Cheddar, dessen Nachgeschmack als sanfter Hauch auf der Zunge zurückblieb, und ein cremiger Ziegenkäse mit süßem Zwiebelchutney. Während ich mir den Rest eines sehr schmackhaften Blauschimmelkäses in den Mund schob, ließ ich zufrieden das fröhliche Treiben ringsum auf mich wirken. Genau davon hatte ich immer geträumt, von einem lebendigen Ort voll positiver Energie.

Chandice verkostete ebenfalls den Käse, brachte das Gespräch aber dann auf einige geschäftliche Fragen. Ich schummelte mich so durch, indem ich meist sie nach ihrer Meinung fragte und ihr zustimmte. Anschließend plauderten wir noch ein wenig. Sie strahlte eine wundervolle Ruhe aus. Ich verstand sofort, warum ich sie eingestellt hatte.

»Wie lange arbeitest du jetzt schon hier?«, fragte ich sie.

Chandice überlegte. »Nächsten Monat sind es fünf Jahre.«

»Und macht dir die Arbeit Spaß?«

»Absolut«, versicherte sie, ohne zu zögern. »Ich arbeite in der Gastronomie, seit ich sechzehn war, aber im Toast gefällt es mir mit Abstand am besten. Wir erschaffen hier wirklich etwas, schenken den Gästen eine ganz besondere Erfahrung. Dieser Laden ist schon außergewöhnlich.«

Ich spürte, dass da noch mehr war.

»Gibt es vielleicht auch ein Aber?«, hakte ich nach.

Ein selbstironisches Lächeln breitete sich auf ihrem Gesicht aus. »Meine Familie fragt mich ständig, warum ich mich für dieses Leben entschieden habe. Sie verstehen es einfach nicht. Die langen Arbeitszeiten, schwierige Gäste, nach der Schicht tun einem die Füße so weh, dass man es kaum noch bis hinauf in die Wohnung schafft. Keine freien Wochenenden. Du weißt selbst, wie schwierig es ist, in dieser Branche genügend Geld zu verdienen, um davon leben zu können. Ihnen wäre es lieber, wenn ich heiraten und ihnen Enkelkinder schenken würde. Oder mir zumindest einen Job mit normalen Arbeitszeiten suche.«

Ich nickte. Ja, das kannte ich. Sie beschrieb im Prinzip mein Leben im Diner. Und offenbar auch hier, im Toast. Wunde Füße und miesepetrige Kunden bekam man überall. So war das Leben in der Gastronomie nun einmal.

Einen Moment lang saßen wir schweigend da. Zu gerne hätte ich sie über mich selbst ausgefragt: War ich ein glücklicher Mensch? Was für eine Art von Chefin war ich? Aber ich wusste nicht, wie ich das anstellen sollte, ohne dass es merkwürdig rüberkam.

»Wollen wir jetzt die geänderte Tageskarte besprechen?«, fragte Chandice schließlich.

Während ich die Karte überflog, die sie mir brachte, ertappte ich mich bei einem zufriedenen Nicken. Sämtliche Produkte waren regional, nachhaltig und ethisch korrekt hergestellt. Die Karte umfasste nur ungefähr ein Dutzend Gerichte, aber jedes einzelne davon klang köstlich: Schweinebauch, mariniert in Sussex-Cider, serviert mit hausgemachter Apfelsoße, gerösteten Pastinaken und karamellisierten Zwiebeln; Eier Benedikt aus Freilandhaltung mit Räucherlachs und hausgemachten English Muffins. Dazu kamen ein paar vegetarische und vegane Gerichte mit südasiatischer Note. Mir lief das Wasser im Mund zusammen.

Nachdem wir die Änderungen besprochen hatten und Chandice ins Büro gegangen war, um die neuen Karten auszudrucken, klingelte mein Handy. Es war die Floristin, die den frischen Tischschmuck liefern sollte. Ihr Wagen war kurz hinter Bolney liegen geblieben, wo auch immer das sein mochte. Ich versicherte ihr, dass es kein Problem sei, wenn sich die Lieferung etwas verspäten würde, und versuchte, im Hinterkopf zu behalten, dass ich Chandice baldmöglichst darüber informieren musste. Kaum hatte ich aufgelegt, stand der Weinlieferant in der Tür und wollte die Bestellung für das samstägliche Champagnerfrühstück besprechen. Anscheinend war das äußerst beliebt. Ich wimmelte ihn ab, indem ich ihn bat, morgen wiederzukommen.

Parallel dazu musste ich die Fragen der Servicekräfte abblocken und wurde noch zweimal von Nicola in die Küche zitiert, um diverse Änderungen am Brunchangebot abzusegnen. Nach zwei Stunden schwirrte mir der Kopf. Ich klaute ein warmes Käsescone von einem der Bleche, die zum Abkühlen in der Küche standen, und flüchtete damit in mein Büro. Zufrieden kauend tippte ich den verschobenen Weinlieferantentermin in die Kalender-App meines Smartphones.

Der Kalender war ziemlich voll. An den meisten Tagen fanden sich vom frühen Morgen bis zum Abend zahlreiche Termine und Notizen. Ein- oder zweimal stieß ich auf den Namen Colin. Alles andere schien arbeitsbezogen zu sein. Stirnrunzelnd ging ich den Kalender durch. Mal abgesehen von diesem Colin mit dem angeblichen Schlafzimmerblick schien ich kaum Sozialkontakte zu haben. Und wo war überhaupt Rory in diesem Leben? Warum waren wir nicht zusammen? Sowohl in der Wohnung als auch hier im Toast hatte ich nach Anzeichen dafür Ausschau gehalten, dass er ein Teil dieses Lebens war, aber da war nichts. Er war nicht einmal als Kontakt in meinem Handy gespeichert. Frustriert runzelte ich die Stirn. Es gab keine Möglichkeit für mich herauszufinden, was schiefgelaufen war, warum wir selbst in diesem alternativen Leben nicht zusammengeblieben waren. Das machte mir ziemlich zu schaffen.

Aus einem Impuls heraus googelte ich ihn, wobei ich mich verstohlen und schuldbewusst in meinem Büro umsah. In meinem richtigen Leben hatte ich es mir strengstens verboten, Rory zu googeln. Sonst wäre ich durchgedreht. Ich wusste, dass er mit Emily verheiratet war, und es tat mir nicht gut, etwas von seinem Leben mitzubekommen. Aber hier, in diesem Alternativleben, musste ich einfach wissen, ob irgendetwas anders war. Es dauerte keine Minute, sein Social-Media-Profil zu finden. Demnach arbeitete er nach wie vor für Tampa Bay Mutiny. Sein Profilfoto stammte von einem Fußballspiel: er und Emily, eng umschlungen, mit zueinanderpassenden Baseballcaps und Sonnenbrillen. Fröhlich lachten sie in die Kamera. Enttäuscht starrte ich auf das Foto, dann klickte ich es weg. Anscheinend war manches unverändert geblieben.

Mit einem seltsamen Gefühl der Leere öffnete ich die Fotogalerie in meinem Handy, um zu sehen, was hier über mein Leben zu finden war. Ein bisschen kam ich mir vor wie ein Voyeur, der im Leben anderer Leute herumschnüffelte. Technisch gesehen war es natürlich mein Leben, aber trotzdem hatte es etwas Verbotenes an sich. Ich scrollte mich durch über hundert Fotos, bis ich schließlich aufgab. Was diese Bilder über mein Leben verrieten, war einfach nur deprimierend.

Sie waren fast alle hier im Restaurant aufgenommen worden oder zusammen mit Mitarbeitenden in irgendwelchen Pubs. Auf vielen Bildern hielt ich ein Pint in der Hand und war von Leuten umringt, die ich in der Küche oder im Service gesehen hatte. Außerdem ein paar Aufnahmen von mir mit einem großen, irgendwie niedlichen Mann, bei dem es sich wohl um Colin handeln musste. Auf den Fotos waren wir entweder beim Wandern oder standen in einer Art Riesengarten, wo ich wahlweise Rote-Beete-Bündel oder Zucchini im Arm hielt. Nicola hatte recht, Colin hatte wirklich einen Schlafzimmerblick. Er schien ziemlich groß und schlaksig zu sein und war in der Tat attraktiv, vor allem mit seiner Schiebermütze und diesem leicht verlegenen Grinsen. Er war sommersprossig und rothaarig. Irgendwie erinnerte er mich an Rory. Anscheinend stand ich auf einen bestimmten Typ Mann.

Mit einem schweren Seufzer legte ich das Telefon weg. In gewisser Weise war das Toast genau so, wie ich es mir erträumt hatte, in anderer Hinsicht entsprach dieser Tag aber so gar nicht meinen Vorstellungen. Und das nicht nur wegen der Sache mit Rory, auch wenn mich das ziemlich bedrückte. Nein, es lag vielmehr an meiner völlig aus dem Ruder gelaufenen Work-Life-Balance. Hatte ich überhaupt noch Freunde, Hobbys oder Interessen außerhalb des Restaurants? Ging man nach den Fotos, die ich mir gerade angesehen hatte, eher nicht. Während der vielen Stunden, in denen das Toast in meinem Kopf lebendig geworden war, hatte ich nie auch nur einen Gedanken an den Stress und die Arbeit verschwendet, die der Laden mit sich brachte. Dabei war ich doch in einem Restaurant groß geworden. Ich hätte es also besser wissen müssen. Aber irgendwie war das Toast immer nur eine Oase des Friedens und des Erfolgs für mich gewesen. Ich hatte mir das Erlebnis für die Gäste ausgemalt, aber nicht die hektischen Kämpfe hinter den Kulissen, die nötig waren, um solch denkwürdige Erfahrungen zu ermöglichen. Ich schlüpfte aus meinen Kitten-Heel-Pumps, eine grauenhafte Wahl. Hatte mein britisches Ich denn kein bisschen Verstand, wenn es um Schuhe ging? Ich sehnte mich nach meinen Clogs, dem Schuhwerk der Wahl für jede Kellnerin.

Es klopfte, und wieder streckte Chandice den Kopf zu mir herein. »Tut mir leid, dass ich stören muss, aber es gibt ein Problem mit den Reservierungen. Anscheinend wurden mehrere Tische doppelt gebucht.«

»Bin gleich da.« Ich stopfte mir den Rest meines Scones in den Mund und schob ächzend die Füße zurück in die Folterschuhe.

12

Halb vier am Nachmittag. Ein paar Nachzügler schlürften ihre Mimosas und stocherten in den Resten ihres Essens herum, aber die Hektik der vergangenen Stunden hatte endlich nachgelassen. Gott sei Dank. Ich war halb verhungert und hatte dröhnende Kopfschmerzen, nachdem ich den ganzen Vormittag über ständig in alle Richtungen gerannt war und versucht hatte, ein Leben, eine Belegschaft und ein Restaurant zu managen, von denen ich so gut wie nichts wusste. Irgendwie hatte ich es hingekriegt, und es hatte mir auch eine gewisse Befriedigung verschafft, Teil von etwas zu sein, was ich mir schon so lange erträumt hatte. Ja, es war anstrengend, aber befriedigend. Die Atmosphäre im Toast hatte mich an meine Kindheit erinnert, als in der Eatery noch alle Tische belegt gewesen waren und entspannte Gespräche und fröhliches Gelächter die Luft erfüllt hatten.

Nun stand ich hinten im Gastraum und beobachtete ein älteres Ehepaar, das mit seiner zweiten Runde Mimosas anstieß und sich dabei tief in die Augen sah. Am Nebentisch feierte eine sechsköpfige Familie lachend, streitend und diskutierend eine Verlobung. Immer wieder klauten sie einander die letzten Bissen vom Teller oder stibitzten Reste von der Käseplatte. Ein zufriedenes Lächeln huschte über mein Gesicht. Genau das liebte ich: Menschen dazu einzuladen, bei gutem, liebevoll zubereitetem Essen ihre Beziehungen zu vertiefen und so eine der einfachsten Freuden überhaupt in ihnen zu wecken.

Doch nach mehreren Stunden ohne Atempause brauchte ich ein wenig frische Luft, um den Kopf freizukriegen.

»Kommst du hier klar, wenn ich mal kurz verschwinde?«, fragte ich Chandice, die mich regelrecht aus der Tür schob, während sie mir versicherte, dass sie den Laden während meiner Abwesenheit problemlos im Griff hätte. Das Abendgeschäft begann erst in ein paar Stunden, also war jetzt genau der richtige Zeitpunkt, um mich davonzuschleichen. Ich schnappte mir mein Telefon und verließ das Restaurant.

Es gab tausend Dinge, um die ich mich kümmern musste. Im Büro lag ein Stapel mit Rechnungen, die bezahlt werden wollten, und als ich meine Mailbox abhörte, fand ich Nachrichten von einem Elektriker wegen eines Kabelproblems, von einem örtlichen Wohltätigkeitsverein, der um Spenden für seine Tombola bat, und von einer Frau, die angeblich in Paris gelernt hatte und anfragte, ob wir eine Konditorin brauchten. Ich ignorierte sie alle und lief Richtung Strand.

Der stramme Spaziergang reichte aus, um mir den Kopf freizupusten. Ich wanderte durch North Laine, vorbei an Antiquitätenläden, Falafelbuden, Künstlerateliers und Secondhandboutiquen. Der Strand war um diese Zeit – und noch dazu an einem wolkigen, kalten Februartag – fast menschenleer. Fröstelnd wickelte ich mich fester in meinen schicken, aber zu dünnen Mantel und dachte sehnsüchtig an den Angora-Pulli (ebenfalls in gedecktem Rosa), den ich am Morgen zwischen den dezenten Stücken meiner neuen Garderobe entdeckt hatte.

Der Kies knirschte unter meinen Füßen, als ich langsam

zum Wasser hinunterging. Über mir am Himmel stießen die Möwen ihre heiseren, irgendwie einsam klingenden Schreie aus. Ich atmete tief ein, aber diesmal gelang es der salzigen Luft nicht, mich zu erden. Hier roch es anders als zu Hause. Es fehlte die süßliche Note von modrigem Kelp, ein bisschen wie Algensalat, der zu lange im Kühlschrank gestanden hatte. Und am Horizont ragte auch keine bläulich violette Bergkette auf. Hier gab es nur von weißem Schaum gekröntes bleigraues Wasser, das irgendwann in den etwas helleren, aber ebenfalls grauen Himmel überging. Noch einmal holte ich tief Luft, und diesmal roch ich auch das fettige Aroma von Fish and Chips. Weiter unten am Strand, an dem prunkvollen viktorianischen Pier, ertönte blecherne Jahrmarktsmusik.

Ich holte mein Handy aus der Tasche und wählte eine Nummer aus. Sie gehörte zu einem der wenigen Namen in der Kontaktliste, die ich wiedererkannt hatte, und ich dachte schon den ganzen Tag darüber nach, ob ich sie anrufen sollte. Warum war ich seit sechs Jahren nicht mehr zu Hause gewesen? Ich brauchte jemanden, der mir das erklären konnte. Es klingelte – einmal, zweimal, dreimal.

»Hallo?«

Erleichtert stieß ich den Atem aus. Mir war gar nicht bewusst gewesen, dass ich ihn angehalten hatte. »Hi, Daphne, ich bin's.«

Lange Pause. »Lolly?« Das klang so unterkühlt und zurückhaltend, dass ich innerlich zusammenfuhr.

»Tut mir leid, ich weiß, dass es bei euch noch sehr früh ist. Ich wollte einfach nur mal … Hallo sagen.«

»Oh.« Nun klang sie überrascht, allerdings nicht unbedingt positiv. Telefonierten wir etwa so selten? Mich beschlich das ungute Gefühl, dass zwischen meiner Familie und mir einiges im Argen lag.

»Ist okay, ich war sowieso schon auf. Ich muss lernen.«

»Oh, wofür denn?«

»Ich versuche, an der Schwesternschule angenommen zu werden. Momentan bin ich zwar lizenzierte Pflegehilfe, aber als voll ausgebildete Krankenschwester verdient man bei Aegis einfach mehr, und wir könnten das Geld gut gebrauchen.« In ihrer Stimme schwang eine gewisse Härte mit, eine Leere, die ich von ihr nicht kannte. Hastig versuchte ich, mir einen Reim auf das Ganze zu machen. Aegis war ein Verbund von Altenheimen im Großraum Seattle. Pflegehilfe. Arbeitete sie jetzt etwa in der Altenpflege? Was war denn aus dem College und ihrem Traum von einer Tanzkarriere geworden? Mir gegenüber hatte sie nie erwähnt, dass sie einmal Krankenschwester werden wollte.

»Das ist toll.« Selbst in meinen Ohren klang das gezwungen. »Du wirst sicher eine großartige Schwester.«

»Ich muss auflegen«, sagte sie abrupt. »Ich bin nur drangegangen, weil ich dachte, es wäre ein Notfall.«

»Nein, kein Notfall. Ich wollte einfach nur deine Stimme hören.«

Wieder zögerte sie. »Aha. Tja, das hast du ja jetzt.« Ich spürte ihre Ungeduld. Sie wollte nicht mit mir reden, aber ich konnte sie einfach noch nicht gehen lassen. Erst musste ich wissen, was passiert war, wie wir zueinander standen, was schiefgelaufen war. Wo waren all unsere Familienfotos? Und warum war ich so lange nicht mehr zu Hause gewesen?

»Äh, wie geht es Dad denn so?«

Daphne seufzte. »Gut, schätze ich. Du weißt ja, dass er sich nie ganz davon erholt hat, dass du nach England verschwunden bist und er das Diner schließen musste. Das hat ihn fertiggemacht.« Jetzt klang sie eindeutig vorwurfsvoll. »Er arbeitet als Freiwilliger bei der Union Gospel Mission, aber abgesehen davon tut er nicht viel anderes, als Baseball zu schauen und Abendessen zu kochen, wenn ich von der Tagschicht komme.«

»Oh.« Ich war bestürzt. »Und was ist mit dir? Wie geht es dir?« Mir war bewusst, dass sich unser Gespräch mehr oder weniger zu einem Verhör entwickelte. Aber ich versuchte eben alles, um die ungefähre Struktur unserer Familiendynamik zu verstehen.

»Was soll das Ganze, Lolly?«, fragte Daphne misstrauisch. »Woher kommt dieses plötzliche Interesse an unserem Leben?«

»Ich wollte nur … ein bisschen was nachholen. Ihr fehlt mir«, stammelte ich. Eine englische Familie mit Kleinkind stapfte an mir vorbei. Der Kleine schrie wie am Spieß und schleifte Eimer und Schäufelchen hinter sich her. Seine Beinchen waren schlapp wie zerkochte Nudeln.

»Ach ja? Seit wann das denn?«, entgegnete Daphne widerwillig. »Du bist vor zehn Jahren nach England abgehauen. Seit Jahren bist du nicht mehr zu Hause aufgetaucht. Du hast uns verlassen. Und jetzt auf einmal fehlen wir dir? Tja, vielen Dank auch, aber dafür ist es inzwischen ein bisschen zu spät. Wir kommen gut allein zurecht, du kannst also gerne wieder in dein ach so erfolgreiches Restaurant und dein cooles Leben in England abtauchen. Um uns brauchst du dir keine Sorgen zu machen.«

»Daphne, so war das doch gar nicht gemeint«, wehrte ich mich.

»Ich muss Schluss machen«, verkündete sie. »Ich muss noch jede Menge lernen.«

»Okay«, sagte ich verzagt. Es tat weh. »Dann viel Glück bei deiner Prüfung.«

»Danke.« *Klick*. Sie hatte aufgelegt.

Ich starrte auf mein Telefon, und mir kamen die Tränen. »Hab dich lieb«, flüsterte ich, doch da war niemand mehr, der den Abschiedsgruß vervollständigte. Daphne war fort. Zitternd vor Kälte und starr vor Trauer steckte ich das Telefon ein und stapfte über den Kiesstrand zurück zum Toast, tief getroffen von diesem unvermuteten Preis, den ich für meinen wahr gewordenen Traum bezahlen musste.

13

Ich erwachte mit einem Ruck und stechenden Kopfschmerzen. Hastig setzte ich mich auf und sah mich um. Ja, ich war wieder in meinem eigenen Schlafzimmer, trug das alte grüne Sweatshirt von der Portland State. Wie spät war es? Welcher Tag war heute? Ich schaute auf meinem Handy nach. Fünf Uhr morgens am Mittwoch, den 23. Februar. Also dem Tag, den ich in Brighton gerade beendet hatte.

Stöhnend ließ ich mich zurück in die Kissen fallen, einerseits erleichtert, andererseits aber auch etwas enttäuscht darüber, wieder zu Hause zu sein. Dann war es also doch ein Traum gewesen. Natürlich. Das Toast existierte nicht. Und auch keine zu dünne Brighton-Version von mir mit unvorteilhaften Karamellsträhnchen und einer langweiligen Garderobe. Aber wenn es nur ein Traum gewesen war, woher kam dann dieser heftige Kater?

Nachdem das Toast seine Pforten in den frühen Morgenstunden geschlossen hatte, war die Belegschaft noch in einen nahe gelegenen Pub gegangen. Chandice war dort, Nicola und ein paar andere, und dann, gerade als ich mich verabschieden wollte, tauchte Colin auf. Ich erkannte ihn anhand der Fotos in meinem Handy.

Er wollte mich küssen, doch ich zog ihn stattdessen schnell auf die Tanzfläche. Wir tapsten ziemlich unbeholfen zu einem ABBA-Song herum, meine Schuhe blieben ständig an den eingetrockneten Ale-Lachen auf dem Boden kleben. Als ein langsamer Song folgte, schlang Colin die Arme um meine Taille und zog mich zu sich heran. Er roch nach frisch umgegrabener Erde und geriebenem Ingwer, sehr angenehm, aber völlig fremd.

Seine vollen Lippen waren genau auf Augenhöhe, und so fiel mir sofort auf, dass echte Zärtlichkeit hinter seinem Lächeln steckte. Ob ich ihn in diesem anderen Leben wirklich liebte? Er war süß, aber ich empfand rein gar nichts für ihn. Eigentlich vermisste ich Rory durch diesen Tanz nur noch mehr. Verlegen und voller Schuldgefühle löste ich mich von ihm. Colin war hier allein mit seinen Gefühlen. Ich war der Störenfried, das Kuckucksei, das einfach in diese Beziehung hineingezwängt wurde. Bis zum Ende des Abends schaffte ich es noch, mich seinen Küssen weiterhin zu entziehen und mir Tartarsauce auf die Bluse zu kippen, außerdem trank ich definitiv zu viel Bier. Das alles erschien mir vollkommen surreal, als wäre ich eine Fremde in einem fremden Leben, was in gewisser Weise ja auch stimmte …

Müde schloss ich jetzt die Augen. Von unten drang Dads fröhliches Pfeifen herauf, dazu kroch der verlockende Duft von gebratenem Speck unter der Tür hindurch. Warum briet Dad um fünf Uhr morgens Speck? Normalerweise stand ich immer als Einzige so früh auf und backte bereits in der Küche des Diners, wenn der Rest unseres Haushalts aus den Federn kroch. Apropos, egal wie verkatert ich war, ich musste mich beeilen. Die Kuchen warteten auf mich.

»Der Speck ist fertig, Mädchen«, ertönte Dads vertraute Raucherstimme unten an der Treppe.

Ich leckte mir die Lippen, um dann angewidert das Gesicht zu verziehen. Mein Mund war ganz pelzig, und mein

Atem roch nach bitterem englischem Bier. Als ich an meinen Fingern schnupperte, war da noch ein Hauch von Shepherd's Pie und Sauce Tartar, das unverwechselbare Aroma eines alten englischen Pubs. Ich hätte schwören können, dass alles real gewesen war. Real, berauschend und gleichzeitig eine große Enttäuschung. Ich schluckte und versuchte, mich wieder in diesem Leben und dieser Realität zurechtzufinden.

Ein kurzes Klopfen, dann streckte Daphne den Kopf zu mir herein. Hastig setzte ich mich auf und tastete nach meiner Brille. Das altbekannte Cat-Eye-Modell mit dem Aluminiumrahmen lag auf meinem Nachttisch. Sobald ich es aufgesetzt hatte, sah ich Daphne auch wieder in voller Schärfe. Sie trug Yogahosen und ein Sporttop und hatte ihre Haare in einem wirren Dutt oben auf dem Kopf zusammengebunden. Über ihrer Schulter hing eine zusammengerollte Yogamatte.

»Bist du wach?«, fragte sie. »Ich muss heute für den Sechsuhrkurs einspringen, und Dad wollte uns unbedingt Frühstück machen, bevor wir losmüssen. Ich habe ihm gesagt, dass er sich keine Mühe machen soll – Speck und Yoga früh am Morgen, das passt nicht so gut zusammen –, aber er hat darauf bestanden.«

»Ich esse deinen Speck für dich.« Fröhlich sprang ich aus dem Bett und umarmte meine Schwester so fest, dass sie kaum noch Luft bekam.

Quiekend löste sie sich von mir. »Hey, wofür war das denn?«

Ich konnte nicht antworten, weil ich einen dicken Kloß im Hals hatte. Mir war wieder eingefallen, wie sie bei unserem Telefonat am Strand geklungen hatte, so kalt, verletzt und widerwillig. Sie hatte in einem Altenheim gearbeitet.

War richtig unterkühlt gewesen. Fast schon abschätzig hatte sie mit mir geredet – dieses Mädchen, für das ich so viel geopfert hatte. Aber genau darum ging es doch, oder? In meinem englischen Leben hatte ich ganz andere Dinge geopfert. Vielleicht war das nun mal die harte Realität – dass wir immer etwas opferten, egal für welchen Weg wir uns entschieden.

Daphne musterte mich prüfend. »Alles okay mit dir? Du siehst etwas blass aus … Na ja, eben noch blasser als sonst.« Dann beugte sie sich vor und roch an mir. »Und du stinkst. Nach … schalem Bier.«

»Merkwürdig.« Ich versuchte, möglichst gelassen mit den Schultern zu zucken. Innerlich aber war ich fast überwältigt vor Erleichterung, einfach weil sie hier bei mir im Zimmer stand und sich über meinen Geruch beschwerte – vollkommen entspannt und fest mit mir verbunden, als meine Schwester. Ich wusste nicht genau, was das in Brighton gewesen war. Realität? Ein Traum? Ein bisschen von beidem? Ich wusste nur, dass sich dadurch überhaupt nichts geändert hatte und zugleich doch alles.

Unten ging der Feuermelder los, und Dad verfiel in eine ausdrucksvolle Schimpftirade mit den besten Flüchen aus seiner Zeit bei der Navy. Bertha bellte gegen den schrillen Alarm an und vergrößerte damit das Chaos. Ich aber hakte mich bei Daphne unter und ging mit ihr zum Frühstück, zurück in mein normales Leben. Mich überkam eine bittersüße Mischung aus Resignation und Erleichterung, wie ich sie bisher noch nie erlebt hatte.

»Was ist mit mir passiert?«, wollte ich von Tante Gert wissen, ihr ausladendes Hinterteil im Blick. Sie hockte in einer der Sitznischen des Diners und schrubbte Dreck von der

Unterseite des Tisches; alles Teil der Vorbereitungen, bevor wir öffneten. Ich hatte gerade meine Kuchen aus dem Ofen geholt, als sie mit einem Eimer Wasser durch die Küche marschiert war.

Nun kroch sie unter dem Tisch hervor und setzte sich mit dem Lappen in der Hand auf die Hacken. »Ich werde nie verstehen, wie die Leute es schaffen, Kartoffelbrei in die Ritzen der Schrauben zu schmieren«, stellte sie kopfschüttelnd fest, dann musterte sie mich prüfend. »Du hast also meinen Rat befolgt und eines der Zitronenbonbons gelutscht.« Eine Feststellung, keine Frage.

Ich sah mich verstohlen um und beugte mich dann weiter zu ihr hinunter, obwohl wir ganz allein im Gastraum waren. »Ja, habe ich.«

»Und?« Sie ließ den Lappen in den Eimer mit Seifenlauge fallen und trocknete sich die Hände am Oberteil des kantig geschnittenen, in trübem Blau gehaltenen Mao-Anzugs ab, den sie für den heutigen Tag ausgewählt hatte. Irgendwann hatte sie mir einmal erzählt, dass sie ihn kurz nach der Kulturrevolution bei einem Besuch in Peking erstanden hatte. Auf jeden Fall war dies so ziemlich das unvorteilhafteste Outfit, das ich jemals an irgendjemandem gesehen hatte.

»Ich bin in England aufgewacht, in Brighton, und hatte dort mein eigenes Farm-to-Table-Restaurant.«

»Klingt bemerkenswert.«

Ich hielt kurz inne. »Ja, das war es auch. Zumindest das Restaurant.«

»Und der Rest?« Ihre blauen Augen beobachteten mich wachsam.

Ich setzte mich in die Nachbarnische und stützte das Kinn auf die Hand. »Es war genau so, wie ich es mir die ganze Zeit ausgemalt hatte … und doch anders als in meiner Vorstellung. Das Toast war grandios, ein wahr gewordener Traum, aber es gab auch eine Schattenseite.« Zögernd fügte ich hinzu: »Ich hatte quasi kein Leben außerhalb des Restaurants, keine Freunde, keine Hobbys. Und es hatte auch noch … andere Konsequenzen, mit denen ich niemals gerechnet hätte.« Ich dachte an Daphne und Dad und fühlte mich schuldig.

»Das ist oft der Fall«, stellte Tante Gert nachdenklich fest. Sie wrang den Lappen aus und schrubbte energisch die minzgrünen Paspeln an der Bank gegenüber. »Wenn wir uns für eine Sache entscheiden, schränken wir damit logischerweise alle anderen Entscheidungsmöglichkeiten ein. An jeder Abzweigung des Weges bleiben weniger Optionen, mit jeder Entscheidung schließen sich einige Türen. Und doch wählen wir und hoffen, dabei diese anderen Optionen gegen die eine einzutauschen, die sich als die beste entpuppen wird.«

»Das klingt irgendwie logisch«, gab ich zu.

»Wenn du diese Version deines Lebens wählen könntest, würdest du es tun?«, fragte Tante Gert beinahe unbeteiligt, doch ihre Hände verharrten still auf dem abgewetzten Kunstleder, während sie auf meine Antwort wartete.

Ich dachte angestrengt nach. War mein Leben in England besser? Dort war ich mein eigener Boss, hatte meinen eigenen Laden, servierte den Menschen genau das Essen, das ich mir immer erträumt hatte, bot meinen Gästen ein wundervolles Erlebnis. Und das alles auch noch in Brighton, in England. Mein Traum vom Leben im Ausland. Eine berauschende Kombination. Aber was war mit dem fahlen Gesicht, das mir aus dem Spiegel entgegengeblickt hatte? Mit den sechs Jahren ohne Urlaub? Mit

Colin und seinem Schlafzimmerblick, für den ich nichts empfunden hatte? Und dann noch der Verlust der Familie, die kalte Feindseligkeit, die ich in Daphnes Stimme gehört hatte. Ich hätte mir meinen Traum erfüllt, aber meine Familie verloren. Deshalb hatte ich das Toast ja überhaupt abgeschrieben – weil ich meine Familie nicht meinem eigenen Ehrgeiz opfern konnte, egal wie verlockend der Traum auch sein mochte. Aber galt das heute immer noch?

»Ich weiß es nicht«, gestand ich schließlich. »Ich glaube, der Preis wäre zu hoch.«

Tante Gert presste die Lippen zusammen und schrubbte weiter. »Dann hast du dein Glück vermutlich noch nicht gefunden. Na ja, du hast ja noch zwei Bonbons übrig. Nutze sie weise und warte ab, was du dabei herausfindest.«

Mit Blick auf die Uhr, die über der Küchentür hing, stand ich auf, blieb aber noch einen Moment an Ort und Stelle.

»Tante Gert, was da in Brighton geschehen ist ... war das ein Traum? Eine Halluzination? Denn es kann schließlich nicht real gewesen sein, oder?«

Wieder ließ sich Tante Gert auf die Fersen sinken. Ihr dünnes Haar stand am Hinterkopf etwas ab, wie bei einer Puppe. In diesem Moment sah man ihr jedes einzelne ihrer achtzig Lebensjahre an.

»Sagen wir einfach, diese Bonbons erweitern unsere begrenzte Wahrnehmung von Zeit und Raum«, meinte sie schließlich.

Ich versuchte krampfhaft, dieser philosophischen Feststellung eine klare Antwort abzuringen. »Hat das etwas mit Quantenphysik zu tun? Mit Paralleluniversen? Oder ist es so ein Traum wie bei Scrooge in der *Weihnachtsgeschichte*? Wie funktioniert es?«

Sie zuckte nur mit den Schultern. »Ehrlich gesagt weiß ich das nicht. Die Frau, von der ich sie bekommen habe, hat mir die Funktionsweise nie erklärt. Ich weiß nur, *dass* es funktioniert. Irgendwie überschreiten sie die durch unsere Entscheidungen gesetzten Grenzen, unsere linearen Welten, und zeigen uns eine tiefere Wahrheit. Wie das funktioniert? Das gehört wohl in das Reich von Mystik und Offenbarung. Nenne es Wunder oder Magie oder String-Theorie, einen Hauch von Göttlichkeit, Charles Dickens oder Stephen Hawking. Wie auch immer du willst. Entscheidend ist aber doch nicht das *Wie*, sondern das *Was*. Was können dir diese Bonbons über dein Leben verraten? Welche Wahrheiten flüstern sie deinem Herzen ein? Das ist die Frage, die du dir stellen solltest.«

Ich nickte, einerseits geläutert, andererseits inspiriert.

»Mir ist noch nicht so ganz klar, was ich für die beiden anderen Bonbons auswählen soll«, meinte ich. »Hast du einen Rat für mich?«

Tante Gert warf den Lappen in den Eimer und richtete sich auf. Ihre Gelenke knackten, und sie ächzte leise. »Dabei kann ich dir nicht helfen, Lolly. Wähle etwas, was dich bedrückt, einen Verlust oder etwas, was du bedauerst. Es sollte eine Angelegenheit sein, die dich noch so sehr beschäftigt, dass du dir nicht einmal vorstellen kannst, sie loszulassen. Der weise Sankt Augustin sagt, dass wir unser Innerstes leeren müssen, bevor wir es mit dem füllen können, was uns fehlt. Grob umschrieben, natürlich. Aber die Frage ist doch: Wonach sehnst du dich? Was fehlt dir in deinem Leben? Konzentriere dich auf diese Dinge. Und denk immer daran, egal was du tust: Folge deinem Glück. Sei ehrlich, sei aufmerksam, suche nach Freude. Das ist der Schlüssel zu deinem Schicksal.«

Ich schob die Hände in die Taschen und tastete nach den beiden kleinen, harten Bonbons. Zwei Dinge, die ich bedauerte. Zwei Chancen. Wonach sehnte ich mich? Wofür würde ich mich entscheiden?

14

Siebzehn Jahre zuvor
November

Hi, Lolly.« Rory schob den Wagen mit dem schmutzigen Geschirr an mir vorbei, während ich den Kuchen in servierbereite Stücke schnitt, um ihn anschließend in der Kühlvitrine zu verstauen. Es war ein rauer Novemberabend, und nach ein paar hektischen Stunden ließ das Abendgeschäft nun langsam nach. Rory warf ein paar Scheine vor mir auf den Tresen. »Die beiden Geschäftsleute von Tisch fünf haben das für dich dagelassen.«

»Oh, danke.« Als ich die Scheine glatt strich, riss ich verblüfft die Augen auf. »Das ist fast so viel wie ihre gesamte Rechnung«, staunte ich.

Rory grinste breit. »Offenbar zahlt es sich mal wieder aus, dass du so niedlich bist.«

Mit glühenden Wangen schnappte ich mir ein altes Brötchen und warf es nach ihm. Es landete mitten auf seinem Wagen. »Nur gut, dass du keine Trinkgelder fürs Zielen kriegst«, stellte er fest.

»Halt die Klappe.« Ich schob das Geld in meine Schürzentasche. Dabei wich ich seinem Blick beinahe krampfhaft aus. Das passierte in letzter Zeit immer häufiger: Ich wurde unsicher in seiner Gegenwart und nahm alles, was er tat, überdeutlich wahr, als hätte ich eine Art Rory-Radar in meinem Gehirn. Wenn er sich im Lokal aufhielt, spürte ich immer genau, wo er gerade war.

Ich war nun im zweiten Jahr an der Highschool, und Rory arbeitete seit Schulbeginn als Abräumhilfe bei uns im Restaurant. Es war ein harter, einfacher Job, der noch dazu schlecht bezahlt wurde – sicher deutlich schlechter als der Job im Golfclub, den er während der Sommerferien gehabt hatte. Eigentlich wusste ich gar nicht, warum er das Angebot meiner Eltern angenommen hatte, aber ich war froh darüber, denn so konnte ich fast täglich mit ihm zusammen sein.

»Okay, zurück in die Salzmine«, rief er nun über die Schulter, während er den Wagen zu dem Tisch am Fenster schob, der gerade frei geworden war. Ich sah ihm hinterher.

»Dich hat's ja schwer erwischt, Kleines«, stellte Crystal, die einzige andere Kellnerin der Eatery, fest, als sie zu mir an die Kuchenvitrine trat. Ich hielt den Tortenheber in der einen und einen leeren Teller in der anderen Hand und tat absolut gar nichts, außer Rory hinterherzugaffen.

»Was?« Sie war so plötzlich aufgetaucht, dass ich erschrocken zusammenzuckte.

»Kann man dir nicht verübeln. Er ist wirklich schnuckelig. Netter Hintern.« Crystal hatte die Arme vor der Brust verschränkt und beobachtete, wie Rory einen Vierertisch abräumte. Sie roch nach Minzkaugummi und Nikotin, weil sie gerade zum x-ten Mal versuchte, mit dem Rauchen aufzuhören. Zum Glück schien Rory ihren abschätzenden Blick nicht zu bemerken.

»Keine Ahnung, was du meinst«, erwiderte ich steif, obwohl ich spürte, wie sich eine verräterische Röte auf meinen Wangen ausbreitete. Schnell öffnete ich die Vitrine und füllte einige Teller; vielleicht konnte die kühle Luft ja mein Gesicht wieder auf Normaltemperatur bringen. War es wirklich so offensichtlich? Begann ich etwa zu leuchten wie eine Glühbirne, sobald er hereinkam? Für mich fühlte es sich jedenfalls so an. Aber es war doch *Rory*. Der nette, schlaksige Junge von gegenüber, der damals meinen Daumen verarztet hatte. Mein guter Freund. Allerdings schien ich ihn irgendwie nicht mehr wirklich nur als Freund zu betrachten.

Jetzt mit fünfzehn veränderte sich mein Empfinden gegenüber Jungs, und plötzlich sah ich Rory in einem ganz neuen Licht. Seit unserem gescheiterten Neujahrsbadeversuch waren wir eng befreundet. Mindestens einmal im Monat wanderten wir zum South Beach und verbrachten etwas Zeit an unserem geheimen Fleckchen am Strand, außerdem sahen wir uns montagabends, wenn unsere Eltern zusammen Poker spielten. Aber das war irgendwie anders. Okay, die schlichte und einfache Wahrheit war: Ich hatte mich in Rory verliebt, mein erstes Mal. Er war über den Sommer ziemlich in die Höhe geschossen und überragte mich nun um mehrere Zentimeter. Und für ein Mädchen, das einen Meter fünfundsiebzig maß, war ein Junge, der größer war, schon ziemlich beeindruckend. Er war der Star des Fußballteams unserer Schule, der beste Stürmer der ganzen Mannschaft. Bei jedem Spiel stand er auf dem Platz, und ich saß jedes Mal auf der Tribüne. Beobachtete, wie sein kupferrotes Haar im Licht der Scheinwerfer glänzte, wie er geschickt und leichtfüßig die gegnerische Abwehr umlief und ein Tor nach dem anderen schoss, wie sein Adamsapfel sich bewegte, wenn er nach Spielende gierig aus seiner Wasserflasche trank.

Und dann, als er den Job in der Eatery antrat, waren wir

plötzlich nach der Schule fast jeden Tag zusammen. Ich nahm Bestellungen auf und behielt ihn dabei unauffällig im Auge, registrierte die sehnigen Muskeln in seinen Unterarmen, wenn er schmutzige Teller stapelte, die kontrollierten Bewegungen seines Oberkörpers, wenn er Tische abwischte. Er arbeitete hart, und die Gäste mochten ihn. Irgendwie kam er mit allen Menschen aus, egal welchen Alters. Er scherzte mit weißhaarigen Opas, beeindruckte Mütter mit seiner Höflichkeit und gewann die Herzen der Kinder, indem er Pennys hinter ihren Ohren hervorzog – der einzige Zaubertrick, den er beherrschte. Mir machte es Spaß, ihn beim Umgang mit den Gästen zu beobachten und zu sehen, wie deren Gesichter aufleuchteten, wenn sie mit ihm sprachen. Ganz ähnlich wie mein eigenes.

Ich war stolz auf diesen Jungen, der meine Gedanken zu beherrschen schien. Und ich wollte, dass der Rest der Welt ebenfalls erkannte, wie einzigartig er war. Herr im Himmel, ich hatte ungefähr hundertmal »Lolly Shaw« in mein Einhorntagebuch geschrieben, und zwar in Schönschrift. Das war fast ebenso peinlich, wie es aufregend war. Kurz gesagt: Ich war total in ihn verschossen.

»Du willst mir also ernsthaft weismachen, dass du nicht auf diesen Kerl stehst?« Grinsend ließ Crystal ihren Kaugummi knallen. »Schön, dann red dir hübsch weiter ein, dass ihr nur Freunde seid.« Blauer Lidschatten war eigentlich zusammen mit dem letzten Jahrzehnt von der Bildfläche verschwunden, aber Crystal hatte das Memo dazu offenbar nicht bekommen.

»Nein, ich sehe wirklich nichts weiter in ihm. Er ist wie ein Bruder für mich«, protestierte ich deutlich lauter als beabsichtigt. Als ich hochblickte, bemerkte ich, dass Rory zu uns herübersah. Geschickt balancierte er einen Tellerstapel auf seinem Unterarm. Ein nicht zu deutender Ausdruck huschte über sein Gesicht, und als sich unsere Blicke trafen, wandte er sich schnell ab. Mich beschlich die ungute Ahnung, dass er mich gehört haben könnte. »Wirklich«, bekräftigte ich mit gesenkter Stimme und wieder einmal brennenden Wangen. »Wir sind nur Freunde.«

»Äh-häh.« Crystal musterte mich wissend. »Wenn du meinst. Du bist übrigens knallrot im Gesicht.«

Beschämt flüchtete ich in die Küche und ging sowohl Crystal als auch Rory für den Rest des Abends aus dem Weg. Natürlich hatte ich gelogen. Auch wenn ich es nicht zugeben wollte: Rory beherrschte Tag für Tag meine Gedanken, und mehr als einmal schon war ich mitten in der Nacht aufgewacht, mit einem sehnsüchtigen Ziehen im Unterleib, ausgelöst von leidenschaftlichen, lebensechten Träumen, in denen er die Hauptrolle spielte. Oder besser gesagt, wir beide.

An Abenden wie diesem, als er mir mein Trinkgeld brachte, kam es mir fast so vor, als flirtete Rory mit mir. Manchmal erwischte ich ihn dabei, wie er mich vom anderen Ende des Gastraums aus beobachtete, doch ich wusste einfach nicht, ob er dasselbe empfand wie ich. Was ein grauenhafter Zustand war, denn egal wie oft ich es auch abstritt: Ich war eindeutig bis über beide Ohren in Rory Shaw verliebt.

15

Nach dem einen Tag im Toast und dem Gespräch mit Tante Gert am folgenden Morgen gelang es mir, ungefähr zwei Drittel meines Arbeitstages im Restaurant hinter mich zu bringen, bevor ich Eve eine Nachricht schickte.

Ich habe etwas zu berichten. Kann ich rüberkommen?

Sie antwortete prompt.

Ich habe Gin.

Also sagte ich Dad und Tante Gert, ich hätte Kopfschmerzen, und machte früher Schluss. Gelogen war das nicht, aber die Kopfschmerzen kamen mir diesmal ganz gelegen. Der Kater von dem langen Pub-Abend in Brighton steckte mir noch in den Knochen. Deshalb schluckte ich zwei Aspirin, bevor ich mich auf den Weg machte. Daphne würde beim Abendgeschäft aushelfen, also sollten sie für ein paar Stunden ohne mich klarkommen.

Ich setzte mich hinter das Steuer meines alten Volvo Kombis namens Florence. Der leicht ramponierte Wagen war ein Erbstück, das ich mit achtzehn von meinen Eltern übernommen hatte. Vielleicht hing ich deshalb so sehr an diesem Auto, obwohl die Beifahrertür klemmte, die Elektronik mehr als launisch war und die gute Florence in einem etwas unglücklichen Farbton daherkam, den man wohl am besten mit Bananenpudding vergleichen konnte. Ich kämpfte mich durch den Berufsverkehr und reihte mich in die Warteschlange an der Fähre ein. Wenig später glitten Florence und ich über den Puget Sound, weg von der Hektik der Tech City und hin zur friedlichen Abgeschiedenheit von Vashon Island. Ich musste meine Gedanken ordnen, und ich konnte mir keinen besseren Ort dafür vorstellen als Eves kleinen Bauernhof.

Obwohl es nur wenige Kilometer von Seattle entfernt lag, schien mir Vashon Island immer eine vollkommen andere Welt zu sein. Grauwale und Seehunde streiften dort durch das ruhige Wasser, die Strände waren beinahe menschenleer und so idyllisch, dass es kaum auszuhalten war. Und doch beherbergte die Insel gut zehn verschiedene Bauernhöfe, die an ihren Ständen am Straßenrand nach dem guten alten Vertrauensprinzip so ziemlich alles anboten, von hausgemachter Erdbeermarmelade bis hin zu Salatköpfen. Vashon war eine charmante Mischung aus Landidyll und Hippiekommune, sozusagen ein kleines Mekka für alle Woodstock-Fans. Kein Wunder, dass Eve hierhergefunden hatte.

Vom Fähranleger aus fuhr ich noch zehn Minuten durch bewaldete Hügel, wobei ich das Tempolimit voll ausreizte und die wenigen anderen Autos gnadenlos überholte. Mein Gehirn schien sich in einen Bienenstock verwandelt zu haben, dem dröhnenden Summen nach zu urteilen. Allerdings wusste ich nicht, ob das ein Zeichen von Freude oder eine Gefahrenwarnung war. Ich musste dringend mit Eve reden.

Ich fand sie in ihrer ordentlichen roten Scheune, wo sie gerade die Ziegen melkte, untermalt von lauten Eurythmics-Klängen. Sie war ein glühender Fan der Synth-Pop- und Dance-Rock-Bands der Achtziger. Heute trug sie ein kariertes Flanellhemd mit aufgekrempelten Ärmeln, robuste Jeans und ihre alten grünen Gummistiefel. Die pink gefärbten Haare waren unter einem Tuch versteckt. Als ich kam, lockte sie gerade eine der Ziegen in den Holzverschlag, in dem sie gemolken werden sollte.

»Oh gut, du kommst genau richtig. Hier, du kannst Daisy melken«, begrüßte sie mich. »Ich nehme Dot.« Nachdem sie die Ziege zwischen ihren Knien eingeklemmt hatte, holte sie ihr iPhone heraus und stellte die Musik leiser, dann führte sie das braun-weiß gefleckte Tier zu mir herüber und band es in dem Melkverschlag an. Nachdem sie im anderen Verschlag ebenfalls eine Ziege festgemacht hatte, scheuchte sie mich zu meinem Eimer und machte sich an die Arbeit.

Eigentlich wollte ich keine Ziegen melken, immerhin befand ich mich mitten in einer Sinnkrise, durch die all die grundsätzlichen Entscheidungen meines Lebens infrage gestellt wurden, doch ich setzte mich trotzdem brav auf die umgedrehte Plastikkiste und tätschelte Daisys Flanke. Die kaute gerade auf den Resten ihrer Getreidemahlzeit herum und schien sich nicht weiter an mir zu stören. Mein Outfit war auch nicht besonders geeignet für Landarbeit. Mit einem karierten grauen Faltenrock und einem sonnengelben Pullover passte man einfach nicht auf einen Melkschemel. Ich hatte es so eilig gehabt hierherzukommen, dass ich mich nicht einmal umgezogen hatte. Na ja. Kurz entschlossen schob ich mir den Rock unter die Knie und machte mich an die Arbeit.

»Tut mir leid, Mädchen.« Ich packte die lange, birnenförmige Zitze und begann, rhythmisch daran zu ziehen.

Schon im nächsten Moment erklang das zufriedenstellende Zischen und Scheppern von Milch, die in einen Metalleimer spritzt. Ich war keinesfalls ein Neuling auf dem Gebiet des Ziegenmelkens. Nein, ich hatte schon ausreichend Zeit auf diesem Hof verbracht, um mir eine gewisse Ziegen-Kompetenz zusprechen zu können. Und auch wenn ich keinerlei Ambitionen hegte, in absehbarer Zeit selbst zur Ziegenhalterin zu werden, genoss ich die Atmosphäre auf dem Hof und empfand den steten Rhythmus als beruhigend, vor allem, da das Leben hier deutlich langsamer ablief. Außerdem liebte ich die sanften Grün- und Blautöne, von denen die Natur im Nordwesten beherrscht wurde, den würzigen Duft der vom Regen verwöhnten Nadelbäume, die erfrischende Kälte der salzigen Meeresluft.

»Also, was ist los?«, erkundigte sich Eve. Sie beugte sich zu Dot hinunter und raunte ihr ein paar beruhigende Worte zu, während sie melkte, dann hob sie wieder den Kopf. »Harten Tag gehabt?« Im Hintergrund beklagte sich Annie Lennox leise darüber, wie fremd ihr die Liebe doch sei.

Ich holte tief Luft und genoss den süßen Duft von Heu, vermischt mit dem staubigen, erdigen Geruch der Ziegen. »Mir ist etwas wirklich Merkwürdiges passiert.« Dann erzählte ich ihr alles, angefangen bei den Zitronenbonbons und Tante Gert bis hin zu Brighton und dem Toast. Ich schilderte sämtliche Details, an die ich mich erinnern konnte, jede Kleinigkeit, sogar das mit Colin und der Sauce Tartar im Pub, das schmerzhafte Gespräch mit Daphne und den sauren Geschmack von Ale auf meiner Zunge beim Aufwachen.

Als ich fertig war, warf ich Eve einen vorsichtigen Blick zu. Sie melkte nun nicht mehr, sondern saß einfach mit auf die Knie gestützten Armen da, ließ die Hände schlaff herabhängen und sah mich vollkommen verblüfft an.

»Aber das war doch nur ein Traum, oder? Du hast geträumt, du würdest in England leben.«

Unsicher zuckte ich mit den Schultern. »Ich weiß es nicht, ehrlich. Aber ich glaube nicht. Es hat sich alles so echt angefühlt. Ich glaube, irgendwie war ich tatsächlich dort. Ich glaube, ich habe wirklich einen Tag in einem Leben verbracht, das ich einmal hätte haben können.«

Nun musterte mich Eve so durchdringend, als wäre sie innerlich einen Schritt zurückgetreten, um sich ein besseres Bild von meinem Geisteszustand machen zu können. Lange kaute sie stumm auf ihrer Unterlippe herum. Dann griff sie nach ihrem Handy und würgte Annie Lennox mitten in *Here Comes the Rain Again* ab.

»Schau mich nicht so an. Ich bin nicht verrückt.«

»Das denke ich auch gar nicht. Aber ich denke sehr wohl, dass die liebe Tante Gert dir womöglich einen kleinen LSD-Trip zum Geburtstag geschenkt hat.« Skeptisch zog sie eine Augenbraue hoch. »Ich weiß nicht, was genau in diesen Bonbons drin ist, vielleicht LSD, besonders starkes Cannabis oder irgendwelche Magic Mushrooms. Was auch immer es ist, es scheint jedenfalls ziemlich starkes Zeug zu sein.« Sie entließ Dot aus dem Melkverschlag. Die Ziege hüpfte munter zum Rest der Herde zurück.

Entschieden schüttelte ich den Kopf. »Das war kein Trip. Dafür war alles zu normal, es war ja ein ganz gewöhnlicher Tag im Toast. Ohne fliegende rosa Elefanten oder sonstigen psychedelischen Kram. Einfach mein normales Ich in unbequemen Schuhen, das ein Restaurant in England leitet.«

Eve setzte zum Sprechen an, klappte den Mund dann aber wieder zu. Anscheinend fehlten ihr die Worte, was nur äußerst selten vorkam. Eine der Ziegen – ich glaube, es war Susan B. Anthony – kam zu ihr herüber und knabberte an ihrem Hemd. Geistesabwesend scheuchte sie das Tier weg und zog das Hemd aus. Darunter kam ein geripptes schwarzes Unterhemd zum Vorschein, das den Blumengarten auf Arm und Schulter voll zur Geltung brachte.

Sie hatte sich die Tattoos seit ihrem Zusammenbruch nach und nach stechen lassen, immer ein oder zwei pro Jahr. Jedes hatte in der Sprache der Blumen eine eigene Bedeutung: Die weiße Chrysantheme innen am Handgelenk stand für Aufrichtigkeit. Der Farnwedel an der Innenseite des Unterarms für Offenheit. Anmut und Klarheit wurden durch die zarten gelben Rautenzweige repräsentiert, die sich über ihren Bizeps wanden. Auf ihrem Schulterblatt blühte eine pinkfarbene Rose, die Zufriedenheit symbolisierte. Alle zusammen standen für eine Frau, die eigenständig durchs Leben schritt und auf ihrem Weg ihr wahres Ich entdeckte. Kennengelernt hatte sie die Sprache der Blumen durch mich, und ich hatte sie von meiner Mutter gelernt. Aber Eve hatte aus dieser Sprache etwas ganz Eigenes gemacht, ein sichtbares Zeugnis ihrer Individualität.

»Ich weiß ja, dass es verrückt klingt«, sagte ich leise. »Und ich kann es auch nicht genau erklären. Aber nach meinem Tag in England ist mir etwas klar geworden. Ich habe vorhin auf der Fähre die ganze Zeit darüber nachgedacht. Tante Gert hat mich gefragt, ob ich mich für das Leben in England mit dem Toast entscheiden würde, wenn das möglich wäre. Und die Antwort lautet Nein. Nachdem ich nun gesehen habe, wie es wirklich wäre, was ich dafür aufgeben müsste, würde ich mein jetziges Leben nicht dagegen eintauschen wollen, auch nicht für das Toast und Brighton. Nicht, wenn es mich von meiner Familie entfremdet. Und diese Erkenntnis ist wichtig. Enttäuschend, aber wichtig.« Ich entließ Daisy aus ihrem hölzernen Gefängnis, und sie sprang so fröhlich davon, dass ihre kleinen schwarzen Hufe das Heu aufwirbelten. Wir schwiegen eine Weile. Nervös wartete ich ab. Eve war meine beste Freundin. Was, wenn sie mir nicht glaubte? Wenn sie mich einfach nur für verrückt hielt? Übel nehmen könnte ich ihr das nicht.

»Nein ist eine gute Antwort. Manchmal besser als Ja.« Eve ging zu dem weitläufigen Pferch hinüber, der fast die Hälfte der Scheune einnahm, und trieb dabei Daisy und Dot vor sich her. »Ein grundlegendes Gesetz der Physik besagt: Wenn man sich in die richtige Richtung bewegt, wird man letzten Endes sein Ziel erreichen. Diese Erkenntnis in Bezug auf das Toast ist ein erster Schritt.« Sie öffnete das Gatter und scheuchte die Ziegen hindurch, dann schloss sie es wieder und warf etwas Alfalfa-Heu in den Futtertrog. Eve gelang es oft, ihre beiden Interessensgebiete Physik und Philosophie zu prägnanten kleinen Weisheiten zu vereinen, die mich dazu animieren sollten, mein Leben zu verbessern. Wobei die bisherigen Ergebnisse für sie wohl eher enttäuschend waren.

»Du glaubst mir also?«

»Ganz so weit würde ich nicht gehen.« Sie warf mir einen kurzen Seitenblick zu. »Ganz ehrlich, Lolly, ich habe keine Ahnung, was ich glauben soll. Aber weißt du was? Mir ist vollkommen egal, ob es nun ein Wunder war, ein Traum oder die Auswirkungen von LSD-getränkten Gummibärchen.«

»Zitronenbonbons«, korrigierte ich sie.

»Wie auch immer. Ich finde alles gut, was dazu führt, dass du dich aus deinem festgefahrenen Leben befreist. Wenn es dafür sorgt, dass du dich vorwärtsbewegst, bin ich dafür. Auch wenn es noch so abwegig klingt.«

Ich atmete erleichtert auf. »Du hältst mich also nicht für verrückt?«

»Oh doch, ich halte dich für total verrückt.« Eve klopfte sich Staub und Spreu von der Jeans. »Aber das muss ja nicht unbedingt schlecht sein.«

Ich schwieg einen Moment, dann fragte ich sie: »Weißt du noch, Perth damals? Dieser Anruf?«

Eve lachte leise. »Ja, ich erinnere mich gut. An dem Abend bin ich endgültig durchgedreht. Meine Therapeutin hat es später, glaube ich, als ›vollständigen emotionalen Zusammenbruch‹ bezeichnet. Was ist damit?«

»Ich glaube, das hier ist mein Perth.«

Mit verschränkten Armen ließ Eve den Kopf hängen und versank kurz in ihren Erinnerungen. »Zwei Uhr morgens, ich hatte einen üblen Jetlag und schreckliche Bauchschmerzen von dem Magengeschwür, das ich so eifrig züchtete. Ich war vollkommen erledigt. Ich sollte den Vertrag mit diesem australischen Großkonzern eintüten, eine Riesenverantwortung und eine große Chance für mich. Aber während ich in diesem seelenlosen Hotelzimmer saß, war da nur ein einziger Gedanke in meinem Kopf: Ich kann das nicht mehr. Die Vorstellung, dass es die nächsten fünfzehn, zwanzig Jahre so weitergehen sollte, fühlte sich an, als hielte mir jemand eine Pistole an die Schläfe. Und ich wusste, wenn ich aufstand und das Hotel verließ, wenn ich zu diesem Meeting ging, würde ich abdrücken und jedes bisschen Glück in meinem Leben auslöschen.«

»Du hast mich über FaceTime angerufen, ich war gerade im Restaurant. Hyperventiliert hast du. So aufgelöst hatte ich dich noch nie erlebt.«

In einem flauschigen weißen Bademantel hatte sie auf ihrem Hotelbett gesessen, das blonde, mit schicken Highlights versehene Haar unter einem Handtuchturban verborgen. Und sie hatte geweint. Ungehemmt, hässlich, herzzerreißend geweint. Nie zuvor hatte ich sie so gesehen.

»Der schlimmste Abend meines Lebens. Und gleichzeitig der beste. Er hat das Ende all dessen eingeläutet, worauf ich immer hingearbeitet hatte. Jahrelang hatte ich mich abgerackert, um an diesen Punkt zu gelangen, nur um dann festzustellen, dass ich das alles eigentlich gar nicht wollte.«

»Und es war der Beginn von alldem.« Mit einer ausholenden Geste umfasste ich die hübsche Scheune, die Ziegenherde, das bescheidene Wohnhaus mit den aufmüpfigen Wildblumen neben der Eingangstür.

»Jawohl. Ich habe das Meeting sausen lassen und noch am selben Tag meine Kündigung eingereicht. Ich habe das Hotel verlassen und bin … einfach abgehauen. Das war weder verantwortungsvoll noch professionell, aber es hat mir das Leben gerettet«, stellte Eve leise fest. Ihr Blick war in die Ferne gerichtet, noch ganz verloren in der Erinnerung.

Sie war danach nicht nach Hause zurückgekehrt, sondern drei Monate lang durch Australien gereist. Sie hatte sich die Haare abgeschnitten, einen üblen Sonnenbrand bekommen, jede Menge Victoria Bitter getrunken und herausgefunden, was sie wirklich mit ihrem Leben anfangen wollte.

»Und am Ende bist du hier gelandet.«

»Eine alleinstehende Bäuerin mit einer Ziegenherde, pink gefärbten Haaren und einem dauerhaft mageren Bankkonto.« Sie lachte fröhlich. »Ich lebe meinen Traum.«

»Das will ich auch«, sagte ich voller Sehnsucht. »Also, nicht die Ziegen. Aber meine eigene Version des Traums. Und ich weiß jetzt, dass der nicht England und das Toast beinhaltet, aber ich weiß auch, dass ich nicht so weitermachen kann wie bisher. Mein Leben kann nicht länger nur aus Dad, Daphne und dem Restaurant bestehen. Ich brauche mehr als das. Deshalb muss ich jetzt herausfinden, was dieses *mehr* ist. Tante Gert hat gesagt, ich müsse meinem Glück folgen und mir überlegen, was ich in meinem Leben bereue. Wie genau mein Glück aussieht, weiß ich noch nicht, aber bereuen tue ich jede Menge.«

Eve kam zu mir zurück. »Du hast noch zwei Zitronenbonbons übrig?«

Ich nickte und tastete automatisch meine Tasche ab, bis ich die beruhigenden harten Bonbons spürte.

»Wirst du noch einmal eines nehmen?«

Wieder nickte ich. »Ich denke schon.«

»Und wofür entscheidest du dich diesmal?«

»Keine Ahnung.« Angestrengt starrte ich zu Boden. »In letzter Zeit muss ich oft an meine Mom denken. Wie es wohl wäre, sie noch einmal zu sehen, und sei es nur für einen Tag.«

Eve sah mich mitfühlend an. »Das wäre ein wundervolles Geschenk. Wenn du sie siehst, drück sie von mir.«

»Werde ich machen.«

Es folgte eine lange Pause.

»Und das dritte?«, fragte Eve dann. »Das letzte Bonbon?«

Ich räusperte mich verlegen. »Dreimal darfst du raten, aber wahrscheinlich brauchst du nur einen Versuch.« Es sollte unbeschwert klingen, doch Eve verstand sofort.

»Rory.«

Ich nickte. Eves Lippen wurden schmal. »Das könnte sich als wirklich grauenvolle Idee entpuppen«, warnte sie mich.

»Ja, vielleicht«, gab ich zu. »Ich habe mich auch noch nicht wirklich entschieden.« Meine Mom und Rory. Sie hatte ihn immer vergöttert und inständig gehofft, dass wir irgendwann zusammenkommen würden – eigentlich schon seit dem Tag, an dem die Shaws gegenüber eingezogen waren. Als es dann endlich so weit war, hatte sie das überglücklich gemacht. Sie war gestorben, bevor unsere Liebesgeschichte ihr jähes Ende fand. Wenn sie wüsste, wie sich alles entwickelt hatte, wäre sie sicherlich am Boden zerstört.

Schlagzeug- und Keyboardklänge rissen mich aus meinen Gedanken. Eve beobachtete mich mit einem verschlagenen Grinsen im Gesicht, während Annie Lennox' rauchige Stimme die ersten unverwechselbaren Takte von *Sweet Dreams (Are Made of This)* intonierte. Als ich genervt die Augen verdrehte, lachte sie laut auf, legte mir einen Arm um die Schultern und drückte mich an sich.

»Wunderbonbons hin oder her – ich hoffe, du findest, wonach du suchst, Lolly«, sagte sie schlicht. »Und jetzt komm mit. Der naturreine Gin wird sich nicht von allein trinken.«

Für einen kurzen Moment lehnte ich mich an ihre Schulter; mein Kopf ruhte genau an der Stelle, wo eine leuchtend pinke Lotusblume prangte. Lotus, Symbol für Erleuchtung, Regeneration, Wiedergeburt.

Gemeinsam gingen wir zu ihrem Cottage hinüber. Der Kies knirschte unter unseren Schuhen, und das erste sanfte Blau des Abends stahl sich heran. In diesem Moment war ich so glücklich und zufrieden wie schon lange nicht mehr. Zwar wusste ich nicht, was auf mich zukam, aber was es auch sein mochte, ich musste mich ihm nicht allein stellen. Ich hatte eine beste Freundin, die mich lieb hatte und mir den Rücken stärkte. Und mir blieb noch fast ein ganzer Monat, um zumindest eines meiner Ziele zu erreichen. Außerdem hatte ich zwei Zitronenbonbons in meiner Tasche, die ich einsetzen konnte, wie ich es wollte. Zum ersten Mal seit Langem regte sich die vage Hoffnung in mir, dass in der Zukunft vielleicht doch noch etwas Gutes auf mich warten könnte.

16

Fünfzehn Jahre zuvor
Juni

»Na los, Rory, wo bleibst du?«, flüsterte ich, während ich mit zitternden Fingern den Reißverschluss meines Partykleides hochzog – Modell Zeig-es-besser-nicht-deinen-Eltern. Es war der Abend von Rorys Highschool-Abschlussfeier, und ich wollte heimlich auf eine Party gehen. Rory würde mich fahren. Die Party fand am anderen Ende von Magnolia statt, in dem riesigen Strandhaus von Jake Hollins' Familie, direkt am Puget Sound. Da Florence aufgrund einer kaputten Batterie nicht ansprang, würde Rory mich mitnehmen. Meinen Eltern hatte ich erzählt, ich würde bei Ashley übernachten, aber das war gelogen. Ashley war an diesem Morgen mit ihrer Familie in die Ferien gefahren.

Das Ganze war so klischeehaft, dass ich mich schämte, noch bevor der Abend überhaupt richtig begonnen hatte. Aber ich musste dorthin. Es war meine einzige Chance, um noch Zeit mit Rory zu verbringen. In der Woche zuvor hatte er seine letzte Schicht im Restaurant gehabt, da er den Sommer über in einem Ferienlager für angehende Fußballstars in Kalifornien arbeiten würde. Und im Herbst begann sein Studium an der Michigan State University, Hauptfach Kinesiologie – der erste Schritt auf seinem Weg zum professionellen Sportmediziner und Mannschaftsarzt. Ich hingegen würde in Magnolia bleiben und mein letztes Highschooljahr absolvieren. Und ich war noch immer unsterblich in ihn verliebt, ohne dass er davon etwas ahnte.

Rasch schickte ich ihm eine Nachricht.

Fertig?

Er antwortete.

Komme in 2 Min.

Ich behielt die Straße im Auge, während ich schnell Jeans und Pulli über mein Kleid zog. In meinem Partyoutfit konnte ich nicht durchs Haus laufen. Meine Eltern wussten nichts von der Existenz dieses Kleides, und sie würden mich darin niemals aus dem Haus lassen. Diese Heimlichtuerei war ziemlich untypisch für mich. Normalerweise war ich ein braves Mädchen, das nie in Schwierigkeiten geriet, aber nach dem heutigen Abend hatte ich vielleicht keine Gelegenheit mehr, Rorys Aufmerksamkeit zu erregen und ihm zu zeigen, wie ich wirklich zu ihm stand.

Mit einem ungeduldigen Seufzer fragte ich mich, wo er so lange blieb. Sein Angebot, mich mitzunehmen, hatte mich überrascht, denn ich war davon ausgegangen, dass er mit Jessica auf die Party ging. Seit einem halben Jahr war Rory nun schon mit Jessica Sharma zusammen. Kurz nach Thanksgiving war sie fast täglich im Restaurant aufgekreuzt, wo sie stets einen Malzmilchshake bestellte, den sie dann nie trank. Stattdessen flirtete sie mit Rory und bat ihn um Nachhilfe in Mathe, obwohl sie in allen Fächern

Einsen schrieb. Dieses Mädchen war verdammt clever, und das nicht nur im akademischen Bereich.

»Rory, könntest du mir hierbei helfen?«, fragte sie dann zum Beispiel und wickelte sich eine lange karamellblonde Haarsträhne um den Finger. »Ich verstehe es einfach viel besser, wenn du es mir erklärst.«

Obwohl ich sie nicht sonderlich gut kannte, hatte ich Jessica immer bewundert. Wir hatten nie viel miteinander zu tun gehabt. Ich hatte eine Handvoll enger Freunde, gehörte zur Jahrbuchgruppe und arbeitete an den meisten Abenden im Restaurant. Jessica hingegen war Cheerleader-Captain und Mitglied der Ehrenverbindung. Sie war wunderschön und superklug – groß, schlank, voller Selbstbewusstsein und gerissen genug, um sich das Interesse ihrer Auserwählten zu sichern, worin ich noch keinerlei Erfahrung hatte. Unsere Welten hatten überhaupt keine Berührungspunkte gehabt, bis sie ein Auge auf Rory warf. Doch meine Meinung über sie änderte sich schnell. Ich registrierte, wie sie ihn ansah, und machte mir Sorgen. Bestimmt war sie kein schlechter Mensch, aber sie hatte etwas Berechnendes an sich, das mir nicht ganz geheuer war. Und ich hegte den Verdacht, dass sie in Rory eine Art Statussymbol sah. Hätte sie ihn überhaupt eines zweiten Blickes gewürdigt, wenn er nicht der Kapitän der Fußballmannschaft gewesen wäre? Plötzlich fand ich sie unausstehlich, was ebenso meinem Beschützerinstinkt gegenüber Rory wie meiner Eifersucht entsprang, weil er ihr so viel Beachtung schenkte. Wann immer ich sie mit ihm zusammen sah, wurde ich von Neid und Sehnsucht zerfressen.

Ich wartete darauf, dass Rory die Wahrheit erkennen würde, aber er schien weder Jessicas niedere Beweggründe noch meine brennende Verliebtheit zu bemerken. Er behandelte mich wie immer, herzlich und liebevoll wie eine Schwester oder Cousine. Und Jessicas gekonnte Flirtversuche schien er einerseits amüsant zu finden, andererseits schmeichelten sie ihm aber auch, sodass er sich ihnen nicht entzog.

Während ich mich an der verzweifelten Hoffnung festklammerte, dass er nicht auf Jessica hereinfallen möge, dass er aufwachen und erkennen würde, wie perfekt wir zwei zusammenpassten, spielte ich nach außen hin die Gelassene. Doch er verfiel immer mehr ihrem Charme. Irgendwann saß ich in der Falle. Mit einer Jessica Sharma konnte ich doch gar nicht mithalten, oder? Und meine Gefühle konnte ich ihm auch nicht offenbaren. Denn falls er nicht dasselbe für mich empfand, könnte ich ihm danach nie wieder in die Augen sehen. Es würde unsere Freundschaft zerstören. Dieses Risiko durfte ich nicht eingehen. Also sagte ich nichts, auch wenn mir jedes Mal das Herz wehtat, wenn ich die beiden zusammen sah. Körperlich wehtat.

Im Nachhinein betrachtet, hätte ich wohl mutiger sein sollen. Ich hätte ihm sagen sollen, was ich empfand, aber ich war eben unsicher und hatte Angst, ihn zu verlieren. Den Jungen zu verlieren, den ich mit jeder Faser meines Körpers liebte. Mir fehlte es an Erfahrung im Umgang mit Jungs, und so wusste ich einfach nicht, ob er mehr in mir sah als nur eine Freundin. Deshalb litt ich still, während Jessica ihn so lange umgarnte, bis sie offiziell ein Paar wurden. Für mich waren das Höllenqualen.

Von meinem Fenster aus sah ich, wie Rory drüben bei den Shaws aus der Tür trat und auf seinen alten, verbeulten Subaru zuging. Er trug seine Fußballsachen, vermutlich um es seinen Teamkameraden auf der Party gleichzutun. Manchmal stimmten die Fußballer auf Veranstaltungen ihre Outfits ab, um den Mannschaftsgeist zu unterstreichen. Irgendwie sah er in dieser Kombination aus rotem Trikot, Sportshorts und knielangen Socken unglaublich heiß aus. Ich spürte, wie mein Mund trocken wurde. Zeit, zu gehen. Ich lief nach unten und stürmte aus der Tür, rief nur einen kurzen Abschiedsgruß über die Schulter.

»Hi«, grüßte ich atemlos, als ich mich auf Rorys Beifahrersitz gleiten ließ. »Los, fahr, sonst sehen dich meine Eltern noch.«

Mit einem belustigten Blick gehorchte Rory. »Sie wissen also nicht, dass du auf diese Party gehst?«

»Nein, sie glauben, ich würde bei Ashley übernachten.« Mit einem kurzen Seitenblick fügte ich hinzu: »Schau nicht so missbilligend. Es ist bloß eine Party.«

»Schon gut. Ich bin nur überrascht.« Kopfschüttelnd fuhr Rory die Straße hinunter. »Lolly Blanchard schleicht sich heimlich raus. Wer hätte gedacht, dass ich das noch erleben darf.«

Ich verdrehte gereizt die Augen und zog mir dann den Pulli über den Kopf, um anschließend den tiefen Herzausschnitt meines Kleides zurechtzurücken. Extra für diese Party hatte ich mir ein umwerfendes kirschrotes Vintage-Cocktailkleid gekauft. Heimlich, versteht sich. In einer Retro-Boutique in der Nähe des Pile Place Market hatte ich dann noch eine schwarze Cat-Eye-Brille gefunden, die super dazu passte. Zusammen sorgte die Kombi dafür, dass ich mich unglaublich selbstsicher und weltgewandt fühlte.

»Schau mal kurz weg«, befahl ich Rory, bevor ich meine Jeans auszog und den Rocksaum glattstrich. Das Kleid war bis zum Bauch eng geschnitten und ging dann in einen weiten, kurzen Rock über, durch den meine Beine gut zur Geltung kamen. »Okay, ich bin fertig.«

Rory spähte kurz zu mir herüber und war sichtlich verblüfft. »Wow.« Als er an einem Stoppschild halten musste, drehte er sich zu mir um und musterte mich von Kopf bis Fuß. »Du siehst … wow.« Offenbar fehlten ihm die Worte, also schüttelte er nur den Kopf. Ein berauschendes Triumphgefühl stieg in mir auf. So hatte er mich noch nie angesehen, mit dieser Mischung aus Bewunderung und Erstaunen. Anscheinend hatte ich ihn wirklich umgehauen.

Ich trug schnell noch etwas roten Lippenstift auf und musterte mich dann in dem winzigen Außenspiegel. Dabei spürte ich, dass Rory mich nicht aus den Augen ließ. Ich sah aber auch wirklich bezaubernd aus und dabei überraschend sexy. Wie ein Filmsternchen aus den Fünfzigern, eine unschuldige Verführerin. Leicht benommen von meinem Triumph lehnte ich mich zurück. Ich hatte dieses Kleid für einen bestimmten Menschen angezogen, und der hatte mich endlich wahrgenommen.

Das Haus der Familie Hollins war bombastisch, nur ein schmaler Kiesstrand trennte es vom Sound. Es war im klassischen Stil der Fünfziger erbaut und geschmackvoll dekoriert. Natürlich stürzte sich Jessica auf Rory, sobald wir durch die Tür traten. Mit einem kalten Blick registrierte sie sowohl mein Outfit als auch die Tatsache, wie dicht Rory und ich beisammenstanden. Ihre zarten Nasenflügel blähten sich, als hätte sie einen üblen Gestank gewittert. Besitzergreifend nahm sie Rory am Arm und führte ihn Richtung Küche.

»Ich habe Durst, Babe. Könntest du mir etwas zu trinken besorgen?«

Rory schaute noch einmal über die Schulter zu mir und zuckte entschuldigend mit den Achseln, als sie davongingen. Ich blieb allein zurück. Eigentlich war ich keine große

Partygängerin, und auch heute war ich nur gekommen, um mit Rory zusammen sein zu können. Okay, um mit ihm zusammen sein zu können, während ich dieses Hammerkleid trug. Falls ich nicht den Mut fand, ihm meine Gefühle zu gestehen, sollte er sich zumindest immer daran erinnern, wie ich in diesem Kleid ausgesehen hatte – und nicht das Bild von mir in meiner gerüschten Restaurantschürze im Kopf behalten. Wenigstens für einen Moment sollte er die Frau in mir sehen, nicht nur eine gute Freundin. Dieser Blick, den er mir im Auto zugeworfen hatte … Da hatte er endlich mehr in mir gesehen als nur einen Kumpel, das wusste ich einfach. In diesem kurzen Moment, als er mich so verblüfft angestarrt hatte, hatte sich etwas zwischen uns verändert.

Eine Weile wanderte ich ziellos durch die Räume und fühlte mich trotz Bier in der Hand wie eine totale Außenseiterin. Es war eine typische Highschool-Party: Eltern praktischerweise nicht da, Musik zu laut, billiges Bier, in jedem Zimmer knutschende Pärchen. Ich kam mir vor wie am Set einer Teeniekomödie, vielleicht bei einem Remake von *Teen Lover*. Am Ende landete ich im Wohnzimmer, wo ich mir die Zeit damit vertrieb zu überlegen, wie lange es wohl noch dauern würde, bis jemand ohnmächtig von einem der Designersessel kippte oder sein Bier auf dem cremefarbenen Wollteppich verschüttete. In den viel zu hohen Schuhen taten mir die Füße weh. Humpelnd trat ich an die breite Fensterfront heran. Viel lieber wäre ich unten am Strand gewesen und nicht in diesem stickig-warmen Haus, das nach Bier und sexueller Spannung stank.

In der Glasfront war eine Schiebetür eingelassen. Ich öffnete sie und trat hinaus auf eine leere Veranda. Ein paar Schritte zur Seite, und schon ließ ich das Licht, das aus dem Haus strömte, hinter mir. Ganz allein stand ich in der kalten Nachtluft, lehnte mich gegen das Geländer und schaute zu den flimmernden Lichtern von Elliott Bay und dem Hafen von Seattle hinüber. Immer wieder spielte ich in Gedanken den Moment ab, als Rory mich im Auto so verblüfft gemustert hatte, versuchte, die überwältigende Freude wiederaufleben zu lassen, die dadurch in mir ausgelöst worden war. Zu wissen, dass ich ihn so sehr hatte überraschen können, war wundervoll.

»Ich finde einfach, dass ihr zu viel Zeit miteinander verbringt. Das ist nicht normal.«

Die schrille Stimme, die diesen Vorwurf erhob, kam mir bekannt vor. Mein Magen zog sich schmerzhaft zusammen. Das war Jessica. Rory und sie standen im Wohnzimmer direkt am Fenster, und offenbar stritten sie sich, was nicht weiter ungewöhnlich war. Er hatte abwehrend die Arme verschränkt, während sie anscheinend kurz davor war, in Tränen auszubrechen. Mir wurde klar, dass sie mich nicht sehen konnten. Ich stand im Schatten, und drinnen war es viel zu hell, als dass sie bis in diese dunkle Ecke der Veranda hätten blicken können.

»Das stimmt doch gar nicht. Komm schon, Jess. Wir sind nur Freunde, Lolly und ich. Sie ist wie … wie eine kleine Schwester für mich. Ehrlich«, versicherte Rory abwehrend und fuhr sich mit den Händen durch die lockigen Haare.

Mangels Hose rutschte mir das Herz bis in die spitzen schwarzen Pumps. Kleine Schwester. Plötzlich fühlte ich mich lächerlich in meinem Kleid, wie ein ungeliebtes kleines Mädchen, das die Erwachsene spielte. Was hatte ich mir nur dabei gedacht? Welch eine Demütigung.

Jessica hingegen schien sich wieder beruhigt zu haben. »Versprochen?« Sie schenkte ihm ein reumütiges Lächeln.

Rory zog sie an sich und küsste sie. »Pfadfinderehrenwort.«

Abgrundtiefe Leere breitete sich in mir aus. Arm in Arm gingen die beiden davon. Plötzlich wurde mir bewusst, dass ich fror. Ich sollte gehen. Diese Party hatte jeden Reiz für mich verloren. Ich beugte mich über das Geländer und schleuderte meinen unberührten Becher voll lauwarmem Bier in einem weiten Bogen an den Strand hinunter. Sofort bereute ich es. Die Meeresbewohner hatten es nun wirklich nicht verdient, in schalem Budweiser baden zu müssen.

»Hey, das war echt schlechtes Bier für mindestens einen Dollar.«

Erschrocken fuhr ich herum. Jake Hollins, Gastgeber der Party und Star-Quarterback der Ballard High, trat auf die Veranda hinaus und schob die Glastür hinter sich zu. Er streckte mir einen neuen Plastikbecher entgegen, den ich widerwillig nahm. Er war der beliebteste Junge der ganzen Schule, was ich gut verstehen konnte: charmant, reich, wilde blonde Locken und voll fröhlicher Großspurigkeit. Er bewegte sich wie eine Raubkatze, und falls man der Gerüchteküche glauben konnte, küsste er wie ein junger Gott. Einen kurzen Moment lang überlegte ich, ob das wirklich stimmte.

Ich war gerade verschmäht und gedemütigt worden, was eine gewisse Scheißegal-Haltung in mir auslöste. Und vielleicht auch leise Rachegedanken. Ich nippte an dem Becher und musste prompt husten. Das war kein Bier, das war Wodka. Eine ganze Menge Wodka. Pur. Jake stellte sich neben mich und stützte die Unterarme auf das Geländer. Er trug ein Anzughemd und hatte ein teuer riechendes Aftershave aufgelegt, das sich mit Biergeruch und seinem strotzenden Selbstbewusstsein vermischte. Als er sich mir zuwandte, fiel das Licht von der Fensterfront auf sein Gesicht. Sein Lächeln war wie immer unbeschwert, aber der Ausdruck in seinen Augen war unergründlich. Überhaupt hatte ich ihn nie wirklich durchschauen können. Deshalb fühlte ich mich in seiner Gegenwart trotz seines überwältigenden Charmes immer ein wenig unwohl.

»Also, Lolly Blanchard, was hast du vor?«

Ich blinzelte verwirrt und trank einen großen Schluck von meinem Wodka. Er schmeckte wie Waschbenzin. Wieder musste ich husten. »Wie meinst du das?«

»Ach, komm schon. Du bist wie ein großes Rätsel. Wunderschön, aber unantastbar. So ruhig, dass niemand weiß, was du denkst. Du bist ein … Mysterium.«

Eine gnadenlose Stimme in meinem Hinterkopf fragte sich, ob er mit dieser Nummer tatsächlich schon mal bei einer hatte landen können. Waren die Mädchen etwa beeindruckt, dass er das Wort Mysterium kannte? Hatte er das vielleicht beim Zulassungstest fürs College gelernt? Angeblich würde er nach Yale gehen, sein Dad hatte dort studiert.

»Mir war nicht einmal bewusst, dass du überhaupt meinen Namen kennst«, antwortete ich so neutral wie möglich.

Jake lachte in sich hinein, als hätte ich etwas Witziges gesagt. Da begriff ich, dass er betrunken war. Äußerst umgänglich und charmant, aber betrunken. »Ja, ich kenne deinen Namen. Ich kenne dich sogar besser, als du denkst. Zum Beispiel weiß ich, dass du jedes Jahr auf der Liste der besten Schüler stehst. Und dass du echt gut in Mathe bist. Und ich denke, in deinem hübschen Köpfchen ist wesentlich mehr los, als die meisten Leute ahnen.«

Trotz allem war ich geschmeichelt. Okay, er war betrunken, aber Jake Hollins hatte mich wahrgenommen, hatte sich Gedanken über mich gemacht und war anscheinend gerade dabei, mich anzubaggern. Ganz im Gegensatz zu einem gewissen anderen Jungen, an den ich jetzt nicht denken würde. Nervös nippte ich wieder an meinem Wodka. Mir war nicht ganz klar, was ich davon halten sollte. Eigentlich mochte ich Jake Hollins nicht besonders, und ich traute ihm nicht, doch es war irgendwie befriedigend, zur Abwechslung mal umgarnt zu werden.

»Weißt du eigentlich, dass Rory Shaw allen gesagt hat, dass sie die Finger von dir lassen sollen?«, fragte Jake nun und musterte mich über den Rand seines Bechers hinweg. »Er hat allen Jungs – den Fußballern, den Footballspielern und denen vom Baseballteam – eingeschärft, dass du tabu bist. Was hat es damit auf sich?«

»Rory hat keinerlei Besitzansprüche«, zischte ich. Nach wie vor spürte ich den schmerzhaften Stich, den mir sein Gespräch mit Jessica versetzt hatte. Darauf gleich noch einen Schluck Wodka.

»Tja, wenn das so ist, hätte ich eigentlich nur noch eine Frage, Lolly Blanchard.« Ein träges Lächeln breitete sich auf Jakes Gesicht aus, und er sah mich durchdringend an.

»Und die wäre?« Plötzlich schien mir das eng geschnittene Mieder des Kleides die Luft abzudrücken. Ich konnte kaum noch atmen. Ein Teil von mir wollte das, was nun kommen würde, doch ein anderer, vernünftigerer Teil drängte mich, sofort wieder reinzugehen und diese Party schnellstmöglich zu verlassen.

»Schmeckst du so gut, wie du aussiehst?« Dann lag seine große, starke Hand plötzlich in meinem Nacken und zog mich zu ihm heran. Er küsste mich. Hart und feucht küsste er mich. Mein erster Kuss. Jake drückte mich an sich und schob mich nach hinten, bis ich zwischen ihm und dem Geländer eingeklemmt war. Sein hochgewachsener, breiter Körper war unverrückbar wie eine Mauer. Er schob seine Zunge in meinen Mund, packte fester zu. Im ersten Moment war ich einfach nur überrascht, aber dann regte sich Protest in mir.

»Hey, nicht. Lass mich los«, fauchte ich und versuchte, mich zu befreien. »Hör auf.« Mein Becher wurde am Geländer zerdrückt, der Wodka lief über meine Hand und mein Kleid. Doch Jake bemerkte meinen Widerstand entweder nicht, oder er ignorierte ihn einfach.

»Komm schon, mach dich locker«, murmelte er und küsste meinen Hals. Noch immer nahm er nicht zur Kenntnis, dass ich alles tat, um von ihm wegzukommen. Stattdessen presste er sich an mich, schob eine Hand unter meinen kurzen Rock. Das Geländer bohrte sich schmerzhaft in meinen Rücken, und ich spürte seine Hüfte an meiner, merkte, wie er einen Ständer bekam. Da erfasste mich blinde Panik. Er war stärker als ich, er war betrunken, und hier draußen konnte uns niemand sehen. Niemand konnte mir helfen.

Getrieben vom Adrenalin, nahm ich all meinen Mut zusammen und rammte ihm mit voller Kraft das Knie zwischen die Beine. Jake ächzte – teils überrascht, teils schmerzerfüllt – und lockerte seinen Griff ein wenig. Im nächsten Moment hörte ich einen erstickten Schrei, und etwas Rotes blitzte auf, als Rory durch die offene Glastür stürmte und sich auf Jake stürzte, ihn seitlich von mir wegriss. Jake ging zu Boden und sackte wie ein schlaffer Luftballon in sich zusammen. Stöhnend drückte er beide Hände in seinen Schritt.

Rory stand breitbeinig über ihm und ballte die Fäuste. »Sie hat gesagt, du sollst aufhören«, brüllte er. Im Vergleich war er eindeutig der Kleinere. Jake war größer und schwerer als er, aber Rory war außer sich vor Wut. So hatte ich ihn noch nie erlebt. Er packte Jake am Kragen und boxte ihn ins Gesicht. Richtig hart. Mit funkelnden Augen richtete er sich auf und machte sich für den nächsten Schlag bereit. Inzwischen hatten sich drinnen am Fenster eine Menge Zuschauer eingefunden, einige streckten neugierig den Kopf aus der Tür und beobachteten den Kampf zwischen Star-Quarterback und Fußball-Ass. Und ich stand bibbernd daneben und wäre am liebsten im Erdboden versunken.

»Du rührst sie nicht an, verstanden?«, stieß Rory gepresst hervor. »Du wirst sie nie wieder anrühren.«

Jake fluchte. »Lass mich bloß in Ruhe. Verschwinde aus meinem Haus, Mann.« Blut floss ihm aus der Nase und tropfte auf sein schickes Hemd. Ich sah die dunklen Spritzer. Dabei zitterte ich am ganzen Körper, hielt den zerdrückten Plastikbecher noch immer in der Hand. Mein Kleid war mit Wodka durchtränkt. Alles war irgendwie surreal.

»Bist du okay, Lolly?« Rory hatte sich mir zugewandt. Er keuchte leise. Sein gesamter Körper war in Alarmbereitschaft, jeder Muskel angespannt. Er bebte regelrecht vor Wut.

Ich nickte. »Ja«, flüsterte ich. Noch nie hatte ich mich so gedemütigt gefühlt.

»Gut.« Er ließ Jakes Kragen so abrupt los, dass dieser mit dem Kopf auf den Boden knallte. Sofort rollte er sich zusammen und hielt sich wieder den Schritt, während ihm langsam das Blut übers Kinn lief. »Lass uns von hier verschwinden.« Rory streckte mir die Hand entgegen, und ich packte sie.

Durch das Fenster konnte ich sehen, dass Jessica uns beobachtete. Sie presste missbilligend die Lippen zusammen. Bestimmt würde sie Rory später einiges zu sagen haben. Der aber zog mich nun fest an sich und legte mir den Arm um die Schultern. Durch den dünnen Trikotstoff spürte ich seine harten Muskeln. So geschützt, führte er mich durch die Glastür. »Komm, ich bringe dich nach Hause.«

Im Wohnzimmer dröhnte noch immer die Musik, doch sie konnte kaum die wilden Spekulationen überdecken, die bereits die Runde machten. Inzwischen hatte sich beinahe die ganze Partygesellschaft an der breiten Fensterfront versammelt, und die Menge teilte sich vor uns. Ich zog den Kopf ein, meine Wangen brannten vor Scham. Rory blieb nur kurz stehen, um Jessica etwas ins Ohr zu flüstern und ihr einen hastigen Kuss auf die Wange zu drücken. Sie war nicht besonders angetan.

Rory hielt mich fest, bis wir in seinen Subaru stiegen. Er öffnete mir die Wagentür und gab mir wortlos seinen dunkelblauen Fleecepulli, den er für Wanderungen im Auto verstaut hatte. Der Stoff war schön weich, und ihm haftete der tröstliche Duft von Rory an. Dankbar zog ich mir den Pulli über den Kopf und schloss die Augen, während Rory sich hinter das Steuer setzte und den Motor anließ.

»Geht es dir wirklich gut, Lolly?«, fragte er noch einmal, während wir auf die Straße hinausfuhren. Besorgt klang das, als wollte er mich beschützen.

Ich nickte. »Glaube schon.« Dann fügte ich mit rauer Stimme hinzu: »Danke, dass du mich gerettet hast.« Ich war einerseits beschämt, andererseits aber auch wahnsinnig erleichtert.

Er warf mir einen beinahe bewundernden Blick zu. »Für mich sah es so aus, als hättest du die Situation ganz gut im Griff gehabt«, erwiderte er unbeschwert. »Du hast ja ziemlich viel Zug im Bein. Morgen wird ihm bestimmt immer noch alles wehtun.«

»Gut so.« Ich wurde rot und verschränkte trotzig die Arme vor der Brust. »Geschieht ihm recht.«

Mehr sagte ich nicht dazu. Nichts über meinen grauenvollen ersten Kuss, nichts über den Becher mit Wodka, nichts davon, dass ich sein Gespräch mit Jessica belauscht hatte, oder darüber, dass Jake mir von seinem Befehl an die Jungs erzählt hatte, mich in Ruhe zu lassen. Ich war müde und angeschlagen und genoss die Stille, die sich auf dem Heimweg zwischen uns ausbreitete. Schließlich hielten wir vor unserem Haus. Im Wohnzimmer brannte noch Licht. Wahrscheinlich war Mom bereits im Bett und Dad vor dem Fernseher eingeschlafen, mitten in einem Baseballspiel. Falls er aufwachte, konnte ich behaupten, ich wäre heimgekommen, weil ich mich nicht gut fühlte. Was voll und ganz der Wahrheit entsprach. Der Wodka schwappte wie Säure in meinem Magen hin und her. Ich hob meine Jeans und den Pulli auf, die ich im Fußraum des Wagens liegen gelassen hatte.

Vielleicht sprach der Alkohol aus mir, jedenfalls war ich plötzlich viel mutiger. Ich hatte ja auch nichts mehr zu verlieren. Rory interessierte sich nicht für mich – zumindest nicht auf diese Art –, das hatte er im Gespräch mit Jessica mehr als deutlich gemacht. Trotzdem sollte er die Wahrheit erfahren, bevor er fortging. Also drehte ich mich, bevor ich ausstieg, noch einmal zu ihm um. Meine Hand lag bereits am Türgriff. »Weißt du, es ist schon komisch«, sagte ich abrupt und sah ihn ganz direkt an. Mit Mühe konnte ich das Zittern in meiner Stimme unterdrücken. »Eigentlich hatte ich immer gedacht, ich würde meinen ersten richtigen Kuss von dir bekommen.«

Das trübe Licht der Straßenlaterne machte es unmöglich, in seinem Gesicht zu lesen. Vollkommen reglos saß er da und schwieg. Sehr lange. Dann streckte er den Arm aus und strich sanft mit dem Daumen über meine Lippen. Die raue Haut blieb an meiner Unterlippe hängen, und er drückte für einen Moment dagegen. Ich erstarrte. Mein Herz klopfte wild.

»Ja, das habe ich auch immer gedacht«, sagte Rory leise. Wir sahen uns an. In seinem Blick spiegelten sich Verwirrung und etwas anderes, das ich nicht deuten konnte. Fast schien es Sehnsucht zu sein, aber mehr noch Bedauern. Dann zog er die Hand zurück, und es war vorbei. Ich stieg aus und stolperte die Verandastufen hinauf. Er blieb im Wagen sitzen, nur ein Rory-förmiger Schatten auf dem Fahrersitz. Doch er fuhr erst zu seinem Haus hinüber, nachdem ich Jeans und Pulli über mein wodkagetränktes Kleid gezogen hatte und hineingegangen war. Noch an der Tür drehte ich mich um und sah zu, wie er in seine Einfahrt einbog und die Rückleuchten erloschen. Vorsichtig hob ich die Finger an die Lippen und wünschte mir, *er* hätte mich geküsst. Wünschte mir, ich wäre niemals auf diese dämliche Party gegangen. Wünschte mir zum tausendsten Mal, ich wäre nicht so wahnsinnig und hoffnungslos verliebt in Rory Shaw.

17

Fünfzehn Jahre zuvor
August

Nach der Party hörte ich den ganzen Sommer über nichts von Rory. Normalerweise schrieben wir uns ein- bis zweimal pro Woche, tauschten via Textnachricht lustige Anekdoten aus dem Restaurant oder Schulneuigkeiten aus, aber nun herrschte Funkstille zwischen uns. Ich hatte keine Ahnung, was Rory von alldem hielt, und ich war zu unsicher, um den ersten Schritt zu machen. Doch wenn ich an diese Wärme in seinen Augen dachte, an die Art, wie sein Daumen über meine Lippe geglitten war, keimte eine leise, durch Verwirrung getrübte Hoffnung in mir auf. Und dann, Ende August, kurz vor Beginn meines letzten Schuljahrs, erfuhr ich, dass Rory wieder da war.

»Nancy hat erzählt, dass Rory heute Abend aus Kalifornien zurückkommt«, rief Mom, als ich mich, beladen mit Desserttellern, durch die Schwingtür in die Küche schob. Rory war am Tag nach der Party zu seinem Job in dem Fußballcamp in Kalifornien aufgebrochen. Im Laufe des Sommers hatte ich von Mom immer wieder kleine Informationsbrocken aufgeschnappt, zum Beispiel, wie viel Spaß Rory als Trainer der Fünftklässler hatte oder dass er für eine Woche nach Hause kommen wollte, bevor er dann frühzeitig nach Michigan abreiste, um sich dort einzurichten. Dass Nancy ihn dorthin begleiten würde. Mom berichtete mir auch, dass Jessica nicht mitfahren würde. Ich war erleichtert, als ich das hörte.

»Du solltest ihn zum Essen hierher einladen, auf Kosten des Hauses. Schließlich würden wir ihn alle gerne noch einmal sehen«, drängte Mom gut gelaunt, als ich das nächste Mal in der Küche erschien, um saubere Kaffeetassen zu holen.

»Mom, Rory will doch nicht seine Abende ausgerechnet dort verbringen, wo er früher gearbeitet hat. Bestimmt hat er Besseres zu tun.«

Achselzuckend konterte sie: »Eine Gratismahlzeit lässt sich niemand entgehen. Außerdem sind wir quasi seine zweite Familie. Also frag ihn einfach.«

Ich versprach es ihr. Insgeheim fieberte ich seiner Rückkehr entgegen. Wie würde unser Wiedersehen ablaufen? Ich war froh, dass ich ihm damals im Auto das mit dem Kuss noch gesagt hatte. Schließlich war es die Wahrheit, und er sollte nicht in sein Collegeleben starten, ohne zu wissen, was ich empfand. Doch ich hatte keine Ahnung, wie er darüber dachte, und er war ja auch immer noch mit Jessica zusammen.

Die Woche verging schnell. Hin und wieder sah ich Rory drüben auf der anderen Straßenseite. Oft war Jessica an seiner Seite. Das war natürlich eine herbe Enttäuschung, aber was hatte ich denn erwartet? Er zeigte damit eindeutig, was er empfand. Anscheinend sah er in mir wirklich nur eine Freundin oder eine Schwester. Ich schickte ihm per Textnachricht die Einladung meiner Mutter und die Aussicht auf ein Gratisessen, hatte aber wenig Hoffnung, dass er auftauchen würde.

Doch am Tag bevor er seine Reise zum College antrat, kam er tatsächlich im Restaurant vorbei – ohne Jessica. Meine Mom stürzte sich sofort auf ihn und servierte ihm eine riesige Portion Fleischbällchen mit Bratkartoffeln. Die gesamte Belegschaft kam in den Gastraum, klopfte ihm auf die Schulter, fragte ihn, wie sein Sommer gewesen sei und was er nun vorhabe. Ich hingegen hielt mich zurück und suchte mir eine Beschäftigung. Nur ein einziges Mal schaute er zu mir herüber, und für einen Moment sahen wir uns in die Augen. Dann wandte er den Blick ab. Trotzdem war da etwas gewesen, eine Intensität, die mich hoffen ließ. Was genau es gewesen war, konnte ich nicht sagen, aber meine innere Stimme behauptete, es müsse etwas Gutes sein.

Später am Abend lag ich im Bett, mit hochgezogener Jalousie, und hielt nach ihm Ausschau, als drüben in seinem Zimmer plötzlich das Licht anging. Von morgen an würde dieses Licht nicht mehr angehen, sein Fenster würde dunkel bleiben. Dann wäre er weit weg in Michigan und würde sein neues Leben als Collegestudent beginnen. Bei diesem Gedanken fühlte ich mich einsam. Langsam wurde ich müde, und ich war gerade dabei, einzuschlafen, als etwas gegen mein Fenster prallte. Ich stieg aus dem Bett und blickte nach draußen. Unten im Vorgarten stand Rory, den Arm erhoben, als wollte er genau in diesem Moment das nächste Steinchen gegen mein Fenster werfen. Mit wild klopfendem Herzen schob ich das Fenster hoch und streckte den Kopf hinaus.

»Hi.« Grinsend sah er zu mir hoch. Er trug einen brandneuen Pullover von der Michigan State. Seine Eltern hatten den Korpsgeist des Colleges voll verinnerlicht und ihnen allen solche Pullover gekauft. »Sollen wir zum South Beach fahren?«, schlug er laut flüsternd vor.

Überraschenderweise zögerte ich keine Sekunde. »Bin gleich unten.« Ich schloss das Fenster und griff hastig nach einem Hoodie. Seit ich Rory zum ersten Mal den Strand gezeigt hatte und wir an unserem Neujahrsbad gescheitert waren, war der South Beach zu einem ganz besonderen Ort für uns geworden. Ohne dass wir je ein Wort darüber verloren hätten, brachte keiner von uns andere Freunde dorthin. Dieser Platz gehörte uns allein. Während unserer ganzen gemeinsamen Schulzeit waren wir jeden Monat ein- oder zweimal hingefahren und am Strand entlanggelaufen, sogar im Winter. Manchmal machten wir es uns auch in geselligem Schweigen an dem großen Treibholzstamm gemütlich – *unserem* Treibholzstamm. Dabei nahmen wir oft Schularbeiten mit, schlugen aber äußerst selten auch nur ein Buch auf. Viel eher endete es damit, dass wir stundenlang redeten, uns freundschaftlich über Bücher und Filme stritten, lachend herumalberten oder unsere Zukunftspläne besprachen. Wir teilten, was wir an Essen dabeihatten, und genossen die gemeinsame Zeit. An diesem Strand, in der salzigen Luft, mit den schneebedeckten Bergen im Hintergrund und dem sanft rauschenden Wasser, war ich glücklicher und entspannter als an jedem anderen Ort dieser Welt. So fühlte ich mich in Rorys Gegenwart eigentlich immer, und der Strand verstärkte das noch. Solange wir dort waren, schien ich mit dem ganzen Universum im Einklang zu sein. Ich wurde wahrgenommen und akzeptiert, so wie ich war. Wir konnten einfach nur zusammensitzen und ganz wir selbst sein. Das war das schönste Gefühl der Welt.

Doch das alles fand ein Ende, als Rory anfing, mit Jessica auszugehen. Schon sehr früh hatte er ihr von unseren Ausflügen zum Strand erzählt, und sie hatte darauf bestanden, dass er sie mitnehmen solle. Von da an fuhren wir nie wieder hin. Deshalb fragte ich mich nun, was an diesem Abend anders war und ihn zu diesem Angebot verleitet hatte.

Er fuhr durch die dunklen, stillen Straßen von Magnolia. Es waren keine anderen Autos zu sehen. Fast kam es mir so vor, als wären wir die einzigen Lebewesen in einer schlafenden Welt. Rory stellte das Auto verbotenerweise auf dem kleinen Parkplatz am Strand ab. Technisch gesehen brauchte man dafür einen Parkausweis, aber so spät am Abend war außer uns niemand hier. Obwohl es schon nach zehn war, war es gerade erst dunkel geworden. Im August war die Abenddämmerung in Seattle unglaublich sanft, hartnäckig und träge.

Wir gingen über den Wanderweg zum nördlichen Abschnitt des Strandes. Die Stille wurde nur von den leise plätschernden Wellen durchbrochen. Ich hatte zwar den Hoodie über mein Trägerhemd und die dünnen Shorts gezogen, wünschte mir aber jetzt, ich hätte etwas Wärmeres mitgenommen. Hier draußen war es immer kälter, die Luft klar und frisch. Es roch nach nassem Sand, Seetang und Salz. Der Mond war fast voll, und da nur ein paar feine Schleierwolken am Himmel dahinglitten, wurde das Wasser mit flüssigem Silber überzogen. Wild und schweigend erstreckte sich der Park ringsum. Zitternd schob ich mich dichter an Rory und seine Taschenlampe heran. Manchmal verirrte sich ein Bär oder ein Berglöwe von den Kaskaden hierher und drang bis in den Park vor. Im Halbdunkel glaubte ich spähende Augen zu erahnen.

Wir folgten dem gewundenen, sandigen Pfad bis zum Strand und hielten in stiller Übereinkunft auf unser übliches Plätzchen zu. Dort setzten wir uns in den Sand und lehnten uns an den ausgebleichten Holzstamm. Vom Wasser wehte eine kühle Brise heran, was mich schaudernd an Rory heranrücken ließ, um mich an ihm zu wärmen. Seit wir aus dem Auto gestiegen waren, hatten wir kein Wort mehr gesprochen, und nun fragte ich mich, wie wir dieses Schweigen brechen sollten. Irgendwie war es bedrückend. Ich spürte seinen warmen Körper neben mir, unsere Oberschenkel berührten sich fast. Noch nie hatte ich mich nach irgendjemandem so sehr gesehnt wie nach ihm. Er war meine erste große Liebe. Und doch war ich mir ziemlich sicher, dass er nicht dasselbe für mich empfand. Gleichzeitig wusste ich nicht, *was* er für mich empfand. Und so wurde ich beinahe aufgefressen von Sehnsucht, Vorfreude und Nervosität.

Mit einem leisen Seufzer lehnte ich den Kopf an den Stamm und blickte auf der Suche nach Sternbildern gen Himmel. Hier war die Lichtverschmutzung nicht ganz so schlimm wie in der Stadt, deshalb entdeckte ich schnell den Großen Wagen, den Rest des Großen Bären, den Kleinen Bären und am Ende des Großen Wagens den hell strahlenden Nordstern. Und noch immer zog sich das Schweigen hin.

»Darf ich dich etwas fragen?«, begann ich schließlich. Diese eine Sache war mir seit der Party bei Jake Hollins nicht mehr aus dem Kopf gegangen.

»Klar doch, schieß los.«

»Auf der Party damals hat mir Jake erzählt, du hättest den Jungs aus den verschiedenen Sportmannschaften gesagt, ich wäre tabu für sie. Warum hast du das getan?«

Rory rutschte ein wenig hin und her. Es dauerte einen Moment, bis er antwortete: »Wahrscheinlich, weil ich das Gefühl habe, dich beschützen zu müssen. Ich möchte nicht, dass dir jemand wehtut. Als ich auf der Party gesehen habe, wie Jake dich überall begrapscht und auch nicht aufgehört hat, als du Nein gesagt hast …« Er ballte die Fäuste. »Noch nie habe ich so fest zugeschlagen wie da. Ich wollte ihm die Zähne aus dem Gesicht prügeln. Hätte er dir etwas angetan …«

Schweigend sah ich auf das Wasser hinaus. Was hatte es denn zu bedeuten, dass er mich beschützen wollte? Beschützen wie eine Schwester? Oder doch aus anderen Gründen?

Rory räusperte sich. »Darf ich jetzt dich etwas fragen?« Er drehte sich zu mir um.

Ich nickte. »Natürlich.«

Er zögerte. Aus dem Augenwinkel nahm ich wahr, dass er mich konzentriert musterte. »Was du an dem Abend der Party gesagt hast, nachdem ich dich heimgefahren hatte«, begann er bedächtig. »Dass du immer gedacht hast, du würdest deinen ersten Kuss von mir bekommen. Was hast du damit gemeint?«

Nun drehte auch ich mich zu ihm um, betrachtete seine vertrauten Gesichtszüge. Das Mondlicht überzog sie mit einem silbrigen Schimmer, verlieh ihnen eine wunderschöne Klarheit. Natürlich hätte ich seine Frage abtun können, hätte so tun können, als erinnerte ich mich nicht daran, dass damals nur der Wodka und das Adrenalin aus mir gesprochen hätten. Aber er würde morgen fortgehen. Das hier war vielleicht meine letzte Chance, ihm alles zu sagen.

»Ich mag dich, Rory Shaw«, gestand ich also. »Sehr.« Ohne den Blick abzuwenden, schob ich die Hände zwischen meine Schenkel, um sie zu wärmen. Eine fiebrige Energie hatte mich gepackt. Nachdem ich mich dazu entschlossen hatte, meinen Mut zusammenzunehmen und ihm die Wahrheit zu sagen, war die Nervosität plötzlich wie weggeblasen. »Eigentlich habe ich mich schon so ziemlich bei unserer ersten Begegnung in dich verliebt.« Es fühlte sich gut an, es laut auszusprechen. Befreiend. Rory allerdings war völlig verwirrt. Anscheinend kam das für ihn total überraschend.

»Aber du hast doch zu Crystal ... Ich habe gehört, wie du einmal zu ihr gesagt hast, dass du niemals so für mich empfinden würdest, weil ich wie ein Bruder für dich wäre.«

Dann hatte er dieses Gespräch also doch mitbekommen.

»Das war gelogen«, erklärte ich achselzuckend. »Ich wollte nicht, dass sie von meinen Gefühlen erfährt. Mir war das peinlich, weil ich davon ausging, dass du eben nicht so empfindest.«

Verblüfft schüttelte Rory den Kopf. Ihm schienen die Worte zu fehlen.

»Ist schon okay«, versicherte ich ihm, denn nachdem ich es endlich ausgesprochen hatte, war ich plötzlich ganz ruhig. »Du musst ja nicht dasselbe fühlen.«

Nach einem kurzen Moment des Schweigens fragte er leise: »Und wenn ich es doch tue?« In dieser Sekunde passierte etwas zwischen uns, eine Art starker, elektrisierender Impuls erfasste uns. Rory sah mich eindringlich an, wie waren uns so nah, dass ich seinen Atem auf meiner Haut spüren konnte. Er war so wunderschön im Licht des Mondes, das vom Wasser zu uns zurückgeworfen wurde. Ohne nachzudenken, legte ich eine Hand an seine Wange. Warm war seine Haut, feine Bartstoppeln kitzelten meine Handfläche. Er fühlte sich so vertraut an.

»Tust du das denn?«

Sein Lachen war rau wie ein reißender Stofffetzen. Plötzlich schmiegte er sich an meine Hand, drehte den Kopf und drückte einen Kuss hinein.

»Seitdem ich dich das erste Mal gesehen habe«, gestand er.

Ich zog mich ein Stück zurück. »Aber auf der Party klang das ganz anders. Da hast du Jessica gesagt, du würdest in mir eine kleine Schwester sehen. Versprochen hast du es ihr, mit Pfadfinderehrenwort«, protestierte ich.

»Lolly, du weißt doch wohl, dass ich nie bei den Pfadfindern war«, erwiderte er leicht belustigt. Dann streckte er den Arm aus, seine Hand schloss sich warm um meinen Oberarm und er zog mich zu sich heran. Ich wehrte mich nicht. Einen Moment lang lagen wir reglos aufeinander im Sand, Nase an Nase, atmeten gemeinsame Luft. Dann verlagerte Rory ein klein wenig sein Gewicht und küsste mich, legte eine Hand um meinen Hinterkopf und zog mich zu sich herunter. Er schmeckte nach süßem Eistee, Bourbon und Bier. Nach aufblühender Liebe und Heimkehr. Das war kein keusches Küsschen, kein sanfter Hauch auf den Lippen. Nein, er küsste mich, als würde er haltlos im Wasser versinken und ich wäre sein letztes bisschen Luft. Ich schlang die Arme um seinen Hals, presste mich an ihn, legte all meine aufgestaute Sehnsucht in diesen Kuss. Es fühlte sich einfach nur richtig an.

Rory raunte leise Worte, aber ich nahm nichts wahr außer seinen Lippen, seinen in meinen Haaren vergrabenen Fingern, seinem harten Brustkorb unter mir, seinem Hunger. Endlich. Endlich waren wir dort, wo wir hingehörten. Stöhnend zog er mich dichter zu sich heran, bis meine Brüste gegen seine Rippen drückten. Beinahe schmerzhaft fest klammerten wir uns aneinander. Ich spürte seinen rasenden Herzschlag, während seine Lippen einen glühenden Pfad über meinen Hals zogen. Fast schon verzweifelt flüsterte er meinen Namen.

Rory war stark, aber es war vollkommen anders als bei Jake Hollins. Bei ihm fühlte ich mich sicher. Ich wusste, dass er sofort aufhören würde, wenn ich das wollte. Aber bei Gott, das wollte ich nicht. Ich wollte ihn für immer und ewig küssen. Ich wollte mit ihm verschmelzen, bis unsere Knochen eins wurden. Wir lagen tief in unserer Mulde im Sand, ich halb auf ihm drauf, und küssten uns mit verzweifelter Leidenschaft, als wäre dies unser letzter Moment auf Erden.

Irgendwann löste ich mich keuchend von ihm und schnappte nach Luft, wie betrunken von dieser Intensität. Ich richtete mich auf und betrachtete Rorys Gesicht im Mondschein, versuchte, mir diesen Moment und diesen Anblick für immer einzuprägen. Ich war so überwältigt und euphorisch, dass ich am ganzen Körper zitterte. »Ich liebe dich, Rory Shaw«, sagte ich.

Wie erstarrt sah er mich an, begriff, was ich gerade gestanden hatte. Plötzlich wirkte er panisch. Hastig, aber doch sanft schob er mich von sich herunter, hob abwehrend die Hände. Als wäre ich eine Gefahr für ihn, als würde er sich verbrennen, wenn er mich berührte. »Nicht, Lolly. Wir dürfen das nicht tun.«

Langsam zog ich mich bis zu dem Treibholzstamm zurück. Meine Haare waren zerzaust, meine Kleidung zerknittert. Ich atmete schwer. »Was?«, fragte ich verständnislos.

»Es tut mir leid.« Immer weiter wich Rory zurück, vergrößerte den Abstand zwischen uns. Dann fuhr er sich mit beiden Händen durch die Haare, was er eigentlich nur tat, wenn er sehr aufgewühlt war. »Ich habe die Kontrolle verloren. Es tut mir leid. Das wird nicht wieder vorkommen.«

»Was?«, fragte ich noch einmal. Mir fiel auf, wie rau meine Stimme klang. Ich konnte nicht begreifen, was hier gerade passierte, dass er nach solch einem Kuss so etwas zu mir sagte.

Rory wich meinem Blick aus und starrte stattdessen auf das Wasser hinaus. Auch er atmete schwer und versuchte offenbar mit aller Kraft, sich zusammenzunehmen.

»Morgen beginnt meine Collegezeit, Lolly. Dann werde ich auf der anderen Seite des Landes leben, aber du wirst immer noch hier sein und zur Schule gehen. Das kann nicht funktionieren. Das Timing passt einfach nicht. Und dann ist da ja auch noch Jessica. Sie und ich, wir sind ein Paar. Wir sind uns nahe. Das wäre ihr gegenüber nicht fair, das …« Mit einer knappen Geste deutete er auf uns beide und die Mulde im Sand, in der wir gerade noch eng umschlungen gelegen hatten. »So will ich nicht sein. Für dich nicht, aber auch für sie nicht. Das wäre schäbig von mir. Es tut mir leid.«

Fassungslos starrte ich ihn an. Noch vor fünfzehn Sekunden hatte er mich an sich gepresst und mich mit seiner Leidenschaft quasi verschlungen, und jetzt entschuldigte er sich dafür? Ich hatte ihm gerade meine Liebe gestanden. Und war davon ausgegangen, dass er das ebenfalls tun würde.

»Was redest du denn da?«, rief ich.

Wortlos sah er mich an, und seine Miene verriet mir alles, was ich wissen musste. Voller Resignation war sie, als müsste er sich für eine schwere Aufgabe wappnen. Er würde Jessica nicht verlassen. Er wollte nicht mit mir zusammen sein. Das alles war ein Fehler gewesen. Ein Fehler, den er schon jetzt bereute. Wie ein angerissenes Streichholz flammte heißer Zorn in mir auf, geboren aus Demütigung und Fassungslosigkeit.

»Das war's dann also? Du küsst mich, küsst mich so wie gerade eben, und dann gehst du einfach zu ihr zurück? Vorhin hast du noch behauptet, du wärst seit fünf Jahren in mich verliebt!« Dass ich überhaupt protestierte, machte mich nur noch wütender. Denn ich wusste doch, dass ich bereits verloren hatte.

Rory legte die verschränkten Arme auf die Knie und blickte starr aufs Wasser. Den entschlossenen Zug um seinen Mund kannte ich gut. Zu gut.

»Es tut mir leid, Lolly. Wenn die Dinge anders lägen … wenn ich nicht aufs College gehen würde und du schon mit der Highschool fertig wärst … wenn ich nicht mit Jessica zusammen wäre …« Er stieß einen frustrierten Seufzer aus. »Lolly.« Seine Stimme klang flehend, doch sein Blick war ernst, als er mich endlich ansah. »Es darf nicht sein. Nicht jetzt. Wenn wir das tun, wenn wir versuchen, jetzt zusammen zu sein, wird es böse enden. Das weiß ich einfach. Und du bist mir viel zu wichtig, um das zu riskieren. Du hast etwas Besseres verdient. Unsere Freundschaft bedeutet mir zu viel, um sie aufs Spiel zu setzen. Begreifst du das denn nicht? Und ich kann das auch Jessica nicht antun. Es wäre ihr gegenüber nicht fair. Wir müssen das hinter uns lassen. Ich muss das hinter mir lassen.« Wieder warf er mir einen gequälten Blick zu, aber ich wandte mich ab. Nein, ich wollte nicht sehen, dass es ihm ebenfalls wehtat. Schließlich wollte er es ja so. Ich war voller Zorn, fühlte mich zurückgewiesen und ungeliebt und glaubte an dieser unglaublichen Enttäuschung zu ersticken. So lange liebte ich ihn schon, und doch reichte das nicht aus. Er entschied sich gegen mich. Mit brennenden Augen stand ich auf und klopfte mir den Sand von der Hose.

»Ich will nach Hause.«

Eingehüllt in drückendes Schweigen, fuhren wir zurück. Ich biss mir auf die Unterlippe, um bloß nicht zu weinen. Noch immer schmeckte ich ihn auf meinen Lippen, ein schriller Missklang, der mich nur noch mehr quälte.

Als Rory vor unserem Haus hielt, schien das Motorengeräusch überlaut durch die Stille zu hallen. »Es tut mir leid, Lolly«, sagte er wieder. Sonst nichts.

»Ruf mich nicht an, schreib mir nicht. Ich will nie wieder etwas von dir hören.« Wütend knallte ich die Autotür zu und marschierte ohne einen Blick zurück zur Haustür. Ich schwor mir, alles zu tun, was nötig war, um zu vergessen, dass ich Rory Shaw jemals mein Herz geschenkt hatte.

18

Es war ein trüber grauer Nachmittag, und im Restaurant herrschte gerade die typische Flaute zwischen Mittags- und Abendgeschäft. Ich hatte mich in mein Büro zurückgezogen und summte leise die Countrymelodien aus dem Radio mit, während ich mich durch den Papierkram arbeitete. Inzwischen war es zwei Tage her, dass ich Eve von der Sache mit den Zitronenbonbons erzählt hatte, und ich war mir nach wie vor nicht sicher, wofür ich das nächste Bonbon verwenden sollte.

Immer wieder versuchte ich, mir vorzustellen, wie es wohl wäre, meine Mutter wiederzusehen. Diese Möglichkeit war berauschend, aber auch ein wenig beängstigend. Darüber nachzudenken, tat weh. Natürlich wollte ich es unbedingt, aber würde ich diesen einen Tag genießen können, wenn ich doch wusste, dass es unser allerletztes Beisammensein wäre? Ganz klar ein emotionales Minenfeld. War ich mutig genug, um mich hineinzuwagen? Mich plagten leise Zweifel.

Während der folgenden Stunde heftete ich Unterlagen ab, öffnete Briefe und sortierte die fälligen Rechnungen, um möglichst viel Verwaltungskram abzuarbeiten. Durch die geschlossene Tür hörte ich, wie Dad und Julio neben den Vorbereitungen für das Abendgeschäft lauthals die Herbstsaison der Seahawks analysierten.

»Russell Wilson ist eine Legende«, verkündete Dad

voller Bewunderung und so laut, dass es durch die ganze Küche hallte. »Und schnell wie ein geölter Blitz.« Gleichmäßiges Klappern verriet mir, dass er energisch irgendetwas klein hackte.

»Absolut richtig«, übertönte nun Julio das rauschende Wasser in der Spüle. »Aber was ist mit Tyler Lockett? Meiner Meinung nach ist er genauso gut. Der wird zwischen den Alteingesessenen immer unterschätzt.«

Ich hörte nicht mehr hin, als sie anfingen, das Abwehrspiel der Seahawks auseinanderzunehmen. Mir war ein ungeöffneter Brief der Steuerbehörde von King County ins Auge gesprungen, der ganz oben auf dem niemals schwindenden Posthaufen auf meinem Schreibtisch lag. Vermutlich enthielt er die aktuelle Steuerveranschlagung für das Restaurant. Die fiel von Jahr zu Jahr immer höher aus. Durch das explosionsartige Wachstum von Amazon, Google und Facebook, die alle ihre Hauptquartiere in Seattle unterhielten, war die Gegend während der letzten zehn Jahre extrem beliebt geworden. Immobilien waren heiß begehrt, die Preise astronomisch hoch. Bestimmt würde der neue Bescheid uns finanziell nur noch weiter die Luft abschnüren.

Deshalb machte ich mich schon mal auf eine Erhöhung im vierstelligen Bereich gefasst, wie ich sie aus den letzten Jahren kannte, während ich das Blatt aus dem Umschlag zog und den kurzen Brief überflog. Ich hielt inne und las alles noch einmal, nun aber langsamer. Leise Panik stieg in mir auf. Es handelte sich um die Ankündigung eines neuen Steuerberechnungsverfahrens für alle Geschäfte in unserem Teil der Stadt, die über Immobilienbesitz verfügten. Anstatt die Steuer mithilfe eines festgelegten Schätzwertes der Immobilie zu berechnen, sollte ab der nächsten

Zahlung Ende April der *potenzielle* Wert der Immobilie und des Grundbesitzes als Ausgangswert dienen.

Ungläubig las ich die beigefügte Steuertabelle. Unser Restaurant befand sich zwar auf einem Grundstück in bester Lage, direkt an der Hauptstraße von Magnolia, das Gebäude selbst aber war ziemlich klein und recht alt. Die bisherige Grundsteuer war schon happig gewesen, doch irgendwie hatten wir sie noch stemmen können. Laut dieser neuen Tabelle mussten wir für dieses Jahr allerdings beinahe fünfundzwanzigtausend Dollar Immobiliensteuer bezahlen, was fast viermal so viel war wie bisher. Und die erste Hälfte davon war in zwei Monaten fällig. Ich ließ das Blatt so hastig fallen, als hätte ich mir die Finger verbrannt. Niemals könnten wir das Geld für eine derart drastische Erhöhung aufbringen. Absolut unmöglich. Schon jetzt kamen wir nur knapp über die Runden. Ich schloss die Augen und versuchte nachzudenken, während mein Puls hektisch zu rasen begann. Fünfundzwanzigtausend Dollar. Wie, in aller Welt, sollten wir an so viel Geld kommen?

Noch einmal nahm ich den Brief zur Hand und starrte geschockt auf die Zahlen. Ich fuhr mir mit der Zunge über die trockenen Lippen und ließ mich gegen die Stuhllehne sinken. Der bittere Geschmack von Angst breitete sich in meinem Mund aus, beißend wie reiner Zitronensaft. Ich musste mir etwas einfallen lassen. Wir konnten das Restaurant nicht aufgeben. Es war unsere Existenzgrundlage, unser familiäres Erbe, der Dreh- und Angelpunkt, der uns zusammenschweißte. Sollten wir tatsächlich schließen müssen, würde mein Vater das schlichtweg nicht überleben. Wenn wir das Restaurant dichtmachten, würde ich das Versprechen brechen, das ich meiner Mutter an ihrem Sterbebett gegeben hatte. Doch tief in meinem Innern lauerte die schreckliche Erkenntnis, dass dieses Schreiben möglicherweise unseren finanziellen Untergang besiegelte.

Frustriert stieß ich den Atem aus. Nachdenken, Lolly, denk nach. Wir durften nicht aufgeben. Ich musste einen Weg finden, um uns zu retten. Im Moment wollte mir absolut nichts einfallen, doch wenn ich mir ein wenig Zeit nahm, kam mir bestimmt eine rettende Idee. Dad durfte nichts von dem Brief erfahren, beschloss ich. Er stand sowieso schon unter enormem Stress, da wollte ich keine zusätzliche Bürde auf seine Schultern laden. Vielleicht war es besser, das Schreiben geheim zu halten, bis ich einen soliden Rettungsplan entwickelt hatte. Dann konnte ich Problem und Lösung zusammen präsentieren, und der Schock wäre nicht ganz so groß. Ein wenig zwickte mich das schlechte Gewissen schon, weil ich ihm die Wahrheit vorenthielt, aber ich redete mir ein, dass es so das Beste sei. Ich verstaute den Brief in der obersten Schreibtischschublade, ganz hinten bei den Textmarkern, da schaute nie jemand rein. Erst würde ich mir einen narrensicheren Plan überlegen, wie wir die Eatery retten konnten. Dann würde ich mit Dad sprechen.

Um sieben Uhr am nächsten Morgen bereute ich vor allem, dass ich Daphne keinen Korb gegeben hatte.

»Beginnen wir mit der *Halbmond*-Stellung«, sagte die zierliche, vollkommen entspannte Yogalehrerin und führte die entsprechenden Bewegungen vor. »Hebt die Arme über den Kopf, atmet dabei tief ein und neigt euch dann zur Seite.« Daphne auf der Matte neben mir atmete fröhlich und machte es ihr mühelos nach. Ich konzentrierte mich auf die Lehrerin und versuchte unbeholfen, ihren Anweisungen zu folgen.

Tags zuvor, kurz nachdem ich das furchtbare Schreiben der Steuerbehörde gelesen hatte, war ich in Daphnes Falle getappt und hatte mich dazu überreden lassen, in dem Studio, in dem sie arbeitete, gemeinsam mit ihr einen Yogakurs zu besuchen. Sie hatte mir sämtliche medizinischen Vorteile aufgezählt, wobei sie vor allem die Möglichkeit zum Stressabbau betont, und mich letztendlich regelrecht angefleht hatte, sie zu begleiten.

»Das sind alles Dinge, die du sonst nie machst – dehnen, tief atmen, nicht arbeiten«, hatte sie mich gelockt und noch einen Hundeblick mit Schmollmund draufgelegt. Da ich wegen der gigantischen Steuerschuld noch unter Schock stand, hatte ich in einem Augenblick der Schwäche zugesagt – weil ich der Meinung gewesen war, alles sei besser, als nur herumzusitzen und sich vergeblich den Kopf darüber zu zerbrechen, wie sich unser Restaurant retten ließe. Und es war ja auch nur eine Stunde. Eine Stunde, in der ich mal nicht über das Zitronenbonbon-Dilemma oder das Steuerproblem nachdenken müsste. Jetzt allerdings bereute ich diese vorschnelle Entscheidung. Denn ganz offensichtlich gab es sehr wohl Dinge, die schlimmer waren als Probleme mit dem Finanzamt.

Denn Daphne hatte mit keiner Silbe erwähnt, dass es sich um einen Bikram-Yogakurs handelte. Hier drin war es so heiß wie in einer Sauna. Ich war bereits vollkommen durchgeschwitzt, obwohl ich nur die Arme gehoben hatte. Das ließ für den Rest der Zeit nichts Gutes erahnen.

»Wie warm ist es hier drin?«, ächzte ich, während die Lehrerin uns aufforderte, den Oberkörper nach rechts zu beugen, dann nach links, wieder nach rechts, wieder nach links, so elegant wie das Schilf im Wind. Der Kurs war gut besucht, aber wir hatten uns eine Ecke ganz hinten gesichert. Es roch nach Schweiß und Deo aus dem Naturkosmetikregal – Aktivkohle und Lavendel. Mal sehen, wie lange das bei dieser Hitze mithalten konnte.

»Ungefähr vierzig Grad«, verkündete Daphne vergnügt. »Das ist gut für den Kreislauf und die Elastizität.«

»Sicher, wenn man es denn überlebt«, murmelte ich, während ich kaum merklich hin und her schaukelte. Es folgten einige Minuten, in denen wir uns schweigend auf die Übungen konzentrierten.

»Hey, ich wollte noch etwas mit dir besprechen«, flüsterte Daphne am Ende der Adler-Stellung, bei der wir auf einem Bein stehen und den freien Fuß um die Wade schlingen mussten. Ich wackelte so stark, dass ich schließlich aufgeben und beide Füße auf den Boden stellen musste. Nun hockte ich da wie ein Schwimmer, der sprungbereit am Beckenrand steht.

»Ah ja?« Noch immer war ich voll darauf konzentriert, nicht umzukippen.

»Vor einer Woche oder so habe ich mitgekriegt, wie du mit Dad über die Finanzen des Restaurants gesprochen hast«, begann Daphne mit gesenkter Stimme. »Ich wusste ja schon, dass es nicht gerade rosig aussieht, aber dass es so schlimm ist, war mir nicht klar.«

»Es ist immer schlimm«, ächzte ich. Dicke Schweißperlen liefen an meiner Schläfe hinunter. Die Muskeln in meinen Oberschenkeln brannten. »Seit Moms Tod ist es stetig bergab gegangen, es ist von Jahr zu Jahr schwieriger geworden. Die Ansprüche der Gäste haben sich eben geändert. Heutzutage wollen die Leute nicht mehr die Art von Essen, die wir anbieten. Der allgemeine Geschmack hat sich weiterentwickelt, und wir haben uns nicht ausreichend angepasst, um noch mithalten zu können.«

Jetzt sollten wir ein Bein nach vorne ausstrecken und den Oberkörper darüberbeugen. Daphne legte ihren gesamten grazilen Torso auf ihrem Oberschenkel ab und hielt die Fußsohle in den verschränkten Händen. Ich hob das Bein an und schaffte es, halbwegs das Gleichgewicht zu halten und dabei nach meinem Fuß zu greifen. Sozusagen. Das muss reichen, beschloss ich. Ich dehnte mich, ich atmete, und nebenbei versuchte ich noch, trotz der Hitze bei Bewusstsein zu bleiben. War ich wirklich zwei Stunden früher aufgestanden und hatte mitten in der Nacht meine Kuchen gebacken, nur um mir das hier anzutun?

»Also, das klingt jetzt vielleicht erst mal verrückt, aber bitte lass mich ausreden.« Daphne wandte mir den Kopf zu. Für einen Moment sah ich das kleine, mutterlose Mädchen mit den struppigen Haaren und der Zahnspange mit den Neongummis vor mir. Dann blinzelte ich, und die junge Frau war wieder da, strotzend vor Energie, Ausgelassenheit und Selbstbewusstsein. Daphne hatte sich schon immer furchtlos und ungestüm der Welt entgegengestemmt.

»Inwiefern verrückt?«, grunzte ich, während ich mich an meinem zitternden Fuß festklammerte.

»Ich will mit dem College aufhören.«

Mir entgleiste das Gesicht. »Wie bitte?« Mein Gleichgewicht verließ mich, und ich musste auf einem Bein herumhüpfen, um nicht umzufallen.

»Wir wechseln in den Stehenden Bogen«, rief die Lehrerin und warf uns einen mahnenden Blick zu. »Hebt das Bein nach hinten an und umfasst von der Innenseite euer Fußgelenk.« Daphne gehorchte, und ich machte es ihr so gut wie möglich nach.

»Was soll das heißen, du willst mit dem College aufhören?« Mein schriller Protest hallte viel zu laut durch den stillen Raum.

Daphne schaffte es, gelassen mit den Schultern zu zucken, während sie ihr Fußgelenk packte und den Oberkörper langsam absenkte, den freien Arm nach vorne ausgestreckt wie Superwoman. »Die Cornish ist unglaublich teuer, und ich weiß nicht einmal, was ich mit meinem Abschluss anfangen soll. Ich möchte etwas Praktischeres machen, damit Dad und du nicht so viel für mein College bezahlen müsst. Ich will helfen.«

»Du hilfst uns am meisten, wenn du weiterstudierst und deinen Abschluss machst«, entgegnete ich nicht ganz flüsternd. Unsicher beugte ich mich vor und streckte den Arm aus, was der eigentlichen Übung nicht wirklich nahekam.

»Aber wenn ich doch gar nicht fertig studieren will?«, wehrte sich Daphne zumindest ein wenig leiser als ich. »Wenn ich lieber reisen und die Welt sehen will? Das kann nützlicher sein als jeder Collegeabschluss. Echte Lebenserfahrung. Ich könnte zum Beispiel eine anerkannte Ausbildung zur Yogalehrerin machen, irgendwo, wo es richtig schön ist. Damien würde mich begleiten.«

»Du musst deinen Abschluss machen. Das verschafft dir wesentlich bessere Möglichkeiten im Berufsleben«, beharrte ich. Als ich den Kopf hob, bemerkte ich, dass die Lehrerin uns stirnrunzelnd musterte. Na toll, jetzt kam sie zu uns rüber.

Mit gleitenden Schritten erschien die grazile Frau an meiner Seite. »Lass mich dir bei dieser Stellung helfen«, sagte sie in dem sanften, beruhigenden Tonfall, den man gegenüber trotzigen Kleinkindern anschlug. Sie schwitzte auch, allerdings auf eine anmutige Weise. Bei ihr hatte der feuchte Glanz etwas Heiteres an sich. Ich roch einen Hauch von Patschuli, als sie meine Haltung korrigierte. Mit einer Hand schob ich mir eine feuchte Haarsträhne aus dem Gesicht, während ich gleichzeitig mein gebeugtes Bein ein wenig weiter streckte. Mir war vollkommen egal, ob ich die Stellung richtig ausführte, denn in meinem Inneren brodelte es.

Daphne hatte das extra so eingefädelt. Sie hatte dieses Gespräch bewusst an einen Ort verlegt, wo ich nicht ungehemmt auf ihre Hiobsbotschaft reagieren konnte. Natürlich hatte sie recht, das College stellte eine ziemliche finanzielle Belastung für die Familie dar. Aber ich arbeitete doch ebendeshalb so hart, damit sie all das tun konnte, was mir nicht vergönnt gewesen war. Die Familie erbrachte dieses Opfer, damit sie es in Zukunft besser hätte als Dad oder ich. Hauptsächlich ihretwegen hatte ich vor zehn Jahren alles aufgegeben. Wenn sie jetzt das College hinschmiss, wären alle Opfer umsonst gewesen.

Da sie mir offensichtlich weder eine korrekte Haltung noch die nötige Aufmerksamkeit abringen konnte, kehrte die Lehrerin wieder zu ihrem Platz an der Stirnseite des Raumes zurück.

»Ich möchte einfach nicht, dass du dir deine Zukunft verbaust«, raunte ich Daphne verstohlen zu. »Es ist doch sowieso nur noch ein Jahr. Zieh es durch, mach deinen Abschluss, und danach kannst du dir die Welt ansehen oder Yogalehrerin werden, was immer du willst. Aber schließe erst das College ab.«

»Ich will nicht noch mehr Zeit und Geld an einen Abschluss verschwenden, den ich nie brauchen werde«, zischte Daphne zurück. »Da mache ich lieber gleich das, was ich machen will. Es ist doch total sinnlos, noch länger zu warten. Damien sieht das übrigens auch so. Wir werden im kommenden Frühjahr aufbrechen, direkt nach seinem Abschluss.«

»Stellt euch nun hinter eure Yogamatte«, wies uns die Lehrerin an, »und nehmt die Position der Waage ein. Und vergesst nicht, dies ist ein Ort der Ruhe und der positiven Energien.« Letzteres verkündete sie mit Blick auf uns und unterstrichen von einem missbilligenden Stirnrunzeln.

Ich stellte mich hinter meine Matte und warf Daphne einen warnenden Blick zu. Den setzte ich schon ein, seit ich sozusagen ihre Erziehung übernommen hatte, und er beinhaltete so viel mütterliche Strenge wie nur irgend möglich. Meine zusammengezogenen Brauen signalisierten eindeutig: *Wir sind noch nicht fertig*. Mit Sicherheit würde ich nicht zulassen, dass sie ihre Chance auf einen Collegeabschluss einfach so wegwarf, ganz zu schweigen von mehreren Jahren an Arbeit, Schulgeld und Zeit, die sie bereits investiert hatte.

Daphne aber wich meinem Blick aus und starrte verbissen nach vorne. Ihre sture Miene verriet mir, dass sie ihre Entscheidung längst getroffen hatte. Na ja, da war das letzte Wort noch nicht gesprochen. Kampflos würde ich auf keinen Fall aufgeben. Nicht, wenn es um ihre Zukunft ging. Ihr sollte es besser ergehen als mir, sie sollte mehr Chancen haben, mehr Erfüllung finden, einfach mehr … Leben haben.

Nach dem Kurs fuhr ich nach Hause, um zu duschen, bevor ich ins Restaurant ging. Ich stank, war verschwitzt und schlecht gelaunt. Daphne war im Studio geblieben, da sie im Anschluss an unseren Kurs dort unterrichten musste. Während der Fahrt lief eine alte CD von Tammy Wynette, die sich vor langer Zeit in Florence' Player verklemmt hatte, was die Musikauswahl ziemlich einschränkte. Eigentlich blieb nur entweder Tammy oder gar nichts. *We're Gonna Hold On*, trällerte sie im Duett mit George Jones. Sie war die Lieblingssängerin meiner Mutter gewesen, die Grande Dame der Countrymusic. Meine Mutter hatte all ihre Lieder auswendig gekannt und mit ihrer kehligen Altstimme jedes Wort mitgesungen.

Nachdem ich in unsere Einfahrt abgebogen war, schaltete ich den Motor aus, blieb aber im Wagen sitzen. Daphnes Eröffnung wirkte noch immer nach. Sie konnte stur sein wie ein Esel, aber da war ich nicht anders. Auf gar keinen Fall würde ich zulassen, dass sie ihre Zukunft wegwarf. Dafür hatte ich bereits zu viel geopfert. Nur wenn sie erfolgreich war, hatte sich mein Opfer gelohnt. So einfach war das. Aber wie konnte ich zu ihr durchdringen und sie davon überzeugen, dass sie weitermachen musste?

Ich brauchte Hilfe. Jemanden, mit dem ich über alles sprechen konnte. Der Brief vom Finanzamt bereitete mir nach wie vor Bauchschmerzen, und jetzt kam noch Daphnes dämlicher Plan hinzu. Ich tastete nach den Zitronenbonbons, die sicher in meiner Jackentasche ruhten. Langsam holte ich eines heraus und betrachtete es. Es gab nur einen Menschen, der all das verstehen und mir einen klugen Rat dazu erteilen würde. Ihr Tod hatte uns diesen ganzen Schlamassel ja überhaupt erst eingebrockt. Vielleicht konnte sie uns also auch dabei helfen, uns davon zu befreien. Im Moment brauchte ich nichts dringender als die Frau, die ich während der letzten zehn Jahre Tag für Tag schmerzlich vermisst hatte. Ich brauchte meine Mutter.

19

Zehn Jahre zuvor
Juni

Ich erinnere mich an diesen Anruf, als wäre es gestern gewesen. Es geschah in meinem Abschlussjahr an der Portland State University, während der letzten Wochen. Ich hatte es fast geschafft. Eine Prüfung noch, und eine Woche später die Abschlussfeier. Dann lockte ein neues Leben in Baltimore … mit Rory. Die Zukunft war strahlend hell und verheißungsvoll.

Mein Handy klingelte. Dad. Kurz überlegte ich, ob ich nicht einfach die Mailbox drangehen lassen sollte. Immerhin lernte ich gerade. Aber Dad rief mich eigentlich nie an, er meldete sich immer nur aus dem Hintergrund, wenn ich mit Mom telefonierte. Deshalb nahm ich den Anruf schließlich doch entgegen.

»Lolly.« Dünn und erstickt klang seine Stimme am anderen Ende der Leitung. Sofort wusste ich, dass etwas Schreckliches passiert sein musste. »Es geht um deine Mutter. Sie hatte einen Unfall.«

Mom war von einem Auto erfasst worden, nachdem sie bei der Post einen Brief aufgegeben hatte. Einfach so, während sie über die Straße gegangen war. Dad hatte es vom Fenster des Diners aus gesehen. Der Lieferant eines örtlichen Restaurants war zu schnell gefahren, hatte das

Stoppschild ignoriert, war, ohne anzuhalten, über den Zebrastreifen gebrettert und hatte sie so heftig getroffen, dass sie über die Motorhaube seines weißen Prius geschleudert worden war. Sie war mit einem Rettungswagen ins Krankenhaus gebracht worden. Offenbar war sie die ganze Zeit bei Bewusstsein gewesen, hatte aber starke Schmerzen gehabt.

Wie ein Roboter brachte ich die dreieinhalb Stunden Fahrt von Portland nach Seattle hinter mich, während die Angst wie ein Eisklumpen auf meinen Magen drückte.

»Die Ärzte sagen, sie hat innere Blutungen«, berichtete Dad, als er mich unterwegs anrief. »Sie wird gerade operiert.«

»Wie sieht ihre Prognose aus?«, wollte ich wissen. Mir war schlecht vor Panik, doch ich starrte stur auf den langen Highway vor mir, an dem sich schier unendliche Nadelwälder entlangzogen. Ich musste dringend pinkeln, raste aber an sämtlichen Raststätten vorbei. Jede Minute schien kostbar zu sein.

»Keine Ahnung. Sie hoffen, dass sie durch die Operation die Blutung stoppen können. Es ist wohl ziemlich schlimm«, antwortete er mit zitternder Stimme. Das machte mir noch mehr Angst. Nie hatte ich auch nur eine einzige Träne in den Augen meines Vaters gesehen, außer vielleicht, wenn bei einem Baseballspiel die Nationalhymne gespielt wurde.

»Ich komme, so schnell ich kann.« Florence' Gaspedal hatte ich bis zum Anschlag durchgetreten.

Mom war bereits aus dem OP, als ich im Krankenhaus ankam. Sie hatte die Operation überlebt, aber ihr Zustand blieb kritisch. Die Ärzte zeigten sich wenig zuversichtlich. Niemand wusste, ob sie es schaffen würde. Sie hatte schwere innere Verletzungen erlitten. Dabei war sie gerade mal vierundvierzig.

Als ich endlich in ihr Krankenzimmer trat, war sie allein dort, bleich und kraftlos, ihre sonst so rosigen Wangen fahl. Dad war unterwegs, um Daphne von der Schule abzuholen und ihr die schlimme Nachricht möglichst schonend beizubringen.

Mom lag in dem Krankenhausbett wie eine Wikingerkönigin, das dicke blonde Haar offen auf dem Kissen, die Augen geschlossen. Als sie mich kommen hörte, hoben sich ihre Lider, und ein schmales, zufriedenes Lächeln huschte über ihr Gesicht.

»Lolly.« Sie legte eine Hand an meine Wange, die ich sofort krampfhaft festhielt. Kühl war ihre Haut, fast ein wenig feucht. Doch ihre Stimme war tief und voll wie immer. Wenn ich die Augen schloss, klang sie beinahe normal.

»Wie geht es dir?«

»Als ob ich von einem Mülllaster überrollt worden wäre. Mindestens zweimal.« Sie lachte trocken. »Aber es war nur ein Lieferwagenfahrer mit indischem Essen.«

»Du wirst wieder gesund«, presste ich hervor. All die unterdrückten Tränen hatten sich zu einem dicken Kloß in meiner Kehle zusammengeballt. Sie musste einfach wieder gesund werden.

»Das glaube ich nicht, Lolly«, erwiderte sie vollkommen sachlich. »Was für eine blöde Art zu sterben. Ich dachte immer, ich würde irgendwann in meinem Bett dahinscheiden, im Alter von hundert, wie meine Großmutter. Eigentlich sind wir eine sehr langlebige Familie. Welch eine Ironie.«

In diesem Moment kam Dad mit Daphne herein. Meine Schwester stürmte mit einem erstickten Schrei auf das

Bett zu, sobald sie Mom sah. Dad konnte sie gerade noch festhalten und auf einen Stuhl bugsieren, wo sie sich an Moms Hand klammerte und ängstlich die Monitore und die vielen Drähte auf Moms Brust musterte. Immer wieder huschte ihr Blick zu uns dreien, als könnte sie an unseren Gesichtern ablesen, wie sie mit dieser Situation umgehen sollte. Ihre Augen waren so weit aufgerissen, dass sie fast hinter ihren Ponyfransen verschwanden. Sie war noch so jung.

»Eure Mom hat hervorragende Ärzte hier«, versicherte Dad uns. »Sie ist bald wieder fit.« Ich konnte nur hoffen, dass er damit recht behalten würde, denn niemand schien wirklich davon überzeugt zu sein.

Nach ein paar Minuten vergaß Daphne ihre Angst und erzählte fröhlich von dem Theaterstück, das sie in der Schule aufführten – *König der Löwen* –, und ihrer Rolle als Rotschnabeltoko Zazu. Einen Moment lang schafften wir es, den Geruch nach Desinfektionsmittel, das Piepsen der Geräte und die Tatsache auszublenden, dass Mom in einem dünnen Hemdchen in einem Krankenbett lag und innerlich verblutete. Es hätte beinahe ein ganz normales Familiengespräch sein können.

»Okay, mein kleiner Vogel, wir sollten jetzt gehen. Ich bringe dich zu Charlotte«, erklärte Dad nach ungefähr zehn Minuten. Er hatte dafür gesorgt, dass Daphne bei ihrer besten Freundin übernachtete, damit er und ich im Krankenhaus bleiben konnten. Das hielten wir beide für das Beste. »Wir besuchen deine Mom morgen früh wieder, vor der Schule.«

Daphne gab Mom einen Kuss und presste ihr kleines Gesicht an ihre Schulter. Ganz fest hielt sie Mom umschlungen. Mom drückte sie vorsichtig mit einem Arm an sich und strich mit der freien Hand über ihr Haar, während sie ihr sanft etwas ins Ohr flüsterte. Als Daphne sich schließlich wieder aufrichtete, war Moms blaues Krankenhaushemd an der Schulter nass von ihren Tränen. Obwohl Mom deutlich anzusehen war, dass sie Schmerzen hatte, ließ sie Daphne nicht los. In ihren Augen spiegelte sich eine Resignation, die mir Angst machte. Das Ganze wirkte wie ein schrecklich endgültiger Abschied.

»Ich kann Daphne zu Charlotte bringen, Dad, dann kannst du hier bei Mom bleiben.«

»Nein«, widersprach Mom mit erstaunlich fester Stimme.

Dad schien hin- und hergerissen. »Irene?«, fragte er unsicher, aber sie scheuchte ihn weg.

»Ich muss unter vier Augen mit Lolly sprechen.«

Sie wartete, bis die beiden das Zimmer verlassen hatten, dann winkte sie mich zu sich heran. Seltsamerweise wirkte sie nicht klein, wie sie da lag. Nein, sie schien beinahe zu groß für dieses Bett zu sein, als sollte sie eigentlich gar nicht dort sein, als ließe sich ihre unbändige Willenskraft nicht in einem solchen Bett einsperren. Gereizt schob sie einen der Drähte beiseite.

»Lolly, ich werde sterben«, sagte sie unverblümt.

»Das kannst du nicht wissen«, protestierte ich, doch sie ließ mich kaum ausreden.

»Doch, das kann ich. Ich spüre es. Mein Körper lässt mich im Stich. Mir bleibt nicht mehr viel Zeit.«

Ich schluckte krampfhaft, versuchte, die aufsteigende Panik zurückzudrängen. Sie durfte einfach nicht sterben. Das war vollkommen ausgeschlossen. Sie schien ihrem gewohnten Selbst so ähnlich zu sein, dass ich mir beinahe schon eingeredet hatte, sie würde bald wieder gesund. Nun musterte sie mich mit einer Mischung aus Mitgefühl und Resignation.

»Du musst mir etwas versprechen.« Schmerzerfüllt verzog sie das Gesicht. Dad hatte mir erzählt, dass sie die Ärzte angewiesen hatte, ihre Schmerzmittel so niedrig wie irgend möglich zu dosieren, damit sie klar im Kopf blieb. Doch der Preis dafür war hoch. Ich starrte in meinen Schoß und kämpfte gegen die Tränen, während ich es gleichzeitig kaum glauben konnte. Nein, das konnte doch alles nicht wirklich geschehen.

»Was immer du willst.«

Mom griff nach meiner Hand und drückte sie sanft. Ihre grünen Augen musterten mich ernst. Mir fiel plötzlich auf, wie wächsern die Haut an ihrem Handrücken aussah. Als wäre sie bereits tot, lebloses Gewebe, das sich über ihre Knochen spannte.

»Versprich mir, dass du die Familie zusammenhältst, egal was passiert. Daphne wird dich brauchen, und auch dein Vater. Sie werden es alleine nicht schaffen. Du musst dabei helfen, die Eatery am Laufen zu halten. Sie ist unser Vermächtnis und unser Rettungsanker. Versprich mir, dass du dich um die beiden und um das Restaurant kümmern wirst.«

»Ich verspreche es.« Was sollte ich auch sonst tun? In diesem Moment dachte ich nicht an Baltimore oder an Rory, nicht an meine strahlende Zukunft, von der mich nur noch wenige Tage trennten. Ich versprach es ihr einfach. »Aber du wirst es schaffen«, beharrte ich.

Die Lippen meiner Mutter verzogen sich zu einem grimmigen Lächeln. »Dass es am Ende ein Prius voller Tikka Masala sein sollte, der mich umhaut ... Na ja, jeder muss irgendwann abtreten. Allerdings hatte ich wirklich geglaubt, mir bliebe mehr Zeit.« Als sie mich ansah, entdeckte ich so viel in ihren Augen: Stärke, Trauer und einen Hauch von Ergebenheit. Dabei hatte ich noch nie erlebt, dass meine Mutter sich in etwas gefügt hätte. Dass sie nun aufzugeben schien, ängstigte mich mehr als alles andere.

»Eine Sache wäre da noch.« Sie räusperte sich mühsam. »Ich muss dir das Rezept für meinen Zitronenbaiserkuchen geben.«

»Bist du sicher?« Das war eine ernste Sache. Ernster als ihre Feststellung, dass ihrem Körper die Kraft ausging. Dieses Rezept hatte sie von ihrer Mutter bekommen, die es über Jahrzehnte hinweg streng geheim gehalten hatte. Heute kannte einzig und allein Mom dieses Rezept. Sie hatte es ein wenig abgeändert, es weiter verbessert und ihre Variante dann ebenfalls all die Jahre geheim gehalten. Schon Dutzende Male hatte ich ihr beim Backen zugesehen, aber sie hatte mir nie wirklich verraten, wie es ging.

»Es wird Zeit«, verkündete sie entschlossen. »Also, hör gut zu. Die erste Zutat, die auch dafür sorgt, dass dieser Kuchen ganz besonders gut schmeckt, sind Meyer-Zitronen.«

Eine Stunde später war sie überzeugt davon, dass ich das ganze Rezept auswendig kannte und mir sämtliche Tipps und Tricks gemerkt hatte. Dann musste ich ihr schwören, es niemandem zu verraten. Hand aufs Herz.

»Ich verspreche, dass ich das Rezept geheim halten und mich um Dad und Daphne kümmern werde, falls du es nicht mehr kannst«, wiederholte ich alles, worum sie mich gebeten hatte, fügte dann aber noch hinzu: »Was aber nicht nötig sein wird, weil es nicht so weit kommt. Dazu brauchen wir dich zu sehr.«

Sie winkte mich näher heran und drückte mir einen Kuss auf den Scheitel. Erst später verstand ich, dass dies ihr letzter Segen für mich war. »Ich war immer unglaublich stolz auf dich, Lolly. Du wirst das gut machen.«

Ich schloss die Augen und genoss es, von ihr gehalten zu werden, ihre Arme um mich zu spüren. Denn obwohl ich noch immer unter Schock stand, es einfach nicht wahrhaben wollte, ahnte ein kleiner Teil von mir, dass es vielleicht das letzte Mal war.

Sie schaffte es bis zum Morgen. Dad und ich waren während der langen, dunklen Nacht an ihrer Seite, aber irgendwann in den frühen Morgenstunden versagten ihre Organe. Dad rief mich an, als ich gerade Daphne bei ihrer Freundin Charlotte abholte, um kurz vor sieben in der Früh. Wir hatten beschlossen, dass sie heute nicht zur Schule gehen, sondern sich besser von Mom verabschieden sollte. Uns war klar, dass Mom nicht mehr viel Zeit blieb.

»Sie ist tot, Lolly«, presste Dad mühsam hervor. »Ich habe ihre Hand gehalten, und dann … hat sie einfach aufgehört zu atmen.«

Aus meiner Kehle stieg ein erstickter Laut auf, wie das quengelnde Maunzen eines Kätzchens, halb Protest, halb Bitte.

»Was sollen wir denn jetzt tun?« Dad klang vollkommen verloren. Meine Mutter war eine starke Frau mit einer Ausstrahlung gewesen, die alle mitriss. Sie und mein Vater hatten in gewisser Weise ein merkwürdiges Paar abgegeben, aber sie hatten einander aufrichtig geliebt und über zwanzig Jahre lang Seite an Seite gearbeitet und gekämpft. Ohne sie war er wirklich und wahrhaftig verloren.

»Ich komme«, sagte ich kraftlos, schon jetzt in der Rolle, die zu übernehmen ich versprochen hatte. »Warte auf mich, ich bin gleich da.«

In diesem Moment trat Daphne aus dem Haus, verabschiedete sich winkend von ihrer Freundin Charlotte und hüpfte mit einer Toastwaffel in der Hand auf das Auto zu. Ihr Haar war zu einem französischen Zopf geflochten. Sie ahnte nicht, dass gerade ihre gesamte Welt zusammengebrochen war. Tränen liefen über meine Wangen, tropften auf mein Shirt und meine Hände, sogar auf das Lenkrad. Ich musste Rory anrufen und ihm sagen, dass Mom tot war. Er war bereits auf dem Weg hierher, hatte sich so schnell wie möglich ins Flugzeug gesetzt. Ich brauchte ihn jetzt, wollte mich von ihm festhalten lassen. Er musste mir sagen, dass alles wieder gut werden würde, irgendwann. Ohne ihn konnte ich mich diesem unfassbar schrecklichen Verlust einfach nicht stellen.

Mom war der Klebstoff gewesen, der alles zusammenhielt. Nun war sie nicht mehr da, und nur ich blieb übrig, um diese Rolle zu übernehmen. Krampfhaft hielt ich mein Handy umklammert, während ich spürte, wie sich die Last dieser Verantwortung auf meine Schultern senkte. Jetzt war ich unser Klebstoff.

»Fünf große Eidotter«, flüsterte ich, von plötzlicher Panik getrieben. Was, wenn ich mich nicht mehr an das Rezept erinnern konnte? Was, wenn ich mein Versprechen nicht einlösen, meine Familie nicht zusammenhalten konnte? »Eine Tasse Zucker. Die Schale einer großen Meyer-Zitrone. Ein Blättchen Zitronenmelisse …«

Moms Tod lag inzwischen zehn Jahre zurück, und noch immer zerriss mir die Erinnerung daran das Herz. Am Abend nach dem desaströsen Yogakurs mit Daphne saß ich auf meinem Bett, eingekuschelt in Moms alten rosafarbenen Frotteebademantel, und spürte erneut Tränen auf meinen Wangen, als ich an jenen schrecklichen Tag zurückdachte. Ich vergrub das Gesicht im Kragen des Mantels. Ihm haftete immer noch der kaum wahrnehmbare Duft von Moms Gesichtscreme an. Ich streckte mich auf dem Bett aus und musterte das zweite Zitronenbonbon. Das kleine gelbe Ding verschwamm vor meinen Augen, weil ich nicht aufhören konnte zu weinen. Irgendwie schien gerade wieder einmal alles zusammenzubrechen. Alles, wofür ich so hart gearbeitet, wofür ich so viel geopfert hatte, war in Gefahr – Daphnes Zukunft ebenso wie das Restaurant.

Ich nahm das Bonbon in den Mund, schob es tief in meine Wange und hoffte inständig, dass es funktionieren würde. Jetzt gerade war ich es einfach leid, die Familie zusammenhalten zu müssen. Und es gab nur einen Menschen, den ich sehen wollte. Ich musste noch einmal ihre Stimme hören, musste noch einmal spüren, wie sie mich an ihre Brust drückte. Ich brauchte ihren Rat, brauchte mütterlichen Beistand. Sie musste alles wieder einrenken, so wie sie es schon unzählige Male getan hatte. Überwältigt von Trauer und Sehnsucht schloss ich die Augen.

»Mom«, flüsterte ich leise, wagte aber doch kaum zu hoffen, dass mir wirklich noch ein letzter Tag mit ihr geschenkt werden könnte.

20

Das leise Flüstern des Ozeans und ein sanfter Duft nach Frangipaniblüten lockten mich aus den Tiefen des Schlafes. Helles Sonnenlicht fiel durch die Jalousien ins Zimmer, als ich mich in dem weich gepolsterten Doppelbett aufsetzte und nach der klobigen zartrosa Brille griff, die auf dem Nachttisch lag. Oh, so eine hätte ich in meinem echten Leben auch gern gehabt! Langsam sah ich mich in dem Raum um, der komplett in einem ziemlich kitschigen Tiki-Stil eingerichtet war, mit Korbmöbeln und einem Holzschild an der Wand, auf dem in Schönschrift ALOHA geschrieben stand. Wo war ich hier? Etwa auf Hawaii? Auf dem ebenfalls aus Korbgeflecht bestehenden Nachttisch lag ein Smartphone. Ich prüfte Uhrzeit und Datum: sieben Uhr dreizehn morgens am Sonntag, den 27. Februar. Schlafen gegangen war ich in Seattle am Abend des 26. Februar. Bisher war also alles nach Plan verlaufen.

Ich stieg aus dem Bett und spähte aus dem Fenster. Palmen, eine schmale, vertrocknete Rasenfläche, ein Parkplatz. Ja, das sah eindeutig nach Hawaii aus. Hätte ich raten müssen, hätte ich wohl Big Island gesagt, in der Gegend von Kona. Hm, das kam unerwartet. Mom war in Kona? Über der Kommode hing ein Spiegel, in dem ich mich abschätzend musterte. Erleichtert stellte ich fest, dass sich mein Aussehen nicht verändert hatte: Meine Haare waren oben auf dem Kopf zu einem unordentlichen Dutt gebunden, ich trug knappe gepunktete Shorts und ein Tanktop. Gesicht und Figur waren ganz normal, inklusive kurviger Hüften und kleinem Bäuchlein. Wirklich begeistert war ich von diesem Bäuchlein nie gewesen, aber nach der viel zu dünnen Lolly in Brighton freute ich mich doch über das vertraute Bild im Spiegel.

»Lolly? Raus aus den Federn, mein Schatz. Der Kaffee ist fertig.« Mein Herz machte einen erwartungsvollen Satz, als ich die Stimme erkannte, die vom Flur aus zu mir hereindrang. Das Zitronenbonbon hatte ganze Arbeit geleistet!

»Komme schon!«

Geradezu hüpfend lief ich durch einen mit Teppich ausgelegten Flur und kam so in einen geräumigen Ess-Wohn-Bereich, in dem mich noch mehr Korbmöbel erwarteten, diesmal mit bestickten Ananaskissen. An den Wänden hingen Reiseplakate von Hawaii im Retrostil. Mom war in der Küche, sie stand mit dem Rücken zu mir vor dem offenen Kühlschrank. Ruckartig hielt ich inne und genoss ihren Anblick. Irene Freya Blanchard. Sie trug ein blaugrünes, mit Blumen bedrucktes Mu'umu'u, das sanft über ihre breiten Hüften fiel und am Saum mit Rüschen besetzt war. In ihrem Haar schimmerten ein paar graue Strähnen, doch es war dick und glatt und hatte diesen kräftigen Blondton, der an reifen Weizen erinnerte. Es war zu derselben Frisur aufgesteckt, die sie schon immer getragen hatte.

»Mom«, platzte es aus mir heraus, so ungläubig und voller Sehnsucht, dass ich es sogar selbst hörte. Sie drehte sich mit einem liebevollen Lächeln zu mir um.

»Guten Morgen, mein Schatz. Hast du gut geschlafen?«

Sie breitete die Arme aus, und ich stürzte mich hinein, vergrub das Gesicht an ihrer Schulter und drückte sie so fest an mich, dass sie überrascht keuchte. Sie roch auch genau richtig, nach einer Mischung aus Zitronen und Pond's Gesichtscreme.

»Du hast mir gefehlt«, presste ich hervor, während mir die Tränen kamen. »Du hast mir so sehr gefehlt.« Noch immer hielt ich sie umklammert.

»Du meine Güte, dabei war ich doch die ganze Zeit hier im Paradies.« Sie bewegte ihren Körper sanft hin und her, als wäre ich ein Baby, das sie in den Schlaf wiegen wollte.

Ohne sie loszulassen, stieß ich einen tiefen Seufzer aus. Wie lange hatte ich nicht mehr richtig durchgeatmet? Mir kam es vor, als hätte ich während der letzten zehn Jahre ständig die Luft angehalten. Tränen brannten in meinen Augen, aber ich blinzelte sie fort. Ich wollte diesen Moment nicht ruinieren. Viel zu schnell löste sich Mom von mir, hielt mich an den Schultern fest und musterte mich eingehend. Ihre Augen wurden schmal. »Du siehst etwas blass aus. Also tanken wir Vitamin D auf der Veranda, und zwar mit einem leckeren Mai Tai.«

»Ist es nicht etwas zu früh für Cocktails?«, fragte ich mit einem erstickten Lachen. »Immerhin ist es gerade mal sieben Uhr morgens.«

Mom winkte ab. »Hawaii hat seine eigene Zeitzone, meine Süße. Hier ist es niemals zu früh für Drinks mit Schirmchen. Außerdem zählen Mai Tais gar nicht. Die sind ja bloß Saft mit einem gewissen Extra.«

Was mal so überhaupt nicht der Wahrheit entsprach. Moms Mai Tais waren legendär. Sie bestanden hauptsächlich aus Rum und Curaçao mit einem Spritzer Limettensaft und frisch gepresstem Orangensaft. Köstlich, aber extrem stark. Nun kehrte Mom in die Küche zurück, schlug Eier auf und schmolz Butter in einer Pfanne. Überglücklich sah ich ihr zu.

»Geh du ruhig schon raus auf die Veranda.« Sie scheuchte mich in die Richtung, aus der ich gekommen war. »Ich bringe dir dein Frühstück.«

Also durchquerte ich brav das Wohnzimmer und trat durch eine Schiebetür auf eine kleine Veranda hinaus, auf der zwischen Unmengen tropischer Blumen und Topfpflanzen gerade noch ein Glastisch mit Stühlen Platz gefunden hatte. Natürlich hatte Mom eine Veranda, auf der jede Menge wuchs. Ich zählte mehr als ein Dutzend Töpfe, aus denen sich leuchtend bunte Blüten über das Geländer und den Boden ergossen. Dazu kam ein traumhafter Ausblick auf den Ozean, wie aus einem Bilderbuch. Meine Eltern hatten immer vorgehabt, sich irgendwann auf Hawaii zur Ruhe zu setzen, aber dann war Mom gestorben, und Dad hatte diese Pläne stillschweigend ad acta gelegt. Mit einem zufriedenen Seufzen ließ ich mich in einen der Stühle fallen. Meine Mom wiederzusehen, war unvorstellbar schön. Dass es nun auch noch auf Hawaii geschah, war wie das Sahnehäubchen auf dem Kuchen.

Unsere Familie hatte schon immer am liebsten auf Hawaii Urlaub gemacht. Jedes Jahr im Januar war das Restaurant für eine Woche geschlossen worden, und wir hatten uns auf den Weg ins »Paradies« begeben, wie meine Eltern es genannt hatten. Wir hatten den grauen, verregneten Winter in Seattle gegen eine magische Kombination aus Sonne, Meer und Familienzeit getauscht. Diese Urlaube gehörten zu meinen schönsten Erinnerungen: die traumhaften Sonnenuntergänge am Hapuna Beach, die kleine Daphne, wie sie mit ihren strammen Beinchen, Sonnenhut und Schwimmflügeln durch den Sand tappte, großzügig eingeschmiert mit Lichtschutzfaktor 50; Mom im geblümten Badeanzug mit Röckchen und riesiger Audrey-Hepburn-Sonnenbrille, wie sie einen doppelten Mai Tai aus einer Thermoskanne genoss. Mein Vater – schlank und braun gebrannt – hatte sich wieder und wieder in die Wellen gestürzt, ein begeisterter Bodysurfer. Und ich selbst war einfach nur glücklich, mit den Menschen zusammen zu sein, die ich am meisten liebte. Mir reichte es, mich mit Ananaswürfeln aus der Tupperdose vollzustopfen und meine sonnenverbrannte Nase in ein gutes Buch zu stecken. Wir alle genossen die Sonne damals ebenso wie die gemeinsame Zeit. Friedliche Tage waren das gewesen, aus denen ungetrübte, süße Erinnerungen hervorgegangen waren. Suchend sah ich mich um. Wo steckte denn mein Dad? Vielleicht hatte er ja endlich mit dem Angeln oder dem Kitesurfen angefangen, beides Dinge, die er immer hatte ausprobieren wollen, wenn er in Rente ging.

»So, da wären wir.« Ein paar Minuten später erschien Mom mit einem voll beladenen Tablett: Rührei, englische Muffins mit Butter, frische Papaya, in Scheiben geschnitten, und die versprochenen Mai Tais. Seufzend ließ sie sich auf dem zweiten Stuhl nieder und hob ihr Glas. »Auf das Paradies.« Wir stießen an, dann machte ich mich über das Rührei her. Ich war halb verhungert.

Während ich aß, schaute ich immer wieder zu ihr hinüber, sog ihre Nähe in mich auf wie Sonnenlicht. Sie sah älter aus, aber ihre Wangen waren rosig, ihr Teint gesund; keine Spur von der beängstigenden Blässe, die sie an jenem schrecklichen letzten Tag befallen hatte. Mein Mom war immer füllig und kräftig gebaut gewesen. Sie selbst hatte sich als dänischen Ackergaul bezeichnet. Und wirklich war sie eine typische Skandinavierin, mit hohen, breiten Wangenknochen, grünen Augen und dickem weizenblondem Haar – nicht im klassischen Sinne schön, aber besonders. Sie stach aus der Menge heraus. Dazu kamen ihr mitreißendes Wesen und ihre von zupackendem Optimismus geprägte Ausstrahlung. Durch ihre Zuversicht verbreitete sie positive Energie, wo auch immer sie hinkam. In all meinen Erinnerungen war sie der Mittelpunkt jeder Veranstaltung, das Zentrum, um das sich alles drehte, die Bienenkönigin in jedem Stock.

Nun war sie ein wenig gealtert, hatte Falten auf der Stirn und leichte Anzeichen von Erschöpfung um die Augen, aber sie wirkte entspannt und heiter. Sie so zu sehen, löste ein glückliches Kribbeln in mir aus. Ich konnte nicht glauben, dass ich tatsächlich hier war. Dass meine Mutter mir zwischen wuchernden Pflanzen gegenübersaß, in einem leuchtend blaugrünen Mu'umu'u, und zum Frühstück Cocktails trank. Das fühlte sich so wundervoll an, so herrlich unwahrscheinlich. Ein Geschenk war das, schlicht und einfach ein Geschenk.

»Es ist so schön, dich zu sehen«, platzte es aus mir heraus, noch bevor ich meine Eier aufgegessen hatte.

Mom sah mich liebevoll an. »Du hast mir gefehlt, Lolly. Es ist schon wieder viel zu lange her. Ich weiß ja, dass du mit der Eatery viel zu tun hast, aber du darfst nicht vergessen, dir auch Zeit für dich selbst zu nehmen. Das bedauere ich heute. Dein Dad und ich, wir haben uns nie genug Zeit nur für uns zwei gegönnt. Wir haben viel zu viel geschuftet. Du darfst diesen Fehler nicht machen.«

»Apropos Dad, wo ist er eigentlich?« Ich nippte an meinem Mai Tai und ließ die kalte, scharfe Süße des Rums über meine Zunge gleiten.

Mom schien kurz überrascht zu sein, dann huschte Trauer über ihr Gesicht. »In meinem Schlafzimmer, direkt am Fenster. Er hat das Meer immer geliebt. Deshalb wollte ich, dass er den Ausblick genießen kann.« Sie verzog kurz die Lippen, räusperte sich und wich meinem Blick aus. Ich war mit der vollen Gabel in der Hand erstarrt. *Hat*. Vergangenheit. Er *hat* das Meer immer geliebt, hatte sie gesagt. Langsam ließ ich die Gabel sinken. Mein Appetit war wie weggeblasen.

»Ich hole mir schnell ein Glas Wasser. Brauchst du auch etwas?« Hastig stand ich auf. Ein ungutes Gefühl hatte sich in meiner Magengrube ausgebreitet.

Anstatt in die Küche zu gehen, schlich ich mich in den Flur. Moms Schlafzimmer lag direkt neben dem, in dem ich aufgewacht war. Es war bescheiden eingerichtet, nur ein Doppelbett mit Paradiesvogelüberwurf, eine Kommode und zwei kleine Nachttischchen. Beinahe ängstlich betrat ich den Raum. Auf dem Nachttisch am Fenster, von dem aus man einen direkten Blick auf das Wasser hatte, stand eine kleine Holzschatulle, in die ein herzförmiger Fotorahmen eingelassen war. Ich beugte mich darüber, um mir das Bild genauer anzusehen.

Es zeigte Dad in seiner Navy-Uniform, die Augen schmal, da er fröhlich lächelte, während er aufrecht vor der Kamera Stellung bezogen hatte, ordentlich herausgeputzt mit Matrosenmütze und Halstuch. Unter dem Foto stand in geschwungenen Buchstaben:

Martin Samuel Blanchard
Geliebter Ehemann, Vater, Koch und Seemann
12. April 1960 – 09. September 2018

Oh nein. Nein, nein. Das war eine Urne. Dad war tot. Mit einem erstickten Schrei wich ich zurück, so hastig, dass ich beinahe gestolpert wäre. Benommen starrte ich auf das Foto. Ich bekam kaum noch Luft.

»Alles okay, Süße?«, rief Mom von der Veranda herein. »Findest du dich zurecht?«

»Alles gut«, rief ich automatisch zurück. Ich versuchte, mich zu beruhigen, atmete tief ein und aus. Meine Hände zitterten, und ich konnte mich einfach nicht von dieser Schatulle losreißen. Erst nach und nach wurde mir das Ausmaß des Ganzen klar. In dieser Version meines Lebens war Mom noch da, aber Dad nicht mehr. Ich hatte ein Elternteil gegen das andere ausgetauscht. Bittere Enttäuschung stieg in mir auf. Ich hatte gehofft, wenigstens für einen Tag eine vollständige, glückliche Familie vorzufinden, aber doch nicht das hier. Wieder entzweigerissen, nur auf eine andere Art.

»Es ist nur ein Tag«, flüsterte ich, um den eisigen Knoten in meinen Eingeweiden zu lockern. In meinem echten, normalen Leben war Dad wohlauf und wuselte wahrscheinlich gerade zu Hause in der Küche herum. Kochte Kaffee, informierte sich über die Sportergebnisse, verfluchte den angebrannten Frühstücksspeck und ließ Bertha heimlich die leckersten Happen zukommen. In meinem echten Leben lag Mom unter dem grünen Rasen des Evergreen-Washelli-Friedhofs begraben. Wenn ich morgen früh aufwachte, würde das in der realen, mutterlosen Wirklichkeit geschehen und nicht in dieser vaterlosen. Daran musste ich immer denken. Das hier war ein Geschenk, ein letzter Tag mit meiner Mom. Und ich durfte keine Minute davon verschwenden.

Nachdem ich ein paar Mal tief durch die Nase geatmet hatte (wenigstens das hatte ich beim Yoga gelernt), war mein Puls wieder im Normalbereich, und ich kehrte auf die Veranda zurück. Nun konzentrierte ich mich voll und ganz auf die Frau, die dort auf mich wartete. Ich war auf Hawaii, bei meiner Mutter. Wir hatten nur so wenig Zeit zusammen, und ich beschloss, jede Sekunde davon voll auszukosten.

21

Draußen auf der Veranda ließ ich mich in meinen Stuhl sinken und versuchte, mein inneres Gleichgewicht wiederzufinden. Ich war immer noch etwas neben der Spur. Vielleicht half ein großer Schluck von meinem Mai Tai? Langsam ließ ich das kalte, süße Rumgemisch durch meine Kehle fließen.

Als ich hochblickte, sah ich, dass Mom mich aufmerksam beobachtete. Stirnrunzelnd beugte sie sich vor und musterte mein Gesicht.

»Lolly, mein Mädchen. Geht es dir gut?«

Schnell verdrängte ich jeden Gedanken an die Holzschatulle und konzentrierte mich ganz auf sie.

»Großartig«, versicherte ich schnell. »Ich bin hier bei dir. Wir sind auf Hawaii. Wie könnte es mir da nicht gut gehen?« Eine ehrliche Antwort, auch wenn sie nicht alles preisgab.

Mom nippte an ihrem Cocktail und brummte zustimmend. »Ja, es ist wirklich das reinste Paradies. Aber das meinte ich nicht. Mir geht es um dich. Bist du glücklich? Schläfst du genug, isst du ordentlich? Du siehst erschöpft aus und wirkst irgendwie … angespannt. Was liegt dir auf der Seele?« Noch immer wanderte ihr Blick prüfend über mein Gesicht. In Bezug auf Daphne und mich hatte sie immer eine Art mütterlichen sechsten Sinn gehabt, hatte instinktiv gespürt, wenn etwas nicht in Ordnung war. Das machte es schwer, ihr etwas zu verheimlichen. Sie hatte sozusagen ein Näschen für die Wahrheit.

Ich blickte über den kümmerlichen Rasenstreifen des Apartmenthauses hinweg zum weißen Strand und dem wogenden Ozean dahinter, während ich mir eine Antwort überlegte. Immerhin hatte ich keine Ahnung, was für ein Leben ich in dieser speziellen Realität führte. Mom hatte erwähnt, dass ich das Restaurant leitete. Dann war dieser Punkt anscheinend auch hier unverändert.

»Ich bin einfach nur müde. Du weißt ja, wie es ist, wenn man ein Restaurant führt«, sagte ich achselzuckend. Mit Allgemeinplätzen konnte eigentlich nichts schiefgehen.

»Es ist schwer«, stimmte sie mir zu. »Und es ist auch schwer, in seinem Leben noch für etwas anderes Raum zu finden, wenn man sich an so einen Laden bindet. Ich habe manchmal die Befüchtung, es könnte zu viel für dich sein.« Sie biss in ihren Muffin und sah mich abwartend an. Noch immer starrte ich auf das Meer hinaus und grübelte. Zum Teil war ich hergekommen, um einfach einen glückseligen Tag lang mit ihr zusammen sein zu können. Während der letzten zehn Jahre hatte ich sie in beinahe jedem Augenblick vermisst. Aber ich wollte auch bei ihr Rat suchen, und dazu musste ich das Risiko eingehen, ihr offen und ehrlich zumindest einen Teil meiner Probleme zu schildern, damit sie mir helfen konnte. Keine Details natürlich. Aber das Grundsätzliche, ebenjene Punkte, an denen ich nicht weiterkam. Ich sah sie an. Sie saß geduldig in der Sonne und wartete darauf, dass ich mich ihr anvertraute.

»Im Grunde ist es gar nicht mal die viele Arbeit, die mich fertigmacht«, gestand ich ihr schließlich mit einem angespannten Seufzer. »Ich habe neulich mein Tagebuch aus der Schulzeit wiedergefunden. Darin gibt es eine Liste von Lebenszielen, die ich erreichen wollte, bevor ich dreiunddreißig werde. Diese Liste habe ich gelesen, und weißt du, was mir dabei klar geworden ist?«

»Was denn?« Wieder nippte Mom an ihrem Mai Tai, während sie weiter konzentriert zuhörte.

»Ich habe nicht eines dieser Ziele erreicht. Kein einziges. Klar, ich habe unser Familienerbe bewahrt, habe das Restaurant trotz großer Widerstände über Wasser gehalten. Aber mir ist nichts gelungen, wovon ich als junges Mädchen geträumt habe. Und das macht mich … richtig traurig. Ich weiß jedoch nicht, was ich dagegen tun soll. Mit jeder Entscheidung, die ich treffe, stirbt auch eine Möglichkeit. Ich bin hin- und hergerissen zwischen dem, was ich tun möchte, und dem, was ich meiner Meinung nach tun sollte.« Ich trank einen Schluck. Rum, Curaçao und Limettensaft brannten sauer in meinem Mund, aber nicht mehr im Hals.

Mom nickte und ließ den Blick nun ebenfalls über den Ozean schweifen. Ich studierte ihr Profil, noch immer fassungslos darüber, dass sie real war. In Fleisch und Blut vor mir saß, hier in der tropischen Sonne. Dann drehte sie sich lächelnd zu mir um und präsentierte die kleine Lücke zwischen ihren Schneidezähnen, für die sie sich immer geschämt hatte, obwohl alle anderen sie charmant fanden.

»Manchmal tauchen hier draußen Buckelwale auf«, erklärte sie mir ungezwungen. »Halt die Augen offen, vielleicht haben wir Glück.« Nachdem sie sich einen Happen Rührei gegönnt hatte, sah sie mich mitfühlend an. »Was genau möchtest du denn, was du noch nicht erreicht hast? Was stand auf dieser Liste?«

Zögernd zählte ich auf: »Ich wollte im Ausland leben und mein eigenes Restaurant eröffnen. Und ein Pferd haben.«

Mom lachte leise. »Ja, an diese Phase erinnere ich mich. Du warst verrückt nach Pferden, bis du irgendwann in das Alter kamst, wo du die Jungs entdeckt hast. Von da an waren die interessanter. Also, zumindest ein ganz bestimmter Junge.« Vorsichtig fragte sie: »Denkst du manchmal noch an Rory? Mir fällt es immer noch schwer zu glauben, dass das mit euch nicht funktioniert hat.« Plötzlich ernst geworden, schüttelte sie den Kopf und presste die Lippen aufeinander. »Er war wie ein Sohn für mich. Ich dachte wirklich, ihr zwei ... Nun ja, das zeigt nur wieder einmal, dass man nie wissen kann, was das Leben für einen bereithält.« Mit einem tiefen Seufzer legte sie ihre Gabel weg.

Das überraschte mich. Anscheinend waren Rory und ich in diesem Leben auch kein Paar mehr, obwohl es so klang, als wären wir irgendwann einmal eines gewesen. Dabei war ich immer davon ausgegangen, dass Moms Tod der Grund dafür gewesen war, dass wir kein gemeinsames Happy End gefunden hatten. Die Tatsache, dass wir weder hier noch in meinem Leben mit dem Toast in Brighton zusammen waren, enttäuschte mich spürbar. Was hatte uns wohl diesmal getrennt?

»Ja, er fehlt mir immer noch. Jeden Tag. Auch wenn ich mir wünsche, dass es nicht so wäre«, gab ich zu. »Ehrlich gesagt fühlt es sich für mich falsch an, als hätte es nicht so enden sollen. Mein ganzes Leben ist irgendwie nicht so, wie es hätte sein sollen.«

Mom atmete hörbar aus. »Das Leben entwickelt sich oft anders, als wir es erwarten.«

Automatisch dachte ich wieder an die Holzschatulle auf ihrem Nachttisch. »Was soll ich denn jetzt machen?«

»Du willst einen Rat von mir?« Mom kniff abschätzend die Augen zusammen. »Gib die Zügel aus der Hand.«

»Wie bitte?« Verblüfft starrte ich sie an. Eine solche Antwort hatte ich von meiner Mutter nicht erwartet, die sonst immer die Einstellung vertrat, dass man niemals nie sagen solle und sich jedes Problem irgendwie meistern ließe.

Es dauerte eine Weile, bis sie mit leiser, nachdenklicher Stimme erklärte: »Weißt du, was mich die Jahre seit dem Tod deines Vaters gelehrt haben, Lolly? Sie haben mich gelehrt, dass man von Zeit zu Zeit einfach loslassen muss. Manchmal ist das die einzige Möglichkeit, um weiterzukommen. Jahrelang habe ich hart gearbeitet, um unserer Familie ein gutes Leben zu ermöglichen und unser Vermächtnis weiterzugeben. Halb zu Tode geschuftet habe ich mich und eurem Vater und euch Mädchen so viel genommen, nur weil ich unbedingt mit dem Restaurant erfolgreich sein wollte. Fehlschläge habe ich nicht toleriert. Ich dachte, wenn ich nur das Richtige tue und so hart wie möglich arbeite, würde am Ende alles gut werden.«

Abgrundtiefe Trauer legte sich über ihre Züge. »Aber das war falsch. Vor vier Jahren, als dein Vater starb, hat sich in nur einem grauenvollen Moment die ganze sichere, strukturierte, vernünftige Welt, an der ich so hart gearbeitet hatte, in einen Scherbenhaufen verwandelt. Das war etwas, das sich meiner Kontrolle entzog. Immer hatte ich alles richtiggemacht, und am Ende hat sein Aneurysma all meine Pläne über den Haufen geworfen. Und selbst da konnte ich mich nicht von meinen alten Vorstellungen lösen.« Seufzend lehnte sie sich im Stuhl zurück. »Nach dem Tod eures Vaters habe ich alles versucht, um unser Leben in die alten Bahnen zu lenken, alles wieder so zum Laufen zu bringen, wie es vorher gewesen war. Aber irgendwie habe ich es nicht geschafft, die Teile richtig zusammenzusetzen. Der Schaden war zu groß, ich konnte die Scherben nicht kleben. Das ließ sich nicht richten. Schon als er von uns ging, wusste ich, dass nichts mehr so sein würde wie früher. Aber ich wollte es partout nicht wahrhaben. Konnte es nicht. Und so habe ich verzweifelt versucht, alles wieder einzurenken.«

Sie zog den Strohhalm aus ihrem Glas, spießte damit ein Stück Ananas auf und schob es sich in den Mund. »Es hat eine Weile gedauert, bis ich die Wahrheit akzeptiert habe. Manchmal kommt es einfach nicht so, wie wir es uns erhofft haben, ganz egal wie gut unsere Absichten sind. Und wenn alles den Bach runtergeht, musst du loslassen. Man darf sich nicht daran festklammern und versuchen, die Vergangenheit neu zu erfinden, um schlimme Dinge zu verhindern. Schlimme Dinge passieren, und daran lässt sich nichts ändern, schon gar nicht im Nachhinein. Man darf sich nicht an der Wunschvorstellung einer perfekten Zukunft festklammern, an dem Idealbild, das man sich erträumt hat. Man muss die Gegenwart so akzeptieren, wie sie ist – angeschlagen, mit Mängeln behaftet, schmerzhaft, aber real.«

Ich ließ mir ihre Worte durch den Kopf gehen. »Aber ich weiß nicht, wie das funktionieren soll«, gestand ich dann. »Wenn ich die Zügel loslasse, wird alles auseinanderfallen. Das darf ich nicht zulassen.«

»Mein Schatz, so wie es klingt, ist das, woran du momentan festhältst, sowieso schon zerbrochen«, erwiderte Mom liebevoll. »Du hältst einfach nur noch die Scherben zusammen und suchst verzweifelt nach dem Klebstoff.« Nachdenklich fuhr sie fort: »So funktioniert das Leben einfach nicht. Wenn du an etwas festhältst, was längst zerbrochen ist, an einem Lebensentwurf oder einem Traum, der niemals wahr werden kann, bleibt in deinem Leben nicht genug Raum für irgendetwas anderes. Für gute und machbare Alternativen.« Sie sah mich eindringlich an. »Manchmal muss man einfach loslassen, Lolly.«

Reglos sah ich dem Eis in meinem Glas beim Schmelzen zu. Meine Finger waren fast taub von der Kälte, ein schmerzhafter Kontrast zu der wärmer werdenden Vormittagssonne. Wollte sie mir damit das sagen, was ich aus ihren Worten herauszuhören glaubte? Dass es sinnlos war, an alten Strategien festzuhalten, wenn das Leben eine unerwartete Wendung nahm? Entließ sie mich damit, ohne es zu wissen, aus dem Versprechen, das ich ihr an ihrem Sterbebett gegeben hatte? Einem Versprechen, an das ich mich nun schon seit zehn Jahren gebunden fühlte. Einem Versprechen, dem ich mein ganzes Leben und meine erste große Liebe geopfert hatte. Wollte sie mir damit sagen, dass es in Ordnung war, wenn ich ihren Traum für die Zukunft unserer Familie aufgab und das Leben ohne sie so akzeptierte, wie es nun einmal war? Fast schien es, als hätte sie meine Unsicherheit gespürt, denn sie fuhr fort: »Als du zu mir kamst und das Restaurant übernehmen wolltest, habe ich zugestimmt«, seufzte sie. »Aus reinem Egoismus wollte ich, dass du versuchst, meine Vision für das Restaurant Wirklichkeit werden zu lassen. Wenn das auch dein Traum ist, werde ich bis zu meinem letzten Atemzug hinter dir stehen. Aber du solltest niemals an etwas festhalten, was dir im Wege steht, Schatz. Wenn es Zeit wird, einen neuen Kurs einzuschlagen, muss man das Alte loslassen. Das ist vollkommen in Ordnung.«

Bei diesen Worten schien sich in meinem Innern ein Schalter umzulegen; ein Schlüssel drehte sich, und ein bisher unverrückbares Schloss sprang auf. So lange schon lastete das Versprechen auf mir, das ich ihr gegeben hatte. Nun davon befreit zu sein, fühlte sich seltsam an. Nicht befreit von meiner Verantwortung für Dad, für Daphne oder für das Restaurant. Nicht befreit von dem Leben, in dem ich mich in den zehn Jahren seit ihrem Tod eingerichtet hatte. Aber sehr wohl befreit von dem Druck, alles so bewahren zu müssen, wie es vor ihrem Tod gewesen war. Von der Last, in ihre Fußstapfen treten zu müssen, ihre Visionen fortführen zu müssen. Befreit von ihren Erwartungen, die ich auch über den Tod hinaus zu erfüllen versucht hatte. Ich wusste nicht, was ich sagen sollte.

»Das Leben wird dir immer wieder Zitronen schenken, Lolly«, fasste sie zusammen. »Das weißt du ebenso gut wie ich. Früher habe ich gesagt: Schenkt dir das Leben Zitronen, mach Limonade daraus. Ich habe sogar ein Schild mit dem Spruch im Restaurant aufgehängt. Heute denke ich, man sollte aus den Zitronen des Lebens immer das machen, was man möchte. Alles, was einem Freude bereitet. Wenn es dir liegt, mach Limonade daraus. Aber du kannst dir genauso gut eine Flasche Gin besorgen und dir einen doppelten Gin Fizz mixen. Entscheide dich für das, was dein Leben lebenswert macht, mein Schatz, dann wird am Ende alles gut. Vertrau mir.«

Ich nahm meinen englischen Muffin vom Teller und biss hinein, während ich über ihre Worte nachdachte. Sie lösten nicht all meine Probleme. Eigentlich lösten sie kein einziges meiner Probleme. Ich steckte immer noch fest zwischen Pflicht und Sehnsucht. Die Liste meiner Lebensziele war nach wie vor vollkommen offen. Und da war noch immer die problematische Liebe zu einem Mann, von dem ich mich vor sieben Jahren getrennt hatte. Alles nicht gerade unbedeutend. Doch während ich beinahe geistesabwesend meine Mutter betrachtete, fragte ich mich, ob sie nicht vielleicht recht hatte. Was würde passieren, wenn ich die Zügel aus der Hand gab?

Eine Weile sahen wir den Wellen zu, die sanft auf dem weißen Sand ausrollten. In den größeren Wellenkämmen entdeckte ich Dutzende leuchtend gelber Fische, die durch das von der Sonne türkis gefärbte Wasser huschten, bevor die Welle brach. Gelbe Segeldoktorfische, so hießen sie, fiel mir wieder ein. Das hatte Dad mir einmal erklärt.

»Danke«, sagte ich leise.

»Wofür?«, wollte Mom wissen.

»Das kann ich gar nicht genau sagen.«

Sie warf mir einen fragenden Blick zu. »Gern geschehen«, sagte sie dann mit einem liebevollen Lächeln. »Ein Stück hart erarbeitete Weisheit von deiner dich liebenden Mutter.« Wieder saßen wir eine Weile schweigend da und blickten aufs Meer hinaus.

»Was möchtest du heute machen?«, fragte Mom schließlich etwas undeutlich, da sie gerade einen Eiswürfel aus ihrem Drink lutschte.

»Ist mir egal. Hauptsache, wir verbringen den Tag gemeinsam.«

Es war meine letzte Chance. In den folgenden Stunden sollte es nur darum gehen, Zeit mit meiner Mom zu verbringen. Ich wollte jede Sekunde und jeden Atemzug auskosten an dem letzten Tag, den ich jemals mit ihr haben würde. Mit dem Rest von meinem Mai Tai schluckte ich auch den Verlust und unverhoffte zweite Chancen hinunter – das Saure und das Süße.

22

Wir einigten uns darauf, einfach an der Küste entlangzufahren. Mom saß fröhlich hinter dem Steuer eines alten wasserblauen Ford Thunderbird Cabrio, mit einem Tuch über den Haaren wie Grace Kelly. In unserer Familie hatte es eigentlich immer nur Volvo Kombis gegeben, weshalb es verblüffend und irgendwie rührend war, sie nun in einem so ausgefallenen und niedlichen Auto zu sehen. Sie legte eine CD mit den größten Hits der weiblichen Country-Elite ein und drehte voll auf, bevor wir losfuhren.

Der Wind trieb mir die Haare ins Gesicht, als wir ein wenig zu schnell den kurvigen Mamalahoa Highway entlangfuhren. Die Sonne brannte auf meinem Scheitel, das Wasser tief unter uns funkelte wie blaues Glas, und aus den Lautsprechern drang Tammy Wynettes trällernde Feststellung, wie trügerisch Träume doch sein konnten. Das und der rauschende Wind machten es unmöglich, sich zu unterhalten. Mich störte das nicht. Es reichte schon, einfach mit Mom zusammen zu sein, den Sonnenschein zu genießen und mir die üppige Vegetation anzusehen, die sich auf unserem Weg nach Süden am Straßenrand erstreckte. Nach ungefähr zwanzig Minuten hielt Mom an dem Obststand in South Kona.

»Holen wir uns etwas Leckeres fürs Frühstück morgen. Magst du diese winzigen Bananen immer noch so gerne? Früher haben Daphne und du sie geliebt, das weiß ich noch.«

An dem kleinen, frei stehenden Stand waren zwar keine Kunden, doch in den auf einem Holzgestell angeordneten Körben fand sich so ziemlich alles, was die Insel zu bieten hatte. Ich sah mir die verschiedenen Früchte an, nahm hin und wieder eine in die Hand und genoss die entspannte Inselatmosphäre.

»Apropos Daphne, sie hat mich vor ein paar Tagen angerufen.« Mom drückte prüfend eine Avocado, die beinahe so groß war wie ein Football. Stirnrunzelnd legte sie sie zurück.

»Ach ja? Was treibt sie denn so?«, fragte ich und musterte die grellpinke, mit spitzen Blättern bewachsene Drachenfrucht in meiner Hand. Ich hatte fast vergessen, dass Daphne ja auch ein Grund war, warum ich Mom hatte sehen wollen.

Vielleicht würde sie mir ja verraten, wie ich meine Schwester am besten dazu überreden könnte, ihren Abschluss zu machen.

»Es scheint ihr prima zu gehen. Bali sei wundervoll, sagt sie. Sie überlegt, nach dem Ende ihrer Ausbildung dort zu bleiben, als Leiterin eines Yogazentrums.«

Bali. Daphne war in Indonesien? Sofort musste ich an unsere hitzige Debatte während des Bikram-Yogakurses denken. Vielleicht war diese ganze Sache mit der Yoga-Ausbildung ja doch nicht nur eine Laune von ihr. Trotzdem wollte ich, dass sie das College beendete.

»Bali also?« Ich legte die Drachenfrucht neben einem Korb voller Limetten ab. Trotz ihrer umwerfenden Schönheit schmeckt sie eigentlich nach nichts. »Was hältst du davon, dass sie dort ist?«

»Ich finde, das ist typisch Daphne.« Mom lachte. »Sie war schon immer unser kleiner Wildfang. Das Kind, das erst springt und dann schaut, wo es landen wird.« Nun untersuchte Mom eine große Papaya, gelb mit grünen Flecken, und steckte sie schließlich in den Einkaufsbeutel, den sie aus dem Auto mitgenommen hatte. »Ganz anders als du. Du warst immer schon … vorsichtig. Sogar als Kind hast du stets das Für und Wider abgewogen.« Die Erinnerung daran ließ sie schmunzeln. »Ich habe von Anfang an gewusst, dass Daphne uns eines Tages davonflattern würde. Das war nur eine Frage der Zeit.«

»Aber machst du dir gar keine Gedanken um ihre langfristige Karriereplanung? Nur mit einem Yogadiplom könnte es auf dem Arbeitsmarkt etwas schwierig werden.«

Achselzuckend entgegnete Mom: »Es gibt viele Möglichkeiten, um sich ein erfülltes Leben zu schaffen, Lolly. Sich auf seine Karriere zu konzentrieren, ist eine davon, doch es gibt auch andere. Daphne wird ihren Weg schon finden, da bin ich mir sicher.«

Irritiert runzelte ich die Stirn. »Aber wäre es nicht besser, wenn sie irgendeinen Abschluss in der Tasche hätte, eine richtige Ausbildung und etwas Berufserfahrung?«

»Vielleicht«, gab Mom zu. »Aber wenn du selbst einmal Kinder hast, wirst du feststellen, dass jedes von ihnen eine eigenständige Persönlichkeit ist. Man kann ihnen nicht die Zukunftspläne aufdrücken, die man selbst bevorzugen würde. Stattdessen muss man ihnen dabei helfen, ihren eigenen Weg zu gehen.«

Missmutig wandte ich mich ab. Ich wollte Daphne beschützen, wollte sie zur Vernunft bringen. Sie sollte durchdachte Entscheidungen treffen und ihre Zukunft ordentlich planen. Moms Ratschlag war bisher wenig hilfreich.

Du möchtest, dass sie deine Idealvorstellung für ihr Leben umsetzt, meldete sich eine kleine Stimme in meinem Hinterkopf. *Aber hat es das in dieser Familie nicht schon viel zu oft gegeben?*

Hm. Etwas ruppiger als nötig legte ich die Passionsfrucht, die ich mir angesehen hatte, zurück in den Korb. Nachdem Mom die Papaya und ein paar Minibananen bezahlt hatte, schlug sie vor, dass wir wieder in Richtung Norden fahren sollten.

»Wir machen einen Ausflug in die Stadt. Bei Gypsea Gelato gibt es immer noch das Kokosnusseis, das du so liebst. Ich lade dich ein.«

Zurück im verschlafenen Küstenort Kailua-Kona stellten wir uns mit jeder Menge sonnenverbrannter Touristen vor dem Gypsea Gelato an und bummelten anschließend mit unseren Eisbechern durch die Straßen. Den Nachmittag über schlenderten wir durch die Läden, probierten übergroße Sonnenbrillen und Hüte an, lachten über Kleinigkeiten und genossen das Zusammensein. Dabei vergaß man leicht, wie flüchtig solche Momente waren. Alles fühlte sich so normal an. Ich war wie verzaubert und achtete nicht mehr darauf, wie die Zeit langsam, aber stetig verrann.

Später allerdings, bei einem entspannten Abendessen in einem Restaurant direkt am Wasser, traf mich diese Erkenntnis wieder mit voller Wucht. Lustlos stocherte ich in meinem gegrillten Sandbutt und dem Röstgemüse herum. Obwohl das Essen ganz frisch und köstlich war, hatte ich keinen Appetit mehr. Mir war eingefallen, was nun bald kommen würde, und die Trauer drohte mich zu ersticken. Zu schnell. Der Tag war einfach zu schnell vergangen. Die Sonne sank bereits Richtung Horizont.

»Was möchtest du denn noch mit dem restlichen Abend anstellen?« Mom wischte sich mit ihrer Serviette den Mund ab und winkte den Kellner heran, um zu zahlen. »Sollen wir ins Kino gehen oder vielleicht nachsehen, ob es irgendwo Livemusik gibt?«

»Können wir Sterne gucken?«

Uns blieb nur noch so wenig Zeit zusammen. Ich wollte mit ihr in der Dunkelheit stehen, über uns die endlose Milchstraße, und unseren winzigen Platz in diesem Universum mit allen Sinnen spüren. Wollte mir in Erinnerung rufen, wie kurz unser Leben war und wie kostbar.

»Natürlich. Euer Vater hat das immer so gerne mit euch gemacht.«

In nachdenklicher Stimmung fuhren wir aus der Stadt. Mom folgte dem Mamalahoa Highway Richtung Nordosten und bog dann auf die Saddle Road ab, die sich immer höher den Mauna Kea hinaufzog, jenen üppig bewachsenen Vulkan, der gut die Hälfte von Hawaiis Big Island einnimmt. Während der Fahrt wurde es merklich kühler, und Mom schloss das Dach des Cabrios. Außer uns waren nur wenige Autos unterwegs. Hinter uns fiel der Berg in einem kilometerlangen, sanften Bogen zum endlosen Meer hin ab. Hier oben war alles wild, einsam und weit.

Am westlichen Horizont versank die Sonne, umgeben von spektakulären Orange- und Violetttönen, im Meer, als wir schließlich am Straßenrand hielten. Das eigentliche Besucherzentrum des Berges lag noch ein paar Kilometer höher, aber wir hatten es nie bis dahin geschafft, nicht einmal während meiner Kindheit. In jedem Urlaub war Dad am letzten Abend mit uns hierhergefahren. Aus seiner Zeit bei der Navy kannte er alle Sternbilder, und er hatte sie uns gezeigt. Zitternd, mit klappernden Zähnen und trotz der warmen Jacken viel zu dünn angezogen, hatten wir im kalten Wind gehockt, der um unsere Beine gestrichen war. So weit oben war es erstaunlich kühl. Der Blick in die Sterne war atemberaubend gewesen, trotzdem hatte ich mich immer ein wenig erleichtert gefühlt, wenn wir am Fuß des Berges wieder in die tropisch warme Dunkelheit zurückgekehrt waren.

Auch diesmal war es gute fünf Grad kälter geworden, als Mom und ich aus dem Wagen stiegen, und ich wusste, es würde noch weiter abkühlen. Schon jetzt fror ich in meinen Sommerklamotten. Vielleicht war das ein Fehler gewesen. Aber Mom holte vollkommen gelassen eine Fleecedecke und zwei Jacken aus dem Kofferraum und drückte mir eine davon in die Hand. Außerdem hatte sie Campingstühle dabei, die wir nun so ausrichteten, dass wir den Rest des Sonnenuntergangs sehen konnten. Schön warm eingepackt, saßen wir zusammen und beobachteten, wie das Licht schwand und die Nacht auf dem Berg Einzug hielt. Bald umgab uns kühle, samtige Dunkelheit und eine so absolute Stille, dass ich meinen eigenen Atem hören konnte.

Schweigend und bedrückt saß ich da und wünschte mir, mehr Zeit zu haben. Gleichzeitig war ich dankbar für diesen kleinen Happen, für die kurzen, bittersüßen Augenblicke mit meiner Mutter. Eine Sternschnuppe schoss über den Himmel. Ich schloss die Augen und wünschte mir etwas.

»Mom?«

»Hmmm?«

»Ich fürchte mich davor loszulassen«, gestand ich ihr. »Was, wenn dann alles auseinanderbricht und ich aus den Scherben nichts Gutes erschaffen kann?«

Nach einem Moment des Schweigens sagte sie: »Du musst Vertrauen haben, Lolly. Man braucht Vertrauen und Mut, um alles zerfallen zu lassen, ohne zu wissen, was danach kommt. Aber du bist stark, du schaffst das. Für dich gibt es noch so viel mehr, mein Schatz. Mehr Leben, mehr Liebe, mehr gute Dinge. Vielleicht auch Kinder, wenn du das möchtest.« Sie lachte leise. »Auf dich wartet noch viel Schönes, glaub mir. Ich bin deine Mutter. Ich weiß das.«

Dann schloss sich ihre starke, warme Hand um meine. Ich lehnte mich in meinem Campingstuhl zurück und ließ still die Tränen fließen, spürte, wie sie warm über meine Schläfen rannen und in meine Ohren tropften. Ich hatte dieser Frau ein Versprechen gegeben und alles dafür geopfert. Und nun gab sie mir einen Rat, der Absolution und Aufforderung zugleich war. Ich wusste aber nicht, wie ich ihren Vorschlag in die Tat umsetzen sollte. Wenn ich zuließ, dass alles zusammenbrach, würde ich meinen Weg vielleicht niemals finden. Indem ich unser Leben zusammenhielt, hielt ich auch mich selbst zusammen. Wenn ich nun also losließ, würde ich mich dann einfach auflösen?

Still fuhren wir irgendwann wieder den Berg hinunter. Als wir den warmen, gut beleuchteten Mamalahoa Highway erreichten, holte Mom die Country-CD aus dem Player und suchte eine neue aus.

»Ich denke, wir brauchen einen kleinen Stimmungsaufheller«, verkündete sie lächelnd, als die ersten Töne von Elvis Presleys *Hound Dog* aus den Lautsprechern drangen. Offenbar schaute ich ziemlich verdutzt drein, denn sie begann zu lachen und in ihrem Sitz herumzutanzen. Ohne das Steuer loszulassen, hüpfte und zuckte sie wild, während sie Elvis' weiche Stimme lauthals mit ihrem eigenen

Gesang ergänzte. Ein paar Sekunden sah ich ihr fassungslos dabei zu, dann gab ich auf und machte es ihr nach. Ich hatte ganz vergessen, wie albern meine Mutter manchmal war und dass sie vollkommen hemmungslos feiern und tanzen konnte. Auch das hatte ich vermisst, ohne überhaupt gewusst zu haben, dass es in meinem Leben fehlte. Wie lange hatte ich schon nicht mehr bei einem Lied im Radio mitgesungen und dabei ungehemmt die Hüften geschwungen? Wohl seit über zehn Jahren nicht.

Lachend zappelten wir uns durch *All Shook Up* und *Jailhouse Rock*, bis wir um kurz nach zehn schnaufend und kichernd vor ihrem Haus vorfuhren. Drinnen angekommen, schaute Mom auf die Uhr und wünschte mir gähnend eine gute Nacht.

»Für einen alten Menschen wie mich ist es schon spät«, erklärte sie. Ich umarmte sie fest und wollte sie nicht wieder loslassen. Schließlich löste sie sich mit einem leisen Lachen aus meinem Griff. »Ach du meine Güte, wir sehen uns doch morgen früh wieder. Schlaf gut, mein Schatz.« Sie drückte mir einen Kuss auf die Stirn, hielt mein Gesicht mit beiden Händen umfasst und sagte bestimmt: »Ich liebe dich, Lolly, ganz egal was kommt. Das darfst du niemals vergessen.«

Ich nickte. »Ich liebe dich auch, Mom.« Hastig kämpfte ich gegen die Tränen an. In meinem Innern herrschte Chaos, Dankbarkeit vermischte sich mit Trauer. Dankbar war ich dafür, dass sie mich mit ihren Worten befreit hatte, aber irgendwie schienen sie für mich zu spät zu kommen. Mir war klar, dass erst der Tod meines Vaters ihr diese Erkenntnisse gebracht hatte, trotzdem wünschte ich mir, ich hätte all das schon früher von ihr gehört. Vor ihrem Tod, als ich noch Rorys Ring am Finger getragen hatte, als meine

Zukunft strahlend hell gewesen war und sich voller Möglichkeiten vor mir ausgebreitet hatte. Natürlich war ich froh, dass sie mir das alles gesagt hatte, aber ich hatte bereits so viele Verluste erlitten. Mit einem schmerzhaften Stich wurde mir bewusst, dass ich sie nun wieder verlieren würde. Es war unausweichlich. Und auch dieses Mal gab es nichts, was ich dagegen tun konnte.

Es war still in der Wohnung, als ich mir den Schlafanzug anzog und mir aus alter Gewohnheit die Zähne putzte. Anschließend kroch ich ins Bett und lag in der warmen Dunkelheit, zwang mich, die Augen offen zu halten. Wenn ich einschlief, wäre alles vorbei. Dann würde ich meine Mutter niemals wiedersehen. Nach ein paar Minuten schlich ich zu ihrem Zimmer hinüber, blieb zögernd vor ihrer angelehnten Tür stehen. Durch den Spalt sah ich sie in ihrem Bett sitzen, die Haare mit einem Seidentuch hochgebunden. Sie las eine Zeitschrift. Dads Asche stand in der Schatulle neben ihr auf dem Nachttisch. Offenbar hatte Mom mich gehört, denn sie winkte mich herein.

»Kannst du nicht schlafen?«

Ich schüttelte den Kopf, obwohl das so nicht ganz stimmte. In mir sträubte sich einfach alles dagegen, in den Schlaf zu sinken.

»Komm her.« Sie klopfte neben sich auf das Bett, und wie ein gehorsames Kind kroch ich zu ihr unter die Decke, legte den Kopf in ihren Schoß. Tief sog ich ihren so schmerzlich vertrauten Geruch in mich ein, versuchte, ihn mir genau einzuprägen. Während sie weiterlas, streichelte sie mir sanft mit den Fingerspitzen den Rücken, so wie sie es früher immer getan hatte, wenn ich als Kind nach einem Albtraum nicht mehr hatte schlafen können. Warm und beruhigend fühlte sich das an. Unablässig streichelte sie mich, blätterte nur hin und wieder eine Seite um, unterbrach aber nie den steten, tröstlichen Rhythmus auf meinem Rücken. Ihre Nachttischlampe spendete warmes, weiches Licht, in dem mir immer wieder die Augen zufielen, egal wie sehr ich mich anstrengte, wach zu bleiben. Irgendwann spürte ich nur noch die sanften Fingerspitzen meiner Mutter, die auf meinem Rücken endlose Kreise zogen.

23

Als ich in unserem Haus in Magnolia aufwachte, zurück in meinem normalen Leben, sprang ich aus dem Bett, schnappte mir meine Brille, band mir hastig die Haare hoch und rannte zu Tante Gerts Cottage hinüber. Es war noch früh, die Dämmerung zog gerade erst herauf und brachte trübes graues Licht, kalte Luft und den Geruch von Regen und Moos mit sich.

Ich fand Tante Gert schließlich im Garten hinter dem Cottage, mitten in dem inzwischen hoffnungslos verwilderten Beet mit essbaren Blumen, das Mom einmal dort angelegt hatte. Mom. Der Gedanke an sie und an unseren gemeinsamen Tag löste einen schmerzhaften Stich in mir aus. Sie war so strahlend gewesen, so … lebendig. So nah. Nun kehrte die Trauer über ihren Verlust mit voller Kraft zurück. Mir fehlten ihre lebensnahen Weisheiten, ihre Begeisterung für das Leben, ihr herzliches Lachen. Tante Gert hockte auf der Erde und riss Unkraut und vertrocknete Blumen aus. Ihr mit psychedelischen Farben bedruckter Paisley-Jumpsuit ließ sie aussehen, als käme sie direkt von einer der legendären Partys bei Andy Warhol.

»Kann ich noch mal hin?«, platzte es aus mir heraus. In Gedanken war ich noch immer bei meiner Mutter, und die Aussicht, sie niemals wiederzusehen, war schier unerträglich. Als ich eingeschlafen war, war sie doch da gewesen, echt, greifbar und lebendig. Ich wollte ihr nicht Lebewohl sagen. Konnte es nicht. »Ist es möglich, einen zweiten Tag zu bekommen?«

»Ich wünsche dir auch einen guten Morgen.« Tante Gert hob den Kopf und winkte mich zu sich heran. »Als ich aufgewacht bin, überkam mich der unwiderstehliche Drang, Unkraut zu jäten.«

Ohne mich darum zu kümmern, dass die Erde vom Regen noch matschig war, kniete ich mich in das Beet. Sofort war meine Pyjamahose an den Knien durchnässt.

»Gibt es eine Möglichkeit, noch einmal in ein Leben zurückzukehren, dass ich bereits besucht habe?«

»Die Stiefmütterchen sind vom Unkraut völlig erstickt worden«, stellte Tante Gert mit einem missbilligenden Zungenschnalzen fest, ohne auch nur im Geringsten auf meine Frage einzugehen. »Und ich glaube, über das Springkraut hat sich eine Schnecke hergemacht. Das ist dieses Jahr nicht richtig gewachsen.« Sie zeigte auf ein paar braune Stängel. »Aber die Ringelblumen haben noch bis November geblüht, daran erinnere ich mich.«

Diese wenigen zerrupften Pflanzen waren alles, was von Moms essbarem Blumenbeet übrig war. Seit ihrem Tod hatte ich in jedem Frühling eine kleine Auswahl angepflanzt und gehofft, dadurch eine stärkere Liebe zu frisch gekochtem Essen und dem Geist des eigenen Anbaus zu wecken, aber nach den langen Tagen im Restaurant hatte keiner von uns noch Zeit oder Kraft übrig, um viel damit anzufangen. Jetzt waren fast alle Pflanzen in der Winterruhe oder tot.

Tante Gert und ich hatten in der Liebe zum Gärtnern eine unserer wenigen Gemeinsamkeiten entdeckt. Ich mochte es, weil Mom es gemocht hatte. Es war eine Art

Verbindung zu ihr. Aber obwohl wir beide Freude daran hatten, waren weder Tante Gert noch ich bislang dazu gekommen, dem Garten zu seiner früheren Schönheit zu verhelfen. Und nun, während der letzten Wintertage, war er nur noch ein Schatten seiner selbst. Vielleicht hätte ich ja eines Tages wieder die Zeit, mich um den Garten zu kümmern.

»Probier mal.« Tante Gert streckte mir ein leuchtend grünes Blatt entgegen. Ich nahm es und knabberte brav daran. Es war immer wieder erstaunlich, dass im Pazifischen Nordwesten einige Pflanzen das ganze Jahr über wuchsen. Da die Temperaturen nur selten unter den Gefrierpunkt fielen, blieben robustere Gewächse wie der Rosmarin auch den Winter über grün. Und diese Minze, die geschützt an Tante Gerts Hauswand wucherte, schien tatsächlich bis zum Frühling durchzuhalten.

»Persische Minze«, erklärte sie mir. »Ich habe sie letzten Sommer angepflanzt. Ich bin ihr das erste Mal in Jordanien begegnet, auf einer Studienreise. Dort gibt es ein Getränk namens Limonana, eine Art halb gefrorene Minzlimonade. Einfach herrlich bei der Hitze dort. Ach, das war eine fantastische Reise. Das Essen, die historischen Stätten. Petra«, schwärmte sie mit verklärtem Blick. Für einen kurzen Moment konnte ich erahnen, wie sie wohl als junge Frau ausgesehen hatte. Nicht wirklich hübsch, aber voller Energie, fröhlich, mit einem breiten, ausdrucksvollen Mund, der sich ebenso zu einem belustigten Lächeln verziehen konnte wie zu einer abfälligen Grimasse. Und mit einem messerscharfen Verstand, der perfekt zu ihren stechenden Augen passte. Wie sie mir einmal erzählt hatte, war sie erdbeerblond gewesen und hatte schnell Sonnenbrand und Sommersprossen bekommen.

Ungeduldig rutschte ich auf den Knien herum. Schon kurz nachdem sie bei uns eingezogen war, hatte ich gelernt, dass Tante Gert störrischer sein konnte als jedes Maultier. Niemals ließ sie sich zu etwas drängen, was sie nicht von selbst zu tun bereit war. Und offenbar hatte sie momentan kein dringendes Interesse, meine Frage zu beantworten. Ich würde allerdings nicht gehen, bis ich eine Antwort bekommen hätte.

»Du hast das zweite Zitronenbonbon benutzt.« Sie ließ sich auf die Fersen sinken und sah mich an. An den Knien ihrer Jumpsuithose haftete brauner Matsch. Ich nickte.

»Und wofür hast du dich entschieden?«, fragte sie. Einen Augenblick lang war ich in Versuchung, es ihr nicht zu verraten, die kostbaren Erinnerungen an den Tag mit meiner Mutter nicht zu teilen. Aber immerhin ging es hier um Tante Gerts Nichte, meine Mutter, die ihr fast so nahegestanden hatte wie eine Tochter. Tante Gert hatte keine eigenen Kinder, und sie hatte meine Mom schon früh zu ihrem Liebling erklärt. Die beiden hatten immer brieflich Kontakt gehalten, und alle paar Jahre war Tante Gert zu Besuch gekommen. Zu Moms fünfzehntem Geburtstag war sie sogar mit ihr nach New York geflogen, als Überraschungsgeschenk. Von dieser Reise hatte Mom oft erzählt – wie sie eine Broadway-Show angesehen und zum ersten Mal in ihrem Leben Champagner getrunken hatte.

»Ich war bei meiner Mom.« Mit festem Griff rupfte ich ein paar vertrocknete Korianderstängel aus. Der war an dieser Stelle sowieso nie richtig gediehen und jetzt ganz braun und vertrocknet. »Wir haben den Tag zusammen verbracht.«

Tante Gert nickte bestätigend, als hätte sie das bereits vermutet. Dann griff sie zur Gartenschere und schnitt einen gelben Petersilienstrauch zurück. »Sehr schön. Wie war Irene denn so?«

»Großartig«, berichtete ich voller Sehnsucht. »Glücklich, eigensinnig. Sie lebte auf Hawaii. Sie war einfach … ganz sie selbst.«

Seufzend ließ sich Tante Gert wieder auf die Fersen sinken. »Die gute Irene.« Ein trauriges Lächeln huschte über ihr Gesicht. »Es wäre wirklich wundervoll, sie noch einmal wiederzusehen.«

»Aber könntest du sie nicht jederzeit besuchen, indem du eines deiner Zitronenbonbons zu Hilfe nimmst?«

»Oh, ich bin inzwischen viel zu alt für so etwas«, winkte sie ab. »Vor vielen Jahren habe ich ein paar dieser Bonbons benutzt, schon bald nachdem ich sie bekommen hatte, aber irgendwann hatte ich das Gefühl, sie hätten für mich nun ihren Zweck erfüllt. Und inzwischen sehne ich mich nicht mehr nach einer anderen Realität als dieser hier, auch wenn es manchmal nicht leicht ist.« Sie warf die abgeschnittenen Petersilienstängel auf den Unkrauthaufen.

»Das wollte ich dich sowieso noch fragen … Wo hast du diese Bonbons her?« Darüber hatte ich mir mehrmals den Kopf zerbrochen, seit Tante Gert sie mir geschenkt hatte. Falls es eine Möglichkeit gab, noch mehr Bonbons zu bekommen … Mir stockte der Atem. Für ein paar zusätzliche Tage mit meiner Mom hätte ich alles gegeben.

Lächelnd zog Tante Gert eine Handvoll Unkraut aus dem Boden und warf es über ihre Schulter. »Ob du es glaubst oder nicht, ich habe sie von einer Wahrsagerin auf einem Jahrmarkt im Hinterland von Ohio bekommen.«

»Das ist ein Scherz.«

»Nein, es ist wahr.« Tante Gert unterbrach sich kurz, dann begann sie zu erzählen: »Es war 1956. Ich war zwanzig Jahre alt, und der Jahrmarkt war in der Stadt. Es war ein grelles, leicht schäbiges Spektakel mit einer Freakshow, Straßenhändlern und schriller Karussellmusik, aber wir liebten es und freuten uns jedes Jahr darauf.« Die Erinnerung daran zauberte ihr ein Lächeln ins Gesicht. »Und dort gab es auch immer eine Wahrsagerin, Madam Esme. Meine Mutter rümpfte die Nase darüber. Sie war eine kirchentreue Methodistin, für sie war Wahrsagerei gleichzusetzen mit Hexenwerk. Nun, ich hingegen sah mich als unitarische Universalistin und war schon immer neugierig gewesen auf Madam Esme, und an jenem Abend suchte ich sie unter irgendeinem Vorwand auf.«

»Was hat sie dir prophezeit?«

Tante Gert lachte versonnen. »Sie saß in ihrem Zelt und rauchte eine Zigarette. Als ich hereinkam, drückte sie sie hastig aus und befahl mir, mich zu setzen. Äußerlich entsprach sie vollkommen ihrer Rolle, sie war winzig und verhutzelt, mit langem grauem Haar, das unter einem roten Paillettentuch hervorquoll. Nach einem kurzen Blick auf mein Durchschnittsgesicht tat sie so, als würde sie ihre Kristallkugel befragen, um dann prompt einen mysteriösen, dunkelhaarigen und attraktiven Fremden in meiner Zukunft zu entdecken. Anschließend verlangte sie fünfzig Cent von mir.«

»Und?«

»Ich habe sie ausgelacht und ihr erklärt, dass ich keinerlei Interesse an irgendwelchen dunkelhaarigen Fremden hätte, dass mir schon einmal das Herz gebrochen worden sei und ich der Liebe deshalb abgeschworen hätte.«

Tante Gert rupfte ein paar vertrocknete Ringelblümchen aus und warf sie auf den wachsenden Haufen.

»Was hat sie dazu gesagt?«

»Es hat sie neugierig gemacht.« Tante Gert grinste. »Sie wollte mehr erfahren. Also habe ich ihr von meiner Verlobung erzählt und dass mein Zukünftiger mich für eine Mitschülerin namens Dorothy Allan verlassen hatte. Sie war groß und blond, und ihr Lachen klang wie das Gegacker eines Perlhuhns. Und ich habe ihr von meiner Familie und unserem Leben erzählt – wie schwer wir es mit der Beerenfarm hatten, wie gesundheitlich angeschlagen meine Mutter war. Und von meinem Vater, der unter einer bipolaren Störung litt, auch wenn wir das damals noch nicht so genannt haben. Er war ein brillanter und brutaler Mann, der immer wieder in düstere Stimmungstiefs abdriftete. Bitterarm waren wir, kämpften Tag für Tag, hielten uns aber immer irgendwie über Wasser. Mein Vater hielt nichts von Bildung für Mädchen. Meine Mutter konnte mit Mühe durchboxen, dass ich überhaupt die Highschool beenden durfte. Anschließend sollte ich den Haushalt führen, am Beerenstand arbeiten und mich um meine Mutter kümmern. Dieses Leben war mir vorherbestimmt.«

»Das alles hast du der Wahrsagerin erzählt?«

»Ja, und auch, dass ich mir eigentlich viel mehr erhoffte als das. Ein anderes Leben. Ich war intelligent und voller Ehrgeiz, träumte davon, weit weg von unserem schäbigen Städtchen als Lehrerin zu arbeiten. Am liebsten wäre ich nach New York gegangen, aber der Bannkreis Familie hielt mich in unserem kleinen Kaff fest – mit großen Zukunftsträumen, die kaum eine Chance hatten, je Wirklichkeit zu werden«, berichtete sie nüchtern. Dann hielt sie einen Moment inne.

»Was hat sie daraufhin gesagt?«, wollte ich wissen.

»Kein einziges Wort. Sie stand auf, verschwand hinter

dem Vorhang und kramte dort herum. Als sie zurückkam, drückte sie mir einige Zitronenbonbons in die Hand. Sie verriet mir, dass ihr echter Name Rena sei und sie aus Rumänien stamme. Dass alles, was sie hier auf dem Rummel anbot, nichts als Schwindel sei. Für die Wahrsagerei brauche es nicht mehr als eine gute Beobachtungsgabe, erklärte sie mir – man müsse nur die tief sitzenden Sehnsüchte und Wünsche der Menschen erkennen. In diesen Zitronenbonbons allerdings stecke echte Magie, und das Wissen um ihre Existenz sei im Geheimen von den Frauen ihrer Familie über Generationen weitergegeben worden. Diese Bonbons könnten mir eine andere Zukunft zeigen, versicherte sie mir. Und sie warnte mich, umsichtig mit ihnen zu verfahren. Dann weigerte sie sich, mein Geld zu nehmen, und scheuchte mich aus ihrem Zelt. Ich ging mit den Zitronenbonbons in der Tasche und der Chance auf eine bessere Zukunft nach Hause.«

»Wow.« Ich war beeindruckt. »Und, hatte sie recht? Haben sie dir eine bessere Zukunft gezeigt?«

Tante Gerts Blick schweifte ab, sie starrte ziellos zu ihrem blassgrauen Häuschen mit den weißen Fensterläden hinüber. »Um die Kleine Blume Jesu zu zitieren, die gute heilige Thérèse von Lisieux, kann Gott allein sehen, was sich auf dem Grunde unseres Herzens verbirgt, wir selbst sind nahezu blind. Habe ich also die richtige Wahl getroffen? Das hoffe ich. Manch einer wird meine Entscheidung wohl selbstsüchtig finden, einen Akt der Feigheit darin sehen, der Selbsterhaltung. Andere betrachten sie vielleicht als äußerst mutig. Ich kann das heute nicht mehr beurteilen. Aber ich bin zufrieden mit dem Weg, den mein Leben eingeschlagen hat. Ich bedauere nur, dass es nun bald vorbei sein wird.«

»Wieso bald vorbei sein? Du hast mehr Elan und Tatkraft als viele, die nur halb so alt sind wie du«, protestierte ich.

Ein rätselhaftes Lächeln umspielte ihre Lippen. »Du bist jung, Lolly. Dein Leben liegt noch vor dir. Ich bin alt. Ich habe mein Leben gelebt. Und die Welt hat keine Verwendung für exzentrische alte Weiber.« Leicht wehmütig fügte sie hinzu: »Aber es war eine grandiose Reise. Ich wünschte nur, ich hätte mehr Zeit. Es gibt so vieles, was ich noch gerne tun würde. Schon immer wollte ich die Pinguine in der Antarktis sehen …«

»Es ist noch nicht zu spät dafür«, hielt ich dagegen. »Hast du mir nicht selbst gesagt, ich müsse meinem Glück folgen? Bei so etwas gibt es doch kein Verfallsdatum, oder?«

Mit einem kurzen Seitenblick zu mir bohrte sie die Gartenkelle tief in den feuchten Boden. »Weißt du was? Wir schließen einen Pakt. Du versuchst alles, um deinem Glück zu folgen, und ich werde ernsthaft darüber nachdenken, ob es in meinem Leben noch etwas gibt, dem ich nachgehen sollte. Ich bin eine alte Frau, meine besten Tage liegen hinter mir. Aber auf dich, Lolly, wartet noch eine ganze Menge.«

Ich stand auf und wischte mir die feuchten Erdklumpen von der Pyjamahose. »Jetzt klingst du selbst wie eine Wahrsagerin«, scherzte ich.

Achselzuckend erwiderte Tante Gert: »Selbst an den unmöglichsten Orten findet man oft ein Körnchen Wahrheit.« Mit einer Hand hob sie die Kelle, während sie die andere fest um einige vertrocknete Taglilienblätter schloss. »Und zu deiner ursprünglichen Frage, ob du noch einmal an denselben Ort zurückkehren kannst, möchte ich dir

Folgendes sagen: Tu das besser nicht, zumindest jetzt noch nicht. Nimm erst dein letztes Bonbon. Setze es klug und überlegt ein. Wähle etwas anderes als bei den ersten beiden Malen, etwas, das du zutiefst bereust, sodass es wie ein Stachel in deinem Herzen sitzt. Und wenn du das getan hast, kommst du wieder zu mir.«

24

Nach dem morgendlichen Gespräch mit Tante Gert zog sich der Tag schier endlos hin. Ich war rastlos und unruhig. Mir fehlte meine Mom. Mir fehlte Rory. Alles fühlte sich irgendwie falsch an. Wieder einmal wanderte mein Blick zur Wand. Vier Uhr. Genug Zeit, um mich noch einmal davonzustehlen, bevor das Abendgeschäft anfing. Als ich das letzte Mal nachgesehen hatte, waren kaum Gäste vorne gewesen. Tante Gert saß ganz hinten in einer Nische, las *Geschichte einer Seele* von Thérèse von Lisieux und behielt den einzigen Gast im Auge, der am Nebentisch sein zweites Stück Kuchen vertilgte. In der nächsten Stunde würde mich sicher niemand vermissen.

»Ich komme vor dem Abendansturm zurück, Dad.« Schnell holte ich meine Regenjacke aus dem Büro und ging durch die Küche nach draußen. Dad und Julio hatten ihre Vorbereitungen für den Abendservice abgeschlossen und hockten nun dicht zusammengedrängt vor einem YouTube-Video mit den Highlights der Seahawks aus der letzten Saison. Wie gut, dass Dad sich auch mal hinsetzte. In letzter Zeit hatte er ziemlich erschöpft gewirkt, was mir langsam Sorgen bereitete. Diesbezügliche Fragen hatte er jedes Mal mit der unwirschen Erwiderung vom Tisch gefegt, dass er topfit sei. Mich hatte das nicht überzeugt.

Nun fuhr ich zum Discovery Park und bog auf den kleinen, beinahe verlassenen Parkplatz am South Beach ab.

Außerhalb der Saison wurde er nicht überwacht. Ich stieg aus und ärgerte mich, dass ich nicht meine ausgelatschten Turnschuhe trug, sondern hübsche, leichte Segeltuchschuhe. Trotzdem lief ich hinunter zum Strand. Hier war ich schon seit Jahren nicht mehr gewesen, nie wieder seit dem Tag, an dem ich mit Rory Schluss gemacht hatte. Während ich den Pfad hinunterging, dachte ich über Tante Gerts Worte nach. *Wähle etwas, das du zutiefst bereust, sodass es wie ein Stachel in deinem Herzen sitzt.* Gab es einen Stachel in meinem Herzen? Ja, einen ganz sicher: Rory Shaw.

Der Nachmittag ging bereits in die Abenddämmerung über. So weit oben im Norden waren auch die späten Wintertage überraschend kurz. In südlicher Richtung war gerade noch der Mount Rainier mit seinem wolkenverhangenen Gipfel zu erkennen, der durch den einsetzenden Sonnenuntergang von spektakulären Farben umspielt wurde. Am anderen Ende des Sounds lag Bainbridge Island, dahinter ragten die schneebedeckten Olympic Mountains auf. Möwen glitten über mir dahin, und dicht am Ufer schaukelten zwei schwarze Meerenten auf den kleinen grauen Wellen. Vorne am Leuchtturm umrundete gerade ein Kajakfahrer die Landspitze; rhythmisch tauchte sein Paddel ins Wasser. Seetang lag auf den Felsen verteilt, und eine kalte Brise fegte über den langen, leeren Strand mit seinem feinen Sand und den schwarzen Steinen.

Wie von allein suchten meine Füße ihren Weg zu dem wilderen, abgelegeneren Nordteil des Strandes, zu unserem besonderen Platz. Ohne Probleme fand ich den Treibholzstamm wieder. In seiner Wurzel hatten sich ein paar Kinder mithilfe weiterer Holzstücke eine Art Zelt gebaut. Abgesehen von einer Frau, die ein ganzes Stück entfernt für ihren Labrador einen Stock in die Brandung warf, war niemand hier. Langsam ließ ich mich auf den weichen weißen Sand sinken, genau dort, wo Rory und ich immer gesessen hatten. So viel war hier geschehen. Ich lehnte meinen Hinterkopf gegen das ausgebleichte, glatte Holz und dachte an all das zurück, was sich in dieser kleinen Sandkuhle zugetragen hatte. Hier hatte Rory mich das erste Mal geküsst. Hier hatte er mir das Herz gebrochen. Und hier hatte am Ende auch ich sein Herz gebrochen.

Normalerweise versuchte ich angestrengt, nicht an unsere gemeinsame Vergangenheit zu denken. Und weil er all die Erinnerungen daran zurückbrachte, mied ich diesen Ort. Aber heute … heute war ich sowieso schon verletzt, angespannt und voller Hoffnung und Bedauern. Also schloss ich die Augen und ließ die Erinnerungen zu: an Oxford, an England. An jenen schicksalhaften Abend im Pub, an ein Vorhängeschloss in Herzform und an jenen einen flüchtigen Moment, in dem mir all das zu gehören schien, was ich mir erträumt hatte.

Elf Jahre zuvor
November

Ruf mich nicht an, schreib mir nicht. Ich will nie wieder etwas von dir hören. Das hatte ich nach unserem katastrophalen Abend am Strand zu Rory gesagt, nach unserem ersten leidenschaftlichen Kuss und der darauffolgenden Zurückweisung. In jenem Moment hatte ich mich so verletzt und gedemütigt gefühlt, dass ich es absolut ernst gemeint hatte.

Und er nahm mich beim Wort. Es vergingen mehr als drei Jahre, bis ich wieder mit Rory sprach. Ich beendete die

Highschool und absolvierte die ersten beiden Jahre an der Portland State University. Im Herbst schrieb ich mich für ein Auslandssemester in London ein. Ich stieg zum ersten Mal in ein Flugzeug, bekam den ersten Stempel in meinem Reisepass, setzte das erste Mal den Fuß in ein anderes Land.

Von Anfang an war ich in Großbritannien verliebt. London mit seinen ausgeprägten Dialekten und den berühmten Sehenswürdigkeiten faszinierte mich: Trafalgar Square, Portobello Road, Big Ben, der Tower. An den Wochenenden fuhren Eve und ich mit einigen Austauschstudenten per Zug in andere Städte – nach Bath und Oxford und an einem langen Wochenende sogar bis nach Edinburgh. Doch Brighton gefiel mir am besten, ich war hingerissen von der salzigen Luft, der fröhlichen Urlaubsatmosphäre, den gewundenen Gässchen aus Kopfsteinpflaster und dem Kiesstrand. Dort konnte ich mir Fish and Chips auf die Hand kaufen und unten am Strand essen, konnte dabei die Möwen beobachten, die kreischend über dem viktorianischen Prunk des Brighton Piers schwebten. In England erwachten große Träume in mir – vom eigenen Restaurant, von einem eigenständigen Leben in diesem Land, das mich so fesselte. Meine Vision vom Toast nahm immer konkretere Züge an, als ich die gastronomischen Freuden von Londons berühmtem Borough Market erkundete. In England konnte ich meine Zukunft plötzlich klar vor mir sehen.

Nach dem katastrophalen Abend am Strand hatte ich Rory kategorisch aus meinen Gedanken verbannt und ihm das Etikett »peinlicher erster Schwarm« verpasst. Wenn ich mir einredete, dass ich nichts mehr für ihn empfand, nicht einmal an ihn denken wollte, schmerzte die Zurückweisung nicht ganz so sehr. Also tat ich alles, um ihn aus meinem Leben zu verbannen. Ich blockierte ihn in den sozialen Medien und löschte seine Nummer. Dann postete ich möglichst tolle Fotos, auf denen ich mit meinen Freunden unglaublich viel Spaß hatte – Essen, Trinken, Zugreisen quer durchs Land. Und auch wenn ich unsere Social-Media-Freundschaft beendet hatte, hoffte ich doch, dass Rory sie alle sah. Hin und wieder fragte ich mich, was er wohl so trieb, ob er noch an mich dachte, schärfte mir aber gleichzeitig ein, dass es mir eigentlich vollkommen egal sein konnte. Ich tat alles, um in einer Rory-freien Welt zu leben, allerdings gab es in meinen Verteidigungslinien eine große Schwachstelle: meine Mutter. Sie war immer noch davon überzeugt, dass wir zusammengehörten, und so hielt sie mich regelmäßig über ihn auf dem Laufenden, indem sie die Informationen an mich weitergab, die sie von Nancy Shaw bekam. Mehr als einmal bat ich sie, das nicht zu tun, aber sie ignorierte meine Einwände einfach.

»Rory hat mit dieser Jessica Schluss gemacht. Nancy ist unglaublich erleichtert. Sie hat dieses Mädchen nie gemocht«, berichtete Mom keine zwei Wochen nach dem katastrophalen Abend am Strand. Mich überraschte das, und mein Herz füllte sich mit trügerischer Hoffnung. Wenn er jetzt nicht mehr mit Jessica zusammen war, würde er ja vielleicht den Kontakt zu mir wieder aufnehmen. Würde er zurücknehmen, was er gesagt hatte? Aber dann vergingen Tage und Wochen, ohne dass ich etwas von ihm hörte, und der Schmerz nahm wieder zu. Ich selbst suchte keinen Kontakt, war zu verletzt und gedemütigt, um ihm noch einmal mein Herz zu öffnen. Und sein Schweigen sprach eindeutig für sich.

Auch in den darauffolgenden Jahren wurde ich durch meine Mom mit Informationsfetzen versorgt.

»Rory büffelt gerade für den Medizinertest. Laut Nancy sind seine Professoren sehr zufrieden mit ihm.«

»Rory will sich an den besten medizinischen Fakultäten der Ostküste bewerben. Nancy meint, er könnte sogar an einer der Top-Universitäten landen.«

Und dann, als ich gerade seit einem Monat in England war: »Nancy hat erzählt, dass Rory an Thanksgiving nicht nach Hause kommt. Er macht eine Rucksacktour durch Europa. Du könntest dich doch mit ihm treffen und ihm London zeigen.«

Diesen letzten Kommentar ignorierte ich. Zu dem Zeitpunkt traf ich mich gerade mit jemandem, mit einem jungen Mann, den ich ein paar Wochen zuvor kennengelernt hatte. Stephen besuchte das Balliol College in Oxford und war dort in der Rudermannschaft. Er hatte einen herrlich kultivierten Akzent und irgendeinen niederen Adelstitel und studierte Wirtschaftswissenschaften. Außerdem war er bescheiden, unglaublich zuvorkommend, äußerst intelligent und hatte einen Sinn für trockenen Humor, der viel zu selten wahrgenommen wurde. Ich war fasziniert von ihm, aber wohl vor allem, weil er Rory so gar nicht ähnlich war. Mit diesem hochgewachsenen blonden Akademiker hatte ich viel Spaß. Seit wir uns kennengelernt hatten, hatten wir jedes Wochenende zusammen verbracht. Entweder kam er mit dem Zug nach London, oder ich fuhr zu ihm nach Oxford, oder wir trafen uns irgendwo anders und gingen dort auf Entdeckungstour.

Als ich dann eine E-Mail von Rory bekam, war ich gerade dabei, einen weiteren Trip nach Oxford zu planen, um wieder ein Wochenende mit Stephen zu verbringen.

Hi Lolly, ich weiß, das kommt jetzt unerwartet, aber ich werde am Samstag in London sein und habe mich gefragt, ob wir uns vielleicht treffen könnten? Ich würde gerne etwas mit dir besprechen. Falls du Zeit hast, sag mir einfach Bescheid, wann und wo. Liebe Grüße, Rory

Hin- und hergerissen starrte ich auf die Nachricht. Ein Teil von mir wollte schlichtweg ablehnen und dann Fotos von Stephen und mir bei unserem grandiosen Wochenende posten. Doch ein anderer, wesentlich stärkerer Teil war neugierig: Warum wollte er mich plötzlich sehen, nachdem er mich erst abgeschossen und sich dann drei Jahre lang nicht gemeldet hatte? Auch wenn ich gerne behauptet hätte, dieses Thema sei für mich abgeschlossen, konnte ich nicht aus meiner Haut. In Wahrheit war ich längst nicht so sehr über Rory hinweg, wie ich es mir gewünscht hätte. Deshalb würde ich ihm noch eine Chance geben und mir anhören, was er zu sagen hatte.

Samstagabend um sieben in der Turf Tavern in Oxford. Ich warte hinten im Biergarten. Lolly

Na also. Wenn es ihm so wichtig war, konnte er sich auch in einen Zug setzen, nach Oxford fahren und versuchen, die gut versteckte Kneipe zu finden. Sie gehörte zu den ältesten und berühmtesten Pubs in Oxford, in der Nähe der Bridge of Sighs gelegen, in der beinahe unsichtbaren Saint-Helen's-Passage. Die Gasse war so schmal, dass man in ihr nicht einmal die Arme ausbreiten konnte. Ich genoss es, die Oberhand zu haben und ihn ein wenig herauszufordern. Immerhin hatte er mich abserviert und mir das Herz gebrochen. Da war das doch nur fair.

Nachdem ich am Samstag recht früh mit Stephen im Turf angekommen war, erklärte ich ihm, dass ein alter Freund von mir zu uns stoßen würde. Ich wollte ihn als Rückendeckung dabeihaben oder vielleicht als moralische Stütze, da war ich mir selbst nicht ganz sicher. Ich war mit dem Zug aus London gekommen, und Stephen hatte mich am Bahnhof abgeholt. An diesem Abend hatte ich mich besonders hübsch gemacht und mich an einer Mischung aus schick und lässig versucht: eine Bluse mit Kirschenmuster über einer High-Waist-Matrosenhose, dazu eine passende zweireihige marineblaue Wolljacke und der übliche, in Locken auslaufende Pferdeschwanz. Ein wenig kirschroter Lippenstift und eine Brille mit blauem Rahmen vervollständigten das Outfit. Meiner Meinung nach sah ich nicht nur unglaublich nautisch, sondern auch unbeschwert und selbstsicher aus, obwohl ich eigentlich so nervös war, dass mir fast schlecht wurde.

In dem von einer Mauer umschlossenen Biergarten des Turf mit seinen einfachen Holztischen, Bänken und Stühlen herrschte immer eine entspannte Atmosphäre. Als wir ankamen, war er gerade mal zu einem Viertel gefüllt; die Studenten würden alle erst später eintrudeln. Doch jetzt im November war es auch am frühen Abend schon dunkel, außerdem war es feuchtkalt, und ein dicker Herbstnebel hatte sich über die Stadt gesenkt. Wir wählten einen Tisch in der Nähe einer großen Feuerschale, deren leuchtende Glut genügend Wärme abgab, um die Kälte zu vertreiben. Stephen ging hinein, um Getränke zu holen, während ich meine Übernachtungstasche neben dem Tisch abstellte und mich auf der harten Bank direkt an der Hauswand niederließ. Fröstelnd wickelte ich mich in meine Jacke, während ich wartete.

Kaum war Stephen im Innern des Pubs verschwunden, tauchte Rory am Eingang zum Biergarten auf. Er trug eine orangefarbene Daunenjacke und hatte einen kleinen Rucksack über der Schulter. Also hatte er es geschafft, die Gasse zu finden, und das mit nur wenigen Minuten Verspätung. Rory kam eigentlich nie pünktlich, doch da es so schwierig war, den Pub ausfindig zu machen, war er überraschend früh. Ein Punkt für Hartnäckigkeit. Während er sich suchend umsah, nahm ich einen Augenblick lang einfach nur seinen Anblick in mich auf: Rory im warmen Licht der Außenbeleuchtung. Mein Herz machte einen Satz.

Sein Haar war kurz, vielleicht ein wenig zu kurz, und er war schlanker, als ich ihn in Erinnerung hatte, drahtig wie ein Läufer. Auch sein Gesicht hatte sich verändert, alles Kindliche war daraus verschwunden. Nun war er ein Mann. Ein attraktiver, hochgewachsener Mann, aber trotzdem noch unverkennbar Rory. Als er mich entdeckte, leuchteten seine Augen unwillkürlich auf, und ein breites Grinsen legte sich auf sein Gesicht. In diesem kurzen Moment waren wir wieder jung, war alles so wie früher. Er kam zu mir herüber und stellte den Rucksack auf dem Stuhl gegenüber ab. Ich stand auf. Erst zögerten wir, aber dann beugte ich mich einfach zu ihm rüber, und er drückte mich an sich. Ein paar Sekunden genoss ich das Gefühl der Vertrautheit, sog seinen Duft in mich ein. Er roch noch genauso wie früher.

»Es ist so schön, dich zu sehen«, flüsterte er dicht an meinem Haar. Ich wollte mich von ihm lösen, aber er hielt mich weiter fest, und so schmiegte ich mich an ihn – einen köstlichen, verstohlenen Moment lang, gefangen in der Erinnerung an seine letzte Umarmung, bei der er noch so viel mehr getan hatte, als mich nur züchtig festzuhalten.

»Hallo«, meldete sich Stephen leicht verschnupft zu Wort. Sofort ließ ich Rory los und spürte, wie ich rot wurde. Stephen stellte unsere Gläser ab – Ale für ihn, Cider für mich – und begrüßte Rory mit einem höflichen »Stephen Coventry« und einem festen Handschlag. Rory musterte ihn verblüfft. Ich konnte sehen, dass er zu ergründen versuchte, wer Stephen sein mochte und warum er hier war. Stephen wiederum setzte sich zu mir auf die Bank und legte mir den Arm um die Schultern. Als Rory mich wieder ansah, war sein Blick verschlossen.

»Ich hole mir nur schnell ein Bier«, verkündete er, aber Stephen sprang sofort auf.

»Ich übernehme das«, bot er an, Gentleman bis ins Mark. Rory sah ihm einen Moment hinterher, als er wieder nach drinnen ging, dann wandte er sich mir zu.

»Ich wusste nicht, dass wir Gesellschaft haben würden«, sagte er ausdruckslos. Die Unbeschwertheit der Begrüßung war restlos verschwunden.

»Stephen und ich hatten bereits Pläne für dieses Wochenende«, erklärte ich ihm kühl. Wieder einmal wurde mir bewusst, wie es in jener Nacht am Strand geendet hatte. Mehr als drei Jahre waren vergangen, und es tat noch immer weh. Ich hatte ihm meine Liebe gestanden, und er hatte mich abblitzen lassen. *Siehst du*, hätte ich ihm am liebsten unter die Nase gerieben. *Siehst du, wie gut ich ohne dich klarkomme? Ich bin in England, blühe in diesem wundervollen Land richtig auf, und ich habe einen Freund, der sogar ein prächtiges Herrenhaus auf dem Land besitzt. Mir geht es einfach fantastisch, und das ganz ohne dich.*

Aber mein Herz, mein verräterisches Herz, sehnte sich noch immer nach ihm. Ich hätte es niemals zugegeben, doch mich quälte der leise Verdacht, dass ich nach wie vor in Rory Shaw verliebt war. Würde das jemals aufhören, oder würde ein Teil von mir ihn nun bis zu meinem Tod weiterlieben? Mit einem resignierten Seufzer nippte ich an meinem Cider.

25

Elf Jahre zuvor
November
Am selben Abend

Stephen kehrte mit einem Pale Ale für Rory und ein paar Snacktüten Chips von der Bar zurück. Wir begannen ein höfliches, leicht verkrampftes Gespräch über das College, London und Rorys Reise. Rory war inzwischen im letzten Jahr an der Michigan State und hoffte darauf, an der renommierten Johns Hopkins School of Medicine in Baltimore angenommen zu werden. Ich erzählte ihm alles über mein Austauschprogramm und mein bisheriges London-Abenteuer. Während ich sprach, waren Rorys warme braune Augen die ganze Zeit nur auf mich gerichtet. Diese ungeteilte Aufmerksamkeit machte mich nervös, und so kamen die Worte holprig über meine Lippen, und meine Wangen begannen zu glühen. Nicht ein einziges Mal wandte sich Rory an Stephen, was ich irgendwie unhöflich fand. Also versuchte ich, das zu kompensieren, indem ich ein paar Informationen über Stephen einfließen ließ, die von Rory schlicht ignoriert wurden. Als Stephen schließlich aufstand, um uns eine zweite Runde zu holen, wartete ich, bis er außer Hörweite war, trank meinen Cider aus und stellte dann die Frage, die mich umtrieb, seit ich Rorys E-Mail gelesen hatte: »Warum bist du hier?«

Leicht betreten rutschte Rory auf seinem Stuhl herum. »Das kann warten«, wehrte er ab.

»Nein, raus damit. Du bist extra hergekommen. Und wenn du die Mühe auf dich nimmst, das Turf zu suchen, muss es doch ziemlich wichtig sein.«

»Oh ja, vielen Dank dafür.« Er grinste trocken. »Ich bin ungefähr eine halbe Stunde planlos herumgelaufen, bis sich jemand erbarmt und mir den Eingang gezeigt hat.« Er drehte sein Glas zwischen den Fingern. »Es ist nichts. Ich wusste ja nicht, dass du ... mit jemandem zusammen bist.« Stirnrunzelnd deutete er mit dem Kopf in die Richtung, in der Stephen verschwunden war.

Ich stützte die Ellbogen auf den Tisch, beugte mich vor und sah ihn durchdringend an. »Stephen und ich sind gerade mal in der Kennenlernphase. Es ist nichts Ernstes, nur ... Spaß.« Achselzuckend hakte ich nach: »Bist du sicher, dass du es mir nicht sagen willst? Vielleicht ist es deine letzte Chance.« Wieder genoss ich das Gefühl, in gewisser Weise die Oberhand zu haben. Ich hatte ihm meine Liebe gestanden und war abgewiesen worden. Da konnte er jetzt ruhig mit der Sprache herausrücken, auch wenn es unangenehm wurde. Ich war neugierig.

Schließlich stieß er frustriert den Atem aus und lehnte sich zurück. Er sah mir direkt in die Augen. »Also schön. Du willst wissen, warum ich heute hergekommen bin?«

Mein Herz machte einen Satz. Aus dem Augenwinkel sah ich Stephen, der sich mit drei Gläsern in der Hand durch die Tür des Pubs schob und auf uns zuhielt. *Nein, nein, noch nicht. Geh zurück, geh zurück*, befahl ich ihm telepathisch, allerdings schien Stephen die Botschaft nicht zu empfangen.

Nervös fuhr sich Rory mit den Händen durchs Haar, dann beugte er sich vor, holte tief Luft und sah mich an. Sein Gesicht, das ich beinahe so gut kannte wie mein eigenes, war nun so nah, dass ich seine Sommersprossen zählen konnte. Mich überkam der unwiderstehliche Drang, jede einzelne zu küssen.

»Weil ich dich immer noch liebe, Lolly Blanchard«, verkündete er unumwunden. »Ich liebe dich seit dem Moment, als ich dich das erste Mal gesehen habe, diese ernst dreinblickende Dreizehnjährige mit dem Pferdeschwanz und der Zahnspange in ihrer albernen Rüschenschürze. Seit jenem Tag liebe ich dich schon, und es macht mich wahnsinnig.«

Ein Lächeln huschte über sein Gesicht, doch er wurde sofort wieder ernst. Sein Blick schien mich zu durchbohren. Irgendwo in meinem Hinterkopf lauerte das Wissen, dass Stephen auf dem Weg zu uns war, aber ich konnte Rory nur fassungslos anstarren.

»Das will ich dir nun schon seit drei Jahren sagen«, gestand er. »Ich habe mir eingeredet, dass ich dich an jenem Abend am Strand abgewiesen habe, weil ich Jessica treu sein wollte, weil es so ehrenhafter war, und sicherlich hat das auch eine Rolle gespielt. So konnte ich Integrität beweisen. Aber ein weiterer Grund war, dass ich einfach Schiss hatte. Ich hatte Angst, dass es vielleicht nicht funktioniert, wenn wir zusammenkommen, und dass ich dich dann verlieren könnte. Den Menschen, der mir auf dieser Welt am meisten bedeutet.« Er räusperte sich und nahm einen Schluck von seinem Bier. Nachdem er einen Moment lang nachdenklich auf die Tischplatte gestarrt hatte, hob er den Blick. »Das Timing fühlte sich einfach falsch an. Du warst noch in der Highschool, ich sollte an einem College am anderen Ende des Landes anfangen. Auch deshalb hatte ich Angst, dass wir scheitern könnten und ich dich verlieren würde. Diesen Gedanken konnte ich nicht ertragen. Ich konnte es nicht ertragen, dich zu verlieren.« Flehend sah er mich an, bat mich stumm, ihn zu verstehen. Doch ich war zu überrumpelt, um überhaupt zu reagieren. Wieder trank Rory einen Schluck und blickte mich dabei unverwandt an. »Deshalb habe ich mich gedrückt. Ich habe dir nicht gesagt, was ich für dich empfinde, aber eine Woche später habe ich mit Jessica Schluss gemacht. Ich wusste, dass ich dich liebe und ihr deshalb niemals das geben könnte, was sie sich wünschte. Dann habe ich abgewartet und mir geschworen, dir eines Tages die Wahrheit zu sagen. Anfangs habe ich mir gesagt, dass ich mit meinem Geständnis warten müsse, bis du mit der Highschool fertig bist. Aber irgendwann war so viel Zeit vergangen, dass ich nicht mehr wusste, wie ich es dir erklären sollte. Du warst sowieso schon wütend auf mich, und ich hatte keine Ahnung, wie ich das wiedergutmachen sollte. Deshalb hatte ich Angst, dass du mich zurückweisen könntest, wenn ich dir meine Gefühle gestehe, und das hätte mir das Herz gebrochen. Vordergründig dachte ich, ich würde Geduld beweisen, doch im Grunde war ich wohl einfach nur feige. Aber weißt du was?« Er wartete ab, damit ich antworten konnte.

Hilflos schüttelte ich den Kopf und brachte mit Mühe ein »Was?« heraus.

»Ich bin es leid, ein Feigling zu sein. Drei Jahre lang habe ich auf der Stelle getreten. War in dich verliebt, aber nicht mutig genug, es dir zu sagen. So kann man nicht leben, das ist eine hohle Existenz, ein Halbleben. Deshalb habe ich mich entschieden. Ich will nicht immer nur hoffen, Lolly. Das habe ich versucht, und es geht nicht mehr. Hoffnung allein reicht mir nicht. Ich will dich.« Er holte tief Luft, streckte die Hand aus und umschloss meinen Arm. Ich betrachtete die schlanken, starken Finger an meinem Ärmel, bevor ich Rory wieder ins Gesicht sah. Noch immer konnte ich nicht ganz verarbeiten, was er mir da gestanden hatte. Auch dann nicht, als er seinen angestauten Gefühlen freien Lauf ließ.

»Du bist alles für mich, Lolly. Ob du es nun weißt oder nicht, mein Herz hat schon immer dir gehört. Ich bin vollkommen, unwiderruflich, hoffnungslos verliebt in dich. Was nicht heißen soll, dass ich irgendetwas von dir erwarte. Aber ich musste es dir sagen, und nicht nur übers Telefon. Ich liebe dich, Lolly Freya Blanchard. Das habe ich immer schon getan, und ich glaube, das wird auch immer so bleiben.«

Einen schier endlosen Augenblick lang starrte ich ihn stumm an, während sein Geständnis wie ein prachtvolles Feuerwerk über unserem Tisch hing und schließlich wie ein golden schimmernder Wortregen auf mich niederprasselte. Rory liebte mich. Er hatte mich immer geliebt.

»Äh … entschuldigt bitte. Soll ich später wiederkommen?«, meldete sich Stephen zu Wort, der hinter Rory aufgetaucht war. Augenscheinlich verletzt und leicht überrascht sah er mich an. Ach, Stephen. Der gute, höfliche, freundliche Stephen. Nun war er in etwas hineingeraten, das so viel stärker war als alles, was zwischen uns jemals sein könnte. Dabei war er ein wirklich anständiger Kerl. Aber als ich nun etwas hilflos zwischen ihm und Rory hin- und herblickte, lag die Wahrheit klar auf der Hand. Mein Herz war niemals wirklich für ihn frei gewesen.

Deshalb ging ich nun mit Stephen auf die Straße hinaus, wo wir uns durch ein etwas peinliches Gespräch mit einer Menge Entschuldigungen quälten. Ganz Gentleman, nahm er es hin und protestierte nicht weiter. Uns beiden war die Situation so unangenehm, dass wir sie einfach nur schnell hinter uns bringen wollten.

»Es tut mir schrecklich leid, Stephen. Es liegt absolut nicht an dir«, versicherte ich ihm. Das klang so abgedroschen, dass ich schuldbewusst zusammenzuckte. Wie schrecklich von mir, ihn in eine solche Lage zu bringen. Er aber wünschte mir sogar noch Glück, bevor er ohne einen Blick zurück durch die schmale Gasse davonging – so schnell ihn seine langen Beine tragen konnten.

Wieder im Biergarten, nahm ich gegenüber von Rory Platz und verschränkte die Arme vor der Brust. Schon sein Anblick reichte aus, um meine Verlegenheit zu zerstreuen. Ebenfalls mit verschränkten Armen saß er auf seinem Stuhl und musterte mich angespannt. Schließlich zog er fragend eine Augenbraue hoch.

»Ich habe dir etwas zu sagen«, begann ich mit ruhiger Stimme, obwohl mein Herz wie wild raste. »Erstens verzeihe ich dir deine Feigheit.«

Mit einem überraschten Lachen meinte er: »Ich kann mich nicht daran erinnern, mich bei dir entschuldigt zu haben.«

»Hast du auch nicht, aber es wäre angebracht gewesen«, erwiderte ich und reckte entschlossen das Kinn. »Das kannst du jederzeit nachholen. Deinetwegen bin ich durch die Hölle gegangen, da habe ich eine Entschuldigung verdient. Zuerst aber kümmern wir uns mal um die Grundregeln.«

Nun wirkte er leicht verwirrt. »Okay. Grundregeln wofür?«

Ohne auf seine Frage einzugehen, fuhr ich fort: »Wenn

wir das durchziehen, müssen wir beide mit vollem Herzen dabei sein. Kein Ausprobieren und dann mal sehen. Das würde ich nicht verkraften. Wenn du mich willst, bin ich dein, aber nur komplett. Von jetzt an gehören wir fest zusammen – keiner kriegt kalte Füße, es werden keine Spielchen gespielt, keiner von uns lässt die Angst gewinnen. Wir werden ehrlich miteinander sein und stark.«

»Moment mal, heißt das etwa …?« Plötzlich hoch konzentriert richtete sich Rory auf. Eine fast schon gierige Hoffnung spiegelte sich in seinem Blick. »Willst du damit etwa sagen, dass … du noch etwas für mich empfindest?«

Ich beugte mich über den Tisch, bis ich ihm so nahe war, dass ich ihn hätte küssen können, verharrte dann aber wenige Zentimeter vor seinem Gesicht. »Rory Shaw, ich bin unsterblich verliebt in dich«, gestand ich ihm nun schon zum zweiten Mal. Doch jetzt wusste ich, dass es nicht einseitig war. Er liebte mich ebenfalls. Diese Erkenntnis änderte einfach alles.

Ein erleichtertes Grinsen breitete sich auf seinem Gesicht aus. »Darf ich dich etwas fragen?«, bat er beinahe schüchtern.

Ich nickte.

»Dürfte ich mich vielleicht zu dir auf die Bank setzen? Es ist eiskalt, ich bin halb verhungert und würde dich jetzt unheimlich gerne küssen. Und nachdem ich dich sehr, sehr lange geküsst habe, werde ich alles bestellen, was auf der Karte steht. Sogar so schräges Zeug wie Haggis.«

Lachend lehnte ich mich zurück und rutschte einladend zur Seite. »Ich denke nicht, dass es hier Haggis gibt. Den serviert man nur in Schottland.«

Wir kuschelten uns auf der Bank zusammen und redeten und redeten, küssten uns und redeten dann weiter.

»Erinnerst du dich noch daran, wie wir uns das erste Mal nähergekommen sind? Als ich mir an Silvester in den Finger geschnitten hatte?« Eng an ihn geschmiegt dachte ich lächelnd daran zurück.

Rory blickte in der warmen Beleuchtung des Biergartens zu mir herunter. »Damals hätte ich schon seit Monaten alles dafür gegeben, um dich zu berühren«, gestand er mit einem verlegenen Lächeln. »Ich lag nachts wach und habe mir vorgestellt, wie es wohl wäre, dich zu umarmen, meine Hände um deine Taille zu legen und deinen Kopf an meiner Schulter zu spüren. Dass du dir dann den halben Daumen abgesäbelt hast, war der perfekte Vorwand.«

»Und, ist es jetzt so, wie du es dir erträumt hast?«, stichelte ich leise und drückte meine kalte Nase an seinen Hals. Mein Herz war so voller Glück, dass es beinahe schmerzhaft gegen meine Rippen pochte. Ich hatte das Gefühl zu schweben.

»Besser«, raunte er irgendwo an meiner Schläfe. »Mit dir ist immer alles besser.«

Kurz bevor die Küche schloss, setzte Rory seine Ankündigung in die Tat um. Er bestellte eine breite Auswahl an englischen Pub-Köstlichkeiten: Steak and Ale Pie, Fish and Chips, Cumberland Scotch Egg und etwas, das sich Sticky Pickle Sausage Roll nannte.

»Das kriegen wir doch niemals alles aufgegessen«, protestierte ich lachend, als ich die vielen Teller sah.

Rory küsste mich fröhlich und nahm einen Schluck von seinem Bier. »Egal, ich sterbe vor Hunger. Immerhin bin ich direkt vom Flughafen hergekommen. Ich werde nun dieses ganze Essen verschlingen, und anschließend verschlinge ich dich«, verkündete er mit brennendem Blick.

Ich nahm ihm das Bierglas aus der Hand, stellte es auf dem Tisch ab und kletterte auf seinen Schoß. Dann küsste ich ihn, bis mir schwindelig wurde. Er schmeckte nach Ale, Krabbenchips und Rory. Ich konnte einfach nicht genug davon kriegen. »Ich glaube, wir werden nie wieder essen müssen«, seufzte ich schwärmerisch und rutschte wieder neben ihn. Er legte den Arm um mich und fing an, sich mit der freien Hand die Steakpastete reinzustopfen. »Ohne Liebe kann ich nicht leben«, stellte ich fest. »Ich bin gerade die glücklichste Frau der Welt.«

»Endlich machen wir es richtig«, nuschelte Rory mit vollem Mund und schenkte mir dieses schiefe Grinsen, das so typisch für ihn war. Ich legte den Kopf an seine Schulter, äußerlich gewärmt von der Feuerschale, innerlich von einer tiefen Zufriedenheit, die ich schon sehr lange nicht mehr gespürt hatte. Natürlich war mir klar, dass einige Hürden und Schlaglöcher auf uns warteten. Eine Fernbeziehung zwischen Ost- und Westküste zu stemmen, bis ich meinen Abschluss hatte und wir zusammen sein konnten, würde nicht leicht werden. Außerdem musste Rory noch die Jahre an der Medical School und seine Zeit als Assistenzarzt überstehen, bevor er sich seinen Traum vom professionellen Mannschaftsarzt erfüllen konnte. Außerdem feilte ich an meinen Plänen für das Toast.

Morgen würde ich ihm erzählen, wie gerne ich mein eigenes Restaurant in Großbritannien eröffnen wollte. Wobei mir bewusst war, was für ein Riesenproblem das werden könnte, falls sein medizinischer Abschluss hier nicht anerkannt wurde oder er einfach nicht ins Ausland gehen wollte. Aber wir würden eine Lösung finden. Eigentlich konnte ich mein Restaurant in jeder coolen Stadt eröffnen, vielleicht ließ sich das Toast also auch in San Francisco oder New York verwirklichen. Über das alles würden wir uns später den Kopf zerbrechen, gemeinsam. Denn im Moment war nichts so wichtig wie die Tatsache, dass ich Rory liebte und er mich. Wir waren endlich zusammen. Von nun an würde sich nichts und niemand mehr zwischen uns drängen. Es war das erste Kapitel unserer wundervollen, perfekt unperfekten Liebesgeschichte.

Von jetzt auf gleich verschwand die Erinnerung an jenen lange zurückliegenden Abend in Oxford, und ich kehrte in die Gegenwart zurück, wo ich kalt und steif an dem Treibholzstamm am Strand lehnte. Meine Wangen waren feucht, und ich schmeckte Salz auf den Lippen. Hastig rappelte ich mich auf und klopfte mir den Sand von der Hose. Dies war nicht das reinigende Ritual gewesen, das ich mir erhofft hatte. Nein, die Erinnerungen waren nichts anderes als Folter.

Am Strand entlang lief ich zum Parkplatz zurück, während kleine Steine und Muschelschalen unter meinen Schuhen knirschten. Auf halbem Weg kam ich an dem verlassenen Leuchtturm vorbei, der auf einem schwarzen Felsen über dem Wasser thronte. War es flach genug, so wie jetzt, konnte man außen daran vorbeilaufen. Der leere, heruntergekommene Turm, von dem schon lange die weiße Farbe abblätterte, schien von allen vergessen worden zu sein. Zögernd blieb ich davor stehen. Ich hätte nicht herkommen sollen. Selbst nach sieben Jahren tat es einfach noch zu weh.

Gerade als ich mich abwenden wollte, sah ich es. Ich schnappte nach Luft. Es war immer noch da. Unglaublich. Tief unten an dem Metallzaun, der den Leuchtturm umgab, hing ein herzförmiges Vorhängeschloss, das vom salzigen

Wind schon halb zerfressen war. Als Rory mir Schloss und Schlüssel überreicht hatte, war mir das irgendwie kitschig vorgekommen. Im August war das gewesen, unsere Wiedervereinigung in Oxford lag damals neun Monate zurück. Rory war zweiundzwanzig und sollte bald an der Johns Hopkins anfangen. Für mich begann das letzte Studienjahr an der Portland State University. Seit dem Abend im Turf hatten wir eine Fernbeziehung geführt. Meine Mutter war noch gesund und munter, der Unfall und alles, was danach kam, weit entfernt. Wir dachten, die schweren Zeiten lägen hinter uns. Wie ahnungslos wir doch waren.

Rory hatte mich eingeladen, noch einmal mit ihm an unseren Strand zu fahren, bevor er sich auf den Weg nach Baltimore machte. Wir veranstalten ein Abschiedspicknick, hatte er gesagt. Er hatte mir sogar echten Brie aus Frankreich versprochen. Doch stattdessen überraschte er mich damals mit einem Zwischenstopp am alten Leuchtturm.

»Du bist meine absolute Traumfrau, Lolly.« Voller Liebe und unerschütterlicher Überzeugung sah er mich an. »Dir hat schon immer der Schlüssel zu meinem Herzen gehört.« Diese Mischung aus Aufrichtigkeit und Theatralik entlockte mir ein Augenrollen. Typisch Rory. Dann begriff ich, dass er gerade auf dem Sand und Kies vor mir auf die Knie gesunken war.

»Was machst du da?«, keuchte ich überrascht. Er griff nach meiner Hand.

»Ich liebe dich, Lolly Freya Blanchard. Würdest du mir die unfassbare Ehre erweisen, den Rest deines Lebens mit mir zu verbringen?« Ich sah in sein geliebtes Gesicht mit den lebhaften hellbraunen Augen, den hohen Wangenknochen und den Sommersprossen, sah das rotbraune Haar, das nun vom Wind zerzaust war. Niemals in meinem ganzen Leben hatte ich jemanden so sehr geliebt wie ihn. In diesem Moment hätte ich platzen können vor Glück.

Nachdem ich unter Tränen genickt hatte, steckte er mir einen altmodischen Verlobungsring mit einem dicken Smaragd an den Finger, drückte einen Kuss in meine Handfläche und legte einen kleinen Schlüssel hinein.

»Bis wir zusammen sein können, sollst du den hier aufbewahren«, sagte er leise und zog mich an seine warme Brust. »Nichts kann uns trennen. Von nun an sind wir für immer vereint.« Ich vergrub das Gesicht in seiner kühlen Fleecejacke, sog den Duft von Bourbon und süßem Tee in mich ein, während ich mich an ihn schmiegte. Dieser Moment war einfach nur perfekt.

Gemeinsam brachten wir das zu dem Schlüssel passende Schloss an dem Zaun an. Es war ein kalter, bewölkter Tag, durchsetzt von Nieselschauern, aber das machte nichts. Mit kalten Fingern drückte ich das Schloss zusammen, bis es hörbar einrastete. Es enthielt ein Versprechen. Ein Versprechen, das ich am Ende gebrochen hatte …

Angestrengt blinzelnd starrte ich jetzt das Schloss an, das dick mit Salz verkrustet war. Es tat weh, es dort an dem Zaun hängen zu sehen, so abgenutzt und verloren. Wenn ich die Augen schloss, sah ich Rory vor einer anderen Frau knien, vor einer schlanken Blondine in einem trägerlosen A-Linien-Kleid. Tränen stiegen in ihren Augen auf, während er sie bewundernd anstarrte. Emily. Die Frau, die er vor sechs Jahren geheiratet hatte. Der dicke Kloß in meinem Hals drohte, mich zu ersticken. Von unserem Schloss hatte ich niemandem erzählt. Den Schlüssel hatte ich heute noch.

»Ich werde dich immer lieben, komme, was wolle«, hatte er mir versprochen, während er mich an sich gedrückt hatte. Offenbar dauert »immer« bei manchen Menschen länger als bei anderen.

Obwohl es in Wahrheit nicht seine Schuld war.

Er hatte mich beschützt, mich unterstützt, mich geliebt. Bis ich ihn gezwungen hatte, mich zu verlassen. Und selbst da hatte er sich noch gewehrt, hatte um mich gekämpft. Um uns.

Eine Träne lief an meiner Nase entlang, heiß wie das Gefühl des Bedauerns, dem sie entsprang. Unsere Liebesgeschichte war voll verpasster Chancen gewesen, geprägt von Verzagtheit und schlechtem Timing, angereichert mit einer grausamen Wendung des Schicksals, über die wir beide keine Kontrolle gehabt hatten. Unsere Freundschaft war herrlich gewesen, unbeschwert und leicht – unsere Liebe hingegen kompliziert, zum Scheitern verurteilt, am Ende ein Ding der Unmöglichkeit.

Als ich die Augen öffnete und auf meine Hand blickte, stellte ich überrascht fest, dass ich das letzte Zitronenbonbon umklammerte. Nachdenklich rollte ich es zwischen den Fingern hin und her und versuchte, mir ein anderes Ende vorzustellen. Ich in einem altmodischen, dreiviertellangen weißen Spitzenkleid mit einem Brautstrauß aus blühenden Apfelzweigen, deren zerbrechliche Schönheit für das Versprechen stand: »Du bist das Wichtigste für mich.« Dazu Rory, der mich ebenso bewundernd und liebevoll ansah wie Emily auf seinem Hochzeitsfoto. Die wunderbare Fortsetzung unserer Liebesgeschichte, die doch eigentlich unser ganzes Leben hatte umfassen sollen.

Als ich das letzte Mal einen Blick auf Rorys Social-Media-Aktivitäten geworfen hatte, vor beinahe fünf Jahren, hatten Emily und er in Tampa gelebt. Ihr gemeinsames Foto war an einem unberührten schneeweißen Strand aufgenommen worden. Emily präsentierte sich strahlend in einem luftigen weißen Kleid und hielt ihren unübersehbaren Babybauch umfasst. Rory kniete im Sand und blickte zu ihr hoch, eine Hand sanft auf die Rundung gelegt.

Beim Anblick dieses Bildes hatte ich so heftig geweint, dass ein Blutgefäß unter meinem Auge geplatzt war. Danach hatte ich ihn nie wieder in den sozialen Medien gesucht. Ich konnte es einfach nicht. Es war zu schmerzhaft. Genauso gut hätte ich mich selbst verletzen und mir kleine Stücke aus dem Herzen schneiden können. Ihn so zu sehen, tat nicht weniger weh als das. Zu sehr sehnte ich mich nach ihm. Also hörte ich damit auf, löschte all meine Accounts und brach den Kontakt zu Nancy ab, die wie eine Tante für mich gewesen war. Um mich selbst zu schützen, war das die richtige Entscheidung, doch auch wenn ich nun nichts Konkretes mehr wusste, trieben mich immer dieselben Fragen um: Wie sah er inzwischen wohl aus? War er glücklich? Erwachte er morgens mit meinem Geschmack auf den Lippen und sehnte sich nach dem Gefühl unserer miteinander verschmolzenen Körper, so warm und weich wie Wachs am Rande einer Flamme? Dachte er manchmal an unsere unschuldige junge Liebe zurück? Fehlte ich ihm so sehr, wie er mir noch immer fehlte?

Beklommen starrte ich das Zitronenbonbon in meiner Hand an. Biss mir auf die Lippe, die noch immer nach Salz und Tränen schmeckte. Ich könnte es tun. Ich könnte dieses Zitronenbonbon dazu benutzen, um herauszufinden, wie unser gemeinsames Leben ausgesehen hätte. Es war allein meine Entscheidung. Aber könnte ich es ertragen, ihn noch einmal zu verlieren?

26

»Was hast du mit dem letzten Zitronenbonbon vor?« Eve saß mit mir in einer der Nischen im Restaurant und sonnte sich in dem fahlen Licht, das durch die großen Fenster hereinfiel. Noch war es zu früh für das Mittagsgeschäft, und so waren wir ganz allein im Gastraum. Ich hatte sie gebeten, kurz vorbeizukommen, nachdem sie ihre Waren an eines der örtlichen Geschäfte ausgeliefert hätte, denn ich brauchte ihren Rat.

Nun aber zögerte ich. Seit meiner Fahrt zum Strand waren drei Tage vergangen, und noch immer hatte ich das letzte Bonbon nicht in den Mund gesteckt. Und das lag nicht daran, dass ich nicht gewusst hätte, was wie ein Stachel in meinem Herzen festsaß. Es lag einzig und allein daran, dass ich ein Feigling war.

Wie durch einen Zauber herbeigerufen, stand plötzlich Tante Gert vor uns, den Bestellblock bereits in der Hand. »Ladys.« Sie nickte uns zu.

»Cooler Hut«, stellte Eve fest, nachdem sie Gerts rotes Polyesteretuikleid und das passende Pillbox-Hütchen gemustert hatte. Ich war mir nicht ganz schlüssig, ob sie in diesem Ensemble mehr Jackie Kennedy oder doch eher einer Pan-Am-Stewardess ähnelte.

»Hübsche Haarfarbe«, konterte Tante Gert bissig. »Pink ist ja angeblich das neue Schwarz. Was darf ich euch denn heute bringen?« Irgendwie kam ich mir eher vor wie eine

Zeugin im Kreuzverhör und nicht wie ein Gast, der seine Bestellung aufgab.

»Äh …« Mich von meiner achtzigjährigen Tante bedienen zu lassen, war mir peinlich. »Ich wollte eigentlich nur eine Kirschlimonade, aber die kann ich mir auch selbst holen.«

Missbilligend runzelte Tante Gert die Stirn. Sie hielt nichts von gezuckerten Getränken. »Du hast so schöne Zähne, Lolly«, ermahnte sie mich mit einem strengen Zungenschnalzen. »Du solltest wirklich besser auf sie aufpassen.«

Eve schnaubte belustigt, tarnte es aber geschickt als Hustenanfall.

»Ich hätte gerne das Fischgericht des Tages«, erklärte sie dann.

Nickend notierte Tante Gert die Bestellung. »Also einmal das annehmbare Kabeljausandwich. Kommt sofort.«

Nachdem unsere Bestellung damit abgeschlossen war, verschwand sie Richtung Küche.

Voll widerstrebender Bewunderung schüttelte Eve den Kopf. »Wenn ich achtzig bin, will ich so sein wie sie. Mein Ziel fürs Greisenalter.« Dann stützte sie beide Ellbogen auf den Tisch und wandte sich wieder mir zu. »Also, raus mit der Sprache. Was hast du dir überlegt?«

»Ich bin nicht sicher«, sagte ich. Das war gelogen. Ich wusste sehr wohl, wofür ich mich entscheiden würde. Falls ich den Mut dazu hatte.

Eve legte den Kopf schief und musterte mich eingehend. Dann verstand sie. Sie kannte mich einfach zu gut. »Du wirst Rory wiedersehen.« Eine Feststellung, keine Frage.

Ich nickte. »Ich glaube, ich muss ihm noch einmal begegnen«, erklärte ich ihr leise. »Denn ich befürchte, sonst werde ich nie weiterkommen. Ich klammere mich an der Vergangenheit fest, weil ich mir eine Zukunft ohne ihn nicht vorstellen will. Aber wenn ich ihn sehe, kann ich vielleicht endlich loslassen …«

Eve stieß einen leisen Pfiff aus. »Riskantes Manöver. Das könnte böse nach hinten losgehen.«

»Ich weiß. Aber ihm sieben Jahre lang aus dem Weg zu gehen, hat ja anscheinend auch nicht funktioniert. Deshalb glaube ich, dass ich mich dieser Sache offen stellen muss. Wer weiß, vielleicht ist unser gemeinsames Leben ja richtig schrecklich.«

»Und wenn nicht?«, hielt Eve dagegen. »Wirst du dann den Rest deiner Tage dieser Version nachtrauern, weil sie so wundervoll war, du ihn aber niemals haben kannst?«

»Zumindest weiß ich es dann und müsste mir nicht mehr den Kopf darüber zerbrechen.« Das klang wesentlich entschlossener, als ich mich fühlte. »Ich glaube, dieses Nicht-Wissen ist das Schlimmste daran.« Auch davon war ich alles andere als überzeugt, aber es klang gut.

Eve schüttelte den Kopf. »Dieser Junge war schon immer dein Kryptonit.«

Dabei war es nicht so, dass Eve Rory nicht mochte. Im Gegenteil. Während meiner Jahre mit ihm waren die beiden dicke Freunde geworden. Sie hatte ihn wie einen Bruder geliebt und war am Boden zerstört gewesen, als er fort gewesen war. Aber sie fand es furchtbar, was die sieben Jahre vergeblicher Sehnsucht aus mir gemacht hatten. Wenn ich Rory nicht haben konnte, sollte ich ihrer Meinung nach wenigstens ein erfülltes Leben leben. Nun drehte sie stirnrunzelnd den Salzstreuer auf dem Resopaltisch und hinterließ dabei eine Spur aus Salzkörnern, während sie nachdenklich feststellte: »Einen Versuch ist es vielleicht wert. Möglicherweise wird es ja wirklich schrecklich. Möglicherweise ist er richtig ekelhaft geworden.« Bei diesem Gedanken hellte sich ihre Stimmung merklich auf. »Vielleicht hängt er ja nur noch in Achtzigerjahre-Feinripp auf der Couch und schüttet sich Dosenbier in seine Wampe.«

Unwillkürlich musste ich mir ein Lächeln verkneifen. »Das wäre … äh … eine echte Überraschung.« Rory war ein leidenschaftlicher Athlet, der ohne Bewegung nicht leben konnte. Immerhin betreute er Profisportler! Deshalb konnte ich ihn mir nun wirklich nicht mit dickem Bierbauch vorstellen. »Wahrscheinlich werde ich es bald herausfinden«, fuhr ich gelassen fort, obwohl mir bei der Vorstellung, ihn wiederzusehen, das Herz bis zum Hals schlug.

»Hier ist eure Bestellung.« Tante Gert kam aus der Küche marschiert und stellte ein Fischsandwich mit Kartoffelsalat vor Eve ab. Anschließend schob sie mir die Limo hin. »Sonst noch Wünsche?«

»Ich versuche gerade, unsere Lolly davon zu überzeugen, dass sie sich nicht zum zweiten Mal das Herz brechen lassen soll, Gert«, erklärte Eve, bevor sie in ihr Sandwich biss. »Irgendwelche Ratschläge?«

»Eve weiß über die Zitronenbonbons Bescheid«, beruhigte ich Tante Gert. »Ich habe ihr alles erzählt.«

Nun musterte Tante Gert Eve einen Moment lang nachdenklich. Durch das Pillbox-Hütchen wirkte sie irgendwie kecker als sonst. Dann wandte sie sich mir zu: »Du wirst den Jungen wiedersehen, den du liebst«, stellte sie fest. Zwar hatte ich ihr nichts weiter von Rory erzählt, aber ihr entging so gut wie nie etwas. Ihr konnte man einfach nichts vormachen.

»Ich glaube, das muss ich. Er ist das, was ich am meisten bereue.«

Sie spitzte die Lippen. »Sei vorsichtig. Es könnte das Schwierigste von allem werden.« Während sie den Blick durch den Gastraum schweifen ließ, fügte sie beinahe geistesabwesend hinzu: »Jemandem zu begegnen, der einem das Herz gestohlen hat, aber nur für einen kurzen Augenblick … dieses kleine bisschen kann beinahe schlimmer sein als gar nichts. Beinahe, ja. Denn schmerzhafter als dieser eine letzte Tag wäre es wohl nur, überhaupt nichts zu bekommen.«

Ich warf ihr einen durchdringenden Blick zu. Das klang so, als spräche sie aus Erfahrung. »Woher weißt du das?«

Nun wieder brüsk wie immer, tat sie meine Frage ab: »Wenn du erst die Achtzig erreichst, wirst du auch eine Menge wissen.« Mit einem vielsagenden Blick zu Eve ergänzte sie spitz: »Ziele fürs Greisenalter.«

Offenbar blieb Eve kurz der Kartoffelsalat im Hals stecken.

Tante Gert wandte sich wieder an mich: »Nutze dein letztes Bonbon, um diese Herzensfrage zu klären. Und was auch geschieht, es möge dich deinem Glück näher bringen.«

Die Glocke über der Tür bimmelte, und zwei neue Gäste betraten das Restaurant. Sofort eilte Gert mit gezücktem Bestellblock zu ihnen hinüber, um sie zu begrüßen.

Eve nippte an ihrem Wasser und sah mich eindringlich an. »Bist du sicher, dass du das tun willst?«

Nervös, aber entschlossen nickte ich. »Ich bin mir sicher.«

An diesem Abend lutschte ich mein letztes Zitronenbonbon. Angespannt lag ich im Bett und ließ es im Mund zergehen, während mein Herz vor lauter Vorfreude und Nervosität raste. Das machte es mir schwer einzuschlafen. Heute trug ich meinen schönsten Seidenpyjama, war frisch geduscht, hatte mir die Beine rasiert und mein braunes Haar so lange gebürstet, bis es glänzte. Einerseits wusste ich, dass diese Vorbereitungen wahrscheinlich sinnlos waren, andererseits wollte ich vorbereitet sein. Obwohl – konnte ich mich auf so etwas überhaupt vorbereiten? Erstaunt stellte ich fest, dass ich Angst hatte, obwohl ich es gleichzeitig kaum erwarten konnte. Ich wusste nicht, wo ich sein würde, wenn ich die Augen aufschlug. Wusste nicht, wie mein Leben dort aussehen würde. Nur eines wusste ich mit absoluter Sicherheit, auch wenn ich nicht genau sagen konnte, warum: Ich musste es tun. Wenn ich vorankommen und meine zerstörten Träume loslassen wollte, musste ich ihn noch einmal sehen. Deshalb flüsterte ich seinen Namen, bittersüß wie das Bonbon, als ich in der dunkelsten Stunde der Nacht endlich in den Schlaf hinüberglitt: »Rory Shaw.«

27

Ein unnachgiebiges und gleichzeitig irgendwie weiches Piken im Rücken weckte mich. Verschlafen öffnete ich die Augen und versuchte, mich zu orientieren. Wo war ich? Plötzlich umfing mich ein starker männlicher Arm und zog mich an einen schlanken, warmen Körper heran.

»Oh!«, quietschte ich und rappelte mich auf. Mit glühenden Wangen erkannte ich, was mich gepikt hatte. Der Mann neben mir hatte sich auf den Rücken gerollt, streckte sich und schenkte mir ein träges Lächeln. Mein Herz machte einen Satz. Rory. Ich lag in einem Bett mit Rory Shaw.

Im ersten Moment konnte ich nichts anderes tun, als reglos dazusitzen und ihn anzustarren. Er sah älter aus, was wohl an den Krähenfüßen um die Augen und den ausgeprägten Mimikfalten im Mundbereich lag. Sein rötliches, charmant zerzaustes Haar wies ein paar graue Strähnen auf, und sein Oberkörper war nackt. Vielleicht war er auch komplett nackt, das konnte ich so nicht sagen. Verstohlen huschte mein Blick zu der Stelle, wo sich die Decke um seine Hüften legte, um dann schnell zu seinem Oberkörper zurückzukehren. Kein Bierbauch. Er war immer noch erstaunlich fit. Oh ja, er sah wirklich gut aus. Endlich schaute ich ihm ins Gesicht. Er beobachtete mich, und die Fältchen an seinen Augen vertieften sich, als er leise lachte.

»Guten Morgen, Schönheit.« Er legte den Kopf auf einem Arm ab und griff mit dem anderen nach mir. Diese Kombination aus kupferroten Bartstoppeln und den noch immer überwiegend rotbraunen Locken wirkte unwiderstehlich auf mich. Am liebsten hätte ich mein Gesicht an seiner Brust gerieben und mich auf ihm zusammengerollt wie ein Kätzchen. Mit Mühe gelang es mir, normal zu atmen. Ich befürchtete, gleich zu hyperventilieren, und sog hektisch etwas Luft in meine Lunge. Es war alles so ... echt. So herrlich und erstaunlich echt.

»Schnell, bevor sie aufwachen.« Rory wackelte übertrieben anzüglich mit den Augenbrauen und hob einladend die Decke an. Während ich krampfhaft weiter seine obere Hälfte anstarrte, musste ich plötzlich kichern – einerseits wegen seiner Grimasse, andererseits, weil die ganze Situation vollkommen absurd war. Ich lag mit Rory Shaw im Bett. Der vermutlich keine Hose anhatte. Was mich extrem in Versuchung führte, einmal nachzusehen.

Trotzdem blickte ich mich kurz im Zimmer um. Auf dem Nachttisch lag eine Brille mit eckigem honigbraunem Rahmen. Erleichtert setzte ich sie auf, um mich genauer umzusehen. Wir befanden uns in einem großen und ziemlich unordentlichen Schlafzimmer, in einem breiten Doppelbett mit luxuriöser grauer Bettwäsche. Durch die Fenster fiel helles Sonnenlicht herein. Draußen glaubte ich eine Palme zu erkennen. Wo waren wir? Ganz sicher nicht im Pazifischen Nordwesten. Dafür war das Licht zu strahlend, zu kräftig. In Sachen Dekoration war in diesem Zimmer nicht viel zu finden, außerdem herrschte ein gewisses Chaos: Jeans waren achtlos auf einen Stuhl geworfen worden, auf dem Boden stand ein überquellender Wäschekorb. Ich suchte auf dem Nachttisch nach einem Handy, um Datum und Uhrzeit herauszufinden, konnte aber nirgendwo eines entdecken. Hm. Darum würde ich mich später kümmern müssen.

»Du weißt ja, was man sagt. Man muss die Gelegenheit beim ... äh ... Schopfe packen«, unterbrach Rory meine Bestandsaufnahme, ergriff mein Handgelenk und zog mich zurück ins Bett. Sein einladendes Lächeln sagte alles. Ich lachte zwar, war aber hin- und hergerissen: Sollte ich wieder unter die Decke kriechen oder doch besser etwas auf Abstand gehen, seine verlockende Einladung ausschlagen und ihn vielleicht einfach küssen? In diesem Alternativuniversum konnte das doch nicht falsch sein, oder? Hier war er ja nicht mit der makellosen blonden Emily verheiratet. Nein, anscheinend war er hier ziemlich glücklich mit mir verheiratet.

Als ich zufällig an mir herabblickte, stellte ich entsetzt fest, dass ich ein verwaschenes Oversize-Micky-Maus-Shirt trug und dazu einen ausgeleierten Baumwollslip. Was zur Hölle war aus meinem Stilbewusstsein geworden? Zwischen T-Shirt und Höschen lugte ein weicher Bauch mit silbrigen Dehnungsstreifen hervor. Okay, das war neu. Doch bevor ich diese Veränderung ganz verarbeiten konnte, war das Donnern kleiner Füße zu hören, und die Schlafzimmertür flog auf. Kichernd und quietschend warfen sich zwei kleine Körper auf das Bett und krochen wie freche Nagetiere unter die Decke.

Rory warf mir einen halb belustigten, halb resignierten Blick zu. »Mist, Chance verpasst.«

Eines der Kinder – ein niedliches, vielleicht sechsjähriges Mädchen mit langen dunklen Locken und einer mit Sommersprossen übersäten Stupsnase – setzte sich auf. »Wir dürfen keine schlimmen Wörter sagen, Daddy. Jetzt musst du einen Quarter in das Schimpfwortglas werfen«, rügte sie Rory, um sich dann in flehendem Tonfall an mich zu wenden: »Kriegen wir heute Pancakes mit Streuseln zum Frühstück, Mommy? Du hast es versprochen.«

Plötzlich war mein Gehirn wie leer gefegt. *Mommy.* Sie hatte mich gerade Mommy genannt. Das hier waren meine Kinder.

Das kleinere Kind, ebenfalls ein Mädchen, schätzte ich auf ungefähr drei. Das zerzauste Haar glänzte im selben rötlichen Braunton wie das von Rory. Nun streckte sie den Kopf unter seinem Arm hervor, wo sie ihn vergraben hatte. »Steusel!«, brüllte sie in einer Lautstärke, mit der sie einen ganzen Einsatztrupp hätte befehligen können. »Ich will güne Steusel, Mommy.«

Einen Augenblick lang starrte ich meine Töchter reglos an und versuchte, den ungefähren Rahmen meines neuen Lebens zu erfassen. Panik überkam mich. Ich lag im Bett mit Rory Shaw, in einem Haus, das vermutlich unseres war, in einer offenbar tropischen Umgebung. Außerdem hatte ich zwei Kinder, deren Namen ich nicht kannte. Und ich musste dringend pinkeln.

»Ich geh kurz Pipi machen«, stieß ich hervor und krabbelte vom Bett. Den vielen kleinen Armen und Beinen ausweichend, schaffte ich es bis in den Flur. Das Badezimmer war direkt nebenan. Ich sperrte die Tür hinter mir ab und ließ mich wie erschlagen auf den Klodeckel sinken. Meine Gedanken rasten, und ich atmete möglichst tief ein und aus, um nicht zu hyperventilieren. Blind starrte ich auf eine Flasche Schaumbad mit Erdbeerduft.

»Ich bin mit Rory verheiratet. Ich bin die Mutter von zwei kleinen Mädchen. Das hier ist mein Leben. Das hier ist mein Leben«, flüsterte ich wieder und wieder, immer noch vollkommen überwältigt. Es hatte funktioniert. Es hatte tatsächlich funktioniert. Ich war wirklich hier. Genau das hatte ich mir gewünscht, einen Blick auf ein Leben mit Rory werfen zu können. Herauszufinden, wie es geworden wäre, wenn ich einen anderen Weg eingeschlagen hätte. Okay, irgendwie war mir nie in den Sinn gekommen, dass in diesem gemeinsamen Leben Kinder auftauchen könnten.

Dabei hatte ich immer davon geträumt, einmal eine Familie zu haben. Ich liebte Kinder, und ich konnte gut mit ihnen umgehen. Es fiel mir leicht, eine Verbindung zu ihnen herzustellen, ich hörte ihnen zu und beschäftigte mich wie eine Tante mit ihnen. Doch es war ein Riesenunterschied, ob man ab und zu ein paar spaßige Minuten mit ihnen verbrachte oder ob man eine Mutter war. Vor allem, wenn man die Mutter von zwei kleinen Mädchen war, die man gerade zum ersten Mal gesehen hatte. Das war schon ein wenig beängstigend. Wie sollte ich es schaffen, diesen Kindern einen ganzen Tag lang eine gute Mutter zu sein, wenn ich sie überhaupt nicht kannte? Ich wusste ja noch nicht einmal, wie sie hießen!

»Mommy, Mommy, Mommy, Mommy«, riefen zwei hohe Stimmchen draußen vor der Badezimmertür. Jemand rüttelte am Türknauf. Zum Glück hatte ich abgeschlossen. Dann schob sich plötzlich eine kleine Hand unter der Tür hindurch und suchte tastend herum. Wieder wurde ich panisch. Plötzlich fiel mir die Pony-Spielfigur auf, die neben der Schaumbadflasche kopfüber und mit gruselig aufgerissenen Augen in einem Wasserbehälter schwamm. Ihr leerer Blick gab perfekt wieder, wie ich mir gerade vorkam: wie ein Reh im Scheinwerferlicht. »Ich weiß, wie du dich fühlst, Kumpel«, raunte ich dem kleinen Pony zu. Es war herrlich, mit Rory zusammen zu sein. Und ich hatte panische Angst davor, mich einen ganzen Tag lang durch unsere Familienidylle hangeln zu müssen.

»Jetzt gebt Mommy doch mal eine Minute, Mädchen. Kommt, wir fangen schon mal an, die Pancakes zu backen. Wer als Letzter unten ist, ist ein faules Ei!«, rief Rory draußen auf dem Flur, gefolgt von Jubelschreien und donnernden Schritten, die sich schnell entfernten. Ich erledigte, was erledigt werden musste, drückte die Spülung und wusch mir die Hände. Dabei musterte ich mich im Spiegel über dem Waschbecken und versuchte mich an einer optischen Bestandsaufnahme. Sie fiel alles andere als gut aus. Ich sah ziemlich fertig aus. Zwar trug ich die Haare lang und hatte immer noch einen Pony, aber ich musste dringend mal wieder zum Friseur. Am Ansatz zeigte sich das erste Grau. Das Leben als Mutter verlangte mir anscheinend einiges ab. In meinem echten Leben war mir noch kein einziges graues Haar begegnet. Wenigstens betonten die schon ziemlich rausgewachsenen rotbraunen Strähnchen meine Augen. Meine sehr müden Augen. Seit wann sah ich denn so … alt und ausgelaugt aus? Angestrengt starrte ich in den Spiegel. Klebte da etwa Marmelade an meiner linken Augenbraue?

Hastig durchsuchte ich die Schubladen und stieß auf eine Zahnbürste (die hoffentlich meine war), ein paar Schminkutensilien (bei dem Lippenstift fehlte die Kappe, und irgendjemand hatte damit an die Innenseite der Schublade gemalt) und ein Deodorant. Ich benutzte alles, was ich finden konnte, dann schlich ich zur Tür und lauschte. Alles still. Vorsichtig ging ich ins Schlafzimmer zurück, suchte meinen Teil des begehbaren Kleiderschranks und fand darin vor allem unzählige Yogahosen. Wie viele davon besaß ich bitte schön? Machte ich jetzt etwa Yoga? Sollte sich das als wahr erweisen, würde Daphne sich vor Schadenfreude kaum noch einkriegen.

Schließlich entdeckte ich ganz hinten in der Ecke ein paar leichte Sommerkleider und zog eines davon an. Sonnengelb mit Taschen, wirklich niedlich. An einem Schmuckbaum auf der Kommode gegenüber vom Bett hing mindestens ein Dutzend Halsketten. Eine davon stach mir besonders ins Auge: ein filigranes Silberkettchen, an dem ein runder, in Silber eingefasster Glasanhänger funkelte. Im Inneren des Anhängers befand sich eine getrocknete weiße Blüte mit fünf Blättern und einem gelben Farbtupfer in der Mitte. Gerade diese Schlichtheit machte die Kette wunderschön. Etwas Derartiges hatte ich noch nie gesehen. Nachdem ich sie eine Weile bewundert hatte, öffnete ich den Verschluss und legte sie an. Sie passte perfekt zu meinem Kleid. Ein kurzer Blick in den Spiegel zeigte mir eine deutliche Verbesserung. Nun musste ich nur noch herausfinden, wo ich mich befand und wie dieses Leben ablief. Anschließend würde ich mir eine Strategie zurechtlegen, um diesen herrlichen, überraschenden und am Rande der Katastrophe schwebenden Tag zu überstehen.

Im Moment war ich einerseits voller Vorfreude, weil ich es kaum erwarten konnte, Rory um mich zu haben, andererseits aber auch ängstlich, weil ich nicht sicher war, ob ich problemlos mit den Kindern zurechtkommen würde, die ich seit ungefähr fünf Minuten mein Eigen nennen konnte. Als Allerererstes sollte ich wohl herausfinden, wie sie hießen. Klar, das war ein recht simples Ziel, aber irgendwo musste ich ja anfangen.

Bevor ich das Schlafzimmer verließ, warf ich einen neugierigen Blick aus dem Fenster. Ich befand mich im Obergeschoss eines großen, zweigeschossigen Hauses, das in einer Straße mit mehreren anderen, vollkommen identischen Wohnhäusern stand. Die Vorgärten wurden synchron von Rasensprengern bewässert. Es gab Palmen, blühende Rankgewächse und leuchtend bunte Blumen. Mit etwas Mühe konnte ich das Straßenschild entziffern: PALMETTO COURT. In der Einfahrt standen ein Lexus SUV und ein schwarzer BMW. Hätte ich raten müssen, wäre meine erste Vermutung der Süden gewesen. Florida vielleicht?

»Mommy, die Pancakes sind fertig!«, brüllte die Kleine.

»Komme schon!« Ich nahm die Schultern zurück, atmete einmal tief durch und bereitete mich darauf vor, meiner brandneuen Familie entgegenzutreten.

28

Rory stand am Herd einer großzügigen, wenn auch eher langweiligen Küche mit braunem Fliesenboden. Er trug Basketballshorts (war also im Bett vermutlich doch nicht ganz nackt gewesen). Die Mädchen schwirrten um ihn herum und kicherten fröhlich, während er den Teig in die heiße Pfanne goss. »Einmal Daniel-Tiger-Pancake und einmal Magisches-Einhorn-Pancake, kommt sofort!«, kündigte er an.

Das ältere Mädchen kam angelaufen und umarmte mich – was bedeutete, dass sie die Arme um meine Beine schlang und möglichst fest zudrückte. Sie kam nach meinem Dad und Daphne: zart gebaut, aber stark.

»Du siehst hübsch aus, Mommy. Und du riechst gut.«

»Oh, danke«, stammelte ich verblüfft. Mit einem engelsgleichen Lächeln sah sie zu mir hoch. »Du riechst wie die Süßigkeiten von Starbust, die gelben.«

Das kleinere Mädchen rannte in großen Kreisen um die Kücheninsel herum und schrie: »Ich verwandel dich mit meiner magischen Einhornkraft. Zisch, zisch, jetzt bist du ein Einhorn!«

»Sophia Scout, du holst den Sirup. Freya, du hilfst Mommy beim Tischdecken.« Rory zeigte mahnend mit dem Pfannenwender auf die beiden. Im ersten Moment packte mich Erleichterung (ja, endlich kannte ich ihre Namen!), dann erstarrte ich. Freya, der zweite Vorname meiner Mutter. Mein zweiter Vorname. Und hatte er gerade Sophia *Scout* gesagt? Wie die Scout in *Wer die Nachtigall stört*? Vor all den Jahren am South Beach hatte ich ihm gesagt, dass ich meine Tochter später einmal so nennen wollte. Plötzlich erschien mir dieses Leben um einiges realer.

Sophia, die Ältere, löste sich sogleich von mir und holte eine Flasche Ahornsirup aus dem Kühlschrank, doch die kleine Freya blieb verwirrt stehen.

»In der Schublade, wo auch dein Paw-Patrol-Becher ist«, half Rory ihr auf die Sprünge, woraufhin sie sofort zu einer der Laden rannte und mehrere bunte Plastikteller daraus hervorholte. Inzwischen hatte Rory sich zu mir umgedreht, musterte mich von Kopf bis Fuß und stieß einen anerkennenden Pfiff aus. »Hey, schicke Lady, gibt es einen besonderen Anlass?«

Ehrlich? Hatte ich mit einem einfachen Sommerkleid und ein bisschen Deo heutzutage schon das obere Ende der Messlatte erreicht? Was zog ich wohl üblicherweise an? Wirklich traurig. »Ich dachte mir einfach, ich würdige den Sonnenschein«, sagte ich fröhlich.

Rory sah mich überrascht an. »Normalerweise ist das Wetter in Tampa für dich kein Anlass zum Feiern«, stellte er fest, um dann hinzuzufügen: »Aber ich freue mich, dass du die Kette trägst.« Er legte den Pfannenwender weg, trat hinter der Kücheninsel hervor und zog mich an sich. Im ersten Moment verkrampfte ich mich instinktiv, überließ mich dann aber dem vertrauten Gefühl der Geborgenheit. Leise flüsterte er mir ins Ohr: »Jedes Mal, wenn ich diese Kette an dir sehe, erinnert sie mich daran, dass man niemals die Hoffnung aufgeben darf und immer nach seinem Glück suchen sollte. Dass es im Leben eben doch hin und wieder zweite Chancen gibt.« Dann drückte er mir einen Kuss auf die Schläfe und kehrte schnell an den Herd zurück, um die Pfannkuchen zu wenden, bevor sie zu dunkel wurden.

»Ich liebe die Kette«, erwiderte ich schlicht. Welche Bedeutung steckte hinter diesem Schmuckstück? War es vielleicht ein Hochzeitstagsgeschenk? Ich machte mich daran, den Mädchen beim Tischdecken zu helfen. Tampa. Wir lebten also in Florida. Dass ich meinen Aufenthaltsort zumindest auf eine Stadt und einen Bundesstaat eingrenzen konnte, machte die Sache ein wenig leichter.

Durch eine große Schiebetür sah ich einen umzäunten Garten mit einem glitzernden Pool, außerdem eine von Blumen eingerahmte Terrasse und jede Menge Töpfe mit essbaren Blüten und Kräutern. Anscheinend war ich in Florida zu einer richtigen Gärtnerin mutiert. Schon um acht Uhr morgens strahlte hier eine grelle Sonne am Himmel. Ihr Licht stach regelrecht in den Augen. Ja, es stimmte, ich war keine große Freundin der Sonne. Ich war eben durch und durch ein Spross des Nordwestens. Hitze und Sonne fühlten sich für mich immer fremd an, beinahe feindselig.

Rory ließ die Pancakes von der Pfanne auf einen Teller gleiten. »Könntest du die Milch für die Mädchen und meinen Cold Brew aus dem Kühlschrank holen, Liebling?«

Es dauerte einen Moment, bis ich begriffen hatte, dass er mich meinte. *Liebling*. Ich gönnte mir eine Sekunde, um das Wort zu genießen. Hier stand ich, in unserer Küche, während Rory mit nacktem Oberkörper Pancakes für unsere Kinder briet. Mein Herz krampfte sich zusammen. Wie atemberaubend wundervoll das doch war.

»Klar doch.« Nach kurzer Suche fand ich die Getränke im Kühlschrank. Als ich die Tür schloss, entdeckte ich ein Foto. Darauf hatte mein Dad die Arme um eine Frau mit dunkelroter Mähne und warmherzigen braunen Augen gelegt. Die Finger der beiden waren eng ineinander verschlungen. An ihrer Hand schimmerte ein kleiner Diamantring. Fassungslos starrte ich erst auf den Ring, dann auf das Gesicht meines Vaters. Sein Blick war voller Hingabe auf die Frau in seinen Armen gerichtet. Unter dem Foto stand:

Hiermit laden wir euch herzlich ein,
die Hochzeit von Martin Blanchard und Ramona Flores zu feiern.

Mir stockte der Atem. Mein Vater wollte wieder heiraten? Er hatte sich in eine Frau namens Ramona verliebt? Vollkommen verblüfft starrte ich auf das Foto. Es war lange her, dass ich meinen Vater so glücklich gesehen hatte.

Mein Blick huschte prüfend zu Rory hinüber, der gerade dabei war, die Pancakes auf die Teller zu verteilen. Verstohlen zog ich die Einladung von der Kühlschranktür und drehte sie um. Die Ecken waren leicht geknickt und weich, so als wäre sie viel herumgereicht worden. Auf der Rückseite standen nur wenige Sätze.

Ramona trat in Martins Leben, als sie ihn während seiner Rekonvaleszenz als Pflegekraft unterstützte.

Rekonvaleszenz? Wovon hatte er sich denn erholen müssen?

Sofort fühlte sich Martin von ihrem mitfühlenden Wesen, ihrer Stärke und ihrer Lebendigkeit angezogen. Ramona hingegen gefielen sein unermüdlicher Arbeits-

eifer und die Hingabe, die er seiner Familie entgegenbrachte. Beide sind unglaublich dankbar, noch einmal die Liebe für sich entdeckt zu haben, und freuen sich nun darauf, einander für den Rest ihres Lebens zum Lachen zu bringen. Bitte kommt und feiert mit ihnen den Beginn dieses gemeinsamen Lebens. Alle weiteren Informationen und Details zur Zeremonie und Feier findet ihr auf ihrer Hochzeitsseite.

Darunter stand eine Webadresse, die wohl zu ihrer Onlineseite führte.

Noch einmal schaute ich mir das Foto auf der Vorderseite an. Meinen Dad mit einer anderen Frau zu sehen, traf mich hart. Auf diese Wendung war ich absolut nicht vorbereitet gewesen. Obwohl ich zugeben musste, dass es um Längen besser war, als auf seine Asche in einer Holzkiste zu stoßen. So viel stand fest.

»Die Pfannkuchen sind fertig.« Rory riss mich aus meinen Grübeleien. Schnell hängte ich die Einladung wieder an den Kühlschrank und brachte die Getränke zum Tisch. Da die Mädchen mir helfen wollten, dauerte es ungefähr drei Mal so lange. Dabei erkannte ich eines sehr schnell: Mit Kindern zusammen etwas zu erledigen, war ungefähr so, als müsste man mit einem Oktopus kämpfen. Hatte man einen Arm unter Kontrolle gebracht, machten die sieben anderen weiterhin Ärger. Trotzdem konnte ich mich kaum an den Mädchen sattsehen. Immer wieder warf ich ihnen verstohlene Blicke zu, musterte diese Kinder, die eine gelungene Mischung aus Rory und mir waren. Sophia hatte mein spitzes Kinn und die breite Stirn, aber ihr Haar war fast schwarz wie das meines Vaters und dabei so lockig wie Rorys. Freya hingegen sah aus wie eine Miniaturausgabe von Rory – die gleichen lebhaften braunen Augen, die gleichen hohen Wangenknochen inklusive Sommersprossen, die gleichen rötlichen Haare. Allerdings waren ihre dick und glatt, was sie wohl von mir hatte, und sie hatte einen niedlichen Pony. Momentan trug sie nur eine Unterhose, über der sich ihr Kinderbauch wölbte wie eine halbe Melone. Darunter ragten zwei stramme Beinchen mit rundlichen Knien hervor. Diese Mädchen waren einfach zum Anbeißen. Und es waren meine. Unsere. Das war so unwirklich, dass ich unwillkürlich den Kopf schüttelte.

Wir setzten uns und hielten uns an den Händen für ein kurzes Tischgebet. Dann verlangte Rory, dass jeder sagen solle, wofür er dankbar sei. Offenbar war das eine Art Familientradition, denn die Mädchen waren sofort voll bei der Sache.

»Ich bin dankbar für Olivia. Sie ist meine beste Freundin«, erklärte Sophia ernst.

»Ich bin dankbar für Bunny. Er ist mein bester Feund«, machte Freya es ihr nach und drückte dabei einen stark abgeliebten, grell orangefarbenen Plüschhasen an die Brust. Um ihren Mund zog sich ein Ring aus Ahornsirup, und die Hälfte ihrer Ponyfransen sah irgendwie verklebt aus.

»Ich bin dankbar für meine drei Frauen und unser gemeinsames Leben«, sagte Rory. Als ich an der Reihe war, drückte ich Sophias und Rorys Hände, die ich noch immer festhielt. »Ich bin dankbar, dass ich hier bei euch sein kann. Ich bin dankbar für diesen Tag.«

Denn genau so war es. Während die Mädchen wieder anfingen, ohne Punkt und Komma zu plappern, aß ich langsam meine Pancakes und beobachtete meine neue Familie. Normale Menschen heirateten, gewöhnten sich an die Ehe, wurden irgendwann schwanger und brachten nach einer schönen, langen Schwangerschaft ein oder zwei Kinder zur Welt, um nach und nach in ihr Dasein als Eltern hineinzufinden. Ich war heute Morgen mit einer fertigen Familie aufgewacht. Das war ziemlich überwältigend. Großartig, aber überwältigend.

Nachdem er einen Stapel Pancakes verdrückt hatte, schob Rory seinen Stuhl zurück, stürzte den Kaffee hinunter und lief einmal um den Tisch, um beiden Mädchen einen Kuss zu geben. Als er sich zu mir herunterbeugte, reckte ich ihm instinktiv das Gesicht entgegen. Wie schon tausendmal zuvor berührten sich unsere Lippen, und ich schmeckte Ahornsirup und kalten Kaffee. Gerade als ich richtig loslegen wollte, richtete er sich wieder auf.

»Ich gehe duschen«, erklärte er mir, mit dem Kopf offenbar schon ganz woanders. »Einer meiner neuen Schützlinge hat sich im Training das Knie verletzt, und ich muss heute eine Einschätzung darüber vorlegen, ob er noch spielen kann. Deshalb mache ich mich schnell fertig und bin dann weg.«

Er stand so dicht neben mir, dass ich seine Körperwärme spüren konnte. Das löste merkwürdige Dinge in mir aus. *Verhalte dich normal*, ermahnte ich mich. *Das ist doch nur Rory*. Aber das Ganze hatte eben so gar kein »nur« verdient. Es war Rory, der echte, lebendige Rory, so nah, dass ich ihn berühren konnte. Und für eine gewisse Zeit gehörte er wieder mir.

»Ich bin rechtzeitig zum Abendessen zu Hause«, fuhr er fort, während er Richtung Treppe ging.

»Okay«, rief ich ihm mit aufgesetzter Fröhlichkeit hinterher, während sich in meinem Inneren bittere Enttäuschung breitmachte. Er ging. Den Großteil dieses Tages würde er nicht da sein. Das war bitter. Als ich mit dem

Bonbon ins Bett gegangen war, hatte ich … ja, was hatte ich eigentlich erwartet? Ein Candle-Light-Dinner mit Wein auf der Veranda? Rory einfach stundenlang anstarren zu können? Nun, jedenfalls nicht einen Tag ohne ihn, an dem ich irgendwie als Solo-Mutter zurechtkommen musste.

Als ich mich am Tisch umsah, blickten mir zwei erwartungsvolle Gesichter entgegen. Was hatte ich als Mommy denn alles zu tun? Gingen die beiden zur Schule oder in den Kindergarten? Wie sah ein ganz normaler Tag bei ihnen aus? Hilflos starrte ich die Mädchen an. Sie starrten zurück.

»Wisst ihr vielleicht, wo mein Handy ist?«, fragte ich schließlich und kam mir dabei dumm vor.

Sophia kniff die Augen zusammen. »Das lädt doch gerade, Dummerchen.« Sie stopfte sich ein Stück Pancake in den Mund.

Gut. Und wo war es wohl, während es lud? Ich sprang auf und sah mich suchend in der Küche um. Handy, Handy. Im Schlafzimmer war es nicht, das wusste ich, denn dort hatte ich bereits nachgesehen. Letztendlich fand ich es in einem Eckchen neben dem Küchentresen, das wohl eine Art Allzweckbereich darstellte. Wie Sophia gesagt hatte, hing es an der Steckdose. Ich sah zu den Mädchen hinüber, die noch immer aßen. Nebenbei stritten sie sich darüber, was es wirklich gab: Einhörner oder Ponys. Sophia versuchte, Freya davon zu überzeugen, dass Ponys in der realen Welt existierten, während Einhörner nur erfunden seien. Freya schien ihr nicht recht zu glauben.

Ich nahm das Handy vom Netz und entsperrte es via Gesichtserkennung. Zwei neue Nachrichten warteten auf mich. Neugierig öffnete ich sie, um herauszufinden, ob ich den Absender kannte. Die erste stammte von Eve.

Dotty hat Zwillinge bekommen! Bin wieder Ziegenoma geworden! xo

Als ich ihren Namen sah, machte mein Herz einen Satz. Wir waren auch in dieser Welt befreundet! Und sie hatte immer noch Ziegen. Die zweite Nachricht war von Daphne.

Hi Lolls! Das Yogazentrum hier ist großartig und Ko Pha-ngan einfach DER WAHNSINN! Sogar besser als Costa Rica. Ich kann von meiner Hütte aus das Meer sehen. Leider bin ich viel, viel unbeweglicher als die anderen Lehrer, aber es wird langsam. Ha, ha. Ich glaube, es war das Richtige für mich. Drück die Mädchen ganz fest von mir. D ☺

Ich wusste nicht, ob ich glücklich oder verwirrt sein sollte. Glücklich, weil Daphne und ich uns offenbar auch hier noch gut verstanden, verwirrt, weil … wo zur Hölle, war Ko Pha-ngan? Schnell gab ich den Namen bei Google ein. Mir wurde eine Werbeanzeige für einen Yogakurs auf einer einsamen Insel in Thailand präsentiert. Logisch. Auf dem Bild waren Menschen zu sehen, die sich in einer malerischen Bambushütte am Strand diversen Verrenkungen hingaben, die in krassem Gegensatz zur menschlichen Anatomie zu stehen schienen. Also würde Daphne ihre Yogapläne durchziehen, egal für welchen Weg ich mich entschied. Ich schickte ihr ein Herz-Emoji, konnte es mir aber nicht ganz verkneifen, die große Schwester zu spielen.

Pass auf dich auf. Hab dich lieb!

In diesem Moment tauchte eine Erinnerung der Kalender-App auf dem Display auf: Sophia um Viertel nach acht an der Schule absetzen. Und Freya hatte um neun Ballett. Ein Blick auf die Uhr zeigte mir, dass es schon kurz vor acht war. Wir mussten uns beeilen. Aber wo musste ich sie überhaupt hinbringen?

Mir kam der verführerische Gedanke, dass wir heute einfach schwänzen und die Mädchen alles ausfallen lassen könnten, aber da zupfte Sophia bereits mit besorgter Miene an meinem Rock. »Los, Mommy. Ich brauche noch mein Mittagessen, und wir müssen bald los. Sonst kommen wir zu spät.«

»Okay, lass mich kurz nachdenken.« Als ich Sophia ansah, wurde mir klar, dass sie noch immer ihr Nachthemd trug. Vorne war eine Zeichentrickprinzessin aufgedruckt, die mir völlig unbekannt war. Verdammt, ich musste dafür sorgen, dass die beiden sich anzogen. Freya. Wo steckte Freya? Bevor ich auch nur blinzeln konnte, hatte Freya ihre Unterhose ausgezogen, und ich sah gerade noch, wie ihr kleiner nackter Hintern auf der Treppe Richtung Obergeschoss verschwand.

»Freya? Komm zurück!« Ich rannte hinter ihr her. Als Antwort bekam ich nur ein schrilles Kichern, dann schlug eine Tür zu.

Ich nahm immer zwei Stufen auf einmal und öffnete oben willkürlich eine der Türen. Ein etwas chaotisches Büro. Hinter der zweiten Tür erklang wieder dieses leicht hysterische Kichern. Bingo. Ich drückte die Klinke hinunter. Vor mir tat sich ein entzückendes Mädchenzimmer auf, mit einem Stockbett mit niedlicher Tierbettwäsche und einem Stoffzelt, aus dessen Eingangsklappe jede Menge Stofftiere hervorquollen. Überall lagen Kinderbücher herum, an der Wand stand ein hölzernes Puppenhaus mit weißen Giebeln. Und dazwischen rannte eine nackte, klebrige Dreijährige umher und kreischte. Sophia war mir nachgekommen, und so gelang es mir, beide Mädchen in dem geräumigen begehbaren Kleiderschrank festzusetzen, indem ich einfach die Tür blockierte. »So, jetzt ziehen wir uns an«, keuchte ich. Vielleicht sollte ich wirklich etwas mehr Sport treiben.

29

Zehn schweißtreibende Minuten später hatte ich die Mädchen so weit bezwungen, dass sie angezogen waren. Irgendwie. Sophia trug ziemlich normale Kleidung, die sie sich selbst ausgesucht hatte: eine kurzärmlige Bluse und eine Caprihose. Auch Freya hatte ich am Ende in einem selbst gewählten Outfit aus dem Schrank entlassen, weil ich schlichtweg das Handtuch warf. Nun trug sie Feenflügel, rosafarbene Glitzercowboystiefel und einen Gymnastikanzug mit einem Regenmantel darüber, obwohl der Himmel vollkommen wolkenlos war und es so aussah, als herrschten bereits jetzt tropische Temperaturen. Kleine Kinder mussten ja nicht vernünftig sein. Ich scheuchte die beiden hinunter in die Küche.

»Kommen wir jetzt zu spät?«, fragte Sophia besorgt. Ich schaute auf mein Handy, wobei mir plötzlich klar wurde, dass ich keine Ahnung hatte, auf welche Schule sie ging oder wo sich diese befand.

»Kennst du den Namen deiner Schule?«, fragte ich sie hoffnungsvoll. Das Mädchen starrte mich an, als hätte ich plötzlich einen zweiten Kopf bekommen.

»Die Tampa Bay Montessori«, sagte sie dann augenrollend. »Echt jetzt, Mommy.«

»Richtig!« Ich grinste breit und tat so, als hätte ich einfach nur Wissen abgefragt. Was ließ sich wohl noch so aus ihr herauskitzeln? Sophia konnte mir sicher nützlich sein.

Einen Moment später kam Rory in die Küche gestürmt. Geistesabwesend sah er auf seine Armbanduhr.

»Verdammt, ich komme schon wieder zu spät.« Ja, er war noch nie besonders pünktlich gewesen. Egal bei welchem Anlass, er war immer fünf bis zehn Minuten zu spät dran, da er optimistischerweise stets versuchte, zu viel in seine Stunden hineinzupacken.

Freya kicherte, und Sophia warf ihm einen mahnenden Blick zu. »Daddy, du musst wieder einen Quarter in das Schimpfwortglas werfen. ›Verdammt‹ dürfen wir auch nicht sagen.«

Rory grinste mich über die Köpfe der Mädchen hinweg an. »Mommy kann meine Strafe bezahlen«, verkündete er. »Ich gebe es ihr dann später zurück.« Er zwinkerte mir zu und schnippte sanft unter Sophias Kinn. Das Kind schien nicht überzeugt zu sein. Dann beugte er sich zu den beiden hinunter und umarmte sie, drückte mir einen flüchtigen Kuss auf die Wange und verschwand. Er war frisch rasiert, trug ein hellgraues Poloshirt und hinterließ einen feinen Duft nach Bergamotte. Sehnsüchtig blickte ich seiner vertrauten Silhouette mit den feuchten Locken im Nacken hinterher. Ich wollte mehr Zeit mit ihm verbringen. Ich wollte mehr von ihm haben.

»Mommy, wir müssen mein Mittagessen einpacken.« Ungeduldig zog Sophia an meiner Hand.

»Mittagessen, richtig.« Sophias Essenstasche war schnell gefunden, dann überlegte ich, was ich ihr einpacken sollte. Kostbare Sekunden verstrichen, während ich in den Kühlschrank starrte. Am Ende schnappte ich einen Trinkjoghurt, eine Packung Snackkäse, eine Handvoll Babykarotten und einen Apfel und stopfte alles in die Tasche. Anschließend machte ich ihr ein Erdnussbuttersandwich und wollte das Ganze gerade in eine Brottüte schieben, als Sophia protestierte.

»Mommy, wir dürfen in der Schule keine Erdnussbutter essen, schon vergessen? Weil einige Kinder dagegen allergisch sind.«

»Ah, okay, ja. Stimmt.« Hilflos starrte ich das verbotene Sandwich an, dann packte ich es in einen Plastikbeutel und legte es in den Kühlschrank. Stattdessen wanderte ein Töpfchen Fertighummus mit Crackern in die Essenstasche. Man konnte wohl davon ausgehen, dass Hummus erlaubt war. Meine eigene Schulzeit lag lange zurück, und Daphne hatte in der Schule immer ein warmes Mittagessen bekommen.

Als die Lunchbox fertig gepackt war, stand bereits fest, dass wir zu spät kommen würden, aber leider war inzwischen auch Freya verschwunden. Ich fand sie schließlich in der Gästetoilette im Erdgeschoss, wo sie eifrig Flüssigseife ins Klo schüttete, um dann mit der Saugglocke Blasen zu produzieren. Nachdem ich sie mir unter lautem Protest unter den Arm geklemmt hatte, scheuchte ich Sophia durch Küche und Garage in die Einfahrt hinaus, wo der SUV stand. Es folgten hektische Minuten wilder Anschnallfummelei, da ich keine Ahnung hatte, wie das bei den Kindersitzen funktionierte. War das schon immer so kompliziert gewesen? Diese Dinger schienen derart fest zu sitzen, dass man damit sogar einen Astronauten ins All schießen konnte. Sophia half mit, indem sie mir Anweisungen gab, während Freya sich nur kichernd in ihrem Sitz wand.

Verschwitzt und genervt ließ ich mich endlich hinter das Steuer fallen, schaltete die Klimaanlage ein und suchte im Navi nach meinen Favoriten. Ja, da war die Schule.

Nur sechs Minuten Fahrtzeit. Ich startete den Wagen und fuhr im übervorsichtigen Schleichtempo einer Achtzigjährigen durch die mir vollkommen fremde Siedlung. Aus den Lautsprechern schallte der Soundtrack zu *Arielle, die Meerjungfrau*. Ein Blick in den Rückspiegel zeigte mir, dass die Mädchen mich stumm beobachteten.

Sebastian stimmte *Under the Sea* an. Mit einem fröhlichen Grinsen versuchte ich, den beiden zu suggerieren, dass ich alles im Griff hatte. Freya nuckelte an Bunnys Pfote, und Sophia drohte gleich in Tränen auszubrechen.

»Alles okay«, versicherte ich ihr. »Wir sind gleich da.«

Vor der Schule gab es eine extra Parkzone, in der man die Kinder aussteigen lassen konnte, und vor uns krochen noch ein paar andere verspätete SUV auf den schmalen Parkstreifen zu, um jeweils ein oder zwei Kinder auszuspucken, bevor sie wieder davonschlichen. Wir waren die Letzten in der Schlange.

»Ich hole dich dann nach der Schule wieder ab, ja?« Fragend sah ich über den Rückspiegel zu Sophia nach hinten. Hoffentlich stimmte das so.

Sie aber warf mir einen enttäuschten Blick zu. »Nein, Mommy. Donnerstags bringt mich doch immer Olivias Mommy nach Hause, schon vergessen? Heute weißt du aber wirklich gar nichts mehr.«

»Olivias Mommy, na klar!« Ich nickte bekräftigend, während ich mich umdrehte und ihr mit dem Gurt half. »Also, dann wünsche ich dir einen ganz tollen Tag … meine Süße.« Ich reichte ihr den Rucksack, der für ein Kind ihrer Größe viel zu wuchtig und schwer zu sein schien.

Sophia musterte mich noch einmal verunsichert, dann streifte sie die Schultergurte über und stieg aus dem Wagen. Mit einem Knall schlug sie die Autotür zu und lief Richtung Schule. Einmal drehte sie sich noch um. Ich winkte ihr fröhlich zu, was sie halbherzig erwiderte, dann wandte sie sich ab und ging. Hatte sie mich etwa durchschaut? Auf jeden Fall schien sie Verdacht geschöpft zu haben.

Ich stieß einen erleichterten Seufzer aus. Eine erledigt, blieb noch die Zweite. »Und du?« Ich schaute zu Freya nach hinten. Sie erwiderte den Blick mit großen, unschuldigen Augen. An ihrem Mund klebte etwas Braunes, Schmieriges.

»Was isst du denn da?« Erst als ich mich umdrehte, entdeckte ich die orangefarbene Verpackung in ihrer Hand. »Wie bist du denn bitte schön an einen Erdnussbutterriegel gekommen?«

Freya blinzelte stumm.

»Okay.« Seufzend wandte ich mich wieder nach vorne. »Auf zum Ballett.«

In der Tanzschule angekommen, schaffte ich es irgendwie, Freyas kleinen Körper in einen rosafarbenen Gymnastikanzug zu stopfen (der zum Glück bereits im Kofferraum gelegen hatte, fein säuberlich in einer Tasche mit der Aufschrift »Freya Ballett« verstaut). Die anderen Mütter im Umkleideraum lächelten höflich, waren aber ganz auf ihre Kinder konzentriert. Gott, hoffentlich musste ich nicht so tun, als würde ich eine von ihnen kennen. Schließlich führte ich Freya in einen hell erleuchteten Saal mit hellem Holzboden und einer komplett verspiegelten Wand. Dort wurde sie von einer eleganten Frau mit strengem Dutt begrüßt, zart und flatterig wie ein Vögelchen, und musste sich mit den anderen Kindern an der Stange aufstellen.

»In einer Stunde dann, Mrs. Shaw«, rief mir die Ballettlehrerin noch zu. Ich nickte stumm und ging. Wie eine süße Köstlichkeit ließ ich mir die Anrede auf der Zunge zergehen: Mrs. Shaw.

Während Freyas Ballettstunde hatte ich offensichtlich frei, und so überlegte ich, was ich tun könnte. Mein Handy verriet mir, dass es in der Nähe einen kleinen Park gab, also ging ich dorthin, um die Sonne zu genießen. Als echtes Seattle-Girl war ich mit Nieselregen und kühlen Meeresbrisen aufgewachsen, die mir quasi in Fleisch und Blut übergegangen waren. Aber die sanfte Wärme, die Florida Anfang März zu bieten hatte, fühlte sich schon herrlich an.

Der Park war winzig und bestand eigentlich nur aus einer kleinen, struppigen Wiese mit einem Springbrunnen und ein paar Bänken, die unter üppig blühenden Bäumen standen. Es war niemand dort, sodass ich mich auf einer Bank direkt am Brunnen niederlassen konnte, wo ich mein Handy aus der Tasche holte und mich den gespeicherten Fotos zuwandte. Schuldbewusst huschte mein Blick umher. Wie schon bei meinem Handy im Toast-Leben fühlte es sich merkwürdig an, geradezu voyeuristisch. Aber auch diesmal konnte ich nicht widerstehen. Ich wollte dieses Leben, das ich hätte haben können, zumindest in Momentaufnahmen in mich aufnehmen. Es sozusagen auf die Schnelle durchleben.

Und hier war dieses alternative Leben nun auf Tausenden von Schnappschüssen vor mir ausgebreitet. Ich konzentrierte mich zunächst auf die neuesten Fotos: die Ballettaufführung der Mädchen, beide in den üblichen rosafarbenen Tutus, die Haare zu einem Dutt aufgesteckt, mit einem stolzen Grinsen, als Rory ihnen kleine Rosensträuße überreichte. Dann Weihnachten bei Rorys Eltern, alle um den Tisch versammelt, um sich Nancys berühmten Süßkartoffelauflauf mit kandiertem Speck und Pekannüssen schmecken zu lassen. Ein Tag am Strand: Rory, der, halb im Sand vergraben, lachend gegen die Sonne anblinzelte, während die Mädchen ihn immer tiefer einbuddelten. Auf diesem Bild war auch ein etwas älterer Junge dabei, fast schon ein Teenager, der den Mädchen beim Sandschippen half. Irgendwie kam er mir bekannt vor, aber ich konnte ihn nicht richtig einordnen. Er hatte ein hübsches, freundliches Gesicht und kupferrotes Haar, genau wie Rory in seinem Alter. Vielleicht ein Cousin von ihm?

Darauf folgten ein paar halb verschwommene, schlecht beleuchtete Selfies von Freyas Gesicht, anscheinend im Dunkeln neben unserem Bett aufgenommen. Im Hintergrund war ich als reglos schlafende Masse zu sehen, nicht ahnend, was meine jüngste Tochter nachts alles trieb. Als Nächstes entdeckte ich eine Reihe von Aufnahmen, die anscheinend in einer professionellen Fertigungsküche entstanden waren: jede Menge glänzende Oberflächen und Menschen mit Haarnetzen, die ich alle nicht kannte. Zusammen mit mir blickten sie in die Kamera, jeder reckte grinsend ein buntes Eis am Stiel hoch. Verwundert hielt ich inne. Was das wohl zu bedeuten hatte? Doch schon im nächsten Moment stöberte ich weiter.

Gierig scrollte ich mich durch die Ordner, immer schneller und schneller, und sog die Geschichte meines Lebens mit Rory und den Mädchen in mich auf. Geburtstagsfeiern, Familienpicknicks, Fotos vom ersten Schultag. Auf einigen waren Menschen zu sehen, die ich nicht kannte, darunter auch ein paar Mal der Junge vom Strand. Ein Bild zeigte mich mit Daphne, die herrlich braun gebrannt war und strahlend in die Kamera lachte. Dazu kamen Hunderte andere lustige Momente, alles bildlich festgehalten: wilde Grimassen, verklebte Marmeladenfinger, ein Fünf-

Sekunden-Video von Rory, wie er mit nacktem Oberkörper am Herd stand und mit dem Pfannenwender als Mikro *I Got You Babe* grölte. Natürlich traf er keinen einzigen Ton. Dann Freyas Geburt, ich im Krankenhaushemd, dick wie ein Wal, mit rotem Gesicht und keuchend. Als Nächstes sie, ebenfalls rotgesichtig und mit wütend zusammengekniffenen Augen, sicher auf Rorys Arm. Wie er sie ansah ... voller Bewunderung und Liebe, mit einer Mischung aus Verletzlichkeit und unfassbarer Freude. Mir wurde bewusst, dass ich nun heiligen Boden betreten hatte und dies zu den intimsten Momenten unseres gemeinsamen Lebens gehörte. Ich zögerte. Tat ich mir denn wirklich einen Gefallen, wenn ich mir das ansah? Half mir das irgendwie weiter? Vielleicht sollte ich damit aufhören und mich ganz auf diesen einen Tag konzentrieren, auf jeden einzelnen Moment davon, und es damit gut sein lassen. Doch ich schien meine Finger nicht davon abhalten zu können, immer weiterzuscrollen, und stürzte mich gierig auf jedes Bild, auf diese Dokumentation eines Lebens, das ich niemals haben würde.

Eine rückwärts ablaufende Reihe von Schwangerschaftsfotos, Woche für Woche. Ich in Yogahose, im Profil aufgenommen, der Bauch jedes Mal ein wenig flacher. Verwackelte Videos von Sophia auf einem Dreirad, dann ihre ersten Schritte. Rory und ich vor dem Haus, in dem wir jetzt wohnten, breit grinsend auf das VERKAUFT-Schild zeigend. Dann stieß ich auf ein gutes Dutzend Fotos von einer Hochzeit: runde Tische mit wundervollem cremefarbenem Blumenschmuck, mehrere schick gekleidete Paare auf der Tanzfläche, eine Jazz-Band. Wieder scrollte ich ein paar Fotos weiter zurück. Rory, ich und die kleine Sophia in einem winzigen Rüschenkleid, mit ernstem Blick und runden Ärmchen. Sie schien auf diesen Bildern ungefähr ein Jahr alt zu sein. Wessen Hochzeit war das? Ich suchte weiter, hielt dann aber abrupt inne, als ich meinen Dad auf einem der Fotos entdeckte. Er trug ein kurzärmeliges weißes Hemd und eine hawaiianische Blütenkette um den Hals und stand an einem Strand unter einem Blumenbogen. Und vor ihm, beide Hände in seine gelegt, war diese rothaarige Frau, Ramona. Sie trug ein cremeweißes Kleid und auf dem Kopf einen Blütenkranz, der zu seiner Kette passte. Fassungslos starrte ich das Bild an. Sie war kleiner, als ich gedacht hatte, wirkte sogar neben meinem Dad, der selbst nicht besonders groß war, noch zierlich. Nun begriff ich es. Das war ihre Hochzeit.

Dann war die Postkarte am Kühlschrank also keine Einladung zu einem zukünftigen Ereignis. Es war bereits geschehen. Dad würde diese Frau nicht irgendwann heiraten, er hatte es längst getan, und zwar vor ein paar Jahren, so wie es aussah. Sophia war auf den Bildern noch fast ein Baby, es musste also mindestens fünf Jahre her sein. Wieder betrachtete ich das Bild, bemerkte die Hingabe in seinem Blick, die Art, wie er sich zu ihr hinüberbeugte, als zöge sie ihn magnetisch an. Ihr Kinn war leicht nach oben gereckt, als wollte sie ihn gleich küssen.

Noch sehr lange verharrte ich bei diesem Bild und versuchte, das alles zu verarbeiten. Dad war mit dieser Frau verheiratet. Er führte ein ganz neues Leben. Immer wieder musterte ich die Gesichter der beiden, fand darin nichts als pure Freude. Dann ließ ich das Telefon sinken und lehnte kraftlos den Kopf an die Bank in meinem Rücken. Ich durfte mir das nicht länger ansehen. Ich musste damit aufhören. Wahrscheinlich gab es noch unzählige weitere Fotos, von Sophias Geburt, unserer Hochzeit, Rorys Examen, eben all den wichtigen Momenten in unserer gemeinsamen Geschichte. Aber mir brachen sie das Herz. Meinen Dad zu sehen, wie er eine andere Frau heiratete, hatte mich kalt erwischt. Aber die tiefe Trauer, die sich nun in mir ausbreitete, lag nicht nur darin begründet.

Das alles würde niemals mir gehören. Klebrige Pancake-Finger und zerwühlte Laken, rosafarbene Ballettutus und Mittagessensboxen, Rorys warmer, von Bartstoppeln überzogener Hals an meiner Wange – alles nichts als ein flüchtiger Moment, geborgt für nur einen Tag. Ich würde dieses Leben niemals leben. In meinem echten Leben würde Freya mich niemals Mommy nennen, würde Rory mir niemals einen Kuss auf den Scheitel drücken. Es war alles so wundervoll und dabei so vergänglich. Mir blieben nur noch ein paar Stunden. *Vielleicht wird es ja ganz schrecklich*, hatte Eve hoffnungsvoll spekuliert. Und das war es. Aber nicht so, dass es mich befreit hätte. Dies war ein kurzer Einblick in ein Leben, wie ich es mir erträumt hatte, mit dem Mann an meiner Seite, den ich noch immer liebte. Und ich ahnte bereits, dass dieses Leben mich bis ans Ende meiner Tage verfolgen würde. Es war schrecklich, weil sich alles so richtig anfühlte.

Bedrückt schob ich das Handy zurück in die Tasche. Die übrigen Bilder würde ich mir nicht mehr ansehen, schwor ich mir. Es tat mir nicht gut. Stattdessen würde ich die Augenblicke und die Stunden genießen, die mir noch blieben, das nahm ich mir fest vor. Ich gab mir selbst das Versprechen, das Beste aus diesem Tag herauszuholen, aus jeder einzelnen Sekunde. Ja, ich hatte nur diesen einen Tag, aber das war besser als nichts. Warum also auch nur einen Moment damit verschwenden, sich über etwas zu beklagen, das sich sowieso nicht ändern ließ? Nein, ich würde alles daransetzen, diesen Tag voll und ganz auszukosten. Morgen bliebe mir nur mehr die Erinnerung daran, und es würde schrecklich wehtun, aber zumindest hatte ich die Chance bekommen, einen kleinen Ausschnitt dieses chaotischen, herrlichen, so gar nicht perfekten Traumlebens kennenzulernen. Für den Moment musste das einfach genügen.

30

Und ich bin soooo hoch gesprungen«, erzählte Freya voller Stolz, als ich sie vor dem Ballettsaal abholte. »Bis zum Himmel.« Sie zeigte mir ihren Grand Jeté. Im Umkleideraum half ich ihr aus dem Tutu und betrachtete staunend ihr rundes Bäuchlein, die schrägen Proportionen ihres kleinen, dreijährigen Körpers.

»Hat es Spaß gemacht?«, fragte ich sie.

Freya nickte, verzog dann allerdings traurig den Mund. »Aber du hast mir gefehlt, Mommy. Du fehlst mir immer, wenn du nicht da bist.«

Ein Blick in ihr ernstes Gesicht, und ich schmolz dahin. »Du hast mir auch gefehlt, Süße«, versicherte ich ihr und schob eine lose Strähne zurück in ihre Rattenschwänze. Erstaunt stellte ich fest, dass es stimmte. Ich verliebte mich mehr und mehr in dieses kleine Persönchen.

Zum Glück war unsere Adresse ebenfalls im Navi gespeichert, sodass ich uns problemlos nach Hause fahren konnte. Der Rest des Vormittags verlief entspannt. Nachdem ich die Hinterlassenschaften vom Frühstück aus der Küche entfernt hatte, machte ich Freya ein frühes Mittagessen: fertige Makkaroni mit Käse, die ich in der Speisekammer fand. Während ich das Pulver einrührte, nahm ich ebenfalls ein paar große Bissen davon. Freya plapperte die ganze Zeit. Nach dem Essen gingen wir zu einem Spielplatz, den ich auf der Heimfahrt entdeckt hatte. Dort spielte sie erst im Sandkasten, dann schubste ich sie so lange auf der Schaukel an, bis ihr die Lider schwer wurden. Auf dem Rückweg musste ich sie tragen und spürte, wie ihr kleiner Körper immer schlaffer wurde, als sie langsam einschlief. Bis ich sie durch die Garage und nach oben geschafft hatte, hing sie wie eine Qualle an meiner Schulter. Für einen so kleinen Menschen war sie überraschend schwer. Als wir das obere Ende der Treppe erreichten, keuchte ich hörbar. Ich legte Freya mit ihrem verschlissenen Plüschhasen zusammen ins Bett und wanderte anschließend rastlos durch das Haus. Ich ging auf Erkundungstour.

Hinter der letzten Tür im Obergeschoss verbarg sich das Homeoffice, das ich vorhin kurz gesehen hatte. Nun streckte ich noch einmal den Kopf hinein. Sofort fiel mir ein kunterbuntes Banner mit der Aufschrift GROSSE NEUERÖFFNUNG ins Auge. Ich betrat das Zimmer und sah mich um. Auf einem extrem unaufgeräumten Schreibtisch fand ich einen Stapel Werbeprospekte. *Lolly's Pops* stand darauf, ebenso bunt designt wie das Banner, und darunter prangte eine weitere Zeile: *Bald am neuen Standort!* Überrascht klappte ich die Broschüre auf. Von der Innenseite blickte mir mein eigenes Foto entgegen, ungefähr daumennagelgroß. Mit einem fröhlichen Lächeln hielt ich einen Strauß regenbogenbunter Eissorten in die Kamera. *Lolly Blanchard Shaw, Geschäftsinhaberin* lautete die Bildunterschrift. Na, das war doch mal interessant. Ich hatte also meine eigene Firma?

Neugierig geworden, überflog ich den dazugehörigen Text. Lolly's Pops stellte handgemachtes Eis am Stiel in Bioqualität her und war vor allem auf Sorten mit Früchten und essbaren Blüten aus der Region spezialisiert. Es existierten bereits zwei Filialen in Tampa und ein mobiler Foodtruck, der rund um Seattle im Einsatz war. Welch eine Überraschung, dass ich die Schöpferin dieser süßen Eismarke sein sollte! Klar, es war nicht das Toast, aber es sah interessant aus, und ich war schon immer ein großer Fan von essbaren Blüten und regionalen Produkten gewesen. Nachdem ich mir die Broschüre noch einmal genau angesehen hatte, legte ich sie weg, plötzlich voller Neid. Es war wirklich erstaunlich: In diesem Leben war ich Mutter und hatte mein eigenes Geschäft, ich hatte also offenbar vieles von dem erreicht, was ich mir erträumt hatte. Ich genoss noch für einen Moment das ungewohnte Gefühl, eine Geschäftsfrau zu sein.

Plötzlich bemerkte ich das Handy, das auf dem Schreibtisch lag. Es vibrierte und zeigte einen eingehenden Anruf an. *Watsons Biogemüse* leuchtete auf dem Display auf. Ich zögerte. Sollte ich rangehen? Nein, das überließ ich besser der Mailbox. Als ich genauer hinsah, fand ich einundzwanzig unbeantwortete Textnachrichten. Ich öffnete eine oder zwei davon und begriff schnell, dass ich offenbar mein Geschäftstelefon in der Hand hielt. Alles war ausschließlich auf Lolly's Pops bezogen, und die Anfragen und Vorschläge sagten mir gar nichts. Einen Moment lang überlegte ich, ob ich mich durch den Berg an Nachrichten kämpfen sollte, beschloss dann aber, sie zu ignorieren. Der Tag im Toast hatte mir gezeigt, wie kompliziert es war, sich in ein laufendes Geschäft einzuklinken. Und ich war schließlich nicht hier, um die Leitung von Lolly's Pops zu übernehmen. Ich war hier, um Zeit mit Rory zu verbringen – und nun natürlich auch mit den Mädchen. Also legte ich das Handy zurück auf den Schreibtisch und zog leise die Bürotür hinter mir zu.

Während ich darauf wartete, dass Freya wach wurde,

räumte ich das Haus auf und machte die Wäsche. Bevor ich Rorys schäbiges altes T-Shirt in die Maschine warf, drückte ich es kurz an die Brust und vergrub mein Gesicht darin. Eine kleine Belohnung, sozusagen. Jeder Augenblick hier war bedeutsam und gleichzeitig so normal. Da ich nichts davon festhalten konnte, wurde alles kostbar, egal wie alltäglich es schien. Ich machte mir etwas zu essen, wusch ab und wartete dann weiter darauf, dass Freya ihr Schläfchen beendete und Sophia aus der Schule kam. Um kurz nach drei ertönte draußen in der Einfahrt eine Hupe. Dann sah ich Sophia zum Haus laufen. Der große Rucksack hüpfte auf ihrem Rücken auf und ab.

»Wie war dein Tag, Süße?« Ich umarmte sie fest und spürte verwundert, wie zart ihre Knochen waren; ihr Schlüsselbein wirkte so zerbrechlich wie ein Vögelchen. Und ihr Haar duftete nach Ahornsirup und Erdbeershampoo. Ich hatte sie vermisst. In gewisser Weise hatte ich diese beiden Mädchen schon mein ganzes Leben lang vermisst. Ein Gedanke, der sich wie ein spitzes Messer in mein Herz bohrte.

»Gut. Wir mussten buchstabieren, und ich hatte vier Wörter richtig und nur eins falsch«, berichtete sie ernst. »Ich habe vergessen, wie man das ›sch‹ buchstabiert, und habe nur ›s‹ gesagt, aber das Wort war ›Schiff‹.«

»Aber vier von fünf ist doch auch super«, lobte ich. »Du lernst es schließlich erst, nicht wahr? Möchtest du etwas essen? Gehirne im Wachstum müssen gefüttert werden.« Ich ging mit ihr in die Küche, genoss diesen unbeschwerten Moment. Nachdem ich einen Apfel aufgeschnitten hatte, trat ich in die Speisekammer und fand dort eine Packung Käsecracker. Seit wann hatte ich eigentlich so viel Fertigessen im Haus? Was war aus meinen Prinzipien geworden, die frische Produkte von regionalen Anbietern vorschrieben? Wenn ich mir so ansah, wie viele Snacks in Großpackungen in meiner Speisekammer lagerten, waren diese Überzeugungen im Laufe der Elternschaft wohl irgendwann verloren gegangen.

Während Sophia sich dem Essen widmete, sprachen wir über ihren Tag in der Schule. Ein Junge namens Atticus hatte sie an den Haaren gezogen, als sie auf der Schaukel gesessen hatte. Außerdem sollten sie bald ein Klassenhaustier bekommen, einen Hamster. Sophia wollte ihn Butterscotch nennen, weil ihre Lehrerin Mrs. Thatcher gesagt hatte, es sei ein Goldhamster. Aber ihre Klassenkameradin Isabelle bestand darauf, ihn Goldie zu taufen, was Sophia für extrem unkreativ hielt.

»Butterscotch ist ein viel besserer Name, denn der ist poetischer«, erklärte sie mir inbrünstig. »Gold ist doch einfach nur eine Farbe.«

Die Snackpause neigte sich ihrem Ende zu, als Freya die Treppe hinuntergetappt kam, Bunny im Schlepptau, noch leicht verschlafen und schlecht gelaunt. Ich stellte ihr ebenfalls ein paar Cracker und Apfelspalten hin, was ihre Stimmung ein wenig aufhellte. Trotzdem hockte sie mit der finsteren Miene eines kleinen Gremlins am Tisch.

Nach dem Essen wollten die beiden unbedingt, dass ich mit ihnen spielte. Also bastelten wir Knettiere, malten, galoppierten mit den Pony-Figuren durch das Haus, veranstalteten eine Tanzparty, taten so, als würden wir einen Piratenschatz heben, und spielten Verstecken. Ich strotzte vor Energie und war gleichzeitig ziemlich erschöpft. Mommy zu sein, war echt harte Arbeit.

Ein Moment nach dem anderen verstrich, während der Nachmittag immer weiter voranschritt. Alles war ganz normal, fast schon langweilig, aber ich war vollkommen fasziniert von den Mädchen. Mit jedem Wort, jeder Sekunde spürte ich, wie meine Liebe zu ihnen wuchs. Ich konnte einfach nicht genug von ihnen bekommen. Fühlte es sich so an, eine Mutter zu sein?, fragte ich mich, während ich die beiden beim Leiterspiel beobachtete. Sie hatten sich tief über das Brett gebeugt, da Sophia ihrer Schwester gerade erklärte, wie sie ihre Figur fünf Felder vorrücken sollte. Bedeutete es, dass man immer diesen süßen Schmerz in der Brust spürte, dass man diese kleinen Wesen wahnsinnig liebte und unbedingt beschützen wollte, sodass es jede Erschöpfung übertraf, jede Last? Langeweile, Panik, Befriedigung und herzzerreißende Sehnsucht in einem. Eine ganz eigene Art von Glück.

Ich verbot mir, auf die Uhr zu sehen, und ignorierte die Tatsache, dass mir die Stunden langsam zwischen den Fingern zerrannen. Dass meine gemeinsame Zeit mit ihnen bald vorbei sein würde. Es war nicht annähernd genug. Vielleicht war auch das ein Teil des Elternseins. Nie reichte die Zeit aus für die viele Liebe, die man zu geben hatte. Alles verflog viel zu schnell.

Als die Sonne langsam hinter den Bäumen versank, hörten wir, wie sich das Garagentor öffnete.

»Daddy ist da!« Sophia sprang auf.

Abendessen! Ich hatte das Abendessen völlig vergessen. Einen Moment lang wurde ich panisch, doch als sich die Haustür öffnete, sah ich den großen Pizzakarton, den Rory vor sich hertrug.

»Liebling, ich bin zu Hause!«, rief er, allerdings fiel seine Parodie von Ricky Ricardo aus *I Love Lucy* recht mies aus. Mit seiner normalen Stimme fügte er hinzu: »Tut mir leid, dass ich so spät komme. Der Verkehr war die Hölle.«

Ich zog mir die Plastiktiara aus den Haaren und gab ihm einen fröhlichen, ziemlich feuchten Kuss, während ich ihm den Pizzakarton abnahm.

»Daddy, Daddy, Pizza, Pizza!« Völlig überdreht hüpften die Mädchen um ihn herum.

»Heute darf ich den Film für den Familienfilmabend aussuchen!«, rief Sophia triumphierend.

»Ja, aber vorher geht ihr beiden Rabauken erst mal in die Badewanne«, befahl Rory, nachdem er Freya einen lauten Schmatzer auf die Wange gegeben hatte. »Warum bist du so klebrig?« Er lehnte sich zurück und musterte sie kritisch. Sie kicherte begeistert. Über den Kopf der Kleinen hinweg fragte er mich: »Soll ich sie nach oben schaffen und in die Wanne stecken?«

»Nein, das mache ich schon«, erwiderte ich schnell. »Du kannst ja hier unten alles vorbereiten.«

Die fünfundzwanzigminütige Badezeit beinhaltete eine Menge Schaum, Badekreide, einen Heulanfall von Freya, als ich ihr die Haare wusch, einen Streit darüber, wer näher am Wasserhahn sitzen durfte, weil es dort den meisten Schaum gab, und mindestens zwei Flutwellen, die über den Wannenrand schwappten und mein Kleid durchnässten.

Schließlich waren die Mädchen halbwegs sauber und abgetrocknet und steckten in ihren identischen Regenbogeneinhorn-Nachthemden. Dann kuschelten wir uns alle auf dem Sofa aneinander, aßen Käsepizza und Apfelspalten und sahen uns *Die Eiskönigin* an – Sophias Wahl.

»Meinst du, wir werden uns jemals wieder einen anderen Film ansehen können?«, flüsterte mir Rory ins Ohr. »Letzte Woche habe ich sogar schon geträumt, ich wäre Elsa, die sich im Wald verlaufen hat. Und ich habe sämtliche Lieder gesungen, sogar die mit den ganz hohen Tönen. Ob sie wohl noch zu jung sind für *Alien*?« Er hatte die Fernbedienung in der Hand, da er immer vorspulen musste, wenn etwas kam, das Freya gruselig fand. Die Mädchen starrten wie gebannt auf den Bildschirm und summten die Lieder mit.

»Wenn wir Glück haben, können wir sie nächstes Jahr vielleicht zu *Die Schöne und das Biest* oder *Findet Nemo* überreden«, antwortete ich ebenso leise. Genüsslich schmiegte ich mich an ihn und setzte mich auf der bequemen Couch zurecht. Er lehnte den Kopf an meinen, und in diesem einen perfekten Augenblick stand die Zeit still. Ich verharrte ganz im Moment und lauschte auf seinen Herzschlag, eng an ihn gedrückt, mit den beiden Mädchen direkt neben mir, sodass ich nur die Hand ausstrecken musste, um ihnen über die noch feuchten Haare zu streichen. Nie zuvor war ich so sehr mit mir selbst im Reinen gewesen. Wenn es doch für immer so bleiben könnte.

31

Die Mädchen schliefen tief und fest, noch bevor der Film zu Ende war. Ich nahm Freya, Rory hob Sophia vom Sofa. Ohne aufzuwachen, schlang Freya Arme und Beine um mich wie ein kleiner Seestern. Vorsichtig trug ich sie nach oben, um sie nicht zu wecken. Nachdem wir die beiden in ihre Betten gelegt hatten, blieben wir noch kurz bei ihnen stehen und genossen den stillen Moment. Das Nachtlicht überzog ihre schlafenden Gesichter mit einem sanften Schimmer. Wie kleine Engel sahen sie aus. Ich würde nicht mehr miterleben, wie sie am Morgen aufwachten. Schon der Gedanke tat weh. Nie wieder würde ich hören, wie Sophia mich Mommy nannte, nie wieder würde ich Freya in ihrer Cowboyhäschen-Unterhose durch das Wohnzimmer flitzen sehen.

»Die haben wir gut hingekriegt, was?«, flüsterte Rory, der die beiden Mädchen voller Liebe musterte. Ich konnte nur nicken, da ich einen dicken Kloß im Hals hatte. Einen einzigen Tag hatte ich mit ihnen verbracht, und trotzdem schien es mir unerträglich, sie nun wieder zu verlieren. Denn von jetzt an würde ich immer wissen, dass ich sie hätte haben können.

Zum ersten Mal fragte ich mich ernsthaft, ob es vielleicht ein Fehler gewesen war, dieses Zitronenbonbon so einzusetzen. Dass ich die Mädchen niemals wiedersehen sollte, war die reinste Folter. Es schien mir vollkommen undenkbar zu sein. Ich beugte mich über Sophias Bett und gab ihr einen Kuss auf die Stirn, dann strich ich Freya eine lose Strähne aus dem Gesicht und drückte meine Nase gegen ihre weiche, runde Wange, die selbst nach all der Schrubberei noch leicht klebrig war. Als ich in der offenen Zimmertür stand, drehte ich mich noch einmal um. Prägte mir diesen Anblick für immer ein. Für einen Tag hatten sie mich Mommy genannt. Für einen Tag waren sie mein gewesen.

Als ich in den dunklen Flur hinaustrat, schlang Rory von hinten die Arme um meinen Bauch. Ich lehnte mich an ihn, ließ den Kopf an seine Brust sinken. Ich brauchte ihn so sehr.

»Wie wäre es mit einem Schlummertrunk?«, schlug er vor. »Wir könnten uns raus an den Pool setzen.« Er klang müde.

»Ja, das wäre toll.«

»Eine Margarita?« Rory ging bereits Richtung Küche. Nur widerwillig hatte ich ihn losgelassen.

»Klingt super«, antwortete ich ehrlich. Vielleicht würde der Tequila den Schmerz des Kommenden ein wenig lindern.

Draußen war es kühler geworden, ein sanfter Wind ließ die trockenen Palmwedel an den Bäumen rascheln. Ich sank in einen der Liegestühle am Pool und genoss die milde Nachtluft. Nachdem ich den ganzen Tag hinter den Mädchen hergerannt war und dabei versucht hatte, mit diesem neuen Leben Schritt zu halten, war ich völlig erledigt. Kinder zu haben, war unfassbar anstrengend. Jetzt begriff ich auch, warum die Mütter, die zu uns ins Restaurant kamen, so oft Heuhaufenfrisuren, fleckige Shirts und Ringe unter den Augen hatten. Mutter zu sein, war eindeutig härter, als ein Restaurant zu leiten, das stand außer Frage. Gedanklich zog ich vor sämtlichen Eltern auf der Welt den Hut. Sie hatten einen Orden verdient, einfach nur, weil sie es überlebten. Wie schafften sie das bloß? Ich gähnte ausgiebig und sah zu, wie Rory mit einem Whiskyglas und einer Margarita in den Händen aus dem Haus trat. Er hatte sein Shirt ausgezogen und trug nun grüne Badeshorts.

»Hier, mein Schatz.«

Ich nahm ihm die Margarita ab und nippte daran. Schön kalt, sauersüß, und er hatte sogar einen Salzrand um das Glas gezogen. »Mmmm. Vielen Dank.«

Er legte sich in den Stuhl neben mir, streifte die Schuhe ab und trank einen großen Schluck von etwas, das wohl Bourbon mit Cola war. Offenbar war sein Lieblingsgetränk unverändert geblieben.

»Ah, das ist gut.« Er seufzte, und ich konnte regelrecht sehen, wie er sich entspannte. Die Abenddämmerung tauchte alles in tiefe Schatten. Der Pool leuchtete blau, durch die in die Wände eingelassenen Scheinwerfer wirkte er glamourös und einladend. Unser Garten war ziemlich groß, aber ein wenig verwildert, eingefasst von mehreren Palmen und einem hohen Zaun. Alles hier deutete auf obere Mittelschicht hin, wir waren anscheinend nicht wirklich reich, aber wohlhabend.

Einige Minuten lang unterhielten wir uns über seinen Tag, seine Spieler, seine Meinungsverschiedenheiten mit dem Trainer. Ich erzählte ihm, was die Mädchen Lustiges gesagt und getan hatten. Irgendwann schwiegen wir dann. Ich lag stumm in meinem Liegestuhl, spürte, wie die Minuten verrannen, und fürchtete mich vor dem, was bald kommen würde. Nicht mehr lange, dann war das alles hier verschwunden. Nicht mehr lange, dann war es nur noch eine Erinnerung. Dabei sehnte ich mich verzweifelt nach mehr – mehr Zeit, mehr Rory. Mehr, das ich mitnehmen konnte, wenn ich ging.

»Glaubst du, wir sind in unserem Leben hier glücklich?«, fragte ich schließlich und nippte an meiner Margarita. Das beschäftigte mich schon den ganzen Tag.

Überrascht sah Rory mich an. »Ob wir glücklich sind? Aber sicher. Ich meine, ich gehe davon aus. Klar, wir haben auch unser Päckchen zu tragen. Die Prostatakrebs-Diagnose meines Vaters dieses Jahr war hart. Und ich weiß, dass du dich in Florida nicht wirklich wohlfühlst, wir wären ja beide gerne näher bei unseren Familien, aber mit so etwas muss sich doch eigentlich jeder rumschlagen. Ich habe immer wieder Probleme mit dem Coach, aber dafür haben wir unsere beiden wundervollen, kerngesunden Mädchen. Vieles an meinem Job ist einfach toll. Und dein Geschäft läuft super, du expandierst sogar, was wirklich großartig ist. Außerdem können wir noch immer nicht die Finger voneinander lassen. Ja, ich würde schon sagen, dass wir glücklich sind. Wieso?« Er sah mich so eindringlich an, als hätte ich ihn mit meiner Frage verunsichert.

»Wollte nur mal nachfragen.« Wieder trank ich einen Schluck Margarita.

»Bist du glücklich?« Er ließ seinen Drink im Glas kreisen und musterte mich fragend.

»Hier und jetzt, in diesem Moment? Absolut. Ich wünschte nur, er würde nicht so schnell vergehen«, antwortete ich wehmütig.

»Wem sagst du das«, pflichtete er mir bei. »Ist das zu fassen, dass unser erstes Kind jetzt schon in die Schule geht? Kaum versieht man sichs, und schon sind wir alt und grau und verbringen unsere goldenen Jahre in einer Rentnersiedlung in Palm Beach und fahren mit dem Golfcart zum Shuffleboard.«

»Klingt doch herrlich.« Ich lachte leise, meinte es aber vollkommen ernst. Mit Rory alt zu werden … Nichts könnte für mich besser klingen.

Er stand auf, stellte sein Glas weg und kam zu mir. Nachdem er sich auf den Rand meines Liegestuhls gesetzt hatte, sah er mich ernst an. »Weder bist du noch ist unser gemeinsames Leben eine Selbstverständlichkeit für mich, Lolly. Ich hoffe, du weißt das. Ich bin dankbar für jeden Tag mit dir und den Mädchen, für alles, was wir haben. Es ist ein Geschenk, und es bedeutet mir alles.« Er strich mir über die Haare, dann über die Wange hinunter zum Kinn. »Ich liebe dich, Lolly Blanchard Shaw. Schon von dem Moment an, als ich dich das erste Mal sah.«

Die unverstellte Aufrichtigkeit seiner Worte trieb mir die Tränen in die Augen.

»Ich liebe dich auch«, sagte ich mit belegter Stimme. »Habe ich immer und werde ich immer.«

Rory beugte sich vor und küsste mich auf die Stirn. »Ich hüpfe noch kurz ins Wasser und gehe dann schlafen. Morgen habe ich schon ganz früh den ersten Termin. Der Spieler, der sich das Knie verletzt hat, muss wahrscheinlich operiert werden.« Er stand auf und trat an den Rand des Pools. Die Kurven seiner Schulterblätter wurden von der Beleuchtung im Wasser nachgezeichnet. Gierig sog ich den Anblick in mich auf, speicherte ihn unauslöschlich in meiner Erinnerung ab. Elegant sprang Rory ins Wasser und schwamm bis ans Ende des Beckens, wo er mühelos wendete und wieder zurückkam. So zog er eine Bahn nach der anderen, konzentriert und kraftvoll. Er war schon immer ein guter Schwimmer gewesen.

Ich beobachtete das Spiel seiner Muskeln, wenn seine Arme ins Wasser tauchten, die funkelnden Tropfen in seinem Haar, wenn er zum Atmen den Kopf hob. Minuten verstrichen, während ich dort saß und auf das leise Plätschern lauschte, mit dem Rory durch das Wasser glitt. Dunkelheit senkte sich herab, der nächtliche Chor der Insekten setzte ein. Die Margarita in meiner Hand war inzwischen warm geworden, und der Tequila legte sich wie Watte über meine Gedanken. Ich konnte mich einfach nicht von diesem Anblick losreißen. Rory war der schönste Mann, den ich je gesehen hatte.

Aus einem Impuls heraus stand ich auf, stellte mein Glas neben dem Liegestuhl ab, befreite mich von Flip-Flops und Brille und sprang mit den Füßen voran in den Pool, einfach so, mit meinem Kleid. Nach dem ersten Schock schmiegte sich das Wasser kühl und weich an meine Haut, als ich auftauchte. Rory war am anderen Ende des Beckens, als ich nun das Chlorwasser wegblinzelte und in meinem durchweichten gelben Kleid kräftig Wasser trat.

»Was hat ein nettes Mädchen wie du denn an einem solchen Ort verloren?«, rief er grinsend zu mir herüber.

Ich grinste ebenfalls. »Bin auf der Suche nach Ärger«, antwortete ich frech.

Elegant und mühelos wie ein Seehund tauchte Rory ab. Ich legte mich auf den Rücken, breitete Arme und Beine aus und trieb sanft unter dem warmen Nachthimmel dahin. Die Zeit schien sich auszudehnen, die Nacht aus der Realität herauszufallen, obwohl meine Sinne auf Hochtouren arbeiteten. Vollkommen losgelöst genoss ich den Moment, die Nacht, den Zauber des Was-hätte-sein-Könnens. Bekäme ich irgendwie die Möglichkeit, würde ich für immer hierbleiben. In mir fand ich nicht die leiseste Regung, die mich zum Gehen drängte. Ich drehte langsam den Kopf, als Rory neben mir auftauchte.

»Sieht so aus, als hätte dich der Ärger eingeholt«, verkündete er mit einem verruchten Grinsen.

Er legte die Arme um mich, und ich richtete mich im Wasser auf. Sah ihn an, schlang die Beine um seinen Bauch. Rory gab mir einen kleinen Kuss auf die Lippen. Ich packte ihn fester. Einen Augenblick lang musterte er mich eindringlich, dann zog er mich an sich, vergrub die Finger in meinen nassen Haaren und küsste mich richtig. Hungrig, leidenschaftlich. Ich spürte seine Zunge in meinem Mund, während er mich immer fester an sich presste, mich mit einem Arm hielt. Mit langsamen Schritten schob er mich voran, bis ich mit dem Rücken gegen die Wand des Pools stieß. Nun trennten uns nur noch ein nasses Sommerkleid und eine Badehose. Ich dachte nicht an morgen, nicht an die Trostlosigkeit, die mich überfallen würde, wenn ich allein in meinem Bett aufwachte. Und ich dachte auch nicht daran, dass dies zweifellos das letzte Mal sein würde, dass ich Rory Shaw küsste. Stattdessen ließ ich die Hände über seinen nackten Rücken gleiten, presste die Lippen auf seine und dachte an überhaupt nichts mehr. Er fühlte sich so vertraut an. Das hier fühlte sich so vertraut an, so absolut richtig.

Er schob den Träger des Kleides von meiner Schulter und hauchte eine Reihe von Küssen auf meine Haut, bis hinab zum Schulterblatt. Mit der freien Hand widmete er sich den Knöpfen an der Vorderseite des Kleides. Heiß glitt sein Atem über mein Schlüsselbein, dann knabberte er sanft an meinem Hals. Als ich überrascht quietschte, lachte er leise, schob mich wieder gegen die Poolwand und presste sich an mich. Ich wollte ihn, wollte ihn mehr, als ich je irgendetwas gewollt hatte. Es wäre so leicht, mich ihm einfach hinzugeben – dem Mann, den ich für den Rest meines Lebens lieben würde.

Aber plötzlich wurde das Bild von uns – ineinander verschlungen in einer schwülwarmen Nacht – überlagert von einem Moment aus seinem anderen Leben, in dem er einen anderen Ring am Finger trug, der ihn an eine andere Frau band. Ich sah blondes Haar auf dem Kissen neben ihm, sah seine wirkliche Ehefrau. Dieser kurze Einblick in die Realität ließ mich innehalten. Emily. Die Erinnerung an sie löschte die Glut in mir wie ein Eimer voll eiskaltem Wasser.

Ich wand mich aus Rorys Umarmung, gab ihm einen flüchtigen Kuss und schob den Träger wieder auf meine Schulter. Dabei hasste ich es, ihn loszulassen. Aber ich konnte einfach nicht die andere Frau sein, nicht einmal in diesem Alternativleben. Er gehörte nicht wirklich zu mir, ganz egal, wie sehr ich mir das auch wünschte.

Mit einem fragenden Blick wich er zurück. Selbst im Halbdunkel kannte ich sein Gesicht in- und auswendig: den Schwung seiner Lippen, die Bartstoppeln, die Sommersprossen, die warmen braunen Augen. Zärtlich legte ich eine Hand an seine Wange. Dieser Mann war meine erste und einzige Liebe.

»Ich bin heute ziemlich kaputt«, erklärte ich ihm ausweichend, während ich mich ein Stückchen zurückzog. »Und diese Margarita hatte es echt in sich.« Ich konnte ihm nicht in die Augen sehen. Rory aber schlang einen Arm um meine Taille, zog mich sanft an sich und gab mir einen zärtlichen Kuss.

»Okay, dann geh du doch einfach schon mal ins Bett. Ich schwimme noch ein paar Bahnen.« Er klang so enttäuscht.

Und das war ich ja auch. Ich nickte stumm, wich seinem Blick aus. Wenn ich ihn jetzt ansah, würde ich meine Meinung ändern, würde jede Vorsicht in den Wind schlagen. Aber morgen würde ich das bereuen. Und unser letzter gemeinsamer Abend sollte durch nichts verdorben werden. Wenn ich morgen früh aufwachte, würde mir für den Rest meines Lebens nur diese Erinnerung bleiben, und die wollte ich hüten können wie einen Schatz, wie eine wundervolle Kostbarkeit.

Also ging ich.

32

Ich erwachte früh am nächsten Morgen, allein und in meine Decke gewickelt, wie ich es vorher gewusst hatte, mit dem Geschmack von Rory noch auf den Lippen. Mühsam quälte ich mich aus dem Bett und machte mich auf die Suche nach Tante Gert. Ich zog mir nicht einmal etwas an, sondern ging im Pyjama hinaus. In meiner Welt schien es keine Farben mehr zu geben. In dem kleinen Cottage war alles dunkel, aber ich fand sie auf der Wiese neben dem Kräuterbeet, beide Arme weit ausgebreitet, während die Hände sanft durch die Luft glitten. Es war Donnerstag, ihr Tai-Chi-Morgen.

Ein feiner Nieselregen trieb durch den Nebel, als ich zu ihr hinüberging, sanft und weich wie ein Hauch. Tante Gert trug ihr Tai-Chi-Outfit: ein weites Satinoberteil in Eidottergelb mit asiatischem Stehkragen und Knebelknöpfen und dazu eine passende Satinhose. Zu ihren Füßen stand ein uralter Kassettenrekorder.

»Und nun die Wolkenhände«, erklärte die leise, beruhigende Stimme vom Band, unterlegt mit klimpernder, fernöstlich anmutender Musik.

»Guten Morgen.« Tante Gert musterte mein ramponiertes Erscheinungsbild, ohne ihren Bewegungsfluss zu unterbrechen. Ich kaute auf meiner Unterlippe herum, um noch ein wenig Rory zu schmecken. Ein verzweifelter Versuch, die letzten Spuren von ihm auf meiner Haut festzuhalten. Schon jetzt schien mir der Moment, als wir keusch aneinandergekuschelt in unserem breiten Bett in Florida eingeschlafen waren, eine Ewigkeit her zu sein.

»Du hast dein letztes Zitronenbonbon verbraucht«, stellte sie leichthin fest, glitt ein paar Schritte zurück und wäre dabei fast auf einen zerrupften Rosenstrauch getreten. Nun streckte sie ein Bein aus und ließ die Arme in einem weiten Bogen herumgleiten.

Nickend schlang ich die Finger um meine nackten Oberarme. Die feuchte Kälte ließ mich zittern.

»Und, wie war es?«, fragte sie erstaunlich mitfühlend.

»Es war …« Ich konnte es gar nicht beschreiben.

Ja, ich liebte Rory Shaw noch immer, hatte nie aufgehört, ihn zu lieben, nicht einen Moment lang. Aber die Mädchen … Sie waren die eigentliche Kostbarkeit dieses Tages gewesen, womit ich niemals gerechnet hätte. Wenn ich die Augen schloss, konnte ich eine klebrige kleine Hand in meiner spüren, rundliche Arme an meinem Hals, konnte ihren sauberen, süßen Kinderschweiß riechen, nachdem sie herumgerannt waren und Einhornprinzessin gespielt hatten. Nein, ich hatte absolut nicht damit gerechnet, mich so schnell und so heftig in diese beiden dickköpfigen, lustigen und widerspenstigen kleinen Menschen zu verlieben.

»Als ich gestern aufgewacht bin, hatte ich zwei wundervolle kleine Töchter und ein Leben mit dem Mann, den ich seit zwanzig Jahren liebe«, antwortete ich zögernd. »Und heute bin ich aufgewacht, und es war alles weg. Ich weiß nicht, wie ich das ertragen soll. Ich meine, es war so real. Es hat sich so echt angefühlt. Keine Ahnung, wie das mit diesen Zitronenbonbons funktioniert und ob man tatsächlich in einem anderen Leben aufwacht, aber ich weiß mit absoluter Sicherheit, dass es kein Traum war. Ich habe das nicht bloß geträumt. Sie sind real, und sie sind irgendwo dort draußen. Irgendwie. Und es ist für mich absolut unvorstellbar, sie niemals wiederzusehen. Das ist vollkommen ausgeschlossen. Ich würde es nicht ertragen.«

»Nun gehen wir über in die *Ball*-Stellung«, befahl die Stimme aus dem Rekorder. Tante Gert beugte die Knie und formte mit den Armen einen Kreis, als drückte sie einen unsichtbaren Strandball an die Brust.

»Würdest du zu ihnen zurückkehren, wenn du könntest?«, fragte sie, noch immer im Plauderton.

Ich erstarrte äußerlich, während mein Herz bei diesem unvermuteten Hoffnungsschimmer einen riesigen Satz machte. »Geht das denn?«

Allein der Gedanke, sich an diese quirligen kleinen Körper zu kuscheln und ihnen etwas vorzulesen, den Duft des Erdbeerbadeschaums zu riechen, den sie verströmten ... Oder noch einmal mit Rory an meiner Seite einzuschlafen, so fest an ihn geschmiegt, dass ich seinen Herzschlag spüren konnte ... Ekstase und Schmerz gleichermaßen. Nichts in der Welt wünschte ich mir mehr, als noch einmal einen Tag mit ihnen zu verbringen.

»Ja«, sagte ich deshalb, ohne zu zögern. »Ja, sofort. Wie stelle ich das an?« Ich hielt krampfhaft den Atem an, als könnte selbst der kleinste Hauch diese Möglichkeit in tausend Stücke sprengen.

»Es folgt: *Die Schlange kriecht durch das Gras*«, verkündete die Tonbandstimme. Tante Gert streckte das linke Bein aus, beugte sich nach vorne und legte die gestreckten Arme an das Bein. Für eine Achtzigjährige war sie erstaunlich gelenkig.

»Es gibt eine Möglichkeit, aber sie hat auch einen Haken.«

»Welchen?«

Inzwischen saß Tante Gert halb geduckt auf dem Rasen und strich sich eine weiße Haarsträhne aus dem Gesicht. »Wenn du ein Zitronenbonbon dazu benutzt, an einen Ort zurückzukehren, den du bereits besucht hast, kannst du nicht mehr in dein normales Leben zurückkehren. Dann bleibst du für immer dort und lebst dieses Leben weiter.« Sie sah mich eindringlich an.

»Oh.« Unwillkürlich wich ich einen Schritt zurück. Ich konnte also zu ihnen zurückkehren, würde dann aber niemals wieder hier in diesem Leben sein. Ich würde dort bleiben müssen. Mir ging durch den Kopf, wohin mich die Zitronenbonbons bisher gebracht hatten: zum Toast in Brighton, zu meiner Mutter auf Hawaii, eine Holzschatulle mit dem Bild meines Vaters auf ihrem Nachttisch, und zu Rory und den Mädchen in Florida. Jedes dieser Leben könnte ich mir aussuchen, aber es wäre eine endgültige Wahl. Die Last dieser Entscheidung war bedrückend, andererseits wohnten ihr auch so viele Möglichkeiten inne, dass es mir den Atem verschlug.

»Ich habe die Wahl?« Fast traute ich mich nicht, die Hoffnung zuzulassen.

Tante Gerts Hände glitten elegant dahin wie Schwalben, folgten mühelos den Anweisungen von der Kassette, dann tauchten sie kurz in die Tasche ihrer Satinhose ab.

»Hier.« Sie hielt mir die geschlossene Hand entgegen. Brav streckte ich eine Hand aus, und sie legte ein einzelnes Zitronenbonbon hinein. »Geh umsichtig damit um. Es ist das letzte.«

Automatisch schlossen sich meine Finger um das Bonbon, hielten es fest. In diesem kleinen Zuckerwerk steckten nun all meine Hoffnungen und Träume.

»Ob du es benutzen möchtest, liegt ganz bei dir«, erklärte mir Tante Gert. »Aber tu es nur, wenn du dir wirklich sicher bist, dass du damit deinem Glück folgst.«

»Versprochen.« Stumm sahen wir uns an. Sie hockte immer noch geduckt über dem Boden. Wirklich bewundernswert, wie viel Kraft in diesem Körper steckte. Mir wurde wieder bewusst, was für ein Leben sie geführt hatte, voller Prestige, Ehrungen und Abenteuern. Jetzt ergab das alles einen Sinn. Bestimmt hatte auch sie die Zitronenbonbons benutzt und sich dafür entschieden, für immer in der besten Version ihres Lebens zu bleiben. Es war überwältigend, diese Wahl treffen zu können. Kein Wunder, dass sie ein so außergewöhnliches Leben geführt hatte.

»Deiner Mutter habe ich die Zitronenbonbons auch einmal angeboten, weißt du«, sagte sie schließlich ruhig, während sie sich aus ihrer hockenden Position erhob. Ihre Knie knackten laut.

»Wirklich?«

Sie nickte und glitt sofort in die nächste Stellung: *Die Nadel auf dem Meeresgrund.* »Kurz nach ihrem Unfall, als ihr Zustand … kritisch wurde. Ich habe sie angerufen und ihr angeboten, mich noch am selben Abend in einen Flieger zu setzen. Dabei habe ich ihr auch von den Zitronenbonbons erzählt, dass sie ihr möglicherweise das Leben retten könnten. Sie hätte zwei bekommen und eine Version ihres Lebens wählen können, in der sie stark und gesund wäre. Ich glaubte wirklich, dass es funktionieren könnte. Einen Versuch wäre es jedenfalls wert gewesen.«

»Was hat sie dazu gesagt?« Überrascht versuchte ich, mir vorzustellen, was wohl passiert wäre, wenn sie das Angebot angenommen hätte.

Tante Gert zuckte mit den Schultern und schob dann

kraftvoll eine Hand nach vorne, als wollte sie den Verkehr aufhalten. »Irene hat sich höflich bei mir bedankt und dann abgelehnt. Sie sagte, sie hätte das Leben gelebt, das sie leben wollte, mit den Menschen, die sie am meisten liebte. Ein anderes Leben wollte sie nicht, auch wenn es möglicherweise länger gewesen wäre. Es tue ihr leid, dass sie diese Welt schon so früh verlassen müsse, erklärte sie mir, aber sie wolle nichts an ihrem Leben ändern. Rein gar nichts. Am Morgen darauf ist sie gestorben.«

Verblüfft wandte ich mich ab. Unglaublich, dass Mom die Chance auf ein anderes Leben einfach ausgeschlagen hatte. Doch es war wundervoll, dass sie ein so erfülltes Leben gehabt hatte und sich ein anderes gar nicht erst hatte vorstellen können. Meine Mutter hatte sich ein Leben geschaffen, das ihren Wünschen entsprach. Genau danach sehnte ich mich auch.

»Sei ehrlich, sei aufmerksam, suche nach Freude«, flüsterte ich und schloss die Hand fest um das kleine Zitronenbonbon. Plötzlich stand mir die gesamte Welt offen. Alles schien möglich zu sein. Ich hatte die Wahl.

33

»Du machst Witze, oder?« Eve musterte mich zweifelnd, während sie die gefrorenen Ziegenmilchwürfel in dem großen Suppentopf mit Natronlauge übergoss. »Du könntest dorthin zurückkehren? Dauerhaft?«

»Zumindest hat Tante Gert es so gesagt. Einmal kann ich noch zurück, aber dann muss ich dableiben. Dann wäre das mein Leben.« Angespannt trommelte ich mit den Fingerspitzen auf dem Esstisch herum. Im hellen Licht der Vormittagssonne machte sich Eve daran, die Ziegenmilchseife anzurühren. Mir war die Aufgabe des Zuschneidens und Einwickelns der fertigen Seifenstücke zugefallen, die ich momentan allerdings sträflich vernachlässigte, da mich die anstehende Entscheidung zu sehr beschäftigte. Im Hintergrund besang Pat Benatar leise, aber voller Wildheit den Versuch, ihre Beziehung zu retten.

Irgendwie hatte ich bis zum Sonntag durchgehalten und das Zitronenbonbon dabei wie eine scharfe Granate mit mir herumgetragen. Ich war abwechselnd verängstigt und überdreht gewesen, alles schien kopfzustehen. Kurz gesagt: Ich war vollkommen durch den Wind. An diesem Morgen war ich früh aufgewacht, hatte in aller Eile die Kuchen gebacken und anschließend eine der ersten Fähren nach Vashon genommen. Die Frühstückszeit im Diner war am Sonntag immer recht entspannt, deshalb konnte ich kurz zu Eve fahren, bevor ich später beim Mittagsgeschäft half. Bei meiner Ankunft hatte Eve mir eine große Schüssel Zimthaferbrei mit Bananenscheiben verpasst und mich dann als Hilfskraft bei der Seifenproduktion für den Wochenmarkt eingespannt.

»Dein Leben ist absolut schräg, das ist dir hoffentlich klar.« Sie trug hellblaue Latexhandschuhe und rührte die Mischung vorsichtig mit einem Plastikpfannenwender. Aus dem Topf, in dem die Lauge langsam die gefrorene Ziegenmilch schmolz, stiegen beißende Ammoniakdämpfe auf. »Ich meine, es war schon merkwürdig genug, dass du für einen Tag dort warst. Aber ein vollkommen neues Leben zu wählen? Das ist noch mal ein ganz anderes Level.« Wieder warf sie mir einen skeptischen Blick zu. »Bist du sicher, dass du nicht in einer Art schleichendem Nervenzusammenbruch feststeckst? Was überhaupt nicht böse gemeint ist. Mir hätte damals schließlich nichts Besseres passieren können.«

»Ich weiß ja, dass es sich total verrückt anhört.« Vorsichtig strich ich über eines der Seifenstücke. Die darin eingearbeiteten Orangenzesten und Nelken hatten die Farbe von sterbender Glut. »Es fühlt sich auch total verrückt an. Aber es ist real, Eve, das schwöre ich dir. Vor ein paar Tagen habe ich die beiden Mädchen in meinen Armen gehalten. Rory hat mich geküsst. Er war es wirklich. Er hat nach Bourbon und Coke geschmeckt und nach süßem Tee gerochen. Und das macht mich einfach fertig.«

»Also kein Bierbauch mit einer langweiligen Persönlichkeit dahinter?« Eve stieß einen traurigen Seufzer aus. »Das hätte alles so viel einfacher gemacht.«

»Nein, da muss ich dich leider enttäuschen. Ich bin immer noch total in ihn verschossen, und jetzt bin ich auch noch völlig vernarrt in die beiden Mädchen.«

»Dann wirst du es also tun?«

Ich zögerte. »Zumindest würde ich es gerne. Mein Herz sagt eindeutig Ja, aber … es ist einfach eine so folgenschwere Entscheidung. Bevor ich diesen Sprung wage, will ich alles gründlich durchdacht haben.«

»Nun ja, was wären denn die Alternativen?«, hakte Eve ganz rational nach. »Dass du dich nicht für das Toast entscheiden wirst, weißt du ja bereits.«

»Richtig.« Ich legte einen Balken Aktivkohleseife auf dem Schneideblock zurecht und ließ mit befriedigender Leichtigkeit die Klinge hindurchgleiten, wodurch mehrere gleich große Stücke entstanden. »Ich könnte auch einfach hier bleiben und mein bisheriges Leben weiterleben, was bedeuten würde, dasselbe zu machen wie schon in den letzten zehn Jahren.« Allein die Vorstellung löste einen unangenehmen Druck in meiner Magengegend aus.

Das brachte mir den nächsten skeptischen Blick von Eve ein, die gerade eine Mixtur aus feuchtigkeitsspendenden Ölen anrührte, der sie nun noch Mandelöl hinzufügte. Ein betörender Duft nach Marzipan verbreitete sich im Raum. »Komm schon, Lolly. Willst du mir ernsthaft weismachen, dass du dabei glücklich werden könntest? Nachdem du diese anderen Optionen kennengelernt hast?«

Wieder musste ich an Tante Gerts Ratschläge für den Weg zum Glück denken: *Sei ehrlich, sei aufmerksam, suche nach Freude.* Aufmerksam war ich gewesen, und ich hatte versucht, ehrlich zu sein. Und ich suchte wirklich mit aller Kraft nach Freude, wollte verzweifelt mehr von dem, was während meiner Tage mit Mom und Rory immer wieder in mir aufgeflammt war.

Auch an die Worte meiner Mutter dachte ich zurück, an ihre Prognose für mein Leben, getroffen unter dem Sternenhimmel von Hawaii: *Für dich gibt es noch so viel mehr, mein Schatz. Mehr Leben, mehr Liebe, mehr gute Dinge. Vielleicht auch Kinder, wenn du das möchtest.* Genau dieses Mehr, das meine Mutter mir versprochen hatte, wollte ich. Mit jeder Faser meines Herzens.

»Ich kann so nicht weiterleben«, platzte es aus mir heraus. »Es muss sich etwas ändern.« Frustriert vergrub ich das Gesicht in den Händen und presste die Handballen auf die Augen.

»Halleluja!«, jubelte Eve. »Okay, weiter.«

Ich stieß den Atem aus. Das war so schwer. Wie sehr ich Eve doch für den Mut bewunderte, ihr Leben einfach komplett umzukrempeln, bis es zu ihr passte. Was in ihrem Fall nicht bedeutet hatte, den Traumpartner zu finden oder eine Menge Geld zu scheffeln. Beides hatte sie gehabt, nur um dann festzustellen, dass sie es nicht wollte. Nein, sie wollte mit ihren Ziegen auf einer wunderschönen, abgelegenen Insel leben, allein und glücklich, und in ihrer Küche Seife anrühren.

»Was ist mit deiner Mom? Wäre es für dich eine Option, zu ihr zurückzukehren?« Eve schüttete die Laugen-Ziegenmilch-Mischung zu den pflegenden Ölen.

»Wenn ich mich für sie entscheide, verliere ich dadurch Dad.« Ich zog ein Blatt Packpapier von dem vorbereiteten Stapel, wickelte ein Stück Aktivkohleseife darin ein und verschloss das Päckchen mit einem Aufkleber. »Und da bin ich auch nicht mit Rory zusammen. Ich habe nicht herausgefunden, was genau passiert ist, aber wir waren definitiv kein Paar. Das ging aus Moms Andeutungen hervor.«

Eve tauchte einen Handmixer in die Seifenmischung und ließ ihn auf der niedrigsten Stufe durch die cremige gelbe Masse gleiten. Klugerweise sagte sie nichts. Diese Entscheidung konnte sie mir nun einmal nicht abnehmen.

»Weißt du, Tante Gert hat mir erzählt, dass sie meiner Mom die Bonbons auch angeboten hat, und zwar, als sie bereits wussten, dass sie sterben würde. Aber Mom wollte sie nicht haben.« Ich legte die Seife weg und sah Eve an. »Mom hat wohl gesagt, sie wolle nichts an ihrem Leben ändern. Sie hätte die Bonbons nehmen und dadurch länger leben können, aber sie wollte ihr Leben gegen nichts anderes eintauschen. Und auch wenn ich sie schrecklich vermisse und mir wünsche, wir hätten mehr Zeit zusammen gehabt, sollte ich ihre Entscheidung respektieren und nicht versuchen, sie zu ändern. Was bedeutet, dass ich sie nicht zurückholen sollte.«

»Bleibt also nur Rory«, folgerte Eve über das leise Summen des Mixers hinweg.

»Bleibt nur Rory.«

Wir verfielen in nachdenkliches Schweigen. Ich versuchte, mir dieses Leben auszumalen – mit Rory, in dem Haus in Florida, mit den Mädchen und meiner eigenen Firma. Jedes Mal, wenn ich an die Mädchen dachte, spürte ich dieses Ziehen in meiner Brust. War ich dazu fähig? Konnte ich mich unwiderruflich für dieses Leben entscheiden? Der Gedanke war aufregend und beängstigend zugleich. Schon darüber zu sprechen, war surreal. Diese Wahlmöglichkeit kam mir vor wie das größte Geschenk aller Zeiten. Was ich erlebt hatte, stand außer Frage. Wie es funktionierte, wusste ich nicht, aber ich wusste dafür umso besser, was ich empfand. Ich würde alles tun, alles aufs Spiel setzen für ein Leben mit Rory und den Mädchen. Sie waren pure Freude für mich.

»Pro und Kontra?«, schlug Eve schließlich vor. Vorsichtig goss sie die angerührte Masse in eine rechteckige hölzerne Seifenform, die sie vorher mit Wachspapier ausgeschlagen hatte.

Ich hakte zunächst alles ab, was dafürsprach: »Mein Dad wäre glücklich verheiratet.« Ein weiteres Mal hatte ich die stille Hingabe vor Augen, die ich auf dem Einladungsfoto in Dads Blick bemerkt hatte, als er Ramona Flores anschaute. Obwohl es ein Schock gewesen war, ihn mit einer anderen Frau zu sehen, wollte ich doch, dass er wieder glücklich wurde. »Und Daphne würde tun, was sie anscheinend sowieso vorhat.« Natürlich hatte ich Eve von unserem Streit beim Bikram-Yoga erzählt. Seit diesem Gespräch war Daphne kein Stück von ihrem Entschluss abgewichen, das College hinzuschmeißen und eine Ausbildung zur Yogalehrerin zu machen. Stattdessen hatte sie mir mitgeteilt, dass Damien und sie »verschiedene Optionen« prüften.

»Und was ist mit dem Restaurant?« Eve trug den leeren Seifentopf in die Spülküche hinüber.

»Das weiß ich gar nicht. Ich habe vergessen, danach zu fragen, als ich bei Rory war. Aber ich denke, wenn Dad glücklich ist und Daphne ihre eigenen Ziele verfolgt … dann spielt das vielleicht gar keine Rolle mehr?« Ein merkwürdiger Gedanke.

Eve tauchte wieder auf, nun mit zwei Flaschen von ihrem hausgemachten Kombucha. Sie setzte sich an den Tisch und reichte mir eine. »Earl Grey mit Grapefruit. Neue Sorte.«

»Oooh, schick.«

Achselzuckend meinte Eve: »So bin ich nun mal. Cheers.« Wir stießen an und tranken.

»Und was steht auf der Kontra-Seite?«, wollte sie anschließend wissen.

Zögernd meinte ich: »Ich glaube, das ist die falsche Frage. Klar, es gibt sicher einiges, was dagegenspricht, und vermutlich werde ich noch mehr entdecken, wenn ich es mache. Aber ich bin ja gar nicht auf der Suche nach einem perfekten Leben. Ich bemühe mich nur, das zu tun, wozu mich Tante Gert immer wieder aufgefordert hat – nach meinem Glück zu suchen.«

»Und für dich ist das Leben mit Rory und diesen Mädchen deine Suche nach dem Glück?« Eve sah mich über die Kombuchaflasche hinweg durchdringend an.

Ich nickte. »Ja, ich glaube schon.«

Im Hintergrund war Pat Benatar dazu übergegangen, die Liebe mit einem Schlachtfeld zu vergleichen. Es war so typisch für Eve, Rock-Chic-Powerballaden aus den Achtzigern als ironischen Soundtrack zu der wichtigsten Entscheidung meines Lebens zu wählen. Vorsichtig schob ich eine Hand in die Tasche und strich mit den Fingerspitzen über das letzte Zitronenbonbon. »Ich kann den Rest meines Lebens nicht ohne ihn verbringen, Eve, ohne Rory und die Mädchen. Nicht, wenn ich die Chance habe, bei ihnen zu sein.« Flehend sah ich sie an; ich brauchte ihre Unterstützung, wollte, dass sie mich verstand.

Eve seufzte so tief, als hätte sie das alles längst kommen sehen. »Also gut.« Sie nahm einen großen Schluck aus ihrer Flasche und stellte sie dann vorsichtig ab. »Eine Frage habe ich allerdings noch.«

»Ja?«

»Sind wir in diesem neuen Leben noch befreundet?«

»Absolut«, bestätigte ich. »Du hast mir Fotos von den Ziegen geschickt. Dotty hat Zwillinge bekommen.«

»Gut. Dann hast du meinen Segen. Benutze dieses Bonbon und suche nach deinem Glück.«

Wieder saßen wir ein paar Minuten schweigend beisammen.

»Weißt du, meine Mom hat Zitronen geliebt«, sagte ich irgendwann nachdenklich. »Sie hat ihnen besondere Kräfte zugeschrieben. Zitronen würden für Klarheit sorgen, hat sie immer gesagt. Sie symbolisieren Hoffnung und Glück. Aber nach ihrem Tod habe ich in den Zitronen irgendwann nur noch eine Verpflichtung gesehen, nicht mehr als ein saures Ding, das ich jeden Morgen beim Backen auspressen muss. Da ist es doch fast schon ironisch, dass jetzt ausgerechnet ein Zitronenbonbon alles für mich ändern wird, oder?«

Eve warf mir einen Seitenblick zu. »Das ist so schräg«, bekräftigte sie kopfschüttelnd. »Ich würde ja völlig verrückt werden vor Sorge um dich, wenn ich nicht irgendwie das Gefühl hätte, dass es dir guttun wird. Für nichts davon habe ich eine logische Erklärung, aber mein Bauchgefühl sagt mir, dass dich dieser Weg in die richtige Richtung führt.«

»Ja, meins auch.« Ich sah sie an.

»Du wirst es also tatsächlich tun, ja?« In ihrem Blick rangen Belustigung und Ungläubigkeit miteinander.

Ohne ihr zu antworten, trank ich meinen Kombucha; nach wenigen Schlucken war die Flasche leer. Dabei versuchte ich krampfhaft, das nervöse Flattern in meiner Brust unter Kontrolle zu bekommen. Ich schloss die Finger um das Bonbon in meiner Tasche und klammerte mich daran fest, als wäre es mein letzter Rettungsanker in dieser Welt. Was es in gewisser Weise ja auch war. Es war meine Chance, einen Lebensweg zu korrigieren, auf dem ich vor so langer Zeit falsch abgebogen war. Endlich würde ich mit Rory Shaw zusammen sein und das Leben und die Liebe finden, die ich vor Jahren selbst zerstört und seitdem so schmerzlich vermisst hatte.

34

Sieben Jahre zuvor
März

Es war ein kühler Morgen im Frühling, drei Jahre nach dem Tod meiner Mutter, als Nancy Shaw mir einen Besuch abstattete – sehr früh, noch bevor die Eatery öffnete, als ich gerade dabei war, die Kuchen für den Tag zu backen. Nachdem sie kurz an die Hintertür geklopft hatte, kam sie zu mir in die Küche.

»Nancy.« Im ersten Moment war ich überrascht, sie zu sehen, was aber schnell in Sorge umschlug. »Ist alles in Ordnung? Ist etwas mit Rory?« Ich hatte schon seit dem Vortag versucht, ihn zu erreichen, und war beunruhigt, weil er sich so gar nicht meldete.

»Alles in Ordnung.« Sie lachte kurz. »Ich wollte dich nicht erschrecken. Eigentlich wollte ich mich nur mit dir unterhalten, von Frau zu Frau sozusagen.«

Erleichtert atmete ich auf. »Ich habe Rory seit gestern mehrmals angerufen und ihm geschrieben. Hat er sich vielleicht bei dir gemeldet? Er müsste inzwischen erfahren haben, wo sie ihn für die Facharztausbildung hinschicken werden, aber ich habe noch nichts von ihm gehört.« Was schon merkwürdig war, denn immerhin hatte diese Entscheidung einen ziemlichen Einfluss auf unser Leben in den kommenden Jahren.

Nancy zögerte. »Er wird dich bestimmt heute noch anrufen. Lolly. Du weißt doch, wie viel er zurzeit um die Ohren hat.«

Ich nickte halbherzig. Am Montag hatte Rory erfahren, dass er für die Facharztausbildung zugelassen worden war, und seitdem hatten wir auf glühenden Kohlen gesessen, da wir nicht wussten, wo er nun weiterstudieren würde. Hatten verzweifelt gehofft, dass er in das Programm der University of Washington aufgenommen werden würde, weil er dann nicht weit weg von Seattle wäre und damit in meiner Nähe. Wo er seine Facharztausbildung machen würde, stand in einem alles entscheidenden Brief – jenem Brief, den alle Medizinstudenten im vierten Jahr gestern erhalten hatten. Und trotzdem hatte er mich nicht angerufen.

»Ich wollte sowieso mit dir über Rory sprechen«, fuhr Nancy zögernd fort. Sie sagte das auf eine Art und Weise, die bei mir sämtliche Alarmglocken schrillen ließ. Da war doch etwas im Busch. »Er weiß nicht, dass ich hier bin«, betonte sie. Diese Frau war eindeutig nervös, obwohl sie wie immer tadellos zurechtgemacht war mit ihrer eleganten, faltenfreien Leinenhose und der maßgeschneiderten Bluse. Plötzlich wünschte ich mir, ich hätte keine mit Butter verschmierte Kochschürze an und auch keinen unordentlichen Dutt auf dem Kopf. Obwohl sie die beste Freundin meiner Mutter gewesen war und mich immer liebevoll behandelt hatte, fühlte ich mich neben ihrer schlichten Eleganz meist etwas schäbig. Als fehlte mir der letzte Schliff.

»Worüber genau möchtest du denn reden?« Ich holte mir einen Schwamm, wischte den Arbeitstisch ab und schob die Kuchenteigreste zu einem Häufchen zusammen. Denn auch wenn ich wirklich gespannt war, den Grund für ihren Besuch zu erfahren, musste ich weitermachen.

Die Zeit verstrich, und die Küchenpflichten erledigten sich nicht von selbst.

Der Timer klingelte. »Warte, ich muss mich kurz um die Kuchen kümmern.« Ich zeigte einladend auf die Metallhocker, die auf der anderen Seite des Arbeitstisches standen. Vorsichtig ließ sich Nancy auf einem von ihnen nieder, während ich mir ein Paar riesige Ofenhandschuhe überzog und mich dem Backofen zuwandte. Perfekt gebräunt standen meine sechs Zitronenbaiserkuchen aufgereiht im Rohr. Sechs Monate hatte ich herumprobieren müssen, bis ich Moms Rezept wirklich hatte nachbacken können. Jetzt gelang es jedes Mal auf Anhieb. Ich holte den ersten Kuchen raus und trug ihn zum Tisch. Sie mussten eine Stunde abkühlen, bevor sie für vier Stunden in den Kühlschrank wanderten; zum Mittagsgeschäft waren sie dann fertig. Nach und nach holte ich alle Kuchen aus dem Ofen.

»So, worüber wolltest du mit mir sprechen?«, hakte ich noch einmal nach, während ich den letzten Kuchen auf dem Tisch abstellte.

»Ich möchte dich bitten, deine Verlobung mit Rory zu lösen«, verkündete Nancy unverblümt.

Der Kuchen glitt mir aus der Hand. Platschend landete er mit der Baiserseite nach unten auf dem Boden. »Wie bitte?« Ich musste mich verhört haben.

Nancy verschränkte die Finger im Schoß, als müsste sie sich wappnen, dann wiederholte sie ihre Bitte vollkommen ruhig und sachlich.

Ich starrte erst sie an, danach den zermatschten Kuchen. Die sonnengelbe Füllung verteilte sich träge über die Fliesen. »Wie kommst du darauf, mich um so etwas zu bitten?« Ich war fassungslos. Ohne die Ofenhandschuhe auszuziehen, wandte ich mich von dem Kuchenbrei auf dem Boden ab und sah Nancy an.

Die drehte nervös ihren Ehering am Finger. »Bitte, hör mir erst einmal zu, Lolly. Wir beide lieben Rory. Und wir wollen beide nur das Beste für ihn. Mir ist klar, dass du ihn liebst und dass er dich liebt. Und ich weiß, wie schwer es für dich war, seit Irene … gestorben ist.« Tränen stiegen in ihren Augen auf, und sie ließ hektisch blinzelnd den Kopf hängen, bis sie sich wieder unter Kontrolle hatte.

Ich nickte kraftlos. Ja, es war unglaublich schwer gewesen seit dem Tod meiner Mutter, und ich schaffte es immer noch kaum, all ihren Verpflichtungen im Restaurant nachzukommen. An manchen Tagen hatte ich das Gefühl, es brauche drei Leute, um sie zu ersetzen. Abend für Abend war ich erst nach Mitternacht fertig und fuhr dann mit pochenden Kopfschmerzen und einem dunklen Loch in meinem Innern nach Hause. Doch meinem Vater ging es noch viel schlechter als mir. Sein Herz war unwiderruflich gebrochen. Und Daphne war mit ihren inzwischen dreizehn Jahren launisch und aggressiv. Die letzten drei Jahre waren extrem nervenaufreibend gewesen, und ein Ende war bisher nicht in Sicht. Wir gaben unser Bestes.

»Es war wirklich hart«, bestätigte ich. Langsam streifte ich die Ofenhandschuhe ab und wartete darauf, dass Nancy mit ihrer Erklärung fortfuhr.

»Der Tod deiner Mutter hat unser aller Leben verändert, aber wohl keines so sehr wie deins. Es ist eine Tragödie in vielerlei Hinsicht.« Nun klang ihre Stimme mitfühlend und traurig. »Rory hat mir erzählt, dass du hierbleiben und das Restaurant weiterführen möchtest?«

»Ich kann jetzt nicht gehen. Dad braucht dringend jemanden, der ihm hilft, und Daphne ist noch so jung. Sie braucht mich ebenfalls.« Mein Blick wanderte zu dem Kuchenbrei auf dem Boden. »Momentan halte ich hier alles zusammen. Vielleicht in ein paar Jahren …« Aber irgendwie ahnte ich bereits, dass das reines Wunschdenken war. Meine Pläne für einen Umzug nach Baltimore und das Toast hatte ich nach dem Tod meiner Mutter auf Eis gelegt. Unsere Hochzeit war bis auf Weiteres verschoben. Rory und ich sprachen zwar noch darüber, hatten aber irgendwann im letzten Jahr aufgehört, uns Gedanken über einen festen Termin zu machen. Solange er seinen Facharzt nicht irgendwo in der Nähe von Seattle machen konnte, war das logistisch einfach nicht zu stemmen. Und wir hatten uns geweigert, Alternativen zu diskutieren, falls das nicht klappen sollte.

Nancy holte tief Luft. »Lolly, Rory ist nicht an der hiesigen Universität gelandet. Sie haben ihn an die Duke geschickt.«

»Oh.« Wie viel Frustration und Enttäuschung man doch in eine kleine Silbe stecken konnte. Er würde nicht nach Seattle kommen. Dann flammte Wut in mir auf. Er wusste also, wo er den Facharzt machen würde, und hatte es mir nicht gesagt? Seiner Mutter aber anscheinend schon.

Nancy sah mir offenbar an, was ich gerade dachte, denn sie sagte: »Er hat sich nicht bei dir gemeldet, weil er nicht wusste, wie er es dir sagen soll. Die University of Washington war seine erste Wahl, weil du hier bist, aber die Duke …«

»Die Duke bietet ihm die besten Möglichkeiten«, beendete ich ausdruckslos ihren Satz.

Sie nickte. »Rory hat eine strahlende Zukunft vor sich. Er wird mit Bestnoten von einer der renommiertesten medizinischen Fakultäten des Landes abgehen. Die Duke ist eine Riesenchance für ihn. Die kommende Zeit kann über seine gesamte Karriere entscheiden. Du weißt doch selbst, dass er seit seinem zwölften Lebensjahr davon träumt, als Arzt für ein großes Team zu arbeiten. Das rückt dadurch in greifbare Nähe«, erklärte Nancy beinahe flehend.

»Ich habe Rory immer in allem unterstützt«, stammelte ich hilflos. Dabei spürte ich bereits, dass ich in der Falle saß. Sehen konnte ich sie noch nicht, aber sie würde bald zuschnappen.

»Ja, das weiß ich doch.« Wieder nickte Nancy mit Nachdruck, ohne dass ihre makellose Frisur darunter gelitten hätte. Ihr Haar hatte dieselbe Farbe wie Rorys, ein kräftiges Rotbraun, nur dass sie es mit Strähnchen aufhellte und kurz geschnitten trug wie Nancy Reagan.

»Aber, Lolly, wie soll das denn funktionieren?« Ganz sanft nannte sie das Dilemma beim Namen, dem Rory und ich uns nicht hatten stellen wollen. Einmal hatte ich ihn gefragt, was denn werden sollte, falls er seine Ausbildung nicht in Seattle abschließen könne, doch er hatte sich geweigert, darüber zu sprechen. Stattdessen hatte er nur gesagt: »Ich will mit dir zusammen sein, Lolly, und zwar für den Rest meines Lebens. Ende der Geschichte.«

»Rory hat nun drei Jahre an der Duke vor sich«, fuhr Nancy fort, »dann noch das Sportmedizinstipendium irgendwo anders. Ihr könntet noch einmal mindestens vier Jahre nicht zusammenleben.«

»Drei«, korrigierte ich sie. »Die Universität hier hat ein hervorragendes Sportmedizinprogramm. Er könnte es dort machen.«

Nancy nickte mitfühlend, blieb aber entschlossen: »Möglicherweise, mit viel Glück, bekommt er ein einjähriges Stipendium in Seattle. Aber was dann? Er wird dorthin gehen müssen, wo man ihm einen Job anbietet. Seattle hat zwar mehrere große Sportmannschaften, aber die Chancen, dass er hier etwas findet, sind trotzdem sehr gering.« Zögernd fuhr sie fort: »Ich sage dir hier nur das, was Rory bereits klar ist. Mit dieser Zwickmühle leben zu müssen, zerreißt ihn innerlich. Er hat mir … Er hat mir gestern Abend gesagt, dass er darüber nachdenkt, das Angebot von der Duke abzulehnen. Und du weißt, was das bedeuten würde. Eine zweite Chance auf die Facharztausbildung gibt es nicht. Dann wäre seine harte Arbeit während des Studiums völlig umsonst gewesen. Er überlegt ernsthaft, nach Hause zu kommen und sich hier einfach irgendeinen Job zu suchen, nur damit er bei dir sein kann, Lolly.« Tränen schimmerten in ihren braunen Augen … Augen, die denen von Rory unglaublich ähnelten. »Lass nicht zu, dass er das tut. Ich flehe dich an. Er liebt dich so sehr, dass er deinetwegen seine gesamte Zukunft zerstören würde. Bitte, du liebst ihn doch viel zu sehr, um das zuzulassen.«

Entsetzt starrte ich sie an. »Er denkt darüber nach, die Facharztausbildung hinzuschmeißen?«

Nachdem sie nun ihre Bitte vorgebracht hatte, war Nancy wieder etwas gefasster. Sie nickte. »Ich weiß, dass du ihn liebst, Lolly. Und ich weiß, dass du eine gute, starke Frau bist. Deswegen bitte ich dich nun, das Richtige zu tun und ihn gehen zu lassen. Im Moment seid ihr bestimmt der Meinung, dass ihr das irgendwie hinbekommen werdet, dass eure Liebe allen Widrigkeiten trotzen kann, aber so einfach ist das nun mal nicht. Einer von euch wird etwas opfern müssen, das ihm sehr am Herzen liegt – entweder du oder Rory. Anders geht es nicht. Wärst du bereit, dieses Restaurant, deinen Vater und Daphne zu verlassen?«

Im ersten Moment konnte ich ihr nicht antworten. Nur zwei Dinge wusste ich: Ich liebte Rory Shaw mehr als irgendjemanden sonst auf der Welt. Und es war absolut unmöglich, meine Familie oder das Restaurant zu verlassen – nicht in absehbarer Zeit, vermutlich noch sehr, sehr lange nicht. Deshalb schüttelte ich den Kopf. »Nein«, gestand ich flüsternd. Das war vollkommen ausgeschlossen.

»Zwing Rory nicht dazu, alles aufzugeben, wofür er von Kindesbeinen an gearbeitet hat«, warnte mich Nancy. In ihren Augen blitzte eine Entschlossenheit auf, die ich an ihr noch nie zuvor bemerkt hatte. »Denn wenn er sich für dich entscheidet, wird er es irgendwann bereuen, seine Träume aufgegeben zu haben, all das, was er hätte sein können. Und er wird es für den Rest seines Lebens bereuen. Du willst nicht diejenige sein, für die er das alles aufgibt. Eine solche Last kann keine Frau mit sich herumtragen. Denn am Ende wird er dich dafür hassen – dich, dieses Restaurant und seine Wahl. Zwingst du ihn zu dieser Entscheidung, wird das am Ende nicht nur sein Leben, sondern auch eure Liebe zerstören.«

Ich konnte nicht klar denken. Einerseits klang alles, was sie sagte, vollkommen logisch; auch wenn es schrecklich war, ergab es einen Sinn. Rory wollte schon seit seiner Schulzeit Sportmediziner werden. Es war seine große Leidenschaft, er tat alles für den Traum, Teil eines Teams zu werden. Und um das zu schaffen, musste er sämtliche Chancen ergreifen, die sich ihm boten – die besten Ausbildungsmöglichkeiten, Kontakte und Gelegenheiten –, unabhängig davon, wohin es ihn dadurch verschlug. Wir wussten, dass er kaum Chancen hatte, seine Ausbildung in Seattle abzuschließen. Und die Duke war der Jackpot. Er durfte sich diese Chance nicht entgehen lassen.

Andererseits ging es hier um Rory, um Rory und mich. Wie konnten wir nicht zusammen sein? Allein der Gedanke versetzte mir einen Stich ins Herz. Unmöglich. Wir waren füreinander bestimmt. Ja, die letzten drei Jahre waren unglaublich hart gewesen. Studium, Restaurant und meine Ersatzelternpflichten gegenüber einem Teenager – wir hatten beide einen stressigen Alltag, der noch dazu ziemlich konträr verlief. Und ich hatte durchaus bemerkt, dass wir uns nach und nach immer weniger zu sagen hatten. Unsere Leben hatten sich auseinanderentwickelt, wurden eigentlich nur noch durch den Verlobungsring an meinem Finger und unsere gemeinsame Vergangenheit zusammengehalten.

Eine gewisse Anspannung hatte sich in unsere Beziehung geschlichen, die Umstände, die räumliche Entfernung und die Hektik unseres getrennten Alltags hatten uns mürbe gemacht. Ich hatte mir immer eingeredet, dass wir nur etwas gemeinsame Zeit brauchten, einfach nur wieder am selben Ort sein müssten, und sicherlich stimmte das auch. Hätte er den Platz in Seattle bekommen, hätte sich das bestimmt alles irgendwie wieder eingerenkt. Doch es war anders gekommen. Er hatte eine hervorragende Ausbildung am anderen Ende des Landes angeboten bekommen. Noch einmal drei Jahre, vielleicht sogar länger. Ich biss mir auf die Lippe. Würden wir drei weitere Jahre Fernbeziehung überstehen? Wenn ich daran dachte, stieg Verzweiflung in mir auf.

Eines war sicher: Er durfte dieses Angebot auf keinen Fall ausschlagen. Das wäre das Ende seiner Träume und – hier teilte ich Nancys Befürchtungen – letztlich wohl auch das Ende unserer Beziehung. Denn was für ein Leben erwartete ihn schon, wenn er jetzt zurückkehrte? Gefangen mit mir in unserem Restaurant, endlose Schichtarbeit, dazu das tägliche Drama mit einem starrsinnigen Teenager. Er wäre unglücklich und rastlos. Wie schnell konnte daraus Abscheu gegenüber mir und meiner Familie werden, gegenüber dem Restaurant und unserem kleinen, beengten Leben? Gleichzeitig war für mich ein Leben ohne ihn unvorstellbar. Wir waren dazu bestimmt, zusammen zu sein. Irgendwie würden wir das hinbekommen. Es ging einfach nicht anders.

»Wie kannst du das von mir verlangen?«, flüsterte ich tonlos. Als Nancy meinen Gesichtsausdruck sah, wurde sie weich.

»Ich liebe dich wie eine Tochter, Lolly. Deine Mutter war meine beste Freundin. Aber Rory ist mein einziges Kind, und ich würde Himmel und Hölle in Bewegung setzen, um ihn zu beschützen und ihm all das zu ermöglichen, was er verdient. Rory wäre sicher fuchsteufelswild, wenn er wüsste, dass ich dieses Gespräch mit dir führe. Und natürlich kannst du selbst entscheiden, ob du ihm davon erzählen möchtest oder nicht. Euch beide als Paar zu erleben, hat mich immer so glücklich gemacht.« Ihr versagte die Stimme, und sie brauchte einen Moment, bis sie sich wieder im Griff hatte. »Aber nun fürchte ich um euer beider Glück, wenn ihr versucht, das auf Biegen und Brechen durchzuziehen. Ich weiß, dass du mir das vermutlich nicht glauben wirst. Solange man jung ist, denkt man, die Liebe könne alle Hindernisse überwinden. Doch die Wahrheit sieht leider anders aus. Manchmal liebt man einen Menschen, doch es ist schlicht nicht möglich, sich ein gemeinsames Leben mit ihm aufzubauen. Manchmal ist die Liebe einfach nicht stark genug. Und manchmal liebt man einen Menschen so sehr, dass man ihn gehen lassen muss.«

Sie stand auf, und nach kurzem Zögern kam sie um den Arbeitstisch herum und zog mich in ihre Arme. Sie roch nach Geißblatt und gestärkter Wäsche.

»Du bist ein guter Mensch, Lolly. Ich weiß, dass du das Richtige tun wirst«, flüsterte sie mir ins Ohr und drückte für einen Moment ihre Wange an meine. Ihre Haut war so weich und fest wie ein Rosenblatt.

Nachdem sie gegangen war, starrte ich blicklos vor mich hin und versuchte, einfach nur genügend Luft zu bekommen. Dann entfernte ich leicht benommen die Schweinerei auf dem Fußboden, warf die zerbröselten Teigreste in den Kompost und wischte die leuchtend gelbe Füllung auf. Ein Kuchen weniger, das war belanglos. Jetzt zählte nichts außer Nancys Worten, die wieder und wieder durch meinen Kopf hallten. Und das schreckliche Gefühl, dass sie womöglich recht haben könnte.

35

Sieben Jahre zuvor
März
Später am selben Tag

Der Rest dieses Morgens verging wie in einem erstickenden Nebel, während der Knoten in meinem Magen mit jeder stillen Stunde größer und drückender wurde. Ich schickte Rory eine Nachricht. Er antwortete nicht. Ich kümmerte mich um die Gäste, kochte unzählige Kannen Kaffee, half Dad dabei, die kaputte Ofentür notdürftig mit einem Kleiderbügel zu sichern, servierte Kuchen. Und dabei hatte ich unablässig Nancys Worte im Ohr, sie schrien mir die schreckliche, bittere Wahrheit immer lauter entgegen. Ich wollte ihnen eine perfekte Antwort entgegenschleudern, wollte unsere Liebe verteidigen, wollte sie überzeugen, dass wir eine Möglichkeit finden würden. Dass unsere Liebe einen Weg finden würde. Aber mir fehlten die Worte dafür. Ich musste unbedingt mit Rory sprechen.

Als der Abendansturm schließlich etwas nachließ, läutete die Glocke über der Tür. Da ich gerade dabei war, die Bestellung einer Familie aufzunehmen, die den Geburtstag der Großmutter feierte, blickte ich nur kurz hoch. Ich erstarrte. Rory stand in der Tür. Er war noch von der Reise zerzaust und wirkte leicht verunsichert. Sein Gesicht spiegelte deutlich wider, wie besorgt er war. Als er mich sah, leuchteten seine Augen auf, und sein Mund verzog sich zu einem liebevollen Lächeln. Er hob grüßend die Hand, und sofort packte mich eine Welle der Erleichterung. Rory war da.

Hastig übergab ich meine Tische an Beth, unsere damalige zweite Kellnerin, und signalisierte Rory, dass wir uns hinter dem Haus treffen würden. Er wartete bereits neben den Mülltonnen, als ich aus der Hintertür trat. Einen Moment lang sahen wir uns einfach nur an. Er trug Jeans und einen senfgelben Fleecepulli. Müde sah er aus. In mir kämpfte die Wut darüber, dass er sich nicht gemeldet hatte, mit der Erleichterung, weil er nun endlich bei mir war. Doch hinter diesen widersprüchlichen Gefühlen lauerte vor allem eine dumpfe, ahnungsvolle Furcht. Während der letzten Stunden hatte sich alles verändert. Irgendetwas würde passieren, ich wusste nur noch nicht genau, was.

Verlegen standen wir uns gegenüber.

»Hi.« Ich bemerkte die Unsicherheit in seinen Augen. Offenbar wusste er nicht, wie er anfangen sollte, also machte ich es ihm leicht. Ja, ich war frustriert, verängstigt und beunruhigt, aber vor allem war ich immer noch bis über beide Ohren in diesen Mann verliebt. Also trat ich auf ihn zu, schmiegte mich an seine Brust und umarmte ihn, so fest ich konnte. Warm war er, roch nach schaler Flughafenluft und Rory. Wir hielten uns aneinander fest, er drückte seine Wange auf meinen Scheitel, ich vergrub das Gesicht an seinem Hals. Die Anspannung summte in seinen Muskeln wie Strom. Keiner von uns sagte ein Wort. Ich wollte nicht diejenige sein, die das Siegel brach. Rory hauchte zarte Küsse auf mein Haar und mein Ohr, drückte mich so fest an sich, dass ich kaum atmen konnte. Offenbar spürte er ebenfalls, dass uns etwas Entscheidendes bevorstand, eine Art Abrechnung. Nach dem heutigen Abend würde nichts mehr so sein wie zuvor, wie auch immer diese Sache ausgehen mochte.

Schließlich lehnte ich mich zurück und fuhr mit beiden Händen über seine Wangen; seine Bartstoppeln knisterten wie Sand an einer Muschelschale. Mir kam es so vor, als wäre er in dem Monat, seit wir uns zuletzt gesehen hatten, sichtlich gealtert. Sorgenfalten hatten sich in seine Mundwinkel gegraben.

»Warum hast du nicht angerufen?«, fragte ich ihn. »Warum musste ich es von deiner Mutter erfahren?«

Rory löste sich von mir und sah mich überrascht an. Ihm war nicht klar gewesen, dass ich Bescheid wusste. Vermutlich hatte er sich während des ganzen Fluges von Baltimore hierher überlegt, wie er mir die schlechten Nachrichten beibringen sollte.

»Was ist mit meiner Mom?«, fragte er verwirrt.

»Sie war heute Morgen bei mir. Und sie hat mir von der Duke erzählt.«

Rory ließ den Kopf hängen. »Können wir zum Strand fahren?«, fragte er seufzend. »Ich glaube, wir müssen uns unterhalten.«

Schweigend fuhr ich uns zum Parkplatz am Strand. Der kühle Märztag neigte sich dem Ende zu, weshalb außer uns niemand zu sehen war. Rory fing an zu reden, als ich Florence auf einem der Plätze abstellte.

»Ich wusste nicht, wie ich es dir sagen soll«, gestand er mir. »Es tut mir leid. Ich wollte warten, um es dir persönlich erklären zu können. Dabei habe ich mir so gewünscht, dass es die Universität hier in Seattle wird.« Ausdruckslos sagte er das, mutlos.

Wir liefen zum nördlichen Ende des Strandes, am Leuchtturm vorbei. Dort wichen wir bewusst dem Zaun aus, an dem das herzförmige Schloss hing, und gingen andersherum. Dieses optimistische Symbol unserer Liebe wollte ich jetzt nicht sehen, nicht, wenn mein eigenes Herz so sehr in Aufruhr war. Also kämpften wir uns durch ein paar Brombeerbüsche und zwischen einigen Erdbeerbäumen hindurch, kletterten über Treibholzstämme und folgten dann einem sandigen Pfad, der ans Wasser führte.

Es war windstill, doch der Geruch von Regen hing in der Luft. An den Olympic Mountains im Westen türmten sich Wolken. Sie verloren nach und nach an Farbe, da die Orange- und Pinktöne des spektakulären Sonnenuntergangs bereits von dunklem Blau und Violett verdrängt wurden. Wir ließen uns an unserem üblichen Treibholzstamm nieder, aneinandergekuschelt wie zwei Erbsen in einer sandigen Schote. Fröstelnd zog ich den Reißverschluss meiner Jacke zu. Wie oft hatten wir in den letzten Jahren so hier gesessen? Fast glaubte ich, uns noch als Teenager am Wasser stehen zu sehen, blass und frierend in unseren Badesachen. Und genau hier hatten wir ineinander verschlungen gelegen und heiße Küsse getauscht, an dem Abend, bevor Rory aufs College gegangen war. An jenem Abend hatte ich ihm meine Liebe gestanden. Schloss sich nun der Kreis? Würde dies zu dem Ort werden, wo alles angefangen hatte und alles endete?

Ich lehnte mich gegen das Holz und drückte meinen Arm gegen Rorys, während wir stumm zusahen, wie sich die Dämmerung über das Wasser senkte.

»Die Duke also«, sagte ich schließlich.

Rory nickte. »Ja.« Ganz kurz nur schoss sein Blick zu mir.

»Möchtest du auf die Duke gehen?«

Es dauerte eine ganze Weile, bis Rory antwortete: »Das Angebot an der Duke ist fantastisch, mit das Beste überhaupt.« Sehnsucht und Vorfreude schwangen in dieser Feststellung mit. »Dort würde ich eine erstklassige Facharztausbildung bekommen. Sie wäre meine erste Wahl gewesen, wenn nicht …« Er beendete den Satz nicht.

»Wenn nicht ich hier in Seattle festsitzen würde«, half ich ihm aus.

Er nickte. »Ob ich auf die Duke gehen möchte? Ja, in einem anderen Leben sofort. Aber hier geht es um *unser* Leben, um unsere Geschichte, also ist das nicht relevant.«

»Wieso ist das nicht relevant?«

Nun drehte er sich zu mir um, verschränkte meine kalten Finger mit seinen. »Weil ich Himmel und Hölle in Bewegung setzen würde, bloß um dich nicht noch einmal zu verlieren, Lolly.« Voller Überzeugung sagte er das. Es schien ihm absolut ernst damit zu sein.

»Und wenn du nicht an die Duke gehst, was willst du dann tun?«

Achselzuckend meinte er: »Mir einen Job im Krankenhaus suchen oder vielleicht Trainer an der Highschool werden. Mir fällt schon etwas ein.« Nun klang er resigniert, legte mir diese Optionen ohne jede Freude dar.

Während ich mir seine so glanzlosen Ideen anhörte, musste ich wieder an Nancys Prophezeiung denken. Eisige Kälte kroch mir bis in die Knochen. *Wenn er sich für dich entscheidet, wird er es irgendwann bereuen, seine Träume aufgegeben zu haben, all das, was er hätte sein können. Und er wird es für den Rest seines Lebens bereuen.*

Wie sehr ich mir doch wünschte, sie hätte unrecht. Alles in mir schrie danach zu beweisen, dass sie sich irrte.

Aber wenn ich ganz ehrlich zu mir war, wusste ich, dass es stimmte. Er wollte alles hinschmeißen, nur meinetwegen. Das durfte ich nicht zulassen. Plötzlich konnte ich es ganz klar vor mir sehen: Aus Liebe zu mir würde er seine Träume und diese großartige Chance aufgeben – und damit das Leben, das er bereits geplant hatte, als er gerade mal zwölf gewesen war. Er würde es tun, weil die Alternative für ihn vollkommen undenkbar war. Rory war liebevoll und loyal. Er würde niemals seine Interessen über meine stellen.

Aber ich kannte ihn zu gut, wusste genau, was in ihm steckte, wie groß seine Leidenschaft für die Medizin und den Sport war, wie sehr er sich jedem seiner Teams verschrieben hatte. Ja, er würde für mich seine Träume aufgeben, aber er würde darunter leiden. Sehr sogar. Ein Teil von ihm würde das für den Rest seines Lebens bereuen, und der Grund dafür wäre allein ich.

»Du darfst das Angebot von der Duke nicht ablehnen«, drängte ich ihn deshalb. »Du musst dahin, Rory.«

Irritiert, aber auch voller Hoffnung sah er mich an. »Soll das etwa heißen, du wirst mitkommen?« Plötzlich klang er wieder viel fröhlicher.

Und diesen einen, gar nicht so kurzen Moment lang zögerte ich. Die Versuchung, alles hinter mir zu lassen und einfach zu gehen, war unvorstellbar groß. Keine Erziehungsversuche bei Daphne mehr, die sowieso nicht wollte, dass ich mich in ihr Leben einmischte; keine Bilanzen und Aufstellungen stetig schwindender Gewinne mehr; nie wieder nach Hause kommen und dabei eingehüllt sein in eine Dunstwolke aus dänischem Hackbraten und Rotkohl. Nie wieder mitten in der Nacht aufstehen und eine endlose Abfolge von Zitronenbaiserkuchen backen müssen. Ich könnte einfach gehen. Könnte frei sein.

In diesem verlockenden Augenblick stellte ich es mir vor: Rory und ich würden uns eine schäbige kleine Wohnung in der Nähe der Uni suchen. Er würde rund um die Uhr arbeiten, ich würde mir eine Katze anschaffen, um etwas Gesellschaft zu haben. Eine bequeme braune Couch sah ich vor mir, einen für zwei gedeckten Tisch, Töpfe mit Blumen und Kräutern auf der Fensterbank. Alles ganz einfach. Das Leben, das wir gemeinsam führen könnten. Aber fortzugehen war … ausgeschlossen.

Wenn ich ging, was würde dann aus dem Restaurant, aus meinem Vater und meiner Schwester, aus dem Vermächtnis meiner Familie werden? Wie sollte mein Vater zurechtkommen? Das Restaurant war so ziemlich der einzige Grund, warum er morgens aufstand. Nur so schaffte er es, ohne meine Mutter weiterzumachen, uns alle irgendwie zusammenzuhalten. Und wahrscheinlich hielt es auch ihn selbst zusammen. Wenn ich ginge, wäre er am Boden zerstört, außerdem konnten wir es uns gar nicht leisten, jemanden einzustellen, der all meine Aufgaben übernahm. Das Restaurant war unsere Existenzgrundlage. Ohne den Laden konnten wir finanziell nicht überleben. Abgesehen davon war es völlig undenkbar für mich, Dad und Daphne einfach ihrem Schicksal zu überlassen. Momentan mochte Daphne mich zwar dafür hassen, dass ich sie bemutterte, aber sie brauchte mich dringender, als es ihr bewusst war. Dad war nach wie vor tief in seine Trauer verstrickt, außerdem hatte er keine Ahnung, wie er mit einem temperamentvollen Teenager umgehen sollte. An dem einen Tag stieß Daphne mich weg, um sich schon am nächsten an mir festzuhalten wie ein verängstigtes Kind, das sie tief in ihrem Inneren auch immer noch war. Ich war der Klebstoff, der meine ramponierte kleine Familie zusammenhielt. Wenn ich ging, würde alles zusammenbrechen – mein Vater, Daphne, unser Heim, unsere Familie und unsere Finanzen. Es wäre selbstsüchtig und herzlos von mir, zu gehen. Nein, ich konnte es nicht tun. Ausgeschlossen.

»Nein.« Ein kleines Wort verschloss das Tor zu einem Leben voller Möglichkeiten, einem Leben, das ich so verzweifelt gerne gehabt hätte. »Ich kann sie nicht im Stich lassen, das weißt du«, flüsterte ich. Wie trockenes Brot steckten die Worte in meiner Kehle fest.

»Ich weiß.« Rory seufzte schwer. »Dann bleiben wir also weiter bei der Fernbeziehung? Für die nächsten drei Jahre oder so?«, fragte er resigniert.

Schon die vergangenen drei Jahre hatten uns viel abverlangt. So oft hatten wir darüber gesprochen. Hingabe allein reichte nicht aus, wenn wir Zeit und Raum gegen uns hatten. Ganz egal, wie sehr wir uns liebten, wir konnten nicht weiterhin getrennte Leben leben. Das machte uns kaputt. Wir beide wussten das. Noch einmal drei oder vier Jahre so weitermachen … das würden wir nicht schaffen. Da war ich mir sicher. Dann bliebe uns am Ende nichts außer Erinnerungen und Reue.

Ich schüttelte den Kopf, versuchte, die aufsteigenden Tränen zu unterdrücken. »Das würden wir nie überstehen.« Angestrengt blinzelte ich die Tränen fort und sah Rory an. In der zunehmenden Dunkelheit traten seine Wangenknochen überdeutlich hervor, und der frische Wind fuhr durch sein kupferrotes Haar, als er mich hilflos musterte. Ich liebte ihn zu sehr, um zuzulassen, dass er sich selbst alles kaputtmachte. Und erst jetzt wurde mir wirklich bewusst, was das bedeutete. Ich konnte nicht mit ihm gehen, aber ich konnte auch nicht zulassen, dass er meinetwegen alles aufgab. So oder so wäre es unser Ende. Das war mir nun klar.

»Ich glaube, egal, wie sehr wir uns lieben, zieht uns das Leben in unterschiedliche Richtungen«, sprach ich die grausame Wahrheit schließlich laut aus.

Vollkommen entsetzt wich Rory vor mir zurück. »Lolly, was redest du da?«

Ich fing an zu weinen, musste laut und heftig schluchzen. Die Wahrheit war schrecklich. Der Schmerz war ebenso groß wie beim Tod meiner Mutter, breitete sich in mir aus wie ein giftiger Atompilz. Mein Herz implodierte. Ich liebte Rory, seit ich dreizehn Jahre alt war. Und es fühlte sich an, als würde ich ihn bis zu meinem letzten Atemzug lieben.

»Ich liebe dich mehr als irgendjemanden sonst auf dieser Welt, aber wir gehen nun einmal nicht in dieselbe Richtung. Ich glaube, wir sind einfach nicht dazu bestimmt, ein gemeinsames Leben zu führen.« Ich erstickte beinahe an meinen Worten. »Wenn meine Mom nicht gestorben wäre, wenn ich nicht das Restaurant leiten und mich um meinen Dad und Daphne kümmern müsste …« Es gelang mir nicht, den Gedanken zu Ende zu führen. Krampfhaft schlang ich die Arme um meinen Bauch und krümmte mich zusammen, als hätte ich Angst, sonst in tausend Stücke zu zerspringen. In einer anderen Welt wären Rory und ich bis an unser Lebensende miteinander glücklich geworden. In einem anderen Leben hätten wir die Ewigkeit füreinander sein können. Aber eben nicht in dieser Welt. Daran ließ sich offenbar nichts ändern.

»Nein, Lolly, hör mir zu, wir kriegen das hin. Ich finde schon etwas hier in Seattle. Vielleicht keine Facharztausbildung, aber eben etwas anderes.« So verzweifelt klang er.

Ich schüttelte den Kopf. »Wenn ich zulasse, dass du das Angebot der Duke ablehnst, wirst du das für den Rest deines Lebens bereuen. Das ist dir doch auch klar. Immer wirst du dich fragen: ›Was wäre gewesen, wenn …?‹ Du bist für die Sportmedizin geschaffen, dein gesamtes Leben ist darauf ausgerichtet. Wenn du das aufgibst, bleibt dir nur ein billiger Abklatsch von einem Leben, in das du nicht mal richtig reinpasst. Begreifst du das denn nicht? Und es wäre alles nur meinetwegen. Ja, dann wären wir zusammen, aber keiner von uns hätte das Leben, das er sich wünscht. Ich will nicht, dass du mich irgendwann hasst. Du musst das Angebot annehmen, und ich werde nicht mit dir kommen können.«

Für einen kurzen Moment flackerte Gewissheit in seinem Blick auf, er fing an zu begreifen, dass ich die Wahrheit sagte, auch wenn er sich noch dagegen sträubte. Er wusste, dass ich recht hatte, das sah ich ihm deutlich an. Aber er konnte sich diese Wahrheit noch nicht eingestehen.

»Hör mir zu, Lolly.« Rory legte beide Hände auf meine Schultern und drehte mich zu sich um, sah mich eindringlich an. Ich erwiderte seinen Blick, um ihn auf ewig in meinem Gedächtnis zu verankern. All die Jahre, die ich Rory nun schon liebte, flossen in diesem einen Moment zusammen: Rootbeer und glänzende Kupfermünzen, Daphnes niedliches Kinderlachen, wenn er sie in die Luft warf, sein schlanker Körper, dicht an meinen geschmiegt, sein Duft nach Bourbon, Eichenholz und süßem Tee. Seine Küsse, so zärtlich und leidenschaftlich, dass es mir das Herz brach.

»Ich kann dich nicht gehen lassen«, flehte er mit brüchiger Stimme. »Wir können es doch weiter mit einer Fernbeziehung versuchen. Irgendwie kriegen wir das schon hin.«

»Vielleicht. Vielleicht könnten wir uns noch ein paar Jahre mit einer Fernbeziehung abmühen, aber was dann?« Zärtlich sah ich ihn an. »Was passiert, wenn du mit deiner Ausbildung fertig bist? Was, wenn du keinen Job in Seattle bekommst? Du weißt genau, wie schlecht die Chancen dafür stehen. Willst du wirklich riskieren, nach dem langen, harten Studium am Ende nicht das tun zu können, was du liebst? Es wird nicht funktionieren, Rory.«

Er wollte protestieren, doch die Worte erstarben auf seinen Lippen. Ich beobachtete, wie das Licht in seinen Augen erlosch. In diesem Moment sah er die Zukunft vor sich, sah die Wahrheit.

»Ich will ohne dich nicht leben«, sagte er schlicht. Er weinte. Mit einem seltsamen Gefühl der Losgelöstheit sah ich ihn an. In mir gab es nichts als Leere. Wo vor wenigen Sekunden noch ein Herz geschlagen hatte, hallten nun bloß noch Echos durch die Stille.

»Ich weiß«, sagte ich leise. »Aber ich darf nicht zulassen, dass du meinetwegen dein Leben ruinierst.« Mühsam streifte ich den Verlobungsring vom Finger und streckte ihn Rory entgegen. Auf seinen Wangen waren feuchte Tränenspuren zu sehen, so wie ich sie auf meinen eigenen spürte. Der smaragdgrüne Stein fing das Licht des aufgehenden Vollmondes ein. Wie ein Funke leuchtete er auf, um dann von der Dunkelheit verschlungen zu werden.

»Tu das nicht«, flehte Rory. »Ich kann dich nicht gehen lassen.« Er streckte mir beide Hände entgegen, wollte den Ring nicht nehmen, wollte nicht tun, was getan werden musste.

Mein Blick wanderte auf das Wasser hinaus, fort von ihm, in dem Versuch, mich für das Leben zu wappnen, das mir nun bevorstand. Ohne nachzudenken, holte ich aus und warf den Ring, so weit ich konnte, in das Wasser. Ein kurzes Aufblitzen im Mondschein, dann verschwand er zwischen den Wellen.

»In Wahrheit ist es doch bereits geschehen.«

36

»Julio, wo ist Dad?« Als ich rechtzeitig zum Abendgeschäft ins Restaurant zurückkehrte, fand ich Julio am Grill vor. Dad war nirgendwo zu sehen. Merkwürdig.

Julio hörte mich nicht, da er ganz in die kreischenden Heavy-Metal-Klänge vertieft war, die gedämpft aus seinen Kopfhörern drangen, während er ein halbes Dutzend dänische Fleischbällchen in der Pfanne wendete. Also schaute ich kurz im Gastraum nach: ein paar Gäste in den Sitznischen und Tante Gert in einem Sechzigerjahre-Hemdkleid mit Printmuster. Dazu trug sie eine weiße Brille mit riesigen Gläsern. Im Moment war sie anscheinend dabei, eine Gruppe Vogelkundler zu einem Nachtisch zu überreden. Die Vogelfreunde trugen alle khakifarbene Westen, außerdem baumelten Ferngläser von ihren Hälsen. Sie nickten halbherzig, als Tante Gert ihnen die Vorzüge unseres Kuchens auflistete. Ich ging in die Küche zurück und tippte Julio auf die Schulter.

»Wo ist Dad?«, brüllte ich, um mich trotz der Musik verständlich zu machen. Julio nahm die Kopfhörer ab und deutete mit einer knappen Kopfbewegung auf mein Büro. Dann ließ er die Fleischbällchen auf einen Teller rollen und gab eine großzügige Portion Kartoffelsalat dazu.

»Hab gesehen, wie er da reingegangen ist.«

Die Tür zum Büro war geschlossen; dabei war ich mir sicher, dass sie angelehnt gewesen war, als ich ging.

»Dad?« Ich öffnete die Tür und streckte den Kopf hindurch.

Er saß gebeugt und mit hängendem Kopf an meinem Schreibtisch, kraftlos wie ein gebrochener Mann. Die oberste Schublade stand offen, und er hielt das Schreiben mit der vernichtenden neuen Steuertabelle für King County in der Hand.

Dad sah hoch. »Hi, meine Kleine.« Sein Gesicht wirkte verhärmt, seine Stimme klang rau. In der kurzen Zeit, die ich fort gewesen war, schien er um zehn Jahre gealtert zu sein. »Ich habe nach einem Stift gesucht. Und das hier gefunden.« Er räusperte sich. »Ist ja eine ziemlich große Summe. Eine Art Schock sozusagen.«

Mir rutschte das Herz in die Hose. »Ich wollte es dir sagen«, versicherte ich ihm leise, schob mich ganz in den Raum und schloss die Tür hinter mir. »Aber der passende Moment hat sich einfach noch nicht ergeben. Außerdem wollte ich eine Strategie entwickeln, bevor ich dir von der Steuererhöhung erzähle.« Frustriert kniff ich mir in den Nasenrücken und versuchte, mir etwas zu überlegen, das wenigstens einigermaßen beruhigend klang.

Dad verschränkte die Finger und stützte die Unterarme auf den Knien ab. Seine Hände zitterten. »Ja, das ist wirklich übel. Ich habe keine Ahnung, wie wir aus der Nummer rauskommen sollen.«

»Ich auch nicht«, gab ich zu und hockte mich auf die Schreibtischkante. Mir war wirklich noch keine konkrete Lösung eingefallen, die ich ihm hätte anbieten können. »Vielleicht kriegen wir das Geld über Crowdfunding zusammen. Wie bei GoFundMe. Die Leute mögen das. Wir werden uns etwas einfallen lassen. So wie immer.«

Er seufzte schwer. »Du hast recht. Aber irgendwann

kommt einfach der Zeitpunkt, an dem man sich den Tatsachen stellen muss, ganz egal, wie sehr man sich dagegen sträubt. Und vielleicht ist dieser Zeitpunkt jetzt für mich gekommen.« Die Resignation in seiner Stimme machte mir Angst. Er wirkte vollkommen verloren.

»Hey, wirf noch nicht das Handtuch«, drängte ich. »Wir überlegen uns etwas.«

Als Dad sich aufrichtete, zuckte er kurz zusammen, ließ dann die Schultern kreisen und rieb sich den linken Oberarm.

»Alles okay?«, fragte ich besorgt.

Er nickte. »Ich werde alt, das ist alles. Heute Morgen habe ich ein Vogelnest aus dem Ladenschild geholt, dabei habe ich mir wohl einen Muskel in der Schulter gezerrt. Fühlt sich irgendwie taub und kribbelig an. Ein bisschen Ibuprofen, und die Sache ist erledigt.«

»Pass auf dich auf, du bist kein junger Hüpfer mehr«, ermahnte ich ihn und kam mir dabei wie eine Glucke vor. Entschlossen nahm ich ihm den Brief von der Steuerbehörde aus der Hand und ließ ihn wieder in der Schublade verschwinden. »Beim nächsten Mal schickst du Julio hoch auf die Leiter, okay?«

»Apropos Julio, ich muss zurück an den Grill.« Er stand langsam auf und sah nochmal besorgt in die geschlossene Schublade. Seine Schultern hingen kraftlos herab, was mich beunruhigte. Lag das nur an seiner allgemeinen Erschöpfung, oder hatte er wirklich bereits aufgegeben?

»Dad, warum nimmst du dir nicht den Rest des Tages frei? Julio und ich kommen auch ein paar Stunden alleine klar.« Ich musterte ihn durchdringend. »Bist du sicher, dass es dir gut geht?«

Ungeduldig winkte er ab. »Ich trage die Last dieses Ladens nun schon viele Jahre auf meinen Schultern, da werde ich jetzt nicht damit aufhören. Ich bin einfach nur etwas müde, und irgendwie habe ich heute Watte im Kopf. Aber nach einer Ibuprofen und einer Tasse Kaffee bin ich so gut wie neu.«

Stumm sah ich zu, wie er in die Küche zurückkehrte. Wirklich beruhigt war ich nicht und wusste ja, dass ich ihn sowieso nicht aufhalten konnte. Das Restaurant hatte bei uns immer an erster Stelle gestanden, bei jedem in der Familie. Es hatte oberste Priorität. Diese Verantwortung war von meinen Großeltern an die folgenden Generationen weitergegeben worden, nachdem sie all ihre Hoffnungen und Träume in die Eatery gesteckt hatten, um sie zum Erfolg zu führen. Meine Eltern hatten das Restaurant mit derselben Einstellung übernommen. Das war unser Leben, unser Vermächtnis; allen war von Kindheit an beigebracht worden, das Restaurant an erste Stelle zu setzen. Der Erfolg unserer Familie war gleichbedeutend mit dem Erfolg der Eatery. Diese Überzeugung wurde zwar nie laut ausgesprochen, war aber stets präsent. Jetzt fragte ich mich plötzlich, warum wir uns eigentlich alle so an dem Laden festklammerten. Sollten wir unser Leben wirklich nur damit verbringen? War es der beste Weg für uns? Nachdenklich musterte ich die Schublade, in der das Schreiben der Steuerbehörde steckte. Die Worte meiner Mutter fielen mir wieder ein: *Manchmal muss man einfach loslassen.* Was würde passieren, wenn wir die Eatery diesmal nicht retten konnten? Würde die Erde aufhören, sich zu drehen? Oder würden wir uns einen neuen Lebensinhalt suchen? Wenn ich das Zitronenbonbon nahm und in das Leben mit Rory zurückkehrte, würde ich es wohl herausfinden.

In der Küche hatte mein Dad wieder eine Sportdebatte mit Julio angezettelt. Doch anders als sonst schien er nicht mit ganzem Herzen dabei zu sein. Ich ließ mich auf meinen Schreibtischstuhl fallen, zog die Schublade auf und holte den schrecklichen Brief heraus. So viele Nullen. Es schien unmöglich zu sein. Fast von allein wanderte meine Hand an meine Hosentasche und ertastete wieder einmal das Zitronenbonbon. Auf der Hochzeitseinladung an Rorys Kühlschrank hatte Dad seine Ramona mit so viel Freude im Blick angesehen. Steckte ich das Bonbon in den Mund und wünschte mich in das alternative Leben zurück, würden gleich mehrere Probleme gelöst werden. Ich schloss die Augen und beschwor den Duft von Erdbeershampoo herauf, das Gefühl, einen weichen kleinen Körper in meinen Armen zu spüren. Rorys leidenschaftlichen Blick, als er den Träger meines Kleides heruntergezogen und die empfindliche Haut an meinem Schlüsselbein geküsst hatte. Die Sehnsucht nach ihm und unserem gemeinsamen Leben war so stark, dass mir beinahe schwindelig wurde. Ich schluckte mühsam. Ich konnte nicht länger warten. Tief in meinem Inneren wusste ich, dass meine Zukunft bei Rory und den Mädchen lag. Jetzt musste ich nur noch das letzte Zitronenbonbon nehmen und meinem Leben einen Neustart verpassen, es in die Richtung lenken, die es immer schon hatte einschlagen sollen. Heute Abend würde ich es tun. Heute Abend würde sich alles zum Guten wenden.

»Einmal die Suppe und einmal Kinderteller mit dänischem Hotdog«, rief ich ein paar Stunden später, während ich mich durch die Schwingtür in die Küche schob. Das Abendgeschäft hatte seinen Höhepunkt erreicht, und

Daphne hing am anderen Ende der Stadt fest, weil ihr Bus ausgefallen war. Also sprang ich für sie ein und half Tante Gert dabei, die überraschend zahlreichen Gäste zu bedienen. Wer das Kellnern einmal beherrschte, verlernte es nie wieder. »Und die Familie an Tisch fünf braucht eine frische Portion Pommes. Ihr Kleiner hat ein Glas Wasser drübergekippt.«

Dad stand hoch konzentriert am Grill und bewachte mit seinem Metallpfannenwender mehrere Reihen bratender *fiskefrikadeller*. Neben ihm am Arbeitstisch bereitete Julio die Teller vor, indem er Salzkartoffeln und Rotkohl darauf anrichtete.

Ich holte inzwischen die Schokoladenmousse für die Gäste in der Ecknische am Fenster aus dem Kühlschrank. Dieser Tisch war einmal im Monat für die Damen vom Buchclub reserviert, die hier ihr Dessert einnahmen und dabei stets über die aktuellsten Promi-Memoiren diskutierten, obwohl sie – soweit ich das mitbekommen hatte – keines der Bücher jemals wirklich lasen. Zwei von ihnen hatten Mousse bestellt, der Rest wollte Kuchen.

»Ist die Bestellung für Tisch vier fertig?« Tante Gert kam in die Küche gestürmt. »Warum dauert das so lange? Die haben schon zwei Körbe mit Brot verdrückt, und ich befürchte, sie werden sich gleich die Servietten vornehmen.«

Mit gestresster Miene schaltete Julio noch einen Gang hoch. »Sorry, wir sind heute etwas langsam. Marty, ist der Fisch endlich fertig?«

Keine Antwort. Mit einem Mousseschälchen in jeder Hand drehte ich mich um. Dad stand am Grill, eine Hand erhoben, der andere Arm hing reglos herab. Irgendetwas stimmte nicht.

»Dad?«

Er wandte den Kopf. Seine linke Gesichtshälfte war merkwürdig schlaff. »Ich fühl mich nicht so gut, Lollylein«, nuschelte er, dann brach er wie in Zeitlupe zusammen.

»Ruft einen Notarzt!«, schrie ich, während mir die Mousse aus den tauben Fingern glitt und auf dem Boden zerschellte.

Die folgenden Minuten verschwammen im Chaos. Tante Gert wählte 911 und teilte dem Menschen in der Notrufzentrale in lautem Befehlston die nötigen Informationen mit. Ich kniete hyperventilierend an Dads Seite und versuchte, ihn aufzuwecken. Bald hing der Gestank von brennendem Fett über der Küche. Julio kratzte die verkohlten Fischfrikadellen zusammen, warf sie in den Müll und schaltete den Grill aus. Mit schriller Stimme wiederholte ich den immer gleichen Singsang: »Dad, kannst du mich hören? Bleib bei uns, Dad.« Und mein Vater, der von der ersten Sekunde nach dem morgendlichen Aufstehen an immer nur in Bewegung war, der Inbegriff des knallharten Durchhaltevermögens, lag reglos auf den Fliesen, das Gesicht fahl und feuchtkalt. Irgendwann wurde die Hintertür aufgestoßen, und die Sanitäter machten sich ruhig und effizient an die Arbeit. Ich wurde beiseitegeschoben, als sie seine Vitalzeichen kontrollierten und ihn auf eine Trage bugsierten.

»Möchte jemand Mr. Blanchard im Krankenwagen begleiten?«, fragte einer von ihnen. In diesem Moment fielen mir die voll besetzten Tische im Gastraum wieder ein, und ich erstarrte in Hilflosigkeit.

»Fahr du mit Marty.« Julio legte mir beruhigend eine Hand auf den Arm. Plötzlich wirkte er viel erwachsener als sonst. »Gert und ich kriegen das schon hin.«

37

Eine halbe Stunde später wurden Dad und ich in eine der abgetrennten Nischen der Notaufnahme des Swedish Hospitals gebracht, wo ein ganzes Team aus Ärzten und Pflegekräften um uns herumschwirrte wie ein emsiger Bienenschwarm. Leicht benommen saß ich auf einem Stuhl in der Ecke und beobachtete das Geschehen mit eisiger Furcht.

Meine Gedanken wanderten zu meinem letzten Besuch in diesem Krankenhaus. Zu meiner bleichen, ergebenen Mutter in ihrem Krankenbett. Mein Vater hatte unter Schock gestanden, Daphne hatte es nicht begreifen können. An jenem Tag war mein Leben, das Leben unserer ganzen Familie, in seine Einzelteile zerfallen. Ich konnte nicht noch einen Elternteil verlieren. Einen zweiten derartigen Verlust würde ich nicht verkraften.

»Bitte werde wieder gesund, bitte werde wieder gesund«, flüsterte ich. Die Panik erfasste mich in Wellen, wie eine heftige Übelkeit. Während das medizinische Personal meinen Dad in der kommenden Stunde untersuchte, Tests unterzog und scannte, tauschte ich im Minutentakt Textnachrichten mit Daphne und Eve aus, um sie auf dem neuesten Stand zu halten. Als er vom CT zurückgebracht wurde, schlug mein Vater kurz die Augen auf und sah mich an.

»Lol.« Nur undeutlich kam mein Name über seine Lippen, doch er streckte mir die gesunde Hand entgegen.

»Ich bin hier, Dad. Alles okay. Es wird alles wieder gut.« Sofort war ich an seiner Seite und ergriff seine Hand, wiederholte die Worte, die uns beide beruhigen sollten. Einige Minuten später kam die Leiterin der Notaufnahme, eine schmale Frau mit Brille, auf deren Namensschild Dr. Cho stand, herein und teilte uns die Diagnose mit.

»Ihr Vater hat einen ischämischen Schlaganfall erlitten«, begann sie. Obwohl sie erschöpft wirkte, sah ich Mitgefühl in ihrem Blick. »Das ist die häufigste Form des Schlaganfalls. Er ist in der rechten Gehirnhälfte aufgetreten, und momentan leidet er an Symptomen, die ein Schlaganfall oft nach sich zieht: motorische Einschränkungen in der linken Körperhälfte, sprachliche Beeinträchtigungen, Verwirrung. Das alles ist im Rahmen der Diagnose zu erwarten gewesen. Wir verabreichen ihm gerade eine Infusion, um das Blutgerinnsel aufzulösen, das den Schlaganfall hervorgerufen hat. Außerdem werden wir ihn stationär aufnehmen und ihn ein paar Tage lang genau überwachen.«

»Wird er denn wieder gesund?« Ich musste es wissen, fürchtete mich jedoch vor der Antwort.

Dr. Cho zögerte. »Momentan ist Ihr Vater stabil, und die Medikamente sollten verhindern, dass das Gerinnsel weitere Schäden anrichtet. Er hatte Glück, dass er so schnell behandelt wurde.«

Ich nickte und sah kurz zu Dad hinüber. Seine Augen waren geschlossen, er schien zu schlafen. Möglichst leise fragte ich weiter: »Können Sie denn schon sagen, wie … groß der Schaden ist, den der Schlaganfall in seinem Gehirn hinterlassen hat?« Meine Stimme zitterte. Eigentlich zitterte mein ganzer Körper, wohl durch den Schock und die Angst. Fast schon krampfhaft schlang ich die Arme um meinen Bauch. Ich durfte jetzt nicht zusammenbrechen.

Dr. Cho schüttelte den Kopf. »Es ist zu früh für eine Prognose, aber wir haben es frühzeitig entdeckt, also wird der Schaden wesentlich geringer bleiben, als es ohne Behandlung der Fall wäre. Wenn er wieder zu Kräften gekommen ist, wird sich ihr Vater mithilfe von verschiedenen Therapien möglicherweise vollständig erholen. Viele Schlaganfallpatienten finden allerdings nicht ganz zu ihrer vorherigen Leistungsstärke zurück. Oft bleiben gewisse kognitive oder körperliche Einschränkungen bestehen, etwa ein Gedächtnisverlust oder Veränderungen in der Persönlichkeit. Das Gehirn ist so komplex, dass jeder Schlaganfall anders ist und genauso jeder Genesungsprozess. Wir sind schlichtweg nicht in der Lage, diesbezüglich Vorhersagen zu treffen. Doch Ihnen sollte bewusst sein, dass die Rekonvaleszenz nach einem Schlaganfall ein schrittweiser Prozess ist, der viel Zeit in Anspruch nehmen kann. Darauf sollten Sie sich einstellen.« Sie teilte mir die schlechten Nachrichten so sanft wie möglich mit.

Nachdem Dr. Cho gegangen war, blieb ich still sitzen und versuchte, ihre Worte zu verarbeiten. Ein langwieriger Genesungsprozess. Kognitive und körperliche Schäden. Irgendwann summte mein Telefon. Daphne.

Wir sind in der Eingangshalle.

Als ich nach unten kam, warteten Daphne, Tante Gert und Julio auf mich. Tante Gert wanderte rastlos hin und her. Julio hockte angespannt auf der Stuhlkante, noch immer in seinem weißen Küchenoutfit, und drehte seine Seahawks-Cap in den Händen. Sobald ich auftauchte, stürmte Daphne mir entgegen und fiel mir um den Hals. Sie weinte.

»Wird Dad wieder gesund?«, fragte sie unter Tränen. Ich umarmte sie fest, übernahm sofort wieder die Rolle der tatkräftigen Beschützerin.

»Er ist hier in guten Händen. Das Krankenhaus verfügt mit über das beste Schlaganfallzentrum im ganzen Staat.« Natürlich konnte ich nicht wissen, ob Dad wieder gesund werden würde, aber ich wollte Daphne alles an Hoffnung und Trost vermitteln, was ich irgendwie aufbringen konnte. Mir war bewusst, dass Dads Prognose noch nicht feststand, aber ich musste optimistisch bleiben. Daphne drückte mich fester. Ich spürte, wie sie zitterte. Sie hatte Angst. Genau wie ich.

Über ihre Schulter hinweg begegnete ich Tante Gerts Blick. Als sie fragend die Brauen hochzog, deutete ich ein Kopfschütteln und ein Achselzucken an, um ihr meine Ratlosigkeit zu vermitteln.

»Was haben die Ärzte gesagt?«, wollte Tante Gert prompt wissen, und ich wiederholte Dr. Chos Diagnose, milderte allerdings die harten Fakten bezüglich der Langzeitprognose etwas ab.

»Man wird ihn bald in ein Einzelzimmer verlegen, ich sollte also besser wieder zu ihm gehen. Ich schreibe euch, sobald er sich eingerichtet hat, dann könnt ihr hochkommen und ihn sehen.« Beruhigend strich ich über Daphnes Rücken. Sie klammerte sich noch immer an mir fest wie ein Koalababy. Bestimmt löste der Vorfall jede Menge schmerzhafte Erinnerungen an Moms Tod in ihr aus. Mir ging es da nicht anders.

»Wir haben das Restaurant zugemacht«, erklärte Julio mir rauer Stimme. Er räusperte sich und trat unbehaglich von einem Fuß auf den anderen.

»Wir haben alle verbliebenen Gäste bedient und dann

früher zugemacht«, präzisierte Tante Gert. »Und jedem Gast ein Dessert aufs Haus serviert, als Entschädigung für die Unannehmlichkeiten.«

Ich nickte. »Gut mitgedacht. Danke.« Für das Restaurant hatte ich jetzt gar keinen Kopf, ich musste immer nur an Dad denken, wie er allein in diesem Bett lag, halbseitig gelähmt. Im Moment konnte ich mir nicht einmal ansatzweise vorstellen, wie sich das auf unser aller Leben auswirken würde. Doch die Erkenntnis würde sich nach und nach einstellen, so viel war sicher. Vorerst konnte ich mich jedoch lediglich auf die Gegenwart konzentrieren, immer nur auf den nächsten Schritt.

»Du siehst furchtbar aus«, stellte Daphne schniefend fest. »Überall mit Schokomousse beschmiert.« Sie trat einen Schritt zurück und musterte mich. Auch ich sah mir nun meine karierte Bluse und die hochgekrempelte Jeans genauer an. Über beides zog sich links ein langer brauner Fleck. Ich war zu aufgewühlt gewesen, um es überhaupt zu bemerken.

»Hier, ich habe Wechselklamotten dabei.« Hastig kramte Daphne in ihrem Rucksack und reichte mir ihr Ersatz-Yoga-Outfit. Nicht ganz mein Stil, aber auf jeden Fall bequem und sauber.

»Danke.« In aller Eile lief ich zur Damentoilette am Ende des Flurs und zog mich um. Wenn Dad aufwachte, wollte ich unbedingt bei ihm sein. Ich spritzte mir auch etwas Wasser ins Gesicht. Mein Spiegelbild war bleich und abgespannt, der Mund wirkte verkniffen vor Sorge. Da die Schokomousse bis auf meine Arme gespritzt war, rieb ich sie hastig mit einem nassen Papierhandtuch ab. Ich konnte kaum klar denken, in meinem Kopf drehte sich alles. Einerseits war ich in Alarmbereitschaft, andererseits fühlte ich mich total hilflos. Wieso musste das passieren? Was sollten wir denn nun tun?

Als ich in die Lobby zurückkehrte, nahm Daphne meine schmutzigen Sachen entgegen und stopfte sie in ihren Rucksack. »Um die werde ich mich kümmern«, versprach sie.

»Danke.« Ich drückte ihren Arm. »Ich sollte zu Dad zurückgehen. Willst du für einen Moment mitkommen?« Ich musste einfach bei ihm sein, wenn er aufwachte.

Daphne nickte, wieder mit Tränen in den Augen.

Es war Julio, der nach einem verlegenen Räuspern fragte: »Äh … was machen wir denn jetzt mit dem Restaurant? Morgen ist ja sowieso zu, aber was wird am Dienstag?«

Das ließ mich innehalten. Die Eatery war im Laufe ihrer sechzigjährigen Geschichte nur drei Mal außer der Reihe geschlossen geblieben: einmal, als Magnolia im Oktober 1977 von so heftigen Regenfällen heimgesucht worden war, dass die gesamte McGraw Street überflutet wurde, und einmal wegen eines dreitägigen Stromausfalls im Jahr 1992. Das dritte Mal war der Tag von Moms Beerdigung gewesen. Ansonsten nie. Sie jetzt zu schließen, kam mir vor wie ein böses Omen. Als würden wir die weiße Flagge hissen. Aber was sollten wir sonst tun? Tante Gert und Julio konnten den Laden nicht allein schmeißen, nicht einmal mit Daphnes Hilfe. Und ich konnte Dad nicht allein lassen, solange sein Zustand noch so ungewiss war. Deshalb ging ich nicht davon aus, dass wir am Dienstag aufmachen konnten.

»Hängt ein Schild in die Tür: *Bis auf Weiteres geschlossen*«, entschied ich schweren Herzens. »Hoffentlich können wir bis zum Wochenende wieder öffnen.« Alle nickten ernst.

Eine halbe Stunde später saß ich in einem dämmrigen Krankenzimmer an Dads Bett. Nachdem sie kurz zu ihm hereingeschaut hatten, Dad aber nicht aufgewacht war, waren Daphne und Tante Gert nach Hause gefahren, um Bertha zu füttern und ein wenig zu schlafen. Wir einigten uns darauf, dass Daphne mich am Morgen ablösen sollte. Dad schlief die ganze Zeit, was aber laut der Krankenschwester nicht anders zu erwarten war. Er wirkte so klein und zerbrechlich. Sein Gesicht war schlaff, und er lag unnatürlich still da. Eine starke Mixtur aus Anspannung und Erleichterung sorgte dafür, dass ich trotz aller Erschöpfung noch immer unter Strom stand. Wie sollte es jetzt weitergehen? Dad war zwar noch bei uns, aber er war nicht mehr ganz er selbst. Seine linke Gesichtshälfte hing unkontrolliert herab, ein feiner Speichelfaden zog sich bis zum Kinn hinunter.

Ich vergrub das Gesicht in den Händen und schaukelte benommen vor und zurück. Es war einfach zu viel. Ich fühlte mich wie eine Ertrinkende, die verzweifelt versuchte, den Kopf über Wasser zu halten, während ihr zusätzlich ein tonnenschweres Gewicht um den Hals gehängt wurde. Ich schaffte es einfach nicht, mich an der Oberfläche zu halten. Eigentlich hatte ich gedacht, die Forderung vom Finanzamt würde uns das Genick brechen, aber da hatte ich mich wohl geirrt. Dieser Schlaganfall würde unser Untergang sein. Nun war es unausweichlich. Ohne Dad als Küchenchef konnten wir das Restaurant nicht weiter betreiben. Julio war ein guter Souschef, aber alleine war er mit der Organisation der Küche und der gesamten Arbeit überfordert. Er war einfach nicht so weit, und uns fehlte definitiv das Geld, um noch jemanden einzustellen. Und selbst wenn es uns gelingen sollte, uns irgendwie durchzuschlagen – wer sollte sich um Dad kümmern, falls seine Genesung tatsächlich so lange dauerte? Außerdem blieb noch das Problem mit der drohenden Steuerforderung. Egal, wie man es drehte und wendete, es gab keinen Ausweg. Wir würden untergehen.

Und dann, ganz plötzlich, hielt das Gedankenkarussell an. Eine einfache, offensichtliche Lösung präsentierte sich mir: das Zitronenbonbon. Damit ließ sich alles wieder einrenken. Das war die Lösung für das ganze Chaos. Sauber, umfassend, perfekt. In dem Schockzustand nach Dads Zusammenbruch hatte ich es ganz vergessen. Eigentlich hatte ich es sowieso heute zum Einsatz bringen wollen. Und das konnte ich immer noch tun. Dieser Gedanke löste eine unglaubliche Erleichterung in mir aus. Ich sah zu Dad hinüber.

Plötzlich verkrampfte sich sein Körper, er verdrehte die Augen und fing an, unkontrolliert zu zucken. Ich sprang auf und drückte hektisch den Notrufknopf, dann lief ich auf den Flur hinaus und rief um Hilfe. Sekunden später blinkten überall Lämpchen, Maschinen piepsten, und Menschen in Krankenhausgrün stürmten herein.

»Was ist mit ihm?«, schrie ich. Gerade eben hatte er doch noch friedlich geschlafen. Was war passiert?

Eine Schwester eilte an mir vorbei und erklärte knapp: »Er hat einen Krampfanfall. Das ist bei Schlaganfallpatienten nicht ungewöhnlich.« Und schon war sie fort. Im nächsten Moment wurde Dad in seinem Bett hinausgeschoben.

Ich blieb allein zurück und ließ mich kraftlos auf einen harten Plastikstuhl fallen. Meine Gedanken überschlugen sich. Ging es ihm gut? Starb er vielleicht gerade, und sie sagten es mir nur nicht? Quälend langsam schleppten sich die Minuten dahin. Fast eine Dreiviertelstunde verging, aber Dad kam nicht zurück. Ich fragte im Schwesternzimmer nach, bekam aber keine wirkliche Antwort. Man sagte mir nur, dass sein Zustand stabilisiert worden sei und man nun noch einige Tests durchführen würde. Stabilisiert. Das war zumindest eine Erleichterung. Die akute Gefahr war also vorbei, aber was war eigentlich passiert? Nach einer gefühlten Ewigkeit kam eine ziemlich erschöpft wirkende Dr. Cho zu mir ins Krankenzimmer.

»Ist Vater ist jetzt stabil«, erklärte sie mir. »Solche Krampfanfälle sind nach Schlaganfällen nicht ungewöhnlich. Die gute Nachricht ist, dass so etwas mit der entsprechenden Medikation wahrscheinlich nicht wieder passieren wird. Unglücklicherweise haben die weiterführenden Tests allerdings gezeigt, dass die Schädigungen im Gehirn Ihres Vaters umfangreicher sind, als wir ursprünglich gehofft hatten.« Sie runzelte besorgt die Stirn.

»Schädigungen?« Bei mir war vor allem dieses eine Wort hängen geblieben. »Was bedeutet das in Hinblick auf seine Genesung?«

Dr. Cho schob die Hände in die Taschen ihres Arztkittels. »Auch in diesem Fall lässt sich zum jetzigen Zeitpunkt noch nichts Eindeutiges sagen, aber das Ausmaß und die Schwere des Schlaganfalls waren ernster, als wir anfangs angenommen hatten. Ich möchte nur, dass Sie vorbereitet sind. Seine Genesung wird langsamer vonstattengehen, als Sie es vielleicht erwarten, und möglicherweise kehren seine sprachlichen und motorischen Fähigkeiten in wesentlich geringerem Maße zurück als erhofft.«

»Oh.« Ich ließ mich wieder auf den Stuhl fallen. Diese Eröffnung war wie ein Schlag in die Magengrube. »Gibt es … Können wir irgendetwas tun?«

Dr. Cho schüttelte den Kopf. »Momentan können wir nichts anderes tun, als seinen Zustand zu überwachen und abzuwarten. Wenn er dann allerdings entlassen wird, werden wir Ihnen einige hervorragende Rehabilitationszentren empfehlen. Wie gesagt, noch wissen wir nicht, welche Art von Therapie er brauchen wird, aber es ist immer besser, vorbereitet zu sein. Es tut mir wirklich leid, doch Genaueres wird sich erst im Laufe der Zeit sagen lassen.«

Ich bekam kaum noch mit, wie sie ging. *Wir können nichts anderes tun*, hatte sie gesagt. Aber so war es nicht. Ich konnte sehr wohl etwas tun, um das alles wieder ins Lot zu bringen. Ich konnte diesen ganzen schrecklichen Abend ausradieren. Ich konnte die Gesundheit meines Vaters wiederherstellen. Konnte Daphne das Leben verschaffen, das sie sich erträumte. Konnte Dad eine neue Liebe ermöglichen. Und gleichzeitig bekam ich dadurch die Chance, endlich das Leben zu leben, nach dem ich mich seit Jahren sehnte. Inzwischen war ich fest davon überzeugt, dass dies die Lösung war. Ich atmete tief durch. Nun galt es, keine Zeit mehr zu verlieren. Ich würde nach Hause fahren und das letzte Zitronenbonbon einsetzen.

38

Ich rief mir ein Uber, setzte mich auf die Rückbank und drückte den Kopf gegen die Fensterscheibe. Draußen glitt mit dem dunklen Stadtkern von Magnolia auch meine Kindheit an mir vorbei, als wir uns meinem Viertel näherten. Inzwischen war es kurz vor Mitternacht, und ich fuhr nach Hause, um meinen Vater zu retten und das Leben einzufordern, das ich immer hatte führen wollen. So einfach war das. Und gleichzeitig auch wieder nicht. Ich hatte nicht damit gerechnet, dass mich eine solche Nostalgie überkommen würde, als ich die Läden, Bäckereien und Cafés von Magnolia hinter der verregneten Scheibe vorbeiziehen sah, die beleuchteten Schilder und dunklen Fenster durch die Tropfen verzerrt. Magnolia's Bookstore. Petit Pierre. Die Eatery. Was hätte sich wohl verändert, wenn ich morgen aufwachte? Ich konnte nur raten. Wenn alles gut ging, würde ich nie wieder nachts nach Hause wandern, nachdem ich das Restaurant geschlossen hatte, würde nie wieder in meinem schmalen Bett in dem kleinen Mansardenzimmer aufwachen, in dem ich schon mein ganzes Leben lang schlief. Würde nicht mehr wie ein Uhrwerk jeden Morgen sechs Zitronenbaiserkuchen backen. Bei diesem Gedanken überlief mich ein Schauer – teils aus Furcht, teils aus Vorfreude.

Wenn ich morgen aufwachte, würde ich mich hoffentlich in einem neuen Leben wiederfinden, in einem fremden, aber besseren Leben. Daphne wäre dann auf irgendeiner exotischen Insel, Dad wäre gesund und glücklich verliebt, verheiratet mit Ramona. Die Eatery wäre … keine Ahnung. Und ich wäre die Ehefrau meines absoluten Traummannes und die Mutter von zwei energiegeladenen, lustigen, zuckersüßen kleinen Mädchen. Ich wollte so dringend in dieses neue Leben aufbrechen, dass ich kaum noch Luft bekam.

Schon fast aus Gewohnheit schob ich die Hand in die Tasche und tastete nach dem harten, beruhigenden Zitronenbonbon. Aber da war gar keine Tasche, nur ein weicher Hosenbund. Panisch blickte ich an mir herab. Und dann fiel es mir wieder ein: Daphne, die Wechselklamotten. Ich trug ihre Yogahose. Irgendwann in dem ganzen Chaos nach Dads Schlaganfall hatte ich meine schokoladenverschmierte Jeans ausgezogen. Und Daphne hatte sie mit nach Hause genommen.

Erleichtert atmete ich auf. Dann war alles in Ordnung. Jeder in der Familie wusste, dass Daphne sich immer möglichst lange vor sämtlichen Haushaltspflichten drückte. Deshalb konnte ich quasi sicher sein, dass sie die schmutzigen Sachen einfach in meinem Zimmer abgeladen oder direkt im Eingang liegen gelassen hatte. Bestimmt ruhte das Zitronenbonbon noch in meiner Hosentasche. Trotzdem beugte ich mich unwillkürlich im Sitz vor, nun noch erpichter darauf, endlich nach Hause zu kommen und das Bonbon sicher in Händen zu halten. An ihm hing unser aller Zukunft.

Bertha begrüßte mich fröhlich schwanzwedelnd an der Haustür. Drinnen war alles dunkel und still. Daphne hatte mir geschrieben, dass sie zu Hause nur kurz ihre Übernachtungstasche packen und dann zu Damien weiterfahren würde. Weil sie heute Nacht nicht allein sein wolle.

Kaum hatte ich das Haus betreten, suchte ich an den wahrscheinlichsten Stellen nach meinen Klamotten. Mit jeder abgearbeiteten Möglichkeit wurde ich unruhiger. Bertha wackelte hinter mir her, blieb in der Tür stehen und schnüffelte herum. Ich suchte im Schuhregal an der Haustür, in meinem Zimmer, in der Waschküche, im Wäschekorb im Badezimmer, sogar im Mülleimer unter der Küchenspüle. Nichts. Wo war das Zeug? Vielleicht ging ich aber auch von völlig falschen Voraussetzungen aus, und sie hatte meine schmutzigen Sachen gar nicht hier abgeladen. Leicht panisch schickte ich Daphne eine Nachricht.

Hey, ich suche gerade nach den dreckigen Klamotten, die du für mich mit nach Hause genommen hast. Irgendeine Ahnung, wo sie sein könnten?

Es war zwar schon spät, aber meine Schwester war ein Nachtmensch, also standen die Chancen gut, dass Damien und sie noch wach waren.

Ping! Neue Nachricht. Hastig fummelte ich an meinem Telefon herum.

Die habe ich mit meinen Yogasachen gewaschen, als ich heimgekommen bin. Müssten inzwischen trocken sein. Ja, ich weiß, ich bin toll.

Dazu noch ein Emoji mit Herzchenaugen.

Oh nein. Oh nein, oh nein, oh nein. Ich stürmte in die Waschküche, riss den Trockner auf und durchwühlte die heißen, elektrostatisch aufgeladenen Teile, wobei ich einen verzweifelten Schrei unterdrücken musste. Da war sie, meine Jeans, umgeben von einer feinen Weichspüler-Duftwolke. Ich zerrte die Hose aus dem Trockner und durchsuchte hastig sämtliche Taschen. Das Zitronenbonbon musste einfach noch da sein. Es musste! Es durfte nicht weg sein.

Leer. Die Hosentaschen waren leer. Nur an einer Stelle klebte ein kleines Bröckchen, das einen kaum wahrnehmbaren Zitronenduft verströmte.

»Nein!« Mit einem erstickten Schrei ließ ich mich auf die Fersen sinken, wie betäubt in meiner Fassungslosigkeit. Es war vorbei. Meine letzte Chance hatte sich in heißem Wasser und Waschmittel aufgelöst. Nun konnte ich nichts mehr richten, nichts mehr ändern, nichts wieder in Ordnung bringen. Kein gesunder Dad, kein Rory, keine Sophia und keine Freya.

»Nein! *Nein!*« Schreiend schlug ich auf den Trockner ein, bis meine Handfläche brannte. »So darf es nicht enden. Es muss hier irgendwo sein.« Ja, es musste noch irgendwo sein. Alles hing an diesem kleinen gelben Bonbon.

Wild entschlossen durchsuchte ich jeden Winkel der Waschküche, steckte sogar die Hand in den Schlauch des Trockners und inspizierte das Flusensieb und den Mülleimer, bis Flusen und Kaugummipapier durch die Gegend flogen. Hektisch keuchend hoffte ich auf das Unmögliche. Aber in den Abfällen unseres Alltags war kein kleiner gelber Sonnenstrahl zu finden. Das Bonbon war definitiv weg.

Langsam ließ ich mich auf die Knie sinken, fiel dann auf die Seite und rollte mich wie ein Embryo zusammen. Vollkommen reglos lag ich auf den kalten Fliesen, so still, dass ich nicht einmal mehr sicher war, ob ich noch atmete.

Mein ganzer Körper war taub. Bertha beobachtete mich nervös von ihrem Platz an der Tür aus, trat winselnd von einer Pfote auf die andere. Irgendwann begann ich zu zittern, erst nur mein Brustkorb, dann breitete es sich bis zu den Gliedmaßen aus. Vielleicht war es die Kälte, die vom Boden aufstieg, vielleicht der Schock. Doch ich konnte einfach nicht aufhören. Und schließlich kamen die Tränen. Erst weinte ich still, dann brachen laute, heftige Schluchzer aus mir hervor. Ich erstickte fast an meinen Tränen und meiner Trauer. Das Bild meines reglosen Vaters auf dem Küchenboden und seines schlaffen, fahlen Gesichts ließ mich ebenso weinen wie die Tatsache, dass meine letzte Chance auf so viel Glück vertan war.

Ich hatte meine Mutter verloren, nun vielleicht auch meinen Vater und würde höchstwahrscheinlich auch unser Diner verlieren – unsere Existenzgrundlage und unser Familienvermächtnis. Und ich hatte auch Rory und die Mädchen für immer verloren. Dieser Gedanke war unerträglich. Verlust, immer nur Verlust. Schon einmal hatte ich Rory aufgeben müssen, dies war meine zweite Chance gewesen. Nun aber würde ich ihn niemals heiraten, würde niemals die Mutter dieser süßen Mädchen sein. Die Zeit ließ sich nicht zurückdrehen, nicht umkehren, um meine Entscheidung zu revidieren. Gerade war meine Zukunft wieder einmal komplett in sich zusammengebrochen.

Viel zu früh am nächsten Morgen erwachte ich blinzelnd und hob mühsam den Kopf von einem Stapel frisch gewaschener Handtücher. Steif, mit schmerzenden Muskeln und vollkommen durchgefroren lag ich auf dem harten Fliesenboden. Bertha schob mir ihre feuchte Nase ins Ohr.

»Igitt.« Hastig rappelte ich mich auf und versuchte, mich daran zu erinnern, wo ich war. Und warum ich hier war. Dann überfielen mich die schrecklichen Ereignisse des Vorabends wie das kalte, graue Morgenlicht.

»Oh nein.« Mehr als ein verzweifeltes Flüstern brachte ich nicht heraus. Ich schlang die Arme um die Knie und kauerte mich zusammen, um mich irgendwie zu wärmen. Noch immer schaffte ich es kaum, mich der Realität zu stellen. Ich würde das alles nicht wieder einrenken können, es gab keine zweite Chance für mich. Bertha schnüffelte besorgt und ein wenig grummelig an mir herum, und ich fing an, sie hinter den Ohren zu kraulen, da ich es nicht schaffte, ihr irgendetwas Beruhigendes zuzuflüstern. Nein, es ging mir nicht gut. Und es war auch nichts gut. Im Moment befürchtete ich, dass es vielleicht nie wieder gut werden würde.

Das Summen meines Telefons verriet mir, dass ich eine neue Nachricht bekommen hatte. Nach einer kurzen Suche fand ich das Gerät in einem der Wäschehaufen. Es war Daphne.

Ich bin jetzt im Krankenhaus. Wo steckst du? Konnte nicht schlafen, deshalb bin ich früher gekommen. Die Schwester meint, Dad sei stabil. Er hat nach dir gefragt.

Ich musste schlucken.

Bin gleich da.

Mit hölzernen Bewegungen tippte ich die drei Worte in mein Handy. In meiner Brust pulsierte ein dumpfer Schmerz.

Während ich mich mühsam hochstemmte, versuchte ich, mich zu konzentrieren. Ich musste unter die Dusche und brauchte Kaffee. Dann sollte ich noch Bertha füttern und sie rauslassen. Und ich musste die Zeit um zwölf Stunden zurückdrehen, damit ich meine Jeans nicht auszog. Oder gleich um zehn Jahre, bevor all diese Katastrophen nach und nach über mein Leben hereingebrochen waren.

Eine Viertelstunde später war ich einigermaßen sauber und angezogen und trank hastig im Stehen meinen Kaffee. Von meinem Platz an der Spüle aus sah ich, wie in Tante Gerts Cottage die Lichter angingen. Sofort traf ich eine Entscheidung. Ich stellte die noch halb volle Tasse weg, ging nach draußen und hielt auf das Häuschen zu.

Als sich nach meinem ersten Klopfen die Tür öffnete, erwartete mich dahinter meine Großtante in langer roter Wollunterwäsche, wie sie von den Goldgräbern und Minenarbeitern des neunzehnten Jahrhunderts getragen worden war.

»Wie geht es Marty?«, fragte sie sofort mit besorgter Miene. Ihre feinen weißen Löckchen und das Bäuchlein ließen sie aussehen wie einen sauertöpfischen Kobold.

»Er hatte gestern noch einen Krampfanfall, nachdem ihr weg wart, aber jetzt ist er stabil. Ich habe es verloren«, platzte ich dann übergangslos heraus. »Ich habe das letzte Zitronenbonbon verloren. Dabei sollte das doch alles richten.«

Tante Gert musterte mich einen Moment lang, dann nickte sie. »Komm herein.«

Zurück an ihrem kleinen Zwei-Personen-Tisch, ließ sie ein Tee-Ei in eine Schale sinken. Der Duft von Jasmin stieg auf. Ich ließ mich unruhig auf einen der beiden Stühle fallen, während sie gelassen gegenüber von mir Platz nahm.

Der Tee begann sich zu entfalten, die zarten Farbschlieren breiteten sich aus wie die Tentakel einer filigranen Unterwasserkreatur.

»Tee?«, fragte Tante Gert. »Enthält viele Antioxidanzien, stärkt die Gehirnfunktion.«

Ich schüttelte den Kopf.

»Erzähl mir alles«, befahl sie dann. »Fang ganz von vorne an.«

Also holte ich tief Luft, und die Geschichte brach aus mir heraus: von dem Tag an, als Rory und ich gemeinsam die Restaurantfenster geputzt hatten, bis zur vergangenen Nacht und dem aufgelösten Zitronenbonbon.

»Das war meine letzte Hoffnung, doch noch alles in Ordnung bringen zu können«, erklärte ich ihr verzweifelt. »Und jetzt ist es weg. Außer … hast du vielleicht noch eins? Noch ein allerletztes Bonbon?« Bei diesem Gedanken stockte mir der Atem. *Bitte sag Ja, bitte sag Ja, bitte sag Ja.*

»Traurigerweise nicht.« Tante Gert schüttelte bedauernd den Kopf. »Das war wirklich das allerletzte, tut mir leid.«

»Oh.« Betroffen ließ ich die Schultern hängen. Das war's dann also. Das Verlustgefühl war heftig und traf mich so plötzlich, dass es mich zu zerquetschen drohte, mir sämtliche Luft aus den Lungen drückte. Ich hustete krampfhaft. Tante Gert beobachtete mich reglos.

»Ich kann nicht glauben, dass es so enden soll«, flüsterte ich schließlich.

»Wer hat denn etwas von einem Ende gesagt?«, schnauzte Tante Gert mich an. »Eine Tür hat sich geschlossen, was zweifelsohne mit viel Schmerz und Enttäuschung verbunden ist. Sicherlich ist das ein Rückschlag für dich, aber ebenso sicher nicht das Ende. Und auch wenn du es jetzt vielleicht noch nicht siehst, lässt sich an dieser Stelle gut der große englische Dichter John Milton zitieren oder auch die kaum weniger berühmte amerikanische Chanteuse Judy Garland, die beide so richtig festgestellt haben, dass es immer einen Silberstreif am Horizont gibt. Man muss ihn nur finden«, verkündete sie ohne jedes Mitleid, aber voller Tatendrang.

»Hier gibt es keinen Silberstreif.« Verzweifelt schüttelte ich den Kopf. »Bloß ein riesiges Trümmerfeld.« Noch nie in meinem Leben hatte ich mich so hoffnungslos gefühlt.

Tante Gert nippte schweigend an ihrem Tee. Dann fuhr sie deutlich milder gestimmt fort: »Du musst deinem Glück folgen, Lolly, auch jetzt noch. Im Moment mag es für dich nur Finsternis geben, aber selbst darin schimmert irgendwo ein kleiner Funke Licht. Dem musst du folgen. Er wird dir den Weg weisen.«

»Ich schaffe das nicht. Es ist einfach zu viel, zu viel ist kaputtgegangen.« Ich vergrub das Gesicht in den Händen. »Für mich gibt es keinen Funken. Alles ist zerstört.«

Lange saß Tante Gert mir schweigend gegenüber, dann räusperte sie sich leise. »Manche Dinge sind nicht dazu bestimmt, repariert zu werden«, sagte sie sanft. »Und manchmal braucht es die Risse im zerstörten Mauerwerk, um das Licht hereinzulassen.«

39

Zwei Tage nach Dads Schlaganfall stöberte mich Daphne um drei Uhr nachmittags im dämmrigen, leeren Gastraum der Eatery auf.

»Hi, Lols.« Meine Schwester trat durch die Küchentür und fand mich vor der leeren Kuchenvitrine, die ich mit dumpfem Blick anstarrte. Das Restaurant war nach wie vor geschlossen, ein bisher nie da gewesener Zustand. »Was machst du hier?« Sie legte Tasche und Fahrradhelm auf einem der Tische ab und berührte mich sanft an der Schulter.

»Ich suche nach einer Möglichkeit, das Restaurant ohne Dad wieder aufzumachen«, gestand ich ihr. »Aber ich habe keine Ahnung, wie wir das schaffen sollen.«

Zu unserer großen Erleichterung blieb Dads Zustand weiterhin stabil. Mit dem Sprechen tat er sich noch immer schwer, und er hatte diese verwirrten Momente, in denen er mich mit einem so verlorenen, hilflosen Blick ansah, dass es mir das Herz brach. Außerdem war seine linke Körperhälfte nach wie vor taub. Der Physiotherapeut des Krankenhauses hatte mir in einer ersten Einschätzung erklärt, dass Dad in einem langsamen, schrittweisen Prozess einen Teil seiner Fähigkeiten zurückerlangen konnte, aber wie weit diese Wiederherstellung letztlich reichen würde, ließ sich nicht genau sagen. Das war ein reines Geduldsspiel.

In ein paar Tagen würde man ihn aus dem Krankenhaus entlassen und in ein Rehazentrum verlegen, das nur zehn Minuten von unserem Haus entfernt lag. Erst heute Morgen war alles dafür in die Wege geleitet worden. Ich wusste jetzt schon, dass er es hassen würde. Dort roch es nach einer Mischung aus Turnhalle und Krankenhaus, außerdem war bereits klar, wie demütigend Dad es finden würde, dass er beim Toilettengang und beim Anziehen auf fremde Hilfe angewiesen war. Bestimmt würde er kein einfacher Patient werden. Trotzdem waren wir unglaublich erleichtert darüber, dass er einen so schweren Schlaganfall überlebt hatte und nun auf dem Weg der Besserung war.

Daphne sah sich stirnrunzelnd um. »Ja, ist schon irgendwie schwierig, ohne Koch ein Restaurant zu betreiben.«

Ich nickte. »Julio kann die Küche noch nicht allein stemmen, und wir können es uns nicht leisten, einen Küchenchef einzustellen. Ich weiß wirklich nicht, was wir tun sollen«, stimmte ich ihr mit einem erschöpften Seufzer zu. Das war alles einfach zu viel.

»Wie wär's mit einer Limo?«, fragte meine Schwester nur und ging Richtung Küche.

»Klar, gerne.« Vielleicht würde mich der Zucker wieder etwas auf Trab bringen, was wirklich dringend nötig war. Mir ging es gar nicht gut. Ich schlief kaum, konnte nicht essen. Die dunklen Ringe unter meinen Augen verrieten meine abgrundtiefe Erschöpfung. Jedes Mal, wenn ich an Rory und die Mädchen dachte, krampfte sich mein Herz schmerzhaft zusammen. Diesem Glück so nahe gekommen zu sein, nur um es dann wieder zu verlieren … Es war niederschmetternd. Rory fehlte mir, die Mädchen fehlten mir, all die Möglichkeiten und Beinahe-Momente fehlten mir. Ich schaffte es einfach nicht, die Hoffnungen, die ich mir endlich zugestanden hatte, mit der grausamen Realität übereinzubringen, die mein Leben bestimmte. Und so taumelte ich benommen durch meine wachen Stunden und traf Entscheidungen, die uns vor dem Untergang retten sollten, während ich innerlich eigentlich schon ertrunken war.

»Komm, setzen wir uns«, forderte Daphne mich auf und rutschte in die Sitznische am Fenster. Auf ihre Geste hin ließ ich mich mit einem tiefen Seufzer auf der gegenüberliegenden Sitzbank nieder. Irgendwie war einfach alles schrecklich.

»Also, ich muss etwas mit dir besprechen.« Daphne drehte die Deckel von den beiden Limoflaschen, schob mir die mit Kirschgeschmack hin und behielt Vanillecreme für sich. Dad und sie liebten den Vanillegeschmack. Rory hatte immer Orangencreme bevorzugt. Womit er vollkommen allein dagestanden hatte. Seit er aus unserem Leben verschwunden war, gab es immer viel zu viel Orangencremelimonade in unserem Kühlschrank.

»Ach, dann wird das also ein Limonadengespräch?«, fragte ich leicht beunruhigt. »Ich glaube nicht, dass ich das momentan verkraften kann.«

Solange ich zurückdenken konnte, waren die Thomas-Kemper-Sodas mit den Ankündigungen größerer Veränderungen in unserer Familie einhergegangen. Meine Eltern hatten sich mit mir hingesetzt und mir eine Kirschlimonade gegeben, als sie mir mitgeteilt hatten, dass Mom mit Daphne schwanger war. Ich hatte Dad die Nachricht von meiner gelösten Verlobung mit Rory durch eine Vanillecremelimonade versüßt. Ein Limonadengespräch implizierte also immer, dass etwas im Busch war.

Daphne antwortete nicht gleich. Stattdessen stieß sie zunächst mit mir an und trank einen großen Schluck. Dann schaute sie sich im Gastraum um und meinte: »Der alte Laden. Das war schon eine tolle Zeit.«

Vorsichtig nippte ich an meiner Flasche. Die Limonade war pappsüß, schimmerte dunkelrot und enthielt so viel Kohlensäure, dass ich beinahe geniest hätte.

»Eine tolle Zeit?«, hakte ich leise nach. Das klang nicht gut.

»Ich habe heute eine Nachricht bekommen.« Daphne ließ ihre Flasche zwischen den Fingern kreisen.

»Ach ja?«

»Ich wurde bei einem Yoga-Ausbildungsprogramm in Costa Rica angenommen.«

Leicht überfahren starrte ich sie an. »Wie bitte?«

Sie wich meinem Blick aus. »Das ist eine der besten Yogaschulen der Welt. Wenn ich fertig bin, bekomme ich ein Diplom. Damien wird mitkommen und sich dort zum Tauchlehrer ausbilden lassen. Und falls es uns gefällt, bleiben wir anschließend vielleicht noch eine Weile da.«

Ich war vollkommen fassungslos. »Du machst Witze. Sag mir, dass das nur ein Witz ist.«

Daphne schüttelte den Kopf. »Der Kurs beginnt im Mai, mir bleiben also noch ein paar Monate bis zur Abreise.«

»Und damit kommst du ausgerechnet jetzt um die Ecke?« Mit jedem Wort wurde ich lauter. »Jetzt? Wir saufen hier gerade völlig ab, und du willst einfach verschwinden? Das ist so was von … so was von … Und was ist mit Dad? Er liegt im *Krankenhaus*. Nach einem massiven Schlaganfall. Außerdem, was soll aus dem Restaurant werden? Du kannst nicht gehen. Wir brauchen dich hier.«

Ja, Daphne war jung und manchmal etwas egozentrisch, doch das war trotzdem unfassbar. Sie aber sah mich nur gelassen an. »Komm schon, Lolly. Sei realistisch. Wir können das Restaurant nicht weiter betreiben. Nicht ohne Dad.«

»Es wäre nicht ganz einfach«, gab ich zu und massierte mir frustriert den Nacken, der sich in letzter Zeit dauerhaft verspannt hatte. *Nicht ganz einfach* war definitiv untertrieben. Viel eher schien es unmöglich zu sein. Und dann war da ja auch noch die enorme Steuerforderung, die mit jedem Tag näher rückte. Fieberhaft versuchte ich, all diese Dinge irgendwie zu einem Ganzen zusammenzufügen. »Vielleicht, wenn Dad wirklich, wirklich schnell wieder auf die Beine kommt?«

»Echt jetzt? Das ist unser Masterplan?« Daphne warf mir einen skeptischen Blick zu. »Lolly.« Ganz sanft sagte sie das, als wäre sie die Mutter und ich das Kind, das sich in Hirngespinsten verstrickt hatte. »Es wird eine ganze Weile dauern, bis Dad wieder auf den Beinen ist. Er kommt nicht hierher zurück. Zumindest nicht als Koch. Denn selbst wenn er sich gut genug erholt, wäre er dem Stress nicht länger gewachsen. Hat Dr. Cho nicht gesagt, der Schlaganfall könnte durch den Stress ausgelöst worden sein, dem er ständig ausgesetzt war, und dass eine möglichst weitreichende Heilung nur dann gelingt, wenn man ihm keinerlei Druck auferlegt?«

Ich nickte. »Na ja, der Stress und die Zigaretten, die er sich bei jeder Gelegenheit reingezogen hat.« Trotzdem wusste ich, dass sie recht hatte. Selbst wenn er sich körperlich ausreichend von dem Schlaganfall erholte, wäre es viel zu stressig für ihn, wieder in der Küche zu stehen. »Aber irgendwie müssen wir es hinbekommen ...« Frustriert stieß ich den Atem aus, gleichzeitig stieg ein Schluchzen in meiner Kehle auf. »Bitte, geh nicht.«

Ohne mich anzusehen, spielte Daphne an ihrer Limonadenflasche herum und knibbelte das Etikett ab. »Ich liebe dich und Dad über alles, Lolly. Das bedeutet nicht, dass ich euch im Stich lasse. Und bevor ich gehe, werde ich so viel helfen, wie ich nur kann. Es sind ja auch noch zwei Monate. Aber ich kann nicht länger den Traum eines anderen leben. Du gehst hier unter, der Laden geht unter, und ich kann nicht mit euch untergehen. Ich muss loslassen. Es wird Zeit. Du solltest auch loslassen.«

Brennender, ungezügelter Zorn stieg in mir auf. »Das ist so was von selbstsüchtig, Daphne. Natürlich lässt du uns im Stich, und zwar in einer Zeit, in der wir dich dringend brauchen. Und das nach allem, was wir für dich geopfert haben! Unzählige Stunden, viele Jahre lang habe ich mein Leben zurückgestellt, damit du es mal besser hast, damit du ein geregeltes Leben hast. Und jetzt das?« Wut und Fassungslosigkeit machten meine Stimme rau.

Daphnes Gesicht verzog sich unwillig, und sie knallte ihre Flasche auf den Resopaltisch. War mein Blick zornig, dann war ihrer hart wie Stahl. »Ich habe dich nie darum gebeten. Du hast das ganz allein entschieden, Lolly. *Du* hast entschieden, dein Leben für Dad und mich in die Warteschleife zu legen. Bin ich dir dafür dankbar? Ja, das bin ich. Es war schrecklich, als Mom starb, und du warst für mich da, ich konnte immer zu dir kommen. Ich weiß, dass du eine Menge für mich aufgegeben hast, und dafür werde ich dir ewig dankbar sein. Du warst für mich große Schwester und Mutter in einer Person. Aber ich habe auch gesehen, was aus dir geworden ist – eine verkümmerte, eingeschrumpfte Version des Menschen, der du einmal warst. Der ganze Stress mit dem Restaurant, diese Liste mit unerfüllten Lebensträumen in deinem Tagebuch … Ich will nicht so leben wie du. Ich will ein eigenständiger Mensch sein, mir ein eigenes Leben aufbauen. Ich liebe diese Familie, und ich liebe dich. Aber ich werde mich nicht von ihr auffressen lassen. Denn genau das ist geschehen, diese Familie hat dich einfach … verschlungen.« Mit blitzenden Augen sah sie mich an; so jung, so selbstsicher, so unerschütterlich in ihrer Überzeugung. »Woran hältst du hier eigentlich noch fest, Lolly? Warum rackerst du dich ab, um den Laden am Laufen zu halten? Der Zug ist längst abgefahren, siehst du das denn nicht? Es ist vorbei.«

Schockiert starrte ich sie an, versuchte zu begreifen, was sie da sagte. »Ich versuche, unsere Familie zusammenzuhalten«, presste ich dann zähneknirschend hervor. »Ich versuche, einfach nur alles zusammenzuhalten.«

Traurig schüttelte Daphne den Kopf. »Sieh dich doch um, Lolly. Was du zusammenhalten willst, hat sich längst aufgelöst. Du stemmst dich bloß gegen den Lauf der Dinge, und dabei stehst du dir selbst im Weg.« Sie presste die Lippen zusammen und sah mich eindringlich an. »Es wird Zeit loszulassen«, sagte sie dann. Ohne ein weiteres Wort schob sie sich aus der Nische, nahm Fahrradhelm und Tasche und ging ohne einen Blick zurück hinaus.

Reglos blieb ich sitzen, kochend vor Wut, und umklammerte meine Limonadenflasche so fest, dass es wehtat. »Sie begreift es nicht«, zischte ich. »Sie hat keine Ahnung, wie schwer wir für sie geschuftet haben.«

Mein Zorn richtete sich eindeutig gegen Daphne, weil sie sich, was unsere Familiengeschichte betraf, so vollkommen gleichgültig zeigte. Dass sie uns dermaßen im Stich ließ, tat weh. Aber wenn ich ganz ehrlich war, gab es da auch diese leise Stimme, die mir einflüsterte, dass sie möglicherweise recht haben könnte. Außerdem kamen mir ihre Worte vage vertraut vor. Und als ich darüber nachdachte, kehrte die Erinnerung zurück: Was Daphne eben gesagt hatte, schien ein gruseliges Echo dessen zu sein, was meine Mutter mir an unserem viel zu kurzen gemeinsamen Tag geraten hatte. Ich schloss die Augen und versuchte, Moms Stimme heraufzubeschwören und noch einmal die heiße hawaiianische Sonne auf meinem Haar zu spüren.

Mein Schatz, so wie es klingt, ist das, woran du momentan festhältst, sowieso schon zerbrochen. Du hältst einfach nur noch die Scherben zusammen und suchst verzweifelt nach dem Klebstoff.

Mit einem überraschten Blinzeln öffnete ich die Augen wieder. Daphne und Mom hatten quasi dasselbe gesagt. Stimmte das etwa? Versuchte ich wirklich nur noch, die Scherben unseres Lebenswerks zusammenzuhalten? Klammerte ich mich an etwas fest, das sich längst aufgelöst hatte? Geistesabwesend ließ ich die Flasche in meiner Hand kreisen, während ich mich bemühte, das emotionale Chaos in meinem Inneren zu ordnen. Tante Gerts Rat fiel mir wieder ein: *Sei ehrlich, sei aufmerksam, suche nach Freude.* Aber wie sollte ich das in dieser Situation schaffen?

Ich atmete tief durch. Sei ehrlich. Okay, wie sah die Wahrheit denn aus? Was genau wollte ich mir nicht eingestehen? Ich konzentrierte mich erst einmal nur darauf, schloss die Augen und schob alles andere beiseite. Und in diesem Moment der Ruhe zeigte sie sich mir, die Wahrheit, und trat hinter all dem Chaos und all der Furcht hervor.

Wenn ich ganz ehrlich zu mir selbst war, wusste ich, dass ich mich tatsächlich nur noch an einem Scherbenhaufen festklammerte, und das schon seit geraumer Zeit – an den Scherben unserer Familie, dieses Restaurants, meines Herzens.

»Mom«, flüsterte ich. »Ich weiß nicht, was ich tun soll. Alles ist in die Brüche gegangen. Und ich habe keine Ahnung, wie ich es reparieren soll.«

Da hörte ich ihre Stimme, noch einmal wiederholte sie den Ratschlag, den sie mir an jenem sonnigen Morgen auf ihrer Veranda gegeben hatte. Ganz deutlich spürte ich ihre Gegenwart, ihre Wärme und Liebe. *Manchmal kommt es einfach nicht so, wie wir es uns erhofft hatten, ganz egal, wie gut unsere Absichten auch sind. Und wenn alles den Bach runtergeht, musst du loslassen. Manchmal muss man einfach loslassen, Lolly.*

Diese harte, aber befreiende Wahrheit vermittelte sie mir so sanft, dass mir Tränen in die Augen stiegen.

Aber was würde das bedeuten – loslassen?

Ich schaute mich um, gab mir alle Mühe, so aufmerksam zu sein, wie Tante Gert es verlangt hatte. Dadurch sah ich plötzlich alles in einem neuen Licht. Das Diner wirkte müde, wie immer ein wenig schäbig und vor allem leer. Leer und verlassen. Nicht nur von den Gästen verlassen, sondern auch von der Familie. Es war niemand mehr da. Dad konnte nicht länger hier arbeiten, Daphne folgte ihrem eigenen Traum, und ich … Nun ja, ich gab mir alle Mühe, meinem Glück zu folgen, was auch immer das heißen mochte.

Durch diese sich plötzlich einstellende Klarheit in meinem Innern erkannte ich endlich die Wahrheit: Die Eatery hatte ihren Zweck erfüllt. Drei Generationen lang war sie der Dreh- und Angelpunkt unserer Familie gewesen, aber die Struktur dieser Familie hatte sich so gravierend verändert, dass sie das nun nicht mehr sein konnte. Mom war tot, Dad körperlich angeschlagen, Daphne düste bald ab in ihr ganz persönliches Abenteuer. Ich versuchte, etwas aufrechtzuerhalten, das längst nicht mehr existierte. Es wurde Zeit weiterzuziehen. Diese Erkenntnis raubte mir den Atem. Benommen starrte ich auf meine Limoflasche.

Aber wohin weiterziehen? Dad würde in das Rehazentrum gehen und versuchen, sich seinen Körper zurückzuerobern. Daphne folgte weiter ihrem Traum in Costa Rica. Wohin genau Tante Gert ziehen würde, wusste ich nicht. Vielleicht in die Antarktis. Blieb nur noch ich. Wie konnte ich nach Freude suchen? Worin lag mein Glück? Was wollte ich eigentlich?

»Das weiß ich nicht«, sagte ich laut. Nein, das stimmte so nicht.

Ich wusste es schon. Doch ich wünschte mir Dinge, die ich nicht haben konnte. Ich wünschte mir, dass meine Mom wieder bei uns wäre und zusammen mit meinem Dad das Diner betrieb, als tragende Säulen der Gemeinde und Stützpfeiler unserer Familie, wie sie es immer gewesen waren. Ich wünschte mir, Rorys Hand zu halten und wieder ein Teil seines Herzens zu sein. Wünschte mir, diese beiden Strubbelköpfe morgens auf ihren Kissen zu sehen: einer dunkel, einer rot, einer glatt, einer lockig. Meine Mädchen. Ich wünschte mir das Gefühl von Unabhängigkeit, das ich mit dem Toast in Brighton ganz kurz verspürt hatte, diese endlose Zahl von Möglichkeiten, eine berauschende Mischung aus Zielstrebigkeit und Freiheit.

Und während ich in dem leeren, dämmrigen Gastraum saß und mir vor Augen führte, wonach ich mich sehnte und was ich alles verloren hatte, wurde mir nach und nach der Rest des Gesamtbildes bewusst. Ich klammerte mich nicht nur an den Scherben der Wunschvorstellung fest, die unsere Familie einmal für dieses Restaurant gehegt hatte. Ich klammerte mich auch noch an vielen anderen Dingen fest, die längst aus meinem Leben verschwunden waren, an all den wundervollen Dingen, die ich kurz genossen und dann verloren hatte. Auch meine früheren Träume waren zu einem Scherbenhaufen geworden, und ich versuchte krampfhaft, etwas zusammenzufügen, was längst unwiederbringlich zerstört war.

Wenn du an etwas festhältst, was längst zerbrochen ist, an einem Lebensentwurf oder einem Traum, der niemals wahr werden kann, bleibt in deinem Leben nicht genug Raum für irgendetwas anderes. Für gute und machbare Alternativen. Auch das hatte meine Mutter an dem Tag auf Hawaii zu mir gesagt. Hart, aber absolut wahr. Ich wusste, dass sie recht hatte, aber …

»Wie könnte ich sie denn einfach loslassen?«, flüsterte ich und dachte dabei an Rory, an die Mädchen, an das Leben, das ich niemals haben würde.

Du musst Vertrauen haben, Lolly, hatte sie zu mir gesagt, als wir in der kühlen Dunkelheit auf dem Mauna Kea gestanden hatten, zwei winzige Menschlein unter dem endlosen Himmelsgewölbe. *Man braucht Vertrauen und Mut, um alles zerfallen zu lassen, ohne zu wissen, was danach kommt. Aber du bist stark, du schaffst das. Für dich gibt es noch so viel mehr, mein Schatz. Mehr Leben, mehr Liebe, mehr gute Dinge …*

Ich schloss die Augen und unterdrückte ein Schluchzen. Konnte ich meiner Mutter glauben? War ich stark genug, mutig genug? Lag tatsächlich noch viel Gutes vor mir? Ganz sicher war ich mir nicht, aber eines wusste ich: Ich hatte es satt, mit bloßen Händen einen Scherbenhaufen zusammenzuhalten. Ich hatte es satt, ihn in eine Form pressen zu müssen, die er niemals wieder annehmen würde. Ich hatte es satt, mich für einen Traum kaputtzumachen, der längst tot war. Und ich hatte es verdammt noch mal satt, an sechs Tagen pro Woche im Morgengrauen aufzustehen, um sechs Zitronenbaiserkuchen zu backen. Ich konnte das einfach nicht mehr, nichts davon. Was auch immer kommen mochte, Mom hatte recht. Und auch Daphne hatte recht. Es wurde Zeit, endlich loszulassen.

Ich drückte die Wange an den alten Resopaltisch und nahm den seit Jahrzehnten eingezogenen Geruch von Bratfett, kaltem Kaffee und Zitronenkuchen in mich auf. Meine Geschichte. Unsere Geschichte. Meine Familie, wie ich sie noch immer gerne gehabt hätte. Es war dämmrig und still, nur das leise Summen der Kühlvitrine und das Ticken der Wanduhr waren zu hören. Aus einem Impuls heraus stand ich auf, nahm meine Limoflasche und durchquerte den Raum. Auf der Jukebox lag eine Münze bereit, und ich schob sie in den Schlitz. Die Nummer kannte ich auswendig: F4. *I Will Always Love You*. Dieses Lied erinnerte mich an Rory, an den Tag unserer ersten Begegnung, an den schicksalhaften Beginn unserer jungen Liebe. Klickend und ratternd erwachte die Jukebox zum Leben, und dann erfüllte Dolly Partons unverkennbare Stimme den Raum, besang das Ende einer verlorenen Liebe. Ich stand nur da und schloss die Augen.

Hey, Marty, zweimal den Schweinebraten von der Tageskarte mit Bratkartoffeln für Tisch sechs. Ich glaubte, wie ein Echo die Stimme meiner Mutter zu hören. Sah, wie sie mit ihren ausladenden Hüften die Schwingtür zur Küche aufschob und mit Kuchentellern beladen hereinkam, eingehüllt in warme Küchendämpfe, in den Duft von knusprigen Bratkartoffeln und bittersüßem Rotkohl. Ich saß an einem der hinteren Tische, in meine Hausaufgaben vertieft, während sich immer mehr Gäste zum Abendessen einfanden. Später, in der Highschool, wartete Rory oft an der Hintertür auf mich, wenn wir dieselbe Schicht hatten. Dann zogen wir unsere Schürzen aus und fuhren zusammen zum Strand. Jedes Mal, wenn ich die Schürzenbänder löste und durch die Hintertür in die weite Welt hinaustrat, die mich mit offenen Armen empfing, überkam mich so ein kribbelndes Gefühl. Meine Mutter drohte Rory mit einem Küchenhandtuch und ermahnte uns, brav zu bleiben. Mein Dad summte einen Eagles-Song mit, während er den Fisch auf dem Grill wendete. Alles war hell, fröhlich und warm.

»Lolly, Lolly, schau mal! Ich kann Spagat!« Die sechsjährige Daphne im bunten Gymnastikanzug und mit Rattenschwänzen unterhielt die Gäste, indem sie ihr gesamtes Turnprogramm im Gang zwischen den Tischen absolvierte. Später, nach Moms Tod, war sie es, die am hinteren Tisch ihre Hausaufgaben machte, während ich verzweifelt versuchte, in Moms Fußstapfen zu treten.

Ein dicker Kloß bildete sich in meiner Kehle, als ich an die unzähligen Stunden zurückdachte, die ich in diesem Raum verbracht hatte. Dieses Restaurant war meine Kinderstube gewesen, hatte mich umsorgt und gefordert. Schon vor meiner Geburt war es mein Zuhause gewesen. Langsam strich ich mit den Fingern über den leicht klebrigen Tresen, über die kalten Chromstreben der Kuchenvitrine. Dolly trällerte leise im Hintergrund. Draußen befeuchtete leichter Nieselregen den fahlen Nachmittag. Die Jukebox schaltete sich aus. Stille senkte sich über den Raum. Ich atmete einmal tief durch. Es wurde Zeit.

Zeit, mich aufzuraffen und nicht länger in der Vergangenheit zu leben. Was geschehen war, konnte ich nicht ändern. Hoffen und Wünschen würden nichts davon zurückbringen. Durch das kleine Zitronenbonbon hatte es eine Chance gegeben, aber auch die war nun vertan. Alle Chancen waren vertan. Mir blieb jetzt nur noch eine Option: nach vorne blicken und mich weiterentwickeln. *Sei ehrlich, sei aufmerksam, suche nach Freude.*

Wie sollte ich das anstellen? Ich war aufmerksam und ehrlich gewesen. Ich hatte versucht, nach Freude zu suchen. Doch es hatte mir nichts gebracht außer zerschmetterten Hoffnungen und einem gebrochenen Herzen. Wieder einmal. Und doch … und doch … Ich durfte mir nichts vormachen. Was ich gesehen hatte, konnte ich nicht ungesehen machen, konnte nicht leugnen, dass es existierte. Zwar wusste ich nicht, ob ich noch einmal Freude finden würde, aber zu diesem stillen Leid konnte ich auf keinen Fall zurückkehren. Nun würde ich nur mehr nach jedem kleinen Lichtschimmer Ausschau halten und mich vorwärtsbewegen, komme, was wolle.

Wieder atmete ich tief durch und trank einen Schluck von meiner Limonade. Sie schmeckte nach meiner ersten Schwärmerei für Rory; nach dem Tag, als ich meine erste Periode bekam; dem Tag, an dem ich zum ersten Mal meine winzige, sich windende Babyschwester im Arm hielt und in ihr rotes Gesichtchen blickte. Meine Kindheit, meine Jugend, so viele Erinnerungen steckten in dieser Flasche. Ich sah auf die Uhr. Es wurde langsam spät. Ich nahm meine eigene und Daphnes beinahe unberührte Flasche und ging in Richtung Küche.

»Es ist vorbei.« Ich sagte es laut in den leeren Raum hinein und spürte dabei sowohl Erleichterung als auch Trauer. Morgen würde ich mit Dad reden. Es war an der Zeit weiterzuziehen.

40

»Bertha, ich bin zu Hause.« Ich sperrte die Vordertür auf und stellte die Einkaufstüten in der Diele ab. Nach kurzer Suche fand ich die Schachtel mit den Hundeleckerlis und die Packung Ben & Jerry's Cherry Garcia. Bertha kam in den Flur gewackelt, entdeckte das Eis in meiner Hand und setzte ihren Weg deutlich schneller und fröhlich schwanzwedelnd fort, ohne den Leckerlis in meiner anderen Hand die geringste Beachtung zu schenken. Sie folgte mir in die Küche. Außer mir war niemand zu Hause. In Tante Gerts Cottage war alles dunkel, und Daphne war mit Damien unterwegs.

Nachdem ich mir einen Löffel geholt hatte, ließ ich mich aufs Sofa fallen, ohne meine Gummistiefel auszuziehen. Bertha drückte die kalte Nase gegen meine Hand und schenkte mir einen sehnsüchtigen Blick, um dann hoffnungsvoll abzuwarten. Ich holte ein Leckerli aus der Schachtel und warf es ihr hin. Keine Reaktion.

»Die sind mit Speckgeschmack«, informierte ich Bertha. Sie deutete ein Wedeln an und starrte weiter unverwandt auf die Eispackung. »Vergiss es«, sagte ich streng. »Alles meins.«

Ich streifte die Stiefel ab, streichelte Bertha kurz am Kopf und öffnete dann den bunten Becher. Eigentlich hatte ich noch eine lange Liste abzuarbeiten, aber zuerst brauchte ich eine Pause. Eine Eiscremepause.

Seit meinem folgenschweren Entschluss, die Eatery aufzugeben, waren zwei Wochen vergangen. Am Morgen danach war ich direkt ins Krankenhaus gefahren, um die Angelegenheit mit Dad zu besprechen. Er hatte geweint, als ich ihm meine Gefühlslage geschildert hatte, aber am Ende hatte er mir zugestimmt. Es wurde Zeit, loszulassen.

Daraufhin waren zwei furchtbar hektische Wochen gefolgt. Ich hatte eine örtliche Maklerin kontaktiert und mich mit ihr im Restaurant getroffen, wo sie gute Nachrichten für mich gehabt hatte. Das Gebäude war zwar alt und sanierungsbedürftig, aber der Immobilienmarkt rund um Seattle war so heiß umkämpft, dass ich bei dem Verkaufswert, den sie mir genannt hatte, vor Erleichterung beinahe geweint hätte. Wenn wir auch nur annähernd diesen Preis erzielten, wären dadurch nicht nur eine bescheidene Rente für Dad, sondern auch die Kosten für eine Pflegekraft während seiner Rekonvaleszenz abgedeckt.

Seitdem hatte ich jede wache Minute damit verbracht, das Restaurant für den Verkauf vorzubereiten. Tante Gert half mir dabei, und wie sich herausstellte, konnte sie ziemlich gut mit Pinsel und Farbe umgehen. Allerdings bestand sie darauf, in einem hochgeschlossenen Malerkittel zu arbeiten, der stark an ein puritanisches Nachthemd erinnerte. Daphne fand das urkomisch, weshalb sie es sich zur Gewohnheit machte, ständig im Diner aufzutauchen, bloß um den Anblick von Tante Gert in ihrem Kittel zu genießen. Wenn ich Daphne beim Faulenzen erwischte, teilte ich ihr eine Aufgabe zu. Schließlich gab es eine Menge zu tun.

Meine Schwester hielt Wort: Zwar wollte sie nach Costa Rica, half aber vor und nach dem Unterricht, wann immer sie konnte. So war sie mir eine große Hilfe dabei gewesen, Dad nach seiner Entlassung aus dem Krankenhaus bei der Eingewöhnung in dem Rehazentrum zu unterstützen. Wie erwartet war er ein furchtbarer Patient. Stur wie ein Esel. Erst vor wenigen Tagen hatte ihn das Pflegepersonal hilflos im Treppenhaus vorgefunden, wo er mitten auf den Stufen zusammengebrochen war. Er war wild entschlossen gewesen, ihnen zu beweisen, dass er die drei Treppen alleine schaffte, aber bereits auf der ersten hatte sein schwaches Bein unter ihm nachgegeben. Zwei Pfleger hatten ihn in sein Zimmer zurückgebracht. Verletzt war er wohl nicht, aber man hatte mir gesagt, er habe während des gesamten Rückwegs einen Schwall äußerst farbenfroher Navyflüche von sich gegeben. Doch seine Sturheit zahlte sich auch aus. Er hatte so gute Fortschritte gemacht, dass er in ungefähr zehn Tagen nach Hause kommen würde. Was gleichzeitig wundervoll und erschreckend war, denn ich hatte keine Ahnung, wie man einen Schlaganfallpatienten versorgen musste.

Müde sah ich zu den Prospekten und Broschüren mit Überschriften wie »Leben nach dem Schlaganfall« oder »Leben mit Einschränkungen« hinüber, die ich auf dem Couchtisch ausgebreitet hatte. Sofort gönnte ich mir noch einen Löffel Kirscheis.

»Wo sollen wir bloß anfangen, Bertha?«

Die wedelte nur hoffnungsvoll mit dem Schwanz. Seufzend ließ ich ein Klümpchen Eis ohne Kirschen oder Schokosplitter neben ihren Pfoten auf den Teppich fallen. Natürlich war ich froh darüber, dass es Dad schon gut genug ging, um nach Hause zu kommen, aber ich fühlte mich einfach nicht dazu in der Lage, ihn nach seiner Heimkehr zu pflegen. Damien würde später vorbeikommen und einen Haltegriff in der Dusche installieren, außerdem würden wir das Arbeitszimmer im Erdgeschoss in ein provisorisches Schlafzimmer verwandeln, bis Dad wieder alleine Treppen steigen konnte. Eine Gehhilfe musste ich auch noch besorgen und Antirutschmatten unter sämtliche Teppiche legen. Doch am dringendsten war die Suche nach einer Pflegekraft, nach jemandem, der sich zumindest halbtags um ihn kümmerte, während ich die Vorbereitungen und den Verkauf des Restaurants abwickelte.

»Okay, wir müssen eine spitzenmäßige Pflegekraft für ihn finden, Bertha. Hast du vielleicht eine Empfehlung für mich?«

Bertha leckte sich schnaufend die Lefzen. Diesmal warf ich das Leckerli mit Speckgeschmack direkt auf ihre Pfoten. Wieder ignorierte sie es.

»Okay, wie du willst.« Ich schob mir den nächsten Löffel Eis in den Mund und wandte mich dem Laptop zu. Wie fing man das an? Meine Finger schwebten über den Tasten, dann gab ich »häusliche Pflege Seattle« ein. Sofort erschien eine lange Liste mit Treffern. Ich sah mir ein paar Homepages an und las die Google-Rezensionen, um ein Gefühl für die Sache zu kriegen. Das alles war viel teurer, als ich erwartet hatte, und mich verließ der Mut. Wie sollten wir das hinkriegen? Und für wen sollte ich mich entscheiden? Während ich unentschlossen auf die Suchergebnisse starrte, rührte sich etwas in meinem Hinterkopf. Wo war ich in letzter Zeit mit dem Thema Pflege in Kontakt gekommen? Ich schloss die Augen, um mich besser erinnern zu können. Und dann fiel es mir wieder ein: Rorys Kühlschrank. Die Hochzeitseinladung meines Vaters. Ramona. War sie nicht auch eine Art Pflegekraft gewesen?

Nein. Das war unmöglich. Trotzdem googelte ich aus einem Impuls heraus den Namen *Ramona Flores*. Und schon der erste Treffer in der Liste erregte meine Aufmerksamkeit: *Helping Hands Pflegedienst – freundlich, fürsorglich, individuell* lautete die Überschrift. Dazu Dutzende Fünf-Sterne-Rezensionen. Hatte diese Agentur etwas mit Ramona zu tun? Ich klickte die Seite an und überflog sie. Der Pflegedienst bot seit zweiundzwanzig Jahren kompetente Dienste im Bereich der Krankenpflege an. Man hatte es sich zum Ziel gesetzt, jeden Patienten seinen Bedürfnissen entsprechend in seinem eigenen Heim zu versorgen. Hierfür standen fünf qualifizierte Pflegekräfte zur Verfügung. Als ich den Menüpunkt »Team« anklickte, tauchten vier Bilder auf. Schon das erste ließ mich überrascht innehalten. Da war sie. Diese lockigen roten Haare und die warmherzigen braunen Augen kannte ich.

Ramona Flores, Eigentümerin, stand unter dem Bild. Ja, das war die Frau auf dem Foto an Rorys Kühlschrank. Das war die Frau, die mein Vater angesehen hatte, als wären durch sie die Sonne, der Mond und vermutlich auch noch die Sterne am Himmel erschienen. Ich hatte hier die zweite Frau meines Vaters vor mir. Sie war eine ausgebildete Krankenschwester mit fünfundzwanzig Jahren Berufserfahrung, die sich auf die Rehabilitationsbehandlung von postoperativen und Schlaganfallpatienten spezialisiert hatte.

»Du bist es«, murmelte ich, während ich verblüfft Ramonas Bild anstarrte. Wie hoch waren denn bitte die Chancen gewesen, sie tatsächlich zu finden? Ihre Haare waren ein wenig kürzer, das Rot etwas heller als auf der Hochzeitseinladung, aber ihr Blick war genauso warmherzig. Sie trug einen hellrosa Schwesternkittel. Beinahe nervös klickte ich die Kontaktdaten an.

Eine Postadresse in Burien, Washington, nur ein paar Kilometer südlich von Seattle. Sie war hier, in Reichweite.

Mein Herz begann zu rasen, trotzdem dachte ich nicht lange nach – ich griff zum Telefon und rief sie an. Es klickte, dann hörte ich eine Frau sagen: »Hallo, hier ist Ramona von *Helping Hands.* Wie kann ich Ihnen helfen?« Das klang ebenso einfühlsam wie kompetent.

Inzwischen dröhnte mein Herzschlag laut in meinen Ohren, und ich musste nach Luft schnappen. Was dachte ich mir nur dabei, auf diese Weise Schicksal zu spielen? Aber es war nun schon eine halbe Ewigkeit her, dass mein Dad die große Liebe seines Lebens verloren hatte. Er war einsam. Er hatte es verdient, geliebt zu werden. Mein eigenes gebrochenes Herz konnte ich nicht heilen, aber vielleicht würde ich ja dabei helfen, seins ein wenig aufzupäppeln. Und das hier könnte die beste Gelegenheit dafür sein. Natürlich wusste ich nicht, ob es funktionieren würde. Immerhin war er jetzt körperlich angeschlagen. Aber ich musste es zumindest versuchen. Also drückte ich mir selbst die Daumen und sandte ein stummes Stoßgebet gen Himmel.

»Hi, Ramona. Hier spricht Lolly Blanchard. Es geht um meinen Vater Marty.«

41

»Okay, Leute, wer will noch ein Stück Kuchen?« Ich holte einen der fünfzehn Zitronenbaiserkuchen aus der Vitrine, die Daphne, Eve und ich am Morgen gebacken hatten, und hielt ihn einladend hoch. Alle jubelten. Es war sechs Uhr am Samstagnachmittag, und das Restaurant war voller Menschen, alle Plätze waren besetzt. Wer keinen Tisch mehr bekommen hatte, stand an der Wand oder lehnte am Tresen. Vermutlich verstießen wir gerade gegen sämtliche Brandschutzverordnungen, aber heute spielte das keine Rolle. Es war unser letzter Abend in der Eatery, und wir feierten ihre Schließung mit Würde. Außerdem war heute mein dreiunddreißigster Geburtstag, was ich aber niemandem gesagt hatte. Der Abschied vom Restaurant war der wesentlich wichtigere Grund für eine Party.

Eve und Daphne schlängelten sich zwischen den Gästen hindurch und verteilten Gratiskuchen an alle. Damien stand vorne an der Tür, nahm Jacken entgegen und zeigte den Neuankömmlingen, wo sie noch ein freies Eckchen finden konnten. Gerade mal die Oberkante seines High-Top-Schnitts war in der Menge auszumachen. Auch Tante Gert war in den Gängen unterwegs, in jeder Hand eine Kaffeekanne, und schenkte großzügig nach.

Die Jukebox spielte June Carter Cashs Version von *Keep On the Sunny Side*, was mir ein ironisches Lächeln entlockte. Da hatte wohl jemand eine Münze übrig und einen feinen Sinn für Humor. Ich nahm eine der hübschen Pappkarten in die Hand, auf denen Moms legendäres Zitronenbaiserkuchenrezept abgedruckt war. Auf jedem der Tische lag ein Stapel davon. Betitelt hatte ich es mit: *Irenes Rezept für den besten Zitronenbaiserkuchen aller Zeiten.* Nun war es kein Geheimnis mehr. Es wurde Zeit, es mit der Welt zu teilen.

Die Tür öffnete sich, und ein kühler, feuchter Windstoß fegte herein. In dem ganzen Tohuwabohu war das Glöckchen kaum zu hören. Ich schaute hoch. Es war Dad, der seine glänzende Gehhilfe vorsichtig durch die Tür schob. Und neben ihm, mit einer Hand die Tür aufhaltend und mit der anderen seinen Arm stützend, stand Ramona. Ich hatte sie quasi auf Knien anflehen und am Ende sogar nach Burien rüberfahren müssen, bis sie endlich eingewilligt hatte, Dads Pflege persönlich zu übernehmen. Nun war sie seit einigen Wochen bei uns, und schon vom ersten Tag an hatte sie sich als ein wahres Gottesgeschenk erwiesen. Sie arbeitete schnell und effizient, war dabei aber immer mitfühlend. Und vor allem trieb sie Dad mit einem Lächeln auf den Lippen an. Mit ihrer Mischung aus fröhlicher Überredungskunst und eisernem Willen brachte sie ihn dazu, genau das zu tun, was sie wollte. Noch nie war mein Vater so umgänglich gewesen. Ramona hatte mir versichert, dass seine Genesung mit großen Schritten vorangehe.

Wir machten einen kleinen Tisch in der Mitte des Raumes für die beiden frei, und Daphne brachte ihnen Kuchen. Dann schlug ich mit einem Löffel gegen eine saubere Kuchenform, bis die Gespräche ringsum verstummten und sich alle zu mir umdrehten.

»Ich möchte euch allen dafür danken, dass ihr gekommen seid, um heute unseren letzten Abend in der Eatery mit uns zu feiern.« Ich räusperte mich. Schon seit Tagen bastelte ich an einer steifen kleinen Dankesrede, aber nun, in unserem stickig-warmen Gastraum, in dem es nach nasser Regenkleidung, bitterem Kaffee und zu vielen Menschen roch, die sich wie die Ölsardinen zusammenquetschten, fehlten mir plötzlich die Worte. Ich sah mich in der Menge um. Hinten bei der Jukebox saß Helen, die meiner Mutter mehr als zwanzig Jahre lang alle drei Monate die Haare geschnitten und gefärbt hatte. Tante Gert war gerade dabei, Norman an seinem üblichen Tisch Kaffee nachzuschenken; heute musste er ihn allerdings mit ein paar anderen Stammgästen teilen. Sie schenkte ihm sogar ein Lächeln, wenn auch mit sichtlichem Widerwillen. In der anderen Ecke saß der Promi-Memoiren-Buchclub dicht zusammengedrängt an seinem Tisch. An der Tür zur Küche entdeckte ich Julio und Angel mit ihrer Familie. Die gesamte Belegschaft des Magnolia Bookshop war gekommen, außerdem unser Briefträger und fast alle Ladenbesitzer aus unserer Straße. So viele vertraute Gesichter. Mit etlichen von ihnen war ich aufgewachsen. Ich schluckte, dann sprach ich aus, was mir auf der Zunge lag, ohne weiter darüber nachzudenken.

»Meine Großeltern haben dieses Restaurant gegründet, weil sie einen warmen, einladenden Ort der Begegnung in Magnolia schaffen wollten. Sie träumten davon, dass die Mitglieder unserer Gemeinschaft hier bei einem guten, hausgemachten dänischen Essen oder einem Stück Kuchen zusammenkämen. Und mehr als sechzig Jahre lang hat unsere Familie diesen Traum am Leben erhalten.« Einige Gäste nickten ernst.

»Heute sehe ich euch hier vor mir, und mir wird klar, dass jeden von euch eine ganz eigene, jahrelange Geschichte mit der Eatery verbindet. Dieses Restaurant hat viele Feiern gesehen, Geburtstage, Hochzeitstage, ein paar Heiratsanträge und sogar den einen oder anderen Leichenschmaus.« Höfliches Gelächter regte sich. Es waren sicher Tausende kleinerer Anlässe hier zelebriert worden – Familienessen, Buchclubsitzungen, alte Freunde, die sich auf einen Kaffee trafen. So viele Jahre, so viele Erinnerungen.

»Meine Eltern haben in diesem Restaurant zwei starke Mädchen großgezogen.« Ich fing Daphnes Blick ein und lächelte. Sie erwiderte mein Lächeln. Seit ich mich dafür entschieden hatte, das Diner zu schließen, arbeiteten wir an unserer Versöhnung. »Dieses Restaurant war ein Ort der Zusammenkunft in Magnolia. Es hat dabei geholfen, die Gemeinschaft aufzubauen. Es hat uns dabei geholfen, zu den Menschen zu werden, die wir heute sind. Und dieses Vermächtnis wird weiterleben, noch lange nachdem das Ladenschild abgehängt wurde und das Restaurant nicht mehr ist.«

»Hört, hört!«, rief jemand aus den hinteren Reihen. Einige klopften zustimmend auf ihre Tische. Ich fuhr fort.

»Heute Abend verabschieden wir uns nicht nur von diesem geliebten Ort, sondern von einer ganzen Ära, von einer gemeinsamen Erfahrungswelt. Ich weiß, wie schwer und bedrückend das sein kann. Jeder Abschied ist mit Trauer verbunden. Aber wir verabschieden uns heute, damit wir frei sind für all das Schöne, was noch kommen wird. Es ist Zeit weiterzuziehen. Und da wir nun schließen, möchten wir uns bei euch bedanken. Dafür, dass ihr eine so liebevolle Gemeinschaft seid. Dafür, dass ihr zu Geburtstagen, Hochzeitstagen und auch an ganz gewöhnlichen Tagen durch diese Tür gekommen seid. Das bedeutet uns viel. Und auch wenn die Eatery nun ihre Tore schließt, seid ihr noch immer unsere erweiterte Familie, und wir werden auch in Zukunft die Freundschaften und den Gemeinschaftssinn pflegen, den wir hier in Magnolia mit geschaffen haben.« Ich hob die Flasche. »Auf die Eatery. Auf Magnolia. Auf uns alle.«

Lauter Jubel und donnernder Applaus brandeten auf, gefolgt vom Klimpern der anstoßenden Tassen und Gläser, und das war's dann. Nach mehr als sechzig Jahren, nachdem dieses Restaurant einen Teil meines Lebens, das Leben meiner Mutter und den Großteil des Lebens ihrer Eltern ausgefüllt hatte, war es nun vorbei.

Jemand schob eine Münze in die Jukebox, doch Hank Williams wurde schnell von den einsetzenden Gesprächen übertönt. Ich stand am Tresen, stocherte mit der Gabel in meinen Zitronenbaiserkuchen, aß aber nichts. Nachdem ich meine Rede beendet hatte, kam ich mir irgendwie isoliert vor, abgetrennt vom Geschehen. Ich war müde und ein wenig traurig, aber auch unglaublich erleichtert.

Tante Gert stapfte auf mich zu, die Kaffeekannen in ihrer Hand waren leer. Heute trug sie einen eleganten dreiteiligen Anzug aus pastellblauem Brokat. Sie hatte sogar ein passendes Einstecktuch in der Brusttasche. Der Gesamteindruck entsprach einer Mischung aus König Ludwig XIV. und David Bowie. Sie beugte sich zu mir rüber und rief über den Lärm hinweg: »Ich habe eine Entscheidung getroffen.«

»Ach ja?« Fragend hob ich die Brauen.

»Du hattest recht. Ich kann immer noch große Abenteuer erleben. Also werde ich weiter meinem Glück folgen.« Mit einem nachdrücklichen Nicken fügte sie hinzu: »Ich fand, das solltest du wissen.«

»Das ist wundervoll.« Es freute mich wirklich, sie so energiegeladen und entschlossen zu sehen. »Das höre ich gern.«

»Alles Gute zum Geburtstag übrigens.«

»Danke schön.« Beim Gedanken an meinen Geburtstag spürte ich einen feinen Stich der Enttäuschung in der Brust, denn er erinnerte mich an die Liste und meine Unfähigkeit, auch nur eines dieser Ziele zu erreichen. Ich hatte das Einhorntagebuch zu Hause in einer Schublade verstaut und versucht, nicht mehr daran zu denken. Stattdessen blickte ich angestrengt nach vorne, verbot mir, über das nachzugrübeln, was ich nicht hatte. Ich hatte schon viel zu lange im Sumpf des Bedauerns festgesteckt.

»Komm mal kurz mit, ich habe etwas für dich.« Tante Gert winkte auffordernd mit ihren Kaffeekannen. Also folgte ich ihr in die Küche, die zwar hell erleuchtet, aber leer war. Die Stille hier war herrlich nach der lauten Partygesellschaft. Sie schob die Kannen zurück in die Kaffeemaschinen und drückte die nötigen Knöpfe, um eine frische Ladung zu kochen.

»Hier.« Tante Gert zog ein eckiges Päckchen, das mit einem leuchtend bunten Seidentuch umwickelt war, aus ihrer Brokathosentasche. Für den Bruchteil einer Sekunde fragte ich mich, ob es ein Schächtelchen mit einem weiteren Zitronenbonbon enthielt; vielleicht hatte sie ja doch noch irgendwo eines gefunden. Mit wild pochendem Herzen wickelte ich es aus. Doch es war nur ein altes Buch mit brüchigem Rücken und einer aufgeprägten silbernen Blüte auf dem Deckel.

»Die Kunst der Aufzucht essbarer Blüten«, las ich den Titel laut vor. »Danke.« Es war ein gedankenvolles Geschenk, auch wenn ich nicht so genau wusste, was ich da-

mit anfangen sollte. Zurzeit hatte ich ganz andere Dinge im Kopf als die Gärtnerei.

»Das Buch hat meiner Mutter gehört, also deiner Urgroßmutter«, erklärte Tante Gert. »Während unserer Kindheit hatte sie einen kleinen Garten mit essbaren Pflanzen, den sie liebevoll pflegte. Er lag direkt neben der Küchentür. Zu Ostern hat sie immer einen herrlichen Zitronenkuchen gebacken, mit einer dicken Cremeschicht und mit essbaren Blüten bestreut. Und nun wird es Zeit, das Buch an dich weiterzugeben. Irgendetwas sagt mir, dass du es bald brauchen wirst.«

»Es ist wundervoll.« Nun war ich wirklich gerührt. Ich hatte sonst keine Erbstücke von meiner Urgroßmutter.

Tante Gert spitzte nachdenklich die Lippen. »Im Moment siehst du das vielleicht noch nicht, Lolly, aber eines Tages wirst du zurückblicken und die Silberstreifen hinter den Schwierigkeiten erkennen können. Also halte einfach die Ohren steif und geh deinen Weg weiter.«

Nickend versicherte ich ihr: »Ich tue, was ich kann.«

Sie sah mich prüfend an. »Ich weiß, wie enttäuscht du nach dem Verlust des letzten Zitronenbonbons warst, Lolly, aber glaub mir: Du kannst dir auch ohne Hilfe der Bonbons ein wundervolles Leben schaffen. Mein eigenes Leben ist der beste Beweis dafür.«

Das überraschte mich. »Wie meinst du das? Hast du dir denn nicht mit einem Zitronenbonbon das Leben ausgesucht, das du haben wolltest?«

Nun war auch Tante Gert verblüfft. »Mein liebes Kind, glaubst du wirklich, ich hätte dieses Leben durch ein Zitronenbonbon bekommen?«

»Hast du denn nicht eins benutzt, um in einem deiner anderen Leben zu bleiben?« Nun war ich völlig verwirrt.

»Du hast doch zu mir gesagt, du hättest dir die möglichen Lebensversionen angesehen und dich dann für eine entschieden, die dich aus dem Hinterland von Ohio herausgebracht hat, fort von dem Leben, das du nicht führen wolltest.«

Tante Gert schüttelte den Kopf. »Ach, Lolly, da hast du mich falsch verstanden. Ja, ich habe die Zitronenbonbons benutzt, und sie haben mir die Leben gezeigt, die ich hätte haben können. Aber ich habe mich für keines von ihnen entschieden. Stattdessen habe ich beschlossen, mir meinen eigenen Weg zu suchen, aus eigener Kraft. So einfach war das.«

»Wirklich?« Ich dachte darüber nach, was für ein spannendes, erfülltes Leben sie gehabt hatte, mit den vielen Reisen und ihrer akademischen Karriere. New York City, Shanghai, Moskau, Rio. »Du bist nicht mithilfe eines Zitronenbonbons in einem Alternativleben geblieben? Aber was du alles erlebt hast ...« Ich war so verblüfft, dass mir die Worte fehlten.

»... habe ich mir selbst aufgebaut.« Tante Gert nickte. »Einfach war das nicht. Nur durch Sturheit, Mut und harte Arbeit habe ich all das erreicht. Aber so bin ich meinen Weg vollkommen selbstständig gegangen, und ich habe keine meiner Entscheidungen je bereut.«

»Aber wie hast du das denn geschafft?« Ich lehnte mich gegen den Arbeitstisch, während ich noch immer versuchte, diese unvermutete Wendung zu verdauen.

Tante Gerts Blick glitt an mir vorbei in die Ferne. »Ich bin meinem Glück gefolgt«, antwortete sie schlicht. »Was wohlgemerkt nicht immer leicht war. An meinem zwanzigsten Geburtstag habe ich mein Elternhaus verlassen und mich in einen Bus nach New York City gesetzt. Ich war jung und bettelarm und musste jede Menge schlecht bezahlter Jobs annehmen, um es irgendwann aufs College zu schaffen. Gewohnt habe ich in einer Wohnung im vierten Stock in Queens, zusammen mit vier anderen Mädchen, gearbeitet in einem schäbigen Diner. Mehrere Jahre lang war ich ständig erschöpft, abgebrannt und einsam. Und der Bruch mit meiner Familie hielt sogar noch länger an. Aber ich gab nicht auf. Ich folgte jedem noch so kleinen Hoffnungsschimmer, jedem flüchtigen Freudenfünkchen, und irgendwann, mit einer Menge Durchhaltevermögen, harter Arbeit und etwas Glück, schaffte ich es dann auf die Columbia.« Achselzuckend fasste sie zusammen: »Der Rest ist Geschichte. Aber eben eine Geschichte, die ich mit meinem eigenen Muskelschmalz, meiner eigenen Entschlossenheit und einigen Tränen geschrieben habe.«

Fast schon schockiert starrte ich sie an. Im Hintergrund floss der Kaffee mit einem fröhlichen Gurgeln durch den Filter. Aus dem Gastraum drangen ausgelassenes Gelächter und Jukeboxklänge von George Jones zu uns herein.

»Du hast das alles aus eigener Kraft erreicht?«, hakte ich noch einmal nach.

»Jawohl.« Tante Gert nickte mit Nachdruck. »Und ich habe es nie bereut, nicht eine Sekunde lang.«

»Ich weiß nicht, was ich sagen soll.« Verlegen starrte ich auf meine leuchtend roten Riemchenschuhe hinunter. Nun bewunderte ich meine Großtante nur umso mehr.

Tante Gert griff nach meiner Hand. Ihre starken, rauen Finger schlossen sich um meine. Überrascht blickte ich hoch.

»Glaub mir, Lolly«, sagte sie verblüffend sanft, »auf dich warten noch herrliche Dinge im Leben. Du bist ein cleveres Mädchen, kannst hart arbeiten, verfügst über gesunden

Menschenverstand und ein gutes Herz. Außerdem hast du Biss, was immer von Vorteil ist, egal, wohin dich dein Weg führt. Folge deinem Glück, folge jedem kleinen Fünkchen Licht, dann wird es dir den Weg weisen.«

Das Piepsen der Kaffeemaschine beendete diesen besonderen Moment. Tante Gert ließ meine Hand los. »Und nun zurück ins Gefecht«, verkündete sie. Damit nahm sie sich die beiden Kaffeekannen und verschwand durch die Schwingtür. Einen Moment später folgte ich ihr, das alte Büchlein sicher in meiner Tasche verstaut, noch immer leicht überfordert von dem, was ich gerade erfahren hatte.

42

»Tolle Party.« Eve drängte sich durch den Gastraum voller ausgelassen feiernder Menschen zu mir durch und lehnte sich gegen den Tresen. Sie musste mich anschreien, damit ich sie hören konnte. Aufbauend, wie sie war, stupste sie mich mit der Schulter an, bevor sie die nächste Flasche Ginger Ale öffnete.

Ich nickte nur und musterte die Menge. Diese Abschiedsparty hatte merkwürdigerweise etwas Befreiendes an sich. Wir würden das Restaurant schließen, aber die Welt hatte nicht aufgehört, sich zu drehen.

»Und was hast du nun vor, nachdem hier offiziell Schluss ist?«, rief Eve.

»Ich habe keine Ahnung«, gab ich zu. Noch immer kaute ich auf dem herum, was ich von Tante Gert erfahren hatte. Sie hatte kein Zitronenbonbon zu Hilfe genommen. Sie hatte sich allein ihren Weg gesucht. Was wohl irgendwie der springende Punkt war. Wenn sie das konnte, dann konnte ich es doch bestimmt auch …

»Du könntest eine Weile bei mir wohnen, einfach mal raus aus der Stadt. Dir eine Auszeit nehmen, bis du weißt, wie es weitergehen soll.« Eve legte den Kopf in den Nacken und trank einen großen Schluck aus ihrer Flasche. »Seife machen, Ziegen melken, durch den Wald streifen.«

Ich beugte mich zu ihr rüber, damit sie mich besser hören konnte. »Das klingt sehr verlockend, aber was wird dann aus Dad?« Mit dem Kopf deutete ich zu ihm hinüber. Ramona hatte sich ihm zugewandt und lachte über etwas, das er gesagt hatte. Dad musterte sie mit einem frechen Funkeln in den Augen.

Eve beobachtete die beiden eine Weile. »Also, für mich sieht das so aus, als käme er prima klar.« Ich hatte ihr von meinem geheimen Plan erzählt, Dad und Ramona zu verkuppeln. Bislang lief alles sehr gut. Ramona hatte einen bemerkenswerten Einfluss auf ihn. Sie war wirklich taff und brachte ihn Tag für Tag dazu, seine Komfortzone zu erweitern. Die beiden gingen bei jedem Wetter zusammen spazieren – zwar im Schneckentempo, das nur schwer mitanzusehen war, aber ich war trotzdem stolz auf ihn. Dad war wild entschlossen, so schnell wie möglich wieder fit zu werden. Wenn ihn die Grenzen, die sein Körper ihm auferlegte, zu sehr frustrierten, rückte Ramona seine Fortschritte ins rechte Licht und ermutigte ihn gleichzeitig, es weiter zu versuchen. Sie gaben wirklich ein gutes Paar ab.

»Falls Dad so weit ist, könnte ich kommen, sobald ich die letzten Details rund um die Schließung geklärt habe.« Wir hatten das Gebäude zu einem guten Preis verkauft, doch es würde noch ein paar Wochen dauern, bis alles unter Dach und Fach war. Bis dahin war Dad vielleicht auch wieder selbstständig genug, um ihn eine Weile allein zu lassen. Und die Vorstellung, den Rest des Frühjahrs und den Sommer auf der Ziegenfarm in Vashon zu verbringen, war wirklich verlockend.

Ich nahm einen großen Schluck Kirschlimonade und genoss das Prickeln der Kohlensäure und den süßen Sirupgeschmack auf der Zunge. Nun kam Daphne zu uns herüber. Sie hielt eine Schachtel in der Hand, die sie schützend vor der Menge abschirmte.

»Happy Birthday, Schwesterherz«, rief sie laut und stellte die Schachtel neben mir auf dem Tresen ab.

»Was ist das?«, fragte ich überrascht.

»Ein Stück Geburtstagskuchen. Kirschkuchen, deine Lieblingssorte. Ist sogar eine Kerze dabei, damit du dir etwas wünschen kannst.« Sie beugte sich vor und drückte mich kurz.

»Dass du daran gedacht hast.« Ich war gerührt.

»Und zu Hause wartet noch ein Umschlag auf dich«, ergänzte Daphne. »Ein Geschenk von Damien und mir. Ein Flugticket nach Costa Rica, falls du uns da mal besuchen willst?«, erklärte sie beinahe fragend.

Ich wusste, was sie mir mit diesem Geschenk sagen wollte. Es war ein Friedensangebot und eine Einladung, mir ihr neues Leben anzusehen. Ein Teil davon zu werden. »Könnte ich im Januar kommen, wenn der Vitamin-D-Mangel am schlimmsten wird? Und kriege ich dann einen bunten Cocktail in einer Kokosnuss?«, fragte ich lächelnd.

Daphne grinste breit. »Du kannst kommen, wann immer es bei dir passt. Bei uns kriegst du so viele Kokosnüsse und Vitamin D, wie du willst.«

Am anderen Ende des Gastraums hob Damien winkend den Arm und rief nach ihr. Er hielt einen Stapel schmutziger Teller in der Hand.

»Muss gehen«, verkündete Daphne. »Damien und ich haben Spüldienst.«

Ich hauchte ihr einen Luftkuss zu. »Hab dich lieb.«

Sie fing ihn auf und drückte ihn grinsend an ihre Wange. »Ich dich mehr.«

Stolz und dankbar blickte ich meiner Schwester hinterher. Ich fand es traurig, dass sie bald so weit weg sein würde, andererseits war ich froh, dass sie ihrem Glück folgte.

»Willst du dir nicht endlich etwas wünschen?« Ungeduldig zeigte Eve mit ihrer Flasche auf die Schachtel mit dem Kuchenstück.

Ich klappte sie auf und betrachtete die Kerze, die in dem Teiggitter des Kuchens steckte. Eigentlich hatte ich Zitronenbaiserkuchen nie wirklich gemocht. Deshalb hatte Mom jedes Jahr zu meinem Geburtstag einen Kirschkuchen gebacken, extra für mich. Meine liebste Kuchensorte. Ich zog die Kerze heraus und leckte die fruchtige Füllung ab. Was sollte ich mir wünschen? Ich schloss die Augen und dachte an Tante Gert, an das, was sie mir erzählt hatte. Wie sie ganz allein ihren Weg gefunden hatte. Genau das wollte ich auch, mehr als alles andere.

»Hilf mir dabei, meinem Glück zu folgen«, flüsterte ich in einer Art hoffnungsvollem Gebet. »Zeig mir, wie ich Freude suchen und sie anderen schenken kann. Zeig mir, was als Nächstes kommt.«

43

Was als Nächstes kam, war ein Riesenhaufen Ziegenscheiße.

Am Tag, nachdem ich die Schlüssel der Eatery an die neuen Besitzer übergeben hatte, nahm ich Eves Angebot an und bezog mein Teilzeitheim auf Vashon. Es war Anfang Mai und damit die perfekte Jahreszeit, um das ländliche Idyll der Insel zu genießen. Daphne war mit Damien auf dem Weg nach Costa Rica, um sich dort zur Yogalehrerin ausbilden zu lassen. Dad ging es schon deutlich besser, und mit etwas Hilfe von Ramona kam er wieder recht gut allein zurecht. Außerdem blieb ihm ja noch Tante Gert, die ein Auge auf ihn hatte, wenn Ramona nicht da war. Für mich wurde es nun Zeit für den nächsten Schritt. Und während ich auf eine Eingebung wartete, half ich Eve mit ihren Ziegen. Inzwischen war ich schon ein paar Wochen hier, und langsam hatte die Arbeit einen beinahe therapeutischen Effekt.

»Wenn du nicht weißt, was du tun sollst, schipp Scheiße!«, rief Eve fröhlich. Sie trat gerade mit zwei Einmachgläsern voll klarer grüner Flüssigkeit aus dem Haus. »Das macht den Kopf frei.«

»Und die Nebenhöhlen. Puh, das stinkt.« Ich schob mir eine Haarsträhne aus dem Gesicht und rammte meine Schaufel in den nächsten Misthaufen. Die Ziegen hüpften meckernd um mich herum, versuchten, meine Gummistiefel anzunagen, und waren eine ziemliche Plage, während ich ihren Pferch ausmistete. Es war eine harte, schmutzige Arbeit, aber ich genoss die körperliche Anstrengung. Sie riss mich aus meiner Gedankenspirale und lenkte meine Aufmerksamkeit auf etwas Greifbares, was eine angenehme Abwechslung zu dem existenziellen Wirrwarr in meinem Kopf darstellte.

Eve beugte sich über das Gatter und reichte mir eines der Einmachgläser. Ich stellte die Schaufel weg und griff zu. Zeit für eine Verschnaufpause. Ich verließ den Ziegenpferch, und wir traten aus der Scheune in den strahlenden Sonnenschein hinaus. Der Frühling auf Vashon war einfach herrlich; an den meisten Tagen hatten wir über zwanzig Grad, gepaart mit einer sanften Brise. Alles war grün oder blühte. Einfach der Himmel auf Erden.

»Langsam kriege ich einen dicken Bizeps«, stellte ich grinsend fest, dann schnüffelte ich an dem Einmachglas. »Was ist das?«

»Minze-Grapefruit-Kombucha«, erklärte Eve. »Meine neueste Kreation.« Sie experimentierte gerne mit verschiedenen Kombucha-Variationen und hatte ein riesiges Glas in der Speisekammer stehen, in dem der schwarze Pilz herumschwamm wie eine träge Qualle. Ich probierte einen Schluck.

»Schon ganz gut. Aber es braucht noch eine sattere Note. Ingwer vielleicht?«

Eve kostete ebenfalls. »Du hast recht.« Prüfend nahm sie noch einen Schluck. »Du hast einen feinen Gaumen, Lolly. Und ein gutes Gespür dafür, welche Geschmacksrichtungen harmonieren.«

Nickend trank ich weiter. »Darüber habe ich auch schon nachgedacht.«

»Aha?«

»Ich habe dir doch von dem Geschäft erzählt, das ich in dem Leben mit Rory hatte, oder? Lolly's Pops?«

Eve blinzelte gegen die helle Sonne an. »Eis am Stiel, aber Bio, richtig?«

»Eis am Stiel, basierend auf Pflanzen und Kräutern. An meinem Tag in Florida habe ich eine Werbebroschüre dafür gesehen. Es sah wundervoll aus, und die Geschmacksrichtungen waren wirklich einzigartig. Man konnte sogar die Blütenblätter im Eis sehen. Das war eine wirklich kreative Idee.« Wieder nippte ich an meinem Kombucha.

Eve nickte versonnen. »Klingt spannend. Etwas Derartiges habe ich noch nirgendwo gesehen. Du solltest welche für den Wochenmarkt herstellen, ich könnte sie an meinem Stand verkaufen. Ich wette, die gehen gut weg.«

Zögernd drehte ich das Einmachglas in meiner Hand. »Eigentlich wollte ich noch einen Schritt weiter gehen.«

»Tatsächlich?« Jetzt hatte ich Eves volle Aufmerksamkeit. »Woran hast du gedacht?«

»Was, wenn ich Lolly's Pops Wirklichkeit werden lasse?«

Eve musterte mich fragend. »Inwiefern?«

»Was, wenn ich das Konzept, das ich in Florida hatte, nehme und das Geschäft hier aufziehe?« Die Idee gefiel mir immer besser. »Ich habe in dem Buch von meiner Urgroßmutter gestöbert, das Tante Gert mir zum Geburtstag geschenkt hat. Da stecken eine Menge Möglichkeiten drin. Ich liebe es, essbare Blumen und Kräuter anzubauen, und das Obst könnte ich von örtlichen Bauern beziehen. So werden die Leute dazu ermutigt, regionale Produkte zu essen. Die Verpackung könnte ich auch ökologisch korrekt und nachhaltig gestalten. Was meinst du?« Die Idee spukte schon einige Tage in meinem Kopf herum, doch ich hatte sie gerade zum ersten Mal laut ausgesprochen.

Nachdenklich tippte sich Eve mit dem Finger an die Lippen. »Ich denke, das könnte funktionieren.«

Sofort nickte ich eifrig. »Ja, das denke ich nämlich auch.« Einen tollen Namen und ein einzigartiges, ansprechendes Konzept hatte ich schon. Eve konnte mir bei Dingen wie Gewerbeschein und Lizenzen helfen und mir vielleicht einen Platz auf dem Wochenmarkt verschaffen. Für die Gritty Girl Soap Co. hatte sie das ja alles schon einmal machen müssen. Mit einem aufgeregten Kribbeln im Bauch begriff ich, dass die Idee Wirklichkeit werden konnte.

»Du hast ja schon immer gesagt, dass du die Menschen durch Essen zusammenbringen und ihnen Freude schenken willst«, fuhr Eve bedächtig fort.

»Und was bringt mehr Freude als ein Eis?«, bekräftigte ich. Ja, ich konnte es schon vor mir sehen: ein niedlicher kleiner Foodtruck, bunt lackiert, und ich mit leuchtend rotem Lippenstift, wie ich durch ein Schiebefenster Eis am Stiel an blitzsaubere Kinder in hübschen Schürzchen verteilte. Ein idyllisches Bild, das mich unwillkürlich zum Lächeln brachte.

»Das Konzept gefällt mir richtig gut, aber ist es auch das, was du wirklich willst?«, hakte Eve nach. »Du hast gerade erst mit der Eatery abgeschlossen. Willst du da wirklich so schnell schon wieder ein Geschäft aufziehen? Versteh mich nicht falsch, es ist ein tolles Konzept, und ich bin davon überzeugt, dass du damit Erfolg haben kannst. Ich möchte einfach nur sichergehen, dass du es wirklich aus vollem Herzen tust.«

Eine gute Frage. Ich dachte einen Moment darüber nach. Die Vorstellung, Lolly's Pops zu gründen, war verlockend.

Aber wollte ich das wirklich jeden Tag machen? Ich hatte mir selbst versprochen, von nun an nur noch Dinge anzugehen, die mir auch Freude brachten. Würde Lolly's Pops mir Freude bringen? Folgte ich damit meinem Glück?

Ich schloss die Augen und hörte in mich hinein. Diese Idee hatte etwas an sich, was mich einfach nicht losließ. Rory und die Mädchen hatte ich verloren, aber eine gute Sache aus diesem Leben konnte ich noch haben. Irgendwie fühlte es sich an wie eine Erlösung. Es fühlte sich … richtig an. Also öffnete ich die Augen, holte tief Luft und folgte meinem Bauchgefühl.

»Ja, ich möchte Lolly's Pops gründen.« Ich lauschte den Worten nach, als ich sie aussprach. Sie klangen positiv und überhaupt nicht furchteinflößend. Okay, ein bisschen vielleicht, aber auf eine gute Art. »Eis am Stiel mit essbaren Blüten – das ist mein neues Toast.«

»Also dann – auf Lolly's Pops!« Eve erhob ihr Einmachglas, und wir stießen an. Ich war nervös und aufgeregt, aber auch glücklich. So glücklich war ich nicht mehr gewesen, seit ich das letzte Zitronenbonbon gelutscht hatte. Wenn ich an meinen Eiswagen dachte, daran, Lolly's Pops zum Leben zu erwecken, stiegen Hoffnung und Vorfreude in mir auf. Und das war doch ein toller Anfang.

»Eins nach dem anderen. Zunächst einmal werde ich deinen Garten retten«, warnte ich Eve, als wir später unsere Mittagssandwiches mampften.

Schon die ganze Woche über hatte ich dem vernachlässigten Fleckchen Erde vor dem Gästezimmerfenster spekulative Blicke geschenkt. Es sah so aus, als wäre es einmal ein großzügig angelegter Garten gewesen, bevor Eve die

Ziegenfarm gekauft hatte – ideal gelegen auf der sonnigen Seite des Grundstücks und nicht zu überwuchert.

»Darf ich ihn wieder zum Leben erwecken und dort die Blumen und Kräuter für Lolly's Pops anpflanzen?«

»Tu dir keinen Zwang an.« Eve biss schwungvoll in eine Essiggurke und zeigte mit dem Kopf ungefähr in Richtung Garten. »Buddel mal los.«

Am nächsten Morgen setzte ich mit der Fähre nach Seattle über und fuhr direkt zu Swansons Nursery, der Adresse für Gartenbau in der Region, und das schon seit 1924. Dort schnappte ich mir einen Einkaufswagen und schob ihn gemächlich durch die Reihen. Ich fühlte mich wie ein Kind im Süßwarenladen. Persische Minze, Koriander, blauer Rosmarin aus der Toskana, Zitronenthymian und Thai-Basilikum wanderten in meinen Wagen. Als ich in der Abteilung für essbare Blumen ein gelb-violettes Stiefmütterchen begutachtete, hielt ich plötzlich inne. Ich glaubte, die Stimme meiner Mutter zu hören, die mir vor langer Zeit erklärt hatte: *Stiefmütterchen sind die Showgirls der Blumenwelt, aber sie schmecken ein bisschen wie Gras.* Wir waren gerade dabei gewesen, das Unkraut in ihrem Kräutergarten zu jäten. Trotzdem stellte ich ein Dutzend Stiefmütterchen in meinen Wagen und ging weiter zu den Nelken. *Nelken sind die Zuckerstückchen der Blumenwelt, aber nur ihre Blütenblätter. Der weiße Kern schmeckt bitter*, hatte Mom mich gewarnt und mir eine Blüte zum Probieren gegeben. Dadurch waren Nelken in meiner Vorstellung in eine Kategorie mit Geleebohnen und Gummidrops gerückt. Süßigkeiten, die Freude brachten.

»Springkraut.« Ich schlenderte durch die Gänge und las die Schilder. »Ringelblume.«

Die Ringelblume hat ein leichtes Zitrusaroma, außerdem kann man sie als Ersatz für Safran nehmen. Vor mir tauchte das Gesicht meiner Mutter auf, wie sie der kleinen Lolly ihre Küchengeheimnisse anvertraute. *Sie ist der Safran des kleinen Mannes. Insekten hassen sie, man kann sie also als natürliches Insektizid verwenden.*

Und so wanderte ein Dutzend gelborangefarbener Ringelblumen in den Wagen, außerdem verschiedene Lavendelarten und ein paar besonders prächtige Begonien, denen ich einfach nicht widerstehen konnte. Auch hier überfiel mich eine Erinnerung: die Hand meiner Mutter, in einen mit Blumen bedruckten Gartenhandschuh gehüllt, wie sie eine dicke Begonienblüte pflückte, um sie dann im Mund verschwinden zu lassen, bevor sie mir ebenfalls eine anbot. Damals war ich vier oder fünf gewesen. Knackig und ein bisschen sauer hatte sie geschmeckt, fast wie saure Gummibärchen. Ich mochte den Geschmack, und so hatte ich mir in jenem Sommer jedes Mal heimlich eine Begonienblüte geholt, wenn ich im Garten gewesen war.

Die Erinnerung daran ließ mich schmunzeln. Ich hatte es immer geliebt, mit meiner Mom im Garten zu arbeiten. Das waren damals für mich die schönsten Stunden der Woche. Wenn montags das Restaurant geschlossen war, machte ich mir die kleinen Hände schmutzig und lauschte Moms Lektionen über den Säuregehalt des Bodens und die unterschiedlichen Bedürfnisse der verschiedenen Pflanzenarten. Etwas wachsen zu lassen, das wir dann essen konnten, war wie ein Wunder, vor allem, wenn es auch noch so hübsch aussah wie die Blumen. Es war pure Magie. Diese gemeinsamen Stunden vermisste ich auch jetzt noch. So gerne hätte ich die Zeit zurückgedreht und wieder mit meiner Mom im Dreck gehockt. Und wie gerne hätte ich sie jetzt bei mir gehabt, damit sie sehen konnte, wie ich mich in dieses neue Abenteuer stürzte. Ich nahm die Zitronen, die das Leben mir geschenkt hatte, und machte Limonadeneis aus ihnen. Sie wäre sicher stolz auf mich gewesen.

Als der Vormittag zu Ende ging, belud ich Florence mit Kräutern und essbaren Blumen im Wert von mehreren Hundert Dollar und verließ Swansons mit einem deutlich geleerten Bankkonto und spürbar leichterem Herzen.

»Ich werde es wirklich tun!«, brüllte ich Eve aufgeregt ins Ohr, als ich am Anleger auf die Fähre nach Vashon wartete. Ich hatte sie angerufen, um ihr zu sagen, dass ich auf dem Heimweg war. »Ich habe den halben Laden leer gekauft. Bin in einer Stunde da.« Im Rückspiegel sah ich das Meer aus Blüten und Stängeln, das auf der Rückbank und im Kofferraum aufragte. Eine köstliche Mischung aus Blumen- und Kräuterduft hatte sich im Wagen verbreitet. Ich atmete tief ein und spürte Vorfreude in mir aufsteigen. Als ich ausatmete, wurde ein Seufzer purer Zufriedenheit daraus. Schritt eins auf dem Weg zur Realisierung von Lolly's Pops war vollbracht.

44

Wie clever von dir, deine Geschäftseröffnung genau in eine Hitzewelle zu legen.« Eve trat von meinem Verkaufsfenster zurück und schaute blinzelnd in den strahlend blauen Sommerhimmel hinauf. Heute war der große Tag. Zwei Monate nach meinem Kaufrausch in Swansons Nursery war Lolly's Pops endlich so weit, sich der Öffentlichkeit zu präsentieren. Ich hatte mich mitten auf dem Wochenmarkt von Magnolia eingerichtet, an einem besonders guten Platz, wo mich alle Marktbesucher sehen mussten. Es fühlte sich wunderbar an, wieder an dem fröhlichen Treiben unserer kleinen Stadt teilzuhaben. Das hatte mir gefehlt.

»Wie sieht es aus?« Ich lehnte mich aus dem Schiebefenster und zupfte an dem bunten Banner mit der Aufschrift NEUERÖFFNUNG herum, das an der schmalen Kunststofftheke unter dem Fenster hing.

»Zum Fressen süß.« Grinsend reckte Eve die Daumen.

In den zwei Monaten, die seit meinem Entschluss vergangen waren, Lolly's Pops Wirklichkeit werden zu lassen, war meine Geschäftsidee zu voller Pracht erblüht. Ich hatte einer Frau in Portland einen alten Eiswagen abgekauft und ihn für meine Zwecke umgestaltet, was eine frische minzgrün-weiße Lackierung beinhaltete (als Verneigung vor unserer Eatery) sowie die Installation von zwei kleinen Kühltruhen. Auf dem Schild draußen stand nun:

LOLLY'S POPS – EINZIGARTIG, NATÜRLICH, NACHHALTIG. Eve hatte mir mit dem Papierkram und den Lizenzen geholfen. Ich hatte all meine Ersparnisse in das Projekt gesteckt und dazu noch fünftausend Dollar aus dem Verkauf des Restaurants. Dad hatte darauf bestanden, mich als stiller Teilhaber zu unterstützen, was mir sowohl finanziell als auch emotional eine Menge bedeutete.

Unter der Woche wohnte ich nach wie vor bei Eve, während ich die Wochenenden bei Dad verbrachte, der sich allerdings so gut erholte, dass er meine Hilfe zum Glück kaum noch brauchte. Vermutlich dienten die Wochenendbesuche inzwischen mehr meinem Seelenfrieden als seinem. Allerdings bestand er noch immer darauf, dass Ramona unter der Woche täglich kam. Sie gingen viel spazieren und spielten Gin Rommé. Mitanzusehen, wie ihre Freundschaft sich immer weiter festigte, war einerseits befriedigend, andererseits auch bittersüß. Oder vielleicht eher nur süß.

»Bereit, loszulegen?«, fragte Eve nun.

Ich atmete einmal tief durch und nickte. Während der vergangenen Woche hatte ich Tag für Tag nichts anderes getan, als Eis am Stiel für meine große Eröffnung herzustellen. Und heute war es endlich so weit. Meine größte Sorge war gewesen, dass niemand meinem Wagen Beachtung schenken würde, obwohl er mit seinen handgeschriebenen Schildern jede Menge liebenswerten Vintage-Charme verströmte. Aber zum Glück wurde der Pazifische Nordwesten von einer Schönwetterperiode mit Temperaturen über dreißig Grad heimgesucht, was in Seattle so gut wie nie vorkam. In den Medien wurden Warnhinweise für alte Menschen und Haustierbesitzer veröffentlicht. Artikel wie Fächer, Sonnenhüte und Sonnencreme waren plötzlich überall ausverkauft. Autofahrer bekamen den Hitzekoller und schoben sich hupend und fluchend durch den Berufsverkehr. Und ich war im Begriff, am heißesten Tag des Jahres meinen Eiswagen zu eröffnen. Was eindeutig ein gutes Omen sein musste.

Der Wochenmarkt würde gleich öffnen, und ich war das reinste Nervenbündel. Wenn es heute gut lief, würde ich den Rest des Sommers und den Frühherbst damit verbringen, Eve auf ihren Runden über die verschiedenen Märkte von Seattle zu begleiten, und meinen Wagen in den unterschiedlichen Vierteln aufstellen, von denen jedes ein ganz eigenes Flair hatte: mittwochs Wallingford, donnerstags Queen Anne, freitags Phinney Ridge, samstags in meinem alten Revier Magnolia, sonntags auf dem großen Ballard Farmers Market. Und wenn Lolly's Pops gut ankam, hatte ich sogar noch größere Pläne.

»Zeit, aufzumachen!«, rief Eve mit einem breiten Grinsen. »Und hier kommt gleich deine erste Kundin. Einmal das Übliche, bitte.« Sie holte ein Bündel Scheine aus ihrem Overall und reichte mir einen Fünfer.

Ich holte ein Eis aus der Gefriertruhe. Es war ihre Lieblingssorte: kandierte Veilchen, Minze und Limettenschale. Die Blüten waren in dem durchscheinenden hellgrünen Eis gut zu erkennen, die tiefvioletten Blätter von winzigen Limetten- und Minzstückchen umgeben.

»Für meine Hauswirtin und beste Freundin ist das erste Eis gratis.« Mit einer entschiedenen Geste lehnte ich ihr Geld ab und reichte ihr das Eis. Dann überprüfte ich in meinem Taschenspiegel, ob mein roter Lippenstift auch nicht zerlaufen war. Anschließend strich ich sorgfältig mein minzgrün-weiß kariertes Kleid glatt, das ich nur deshalb gekauft hatte, weil es perfekt mit der Farbgebung von

Lolly's Pops harmonierte. Ich trug sogar eine dazu passende Brille mit einem hübschen weißen Gestell, mit der ich mir ein bisschen vorkam wie eine junge Brigitte Bardot.

Eve lutschte genüsslich ihr Eis. »Mmmmm. Ich wette, bis heute Nachmittag bist du ausverkauft. Viel Glück! Ich sehe später noch mal nach dir.« Sie verabschiedete sich mit einem fröhlichen Salut und spazierte dann zu ihrem Stand, der einen Block weiter auf der anderen Straßenseite auf sie wartete.

Ich zog noch einmal das Banner zurecht. Die leuchtend bunten Buchstaben hatte ich dem Eröffnungsschild nachempfunden, das ich in Rorys und meinem Haus gesehen hatte. Was kein Versuch sein sollte, etwas wiederherzustellen, was eindeutig vorbei war. Ich nahm einfach jede Inspiration an, die ich finden konnte.

Eves Prophezeiung schien sich zu erfüllen. Sobald der Markt eröffnet war, fand sich ein steter Strom an Kunden bei mir ein. Ich zählte Wechselgeld ab und verkaufte Eis, verteilte Recyclingservietten und schwatzte mit Freunden und Nachbarn, wobei ich etwas nervös und gleichzeitig begeistert die immer länger werdende Schlange im Auge behielt, die sich vor meinem Wagen bildete. Es funktionierte. Es funktionierte tatsächlich. Lolly's Pops war nun offiziell eröffnet und machte sich gut.

Eineinhalb Stunden später reichte ich gerade eine Bestellung durch das Fenster, als ich eine vertraute Stimme hörte.

»Lolly? Bist du das?« Meine nächste Kundin, die mich völlig verblüfft musterte, war Nancy Shaw. Sie trat vor das Verkaufsfenster.

»Nancy.« Unwillkürlich nahm ich die Schultern zurück und wünschte mir, ich hätte einen Moment Zeit gehabt, um meine Haare zu richten und meinen Lippenstift nachzuziehen. Wer begegnete schon gerne bei über dreißig Grad unverhofft seiner ehemaligen Beinahe-Schwiegermutter?

»Ach du meine Güte, ist das etwa dein Stand? Ich habe zwar den Namen bemerkt, dachte aber, das wäre nur eine Anspielung auf Lollipop.« Nun las sie aufmerksam das Angebotsschild.

»Ja, das ist mein Wagen«, antwortete ich leicht verlegen. »Handgemachtes, individuell kreiertes Eis am Stiel mit ausschließlich regionalen Zutaten. Die Blumen baue ich sogar selbst an.«

Die Shaws waren ein paar Jahre nach Moms Tod umgezogen und bewohnten nun ein Apartment in Lake Washington. Seit ihrem Umzug hatte ich Nancy nicht mehr gesehen. Wofür ich ehrlich gesagt dankbar war. Nachdem ich mich von Rory getrennt hatte, war es zu schmerzhaft gewesen, seiner Mutter zu begegnen.

»Na, das ist doch mal eine schöne Idee. Und du siehst fantastisch aus«, stellte sie fest, nachdem sie mich prüfend gemustert hatte.

»Du aber auch«, erwiderte ich aufrichtig. Nancy war stets eine attraktive Frau gewesen, und sie war sehr vorteilhaft gealtert. Wie immer war ihr nun von Silber durchzogenes braunes Haar perfekt frisiert. Rory hatte ihre Stirn und ihre Kinnpartie geerbt.

»Weißt du, Rory ist zurzeit wieder in der Stadt«, verkündete sie so stolz, als wollte sie mir mitteilen, dass Gandhi persönlich nach Seattle gezogen wäre.

»Rory ist in Seattle?«, brachte ich mühsam heraus. Das kam völlig unerwartet. Verstohlen schaute ich mich um, als könnte er plötzlich irgendwo auftauchen. Sollte ich ihm noch einmal über den Weg laufen, brauchte ich definitiv eine Vorwarnung. Schon beim Gedanken daran fühlte ich mich unwohl.

»Oh ja.« Nancy nickte eifrig. »Sie wohnen ganz bei uns in der Nähe, in Madison Park. Zur Miete in einem wirklich netten Häuschen, nur ein paar Blocks entfernt. Für uns ist es wundervoll, sie bei uns zu haben, vor allem nach … Na ja, das letzte Jahr war nicht einfach für sie.« Sie presste die Lippen zusammen, plötzlich ernst geworden.

»Das tut mir leid«, versicherte ich hilflos. Hinter Nancy hatte sich eine Schlange gebildet, und die Leute wurden in der Hitze schnell ungeduldig. Ich musste dieses Gespräch beenden, und zwar rasch. Schließlich hatte ich Kunden zu bedienen, außerdem wollte ich kein weiteres Wort über Rorys perfekte Familie, seine perfekte Ehefrau, sein perfektes Leben oder das perfekte Häuschen hören, in dem sie nun lebten. Und ich war definitiv nicht in der Lage, ihn wiederzusehen. Das würde ich nicht ertragen.

»Nancy, bitte nimm ein Eis aufs Haus.« Ich schnappte mir das erstbeste Eis, das ich in die Finger bekam – Limette und Begonienblüte mit einem Hauch Holunderblütensirup. Einladend streckte ich es ihr entgegen. »Es war wirklich schön, dich mal wiederzusehen.« Dann blickte ich demonstrativ auf die Schlange hinter ihr.

Nancy drehte sich kurz um. »Oh, wie ich sehe, bist du heute sehr begehrt.« Sie verstand den Wink und nahm rasch ihr Eis entgegen. »Vielen Dank, meine Liebe. Und pass auf dich auf, Lolly. Es war schön, dich zu sehen.«

Als sie davonging, atmete ich erleichtert auf. Wenn es nach mir ginge, sollte Nancy Shaw sich so weit von mir wegbewegen wie nur möglich.

»Rory ist also wieder in der Stadt.« Eve stützte ihre in Doc Martens steckenden Füße auf einem Baumstumpf ab und lehnte sich seufzend in ihrem Gartenstuhl zurück. Es war der Abend meines großen Eröffnungstages, und wir hatten gerade unser Festessen beendet: gegrillten Lachs mit zartem Blattsalat und Stiefmütterchen aus meinem Garten, verzehrt an dem alten roten Picknicktisch, den ich extra dafür herbeigeschleppt hatte. Und dazu eine Flasche Sekt.

»Das hat sie jedenfalls gesagt.« Ich reichte Eve ihren Nachtisch, eine neue Eissorte, die ich gerade kreiert hatte – Löwenzahnblüte und Limonade. Seit ich beschlossen hatte, Lolly's Pops zu eröffnen, experimentierte ich ständig mit den Blumen und Kräutern aus meinem Garten und mischte sie mit verschiedenen Obstsorten vom Markt, um möglichst einzigartige Geschmacksrichtungen zu erschaffen. Wobei es auch einige Fehlschläge gegeben hatte. So hatte ich zum Beispiel erst lernen müssen, dass manche Menschen allergisch auf Tulpenblüten reagierten. Ein kurzer Kontakt mit der Zunge hatte ausgereicht, um Eves Mund vollkommen taub werden zu lassen. Aber in letzter Zeit waren mir ein paar wirklich überraschende und leckere Sorten gelungen: Holunderblüte-Limonenwasser mit Kleeblüten, Kokosnusswasser mit Rosensirup und kandierten Rosenblättern, Erdbeer-Basilikum mit Ringelblumen-Blütenblättern. Ich fand es einfach herrlich, mir möglichst einzigartige Kombinationen auszudenken und sie auszuprobieren. Ein paar Zutaten und ein Holzstäbchen, das war simpel, regional und umweltfreundlich. Ganz zu schweigen davon, dass es köstlich schmeckte. Für die große Eröffnung heute hatte ich schon einen Haufen produziert, aber ich experimentierte trotzdem fleißig weiter.

»In der Theorie nicht schlecht«, stellte Eve nun fest, verzog dabei aber das Gesicht. »Allerdings muss da eindeutig mehr Sirup rein. So zieht sich bei mir alles zusammen. Puh.«

Ich leckte an meinem Probeexemplar. »Oh ja, viel zu sauer. Aber die Kombination an sich finde ich gut.« Schnell holte ich mein Notizbuch aus der Tasche, in dem ich all meine Ideen festhielt, und machte eine Anmerkung zum Sirupanteil. »Hier, versuch das mal. Blaubeer-Lavendel.« Ich reichte Eve ein zweites, bereits leicht angetautes Eis.

»Tolle Farbe.« Eve musterte es anerkennend, bevor sie hineinbiss. »Also, wirst du dich mit ihm treffen?«

»Auf keinen Fall. Nicht, wenn es sich vermeiden lässt«, erklärte ich bestimmt. Dann knabberte ich prüfend an meinem Eis. Ich konnte den Lavendel herausschmecken, aber er war auch nicht zu dominant gegenüber der Blaubeere. Und die kräftige violette Färbung war eindeutig ein Hingucker. »Ich glaube, das hier ist ein Gewinner.« Ich machte mir eine Notiz, die Kreation in mein Sortiment aufzunehmen. »Ich will weder seine perfekte Familie noch seine perfekte Frau oder sein perfektes Leben vorgeführt bekommen, vor allem nicht jetzt, wo ich mich gerade wieder aufgerappelt habe«, nahm ich den Faden wieder auf. »Das wäre qualvoll und vollkommen sinnlos. Ich folge nun meinem Glück, so gut ich kann, und Rory Shaw soll gefälligst bleiben, wo er hingehört – in der Vergangenheit.«

45

»Vielen Dank. Genießt euer Eis und beehrt uns nächste Woche wieder!« Mit einem fröhlichen Lächeln reichte ich den beiden Teenagermädchen ihre Bestellung: Brombeer-Veilchenblüte. Seit dem Eröffnungstag war eine Woche vergangen, und die Hitzewelle hielt noch immer an. Während Seattle in der glühenden Sonne schmorte, lief das Geschäft für Lolly's Pops hervorragend. Ich hatte die Runde über die verschiedenen Märkte in vollen Zügen genossen, und nun waren wir wieder in Magnolia. Samstagnachmittag, die Sonne lachte vom Himmel, es herrschten ungefähr dreißig Grad. Der Markttag war so gut wie beendet, und ich war zwar müde und verschwitzt, aber glücklich.

Ich schob mir eine lose Strähne in den Pferdeschwanz und trug etwas farbigen Lipgloss auf. Zum Glück war das Kleid mit den minzgrünen Pünktchen, das ich heute angezogen hatte, ziemlich dünn. Im Inneren meines Wagens war es drückend heiß. Aber bald konnte ich für heute Schluss machen. Ich spähte aus dem Fenster. Keine wartende Kundschaft. Also nutzte ich den Moment, um kurz zu verschnaufen und meinen Kopf in eine der Gefriertruhen zu halten. Ahhh … herrlich kühl und still.

Bisher war Lolly's Pops ein durchschlagender Erfolg, es lief sogar noch besser als erwartet. Wie Eve vorhergesagt hatte, erwirtschaftete ich bereits Gewinne, auch wenn sie noch recht bescheiden ausfielen. Aber vor allem machte es einen Riesenspaß. Ich widmete mich mit Begeisterung der Herstellung und genoss den Kontakt mit den Kunden und die fröhliche Hektik auf den Märkten. Wenn ich daran dachte, wie gut alles lief, wurde mir beinahe schwindelig. Vielleicht war es noch zu früh für eine Einschätzung, aber mein Bauchgefühl sagte mir, dass es klappen würde. Und das Beste an Lolly's Pops war sowieso, dass ich selbst darauf gekommen war, es allein auf die Beine gestellt hatte und mich damit so entfalten konnte, wie ich es wollte. Es war nicht das Toast. Es war besser.

Diese Erkenntnis war berauschend. Plötzlich musste ich wieder an mein altes Tagebuch denken, das inzwischen irgendwo ganz hinten in meinem Schrank verstaut war, bedruckt mit Einhörnern und versehen mit einer Liste von Lebenszielen, an denen ich vollständig gescheitert war. Nun ja, nicht ganz. In der kalten Gefriertruhenluft sagte ich sie leise auf, betrachtete sie nun aber aus einer leicht veränderten Perspektive.

1. In einem anderen Land leben.

Ich hatte ein Semester in London studiert, und auch wenn ich gerne länger dort geblieben wäre, zählte das doch auch.

2. An einem spektakulären Ort mein eigenes Restaurant haben.

Wenn man einen Eiswagen als Restaurant anerkannte, dann war ich gerade dabei, dieses Ziel zu erreichen. Außerdem hatte ich noch große Pläne für Lolly's Pops, wenn es gut lief: eine ganze Flotte von Eiswagen für Hochzeiten,

Geburtstagsfeiern und Bar- oder Bat-Mizwas. Vielleicht sogar ein netter kleiner Laden in einem Ziegelbau mit jeder Menge altmodischem Charme.

3. Mich verlieben.

Nirgendwo auf dieser Liste stand, dass diese Liebesgeschichte ein Happy End haben musste. Ich hatte mich in Rory verliebt. Und für eine gewisse Zeit war ich das glücklichste Mädchen der Welt gewesen, geliebt von einem guten, starken, wunderbaren Mann. Auch wenn es mit einem gebrochenen Herzen geendet hatte, würde ich diese Liebe niemals gegen irgendetwas eintauschen. Vielleicht bekam ich eines Tages ja noch einmal die Chance, jemanden so zu lieben. Doch falls nicht, würde ich immer froh darüber sein, Rory geliebt zu haben. Und auch in unsere beiden Mädchen hatte ich mich verliebt. Meine Gedanken wanderten zu Sophia und Freya mit dem dunklen und dem rotbraunen Strubbelkopf, mit Rorys Augen und meiner Kinnpartie. Sie fehlten mir.

4. Meiner Familie dabei helfen, für immer vereint und glücklich zu sein.

In gewisser Weise wurde auch das gerade Wirklichkeit. Dass Mom gestorben war, lag außerhalb unserer Kontrolle, aber Dad hatte bei seiner Therapie mit Ramona gute Fortschritte gemacht. Er schien nun entspannter zu sein als jemals zuvor, so als würde er endlich wieder das Leben ein Stück weit genießen. Diese Woche erst hatte eine neue Pflegekraft bei ihm angefangen, eine sehr nette Äthiopierin, damit Ramona und er sich rein privat treffen konnten.

Gestern Abend hatte er sie zum Abendessen und ins Kino ausgeführt. Ein richtiges Date!

Und Daphne? Daphne genoss ihren Yogakurs in Costa Rica und baute sich dort mit Damien ein neues Leben auf. Sie hatten sich ein kleines, knallig orange gestrichenes Haus am Strand gemietet und wollten ein Yogazentrum und eine Tauchschule einrichten. Sie schickte mir regelmäßig Fotos, auf denen sie nicht nur braun gebrannt war, sondern auch sehr glücklich zu sein schien mit ihrem Hippie-Strandleben.

Und sogar Tante Gert hatte Wort gehalten und entschieden, dass sie mit ihren achtzig Jahren noch viel zu jung sei, um das Leben aufzugeben. Sobald das Restaurant verkauft worden war und Dad sich etwas besser gefühlt hatte, hatte sie sich einer Gruppe pensionierter Akademiker angeschlossen, die zusammen auf Reisen gingen. Ihr erster Ausflug hatte sie in das Smithsonian Institute und den Botanischen Garten in Washington, D.C., geführt, aber Tante Gert hatte bereits wesentlich exotischere Ziele im Visier.

5. Ein eigenes Pferd.

Bei diesem Punkt konnte ich nur belustigt schnaufen. Eve hatte recht gehabt, das hätte sich bestimmt am einfachsten erfüllen lassen. Ich hätte mir einfach ein Pferd kaufen sollen.

Während ich nun in der kühlen Stille verharrte, wurde mir klar, dass ich in gewisser Weise alle Ziele auf meiner Liste erreicht hatte (mal abgesehen von dem Pferd). Zwar war keines am Ende so ausgefallen, wie ich es mir vorgestellt hatte, aber erfüllt hatte ich sie trotzdem. Das überraschte mich. Allerdings nicht so sehr wie die Erkenntnis, die darauf folgte.

Als ich sie mit dreizehn aufgeschrieben hatte, waren diese Lebensziele neu gewesen, voller Potenzial. Jetzt, im Alter von dreiunddreißig, mit dem Kopf in einer Gefriertruhe, umgeben von den hübschen bunten Produkten meiner Arbeit, wurde mir klar, dass ich fertig war mit den Listen. Ich wollte mich nicht mehr abrackern und mir dabei vorkommen wie eine Versagerin. Wollte nicht mehr versuchen, mein Leben in eine Form zu pressen, von der ich glaubte, es wäre die richtige. Wollte keine Punkte mehr abhaken. Es gab nur das hier – mein Leben, wie es jetzt war. *Sei ehrlich, sei aufmerksam, suche nach Freude.* So sahen nun meine Ziele aus. Und ich schwor mir, dankbar zu sein für das, was ich hatte. Ich wollte versuchen, anderen Freude zu schenken und die Freuden in meinem eigenen Leben zu entdecken. Und ich wollte alles tun, um meinem Glück zu folgen – in jedem Augenblick, an jedem Tag, für den Rest meines Lebens.

46

»Lolly?«

Ich hing noch immer mit dem Kopf in der Gefriertruhe, direkt neben dem Kokosmilch-Ingwer-Stiefmütterchen-Eis. Diese Stimme kannte ich. Ich hätte sie jederzeit und überall wiedererkannt. Plötzlich ließ mich nicht mehr nur die kühle Luft schaudern. Ganz langsam hob ich den Kopf und blickte in die warmen braunen und in diesem Moment sehr überrascht wirkenden Augen von Rory Shaw.

»Hi.« Ich räusperte mich. Was unbeschwert hatte klingen sollen, war eher leicht erschlagen rübergekommen.

»Hi.« Er sah mich prüfend an. »Meine Mom hat mir erzählt, dass ihr euch letzte Woche hier über den Weg gelaufen seid. Sie sagte auch etwas von essbaren Blumen?« Sein Blick wanderte zu meinem Angebotsschild.

»Eis am Stiel«, berichtigte ich ihn. »Eigene Sorten in Bioqualität, hergestellt aus Kräutern und essbaren Blüten. Ich baue sie selbst an.« Oh Mann, ich klang wie ein Werbeprospekt. *Cool bleiben, Lolly*, ermahnte ich mich. *Du schaffst das.* Also richtete ich mich ganz auf und lehnte mich dann leicht aus dem Bestellfenster, um mir Rory genauer anzusehen.

Mein Herz klopfte so laut, dass er es eigentlich hören musste. Er sah fast genauso aus wie an unserem gemeinsamen Tag in Florida – mit Lachfältchen und zimtbraunen Bartstoppeln –, aber vielleicht ein wenig jünger. Sein Haar war so lang, dass es bis zu seinem Kragen reichte. Was ihm gut stand. Doch in seinem Blick entdeckte ich eine gewisse Traurigkeit, und er wirkte insgesamt ein wenig mitgenommen. Nancy hatte ja schon angedeutet, dass Rory und seine Familie ein schwieriges Jahr hinter sich hatten. Was wohl passiert war? Hatte er seinen Job verloren? Das würde zumindest erklären, warum sie wieder nach Seattle gezogen waren.

Während ich ihn ansah, wurde ich für einen Moment zurückversetzt nach Florida, lag wieder zusammengerollt neben ihm im Bett, wurde vom Rhythmus seiner Atemzüge in den Schlaf gewiegt. Wurde noch einmal leidenschaftlich von ihm geküsst, dicht an ihn gepresst im Pool. Ich blinzelte angestrengt, meine Wangen glühten. Was auch immer dort geschehen war, es war kein Teil dieses Lebens. Hier, in diesem Leben, gehörte er nicht zu mir. In diesem Leben hatte ich ihn für immer verloren.

Der Stich in meinem Herzen brannte so heftig, dass ich leise keuchte. Krampfhaft ballte ich die Fäuste, grub mir selbst die Fingernägel ins Fleisch, versuchte, mich durch den Schmerz zu erden. *Bleib stark, Lolly. Du schaffst das.* Doch ich konnte einfach nicht anders. Beinahe gegen meinen Willen suchte ich nach zwei kleinen Köpfen – einer dunkel, einer rot glänzend. Natürlich wusste ich, dass es unmöglich war, dass die Mädchen gar nicht bei ihm sein konnten, aber ich wünschte mir so verzweifelt, dass es wahr sein möge.

»Du hattest schon immer ein Händchen für Pflanzen.« Lächelnd sah Rory zu mir hoch, und ich glaubte in seinem Blick etwas zu entdecken … War es Wehmut? Schnell verdrängte ich den Gedanken. *Hör auf zu träumen. Komm gefälligst zurück in die Wirklichkeit.*

»Deine Mom hat mir erzählt, dass du wieder in Seattle bist«, erklärte ich mit einem breiten Lächeln. Irgendwie gelang es mir, ganz ruhig und normal zu klingen. *Ja, genau, das ist gut.* Freundlich, warmherzig, aber mit einer gewissen Distanz.

Ich war total gehemmt. Was sollte ich bloß mit meinen Händen anstellen? Hastig schob ich sie in die Taschen meines Kleides und biss mir verlegen auf die Unterlippe. Ich musste mir immer vor Augen halten, dass unser Leben in Florida nicht real war. Er hatte eine Ehefrau, die beiden hatten zusammen ein Kind. In diesem Leben hatten sich unsere Wege schon vor Jahren getrennt.

»Ja, wir werden auf jeden Fall ein paar Monate bleiben.« Er studierte noch einmal die Tafel mit den verschiedenen Sorten. »Hey, könnte ich …« Angestrengt runzelte er die Stirn. »Ach, such du für mich aus. Du findest bestimmt etwas, was ich mag. Du kennst mich ja ganz gut.« Und da war es, dieses liebe, ein wenig freche Lächeln, das kaum mehr war als ein Zucken der Mundwinkel. Es war mir so vertraut, dass ich unwillkürlich nach Luft schnappte. In diesem Moment war ich wieder dreizehn und stand mit einer Flasche Glasreiniger in der Hand im Restaurant. *Ach, Rory, ich habe dich vom ersten Augenblick an geliebt. Wie konnte es nur so weit kommen? Wie konnte ich dich jemals gehen lassen?*

Ich schluckte gegen den Kloß in meiner Kehle an und holte das erstbeste Eis aus der Kühltruhe. Himbeer-Minze mit Ringelblume. »Du magst doch Himbeeren, richtig?«, fragte ich steif. »Hier, geht aufs Haus. Willkommen zurück.« Ich schob zwei Eis durch das Schiebefenster. »Mag deine Frau Minze?«

Rory schien überrascht zu sein. Er zögerte, dann verschwand das Lächeln aus seinem Gesicht. »Äh … eigentlich Exfrau.« Er nahm sich ein Eis, dabei streiften seine Finger kurz meine Hand. »Wir haben uns vor ein paar Monaten scheiden lassen. Emily ist noch in Florida. Es war ein … wirklich hartes Jahr.«

»Oh.« Ich war sprachlos. Geschockt. Emily. Exfrau. Die mit den makellosen Zähnen, dem glänzenden blonden Haar und einer Figur, bei der Mom-Jeans tatsächlich gut aussahen. »Das wusste ich nicht«, stotterte ich schließlich.

Mit einem resignierten Nicken erwiderte Rory: »Deshalb bin ich für den Sommer hergekommen. Ich musste einfach mal für eine Weile weg, um wieder klar denken zu können. Unseren Sohn Noah habe ich mitgenommen, damit meine Eltern ihn sehen können. Wir werden wohl bis zum Herbst bleiben.«

»Oh.« Ich war total überfordert. Der Boden meines Eiswagens schien zu schwanken.

»Insgesamt habe ich mich für sechs Monate beurlauben lassen«, fuhr Rory fort. »So können wir den ganzen Sommer hierbleiben, Noah kann Zeit mit seinen Großeltern verbringen, und wenn die Schule wieder anfängt, kehren wir nach Florida zurück. Hier, das ist Noah. Im Moment ist er mit meiner Mom im Kindermuseum.« Er holte sein Handy aus der Tasche und streckte es mir hin. Vom Display strahlte mir ein niedlicher Junge mit Sommersprossen entgegen, dessen halbes Gesicht mit irgendwelchen Beeren verklebt und zu einer wilden Grimasse verzogen war. Er hatte Rorys rotbraune Locken, ähnelte um die Augen herum aber eher Emily. Irgendwie kam mir der Junge bekannt vor. Vielleicht weckte er Erinnerungen an den Rory aus meiner Kindheit.

»Er ist wirklich süß.« Ein dicker Kloß stieg in meiner Kehle auf und drohte die Worte zu ersticken, denn für einen Augenblick glaubte ich, ein anderes, klebriges Gesicht mit kupferrotem Haar und einem neonorangefarbenen Stoffhasen auf dem Display zu sehen.

»Ja, er ist ein echt toller Junge.« Rory steckte das Telefon wieder ein. Das Grinsen eines stolzen Vaters ließ sein Gesicht strahlen. Dann biss er in sein Eis und riss überrascht die Augen auf. »Okay, beim Thema essbare Blüten war ich immer skeptisch, aber das hier schmeckt großartig. Es ist wirklich gut, Lolly.«

»Danke.« Mein Blick fiel auf das zweite Eis, das ich als Geste der Höflichkeit für seine Frau aus der Gefriertruhe geholt hatte. Nun also Exfrau. Schnell legte ich es wieder zurück. Rory war also frisch gebackener Single mit einem Sohn und einem Job in Florida. Aber ohne Emily. Ohne Ehefrau. Und auch ohne die Mädchen. Ich wusste nicht, was stärker war, meine Erleichterung oder die Trauer.

Drei weißhaarige Damen in Wanderkleidung tauchten auf und stellten sich hinter Rory an. Der machte ihnen hastig Platz, ging aber nicht weg, sondern beobachtete mich, während er sein Eis aß. Ich bediente die Damen, beantwortete geduldig ihre Fragen und nahm ihre Vorschläge für neue Geschmacksrichtungen entgegen. Dabei spürte ich die ganze Zeit Rorys Blick, was mich so nervös machte, dass ich ein Eis fallen ließ und ein frisches holen musste. Überdeutlich war mir bewusst, dass er dort vor meinem Verkaufswagen stand und sein Eis am Stiel lutschte, vollkommen entspannt in seinen coolen, schmutzig orange gefärbten Shorts und einem altmodischen T-Shirt mit dem Logo irgendeines Nationalparks. Offenbar hatte dieser Mann alle Zeit der Welt.

Nach einer halben Ewigkeit gingen die Damen endlich weiter zum benachbarten Käsestand. Verstohlen sah ich mich um. Der Markt würde in ein paar Minuten schließen, es waren kaum noch Kunden unterwegs. Kurzerhand drehte ich das Schild in meinem Fenster um, sodass der Laden nun offiziell GESCHLOSSEN war. »Warte kurz«, befahl ich Rory. Ohne genau zu wissen, was ich da tat oder warum, machte ich das Verkaufsfenster zu und holte zwei weitere Eis aus der Gefriertruhe. Dann schloss ich den Eiswagen hinter mir ab und signalisierte Rory, mir zu folgen. »Komm mit.«

Wir gingen an Eves Stand vorbei. Als sie Rory erkannte, zog sie empört die Augenbrauen hoch, doch ich reckte hinter seinem Rücken den Daumen, woraufhin sie mir kurz zunickte. Rory bemerkte sie nicht, und sie gab keinen Ton von sich.

Als wir vor der Glasfront der ehemaligen Eatery ankamen, blieb ich stehen. Auf dem neuen, glänzenden Ladenschild stand nun RIND AND VINE, allerdings würde das Geschäft erst später öffnen. Die neuen Besitzer – ein wirklich nettes Paar aus Nordkalifornien – hatten hier einen Wein- und Käseladen mit Verkostung eröffnet. Allerdings war ich mir nicht ganz sicher, ob er auch lief. Ich war auf dem Weg zu Dad ab und zu hier vorbeigefahren, hatte aber nie sonderlich viele Kunden im Geschäft gesehen. Rory trat nun einen Schritt zurück und musterte das Gebäude.

»Wow, da werden eine Menge Erinnerungen wach.« Ein wenig kläglich schüttelte er den Kopf. »Wie die Zeit vergeht. Wir haben hier so viel Spaß gehabt.«

Ich trat an seine Seite. Das Eis in meiner Hand schmolz langsam und durchweichte das Papier. »Stimmt, den hatten wir.«

Einen Moment lang standen wir stumm vor dem Fenster. Ich sah unsere Spiegelung in der Scheibe. Vor vielen Jahren hatten wir auf der anderen Seite gestanden, ebenfalls Seite an Seite. Damals hatte etwas Wundervolles und Tragisches seinen Anfang genommen. Kurz huschte mir die Frage durch den Kopf, was dieser Tag wohl am Ende bringen würde. Ich wusste nicht, was ich denken oder empfinden sollte, war noch viel zu verblüfft darüber, dass Rory nun hier neben mir stand.

»Los, setzen wir uns. Ich habe stundenlang nur gestanden.« Also hockten wir uns auf das schmale Fensterbrett. Bequem war das nicht, aber wir saßen so dicht beieinander, dass mein Rock sein Bein streifte. Ich reichte ihm ein Eis, meine aktuelle Lieblingssorte: Rosenblüten und Rainier-Kirschen. Während wir uns dem Genuss hingaben, warf ich Rory verstohlene Blicke zu. Es war einfach unfassbar, dass wir nach all den Jahren nun wieder hier zusammensaßen.

»Das mit Emily tut mir leid«, sagte ich irgendwann. Und in gewisser Weise stimmte das sogar. Rory sah ziemlich fertig aus. Offenbar hatte er wirklich gelitten.

Nickend starrte er auf sein schmelzendes Eis, das zwischen seinen bunten Flip-Flops auf den Asphalt tropfte. »Ich habe es überhaupt nicht kommen sehen. Manchmal wirft das Leben unsere Pläne einfach so über den Haufen, nicht wahr? Man glaubt, genau zu wissen, was die Zukunft bringt, und dann kommt es plötzlich ganz anders.«

»Ich weiß, wie das ist«, sagte ich leise.

Er schaute kurz zu mir rüber. »Ja, ich weiß, dass du das weißt.«

Einen Moment lang widmeten wir uns schweigend unserem Eis. Wir teilten eine so lange gemeinsame Vergangenheit. Eigentlich saß ich hier mit jemandem, mit dem ich seit sieben Jahren kein Wort mehr gewechselt hatte, doch es fühlte sich gar nicht so an. Nein, viel eher schien es, als könnten wir vollkommen nahtlos an unsere alte Freundschaft anknüpfen. Die vielen gemeinsamen Jahre hatten eine Vertrautheit geschaffen, die ich nun als unglaublich tröstlich empfand.

»Weißt du, ich habe oft an dich gedacht, nachdem sich unsere Wege getrennt hatten«, sagte Rory irgendwann leise.

Mein Herz machte einen Sprung. »Ach?«

»Ich habe mich gefragt, wo du wohl gerade bist und was du so machst.«

»Da war eigentlich nichts Spannendes dabei«, versicherte ich ihm, um die Stimmung wieder etwas aufzulockern. »Wahrscheinlich habe ich entweder Kuchen gebacken oder verstopfte Toiletten gereinigt.«

Er lachte leise. Ich hatte keine Ahnung, wohin das noch führen sollte, aber meine Hände zitterten trotzdem ein wenig. Irgendetwas sagte mir, dass mein Leben gerade eine unverhoffte Wendung nahm. Wieder einmal hatte ich die Wahl: Ich konnte mein Herz schützen, indem ich es verschloss, oder ich konnte ehrlich sein und sehen, was passierte.

»Ich habe mich das in Bezug auf dich auch immer wieder gefragt«, meinte ich und entschied mich damit für die Wahrheit, konnte ihm dabei aber nicht in die Augen schauen. »Vermutlich öfter, als gut für mich war.«

Als ich hochblickte, sah Rory mich durchdringend an. »Lolly.« Ganz leise sagte er das. Diesen Ton hatte ich seit vielen Jahren nicht mehr in seiner Stimme gehört. So sanft, dass es mir einen Schauer über den Rücken jagte. Sein Blick war vollkommen offen und unverstellt. Schmerz und Unsicherheit spiegelten sich darin, Bedauern und ein wenig Sehnsucht.

Er rückte auf dem schmalen Sims dichter an mich heran. »Ich habe Emily geliebt, und ich denke, ich war ein guter Ehemann. Nachdem du mich verlassen hattest, habe ich versucht, mir ein möglichst angenehmes Leben mit ihr aufzubauen. Aber Emily und ich, wir haben viel zu schnell geheiratet. Vermutlich war ich damals noch nicht über dich hinweg. Und wenn ich ganz ehrlich bin, muss ich mir wohl eingestehen, dass für mich immer eine Frage offen geblieben ist, die sozusagen mein Herz blockiert hat, schon lange bevor Emily gegangen ist.«

»Welche Frage?« Ich schluckte nervös, fürchtete mich beinahe vor der Antwort.

»Was wäre, wenn?«, antwortete er ruhig. »Was wäre, wenn deine Mom nicht gestorben wäre? Was wäre, wenn wir zusammen nach Baltimore gegangen wären? Was wäre, wenn ich hiergeblieben und nicht zum Medizinstudium weggezogen wäre?« Forschend sah er mich an, auch wenn ich nicht wusste, was er in meiner Miene zu finden hoffte.

»Ich habe gelernt, dass Was-wäre-Wenns sehr kompliziert sein können«, erwiderte ich sanft. »Das alles ist lange her, und wir beide haben unser Leben weitergelebt.«

Rory seufzte schwer und nickte dann. »Ja, natürlich. Es gibt keinen Weg zurück, nicht wahr?«

»Nein.« Mit einem wehmütigen Lächeln ließ ich die Beine baumeln. Ich hatte nach einem Weg zurück gesucht, und er hatte mich doch nur wieder hierhergeführt, hatte meinen Blick nach vorne gelenkt, fort von der Vergangenheit. »Wenn ich in meinem Leben eines gelernt habe«, erklärte ich Rory, »dann ist das wohl, dass es vollkommen sinnlos ist, die Vergangenheit ändern zu wollen. Wir können nur unsere Zukunft beeinflussen, und zwar durch die Entscheidungen, die wir heute fällen.«

»Das klingt, als hättest du es aus einem Glückskeks«, stichelte er.

»Wodurch es nicht weniger wahr wäre«, erwiderte ich grinsend und nahm einen Bissen von meinem matschigen Eis. Merkwürdigerweise war ich glücklich.

Wir sahen uns an, und der Moment dehnte sich aus. »Dann habe ich jetzt nur noch eine Frage«, sagte Rory schließlich ernst.

Wieder machte mein Herz einen kleinen Sprung. »Ja?«

»Könnten wir uns vielleicht irgendwo anders hinsetzen? Dieses Fenstersims ist so schmal, dass meine Beine ganz taub werden.«

Mit einem befreiten Lachen stand ich auf. Rory folgte meinem Beispiel und schüttelte die Beine aus, um den Blutfluss wieder anzuregen. Dabei fiel mir auf, dass er immer noch diese sexy Fußballerbeine hatte, sehnig-muskulös, mit kräftig gebräunten Waden. Hastig leckte ich die letzten Siruptropfen von meinem Eis.

»Können wir uns wiedersehen, Lolly? Bitte?« Hoffnungsvoll sah Rory mich an.

Ich zögerte einen Moment. »Sehr gerne.«

Sofort erschien ein strahlendes Lächeln auf seinem Gesicht, so breit, dass sich feine Fältchen in seinen Augenwinkeln bildeten. Ich hatte ganz vergessen, was dieses Lächeln in mir auslöste. Als würde die Sonne hinter dicken Wolken hervorbrechen. Plötzlich schien alles wärmer zu sein. »Darf ich dich morgen zum Frühstück einladen?«

»Du hast es ja ziemlich eilig«, sagte ich und lachte.

Rory beugte sich zu mir, sodass seine warmen Lippen mein Haar berührten, beinahe mein Ohr streiften. »Wir haben doch nun wirklich schon genug Zeit verschwendet, findest du nicht?«

Ein erwartungsvoller Schauer lief mir über den Rücken. Ich wich zurück und sah ihn an. Sah ihn richtig an. Was auch immer hier gerade geschah, war zu schön, um wahr zu sein.

»Morgen früh bin ich auf dem Ballard Farmers Market«, erklärte ich ihm.

Enttäuscht verzog er das Gesicht.

»Aber wir könnten vorher zusammen frühstücken«, bot ich ihm an.

Breit grinsend versprach er: »Ich werde da sein.«

47

Wir trafen uns am nächsten Morgen in einem angesagten Café in Ballard, das berühmt war für sein deftiges Americana-Frühstück und praktischerweise nur ein paar Blocks vom Markt entfernt lag. Eve hatte angeboten, den Lolly's-Pops-Wagen vorzubereiten, damit ich möglichst viel Zeit mit Rory verbringen konnte, bevor ich für den Tag öffnen musste.

Es war ein herrlich sonniger Morgen; heute würde es bestimmt wieder heiß werden. Wir saßen an einem Fenstertisch, der so klein war, dass unsere Knie sich berührten. Rory bestellte die Süßkartoffel-Lachs-Pfanne, während ich mich für Hühnchen und Waffeln entschied, getränkt in Ahornsirup. Jeder aß von jedem Teller, wir redeten endlos und lachten viel. Irgendwann wurde Kaffee nachgeschenkt, doch wir ließen ihn kalt werden.

Er erzählte mir von Noah und von seiner Arbeit mit dem Team, die ihm wahnsinnig viel Freude machte. Ich erzählte ihm von Tante Gert – die er unbedingt kennenlernen wollte –, berichtete von Daphnes Abenteuern und Dads Schlaganfall, seiner Reha und der aufkeimenden Romanze mit Ramona. Während wir uns unterhielten, wurde mir wieder bewusst, warum wir so gute Freunde gewesen waren und warum ich mich damals in ihn verliebt hatte. Er war freundlich, witzig und clever, und wir fühlten uns einfach wohl miteinander; fast so, als wäre kaum Zeit vergangen. Doch wenn ich mir unsere Spiegelungen im Fenster ansah, wurde deutlich, wie sehr wir uns verändert hatten. Wir waren erwachsen geworden, älter und reifer, trugen frische und alte Narben mit uns herum, Wunden, die noch kaum verheilt waren.

Als unsere Teller fast leer waren, lehnte sich Rory zurück und sagte mit einem wehmütigen Lächeln: »Lolly Blanchard. Als ich dich vor so vielen Jahren das erste Mal gesehen habe, wäre ich niemals darauf gekommen, dass wir einmal so enden würden.«

Ich nickte bestätigend. »Ehrlich gesagt hatte ich nicht damit gerechnet, dich noch einmal wiederzusehen.«

Beinahe schüchtern entgegnete er: »Aber ich würde dich furchtbar gerne wiedersehen, Lolly.«

Entschlossen holte ich Luft. *Sei ehrlich, sei aufmerksam, suche nach Freude.* Also wagte ich den Sprung. »Ich dich auch.«

Lächelnd griff Rory nach meiner Hand und streichelte mit dem Daumen meine Finger. »Ich will nicht noch mehr Zeit verschwenden, Lolly«, sagte er schlicht.

In meiner Kehle bildete sich ein Kloß, doch es gelang mir zu nicken. »Ich auch nicht.«

Mein Herz klopfte so wild, dass es aus meiner Brust zu springen drohte. Nervös starrte ich unsere ineinander verschlungenen Finger an, mitten auf dem Tisch, zwischen Waffelkrümeln und Sirupflecken. Was hatte das zu bedeuten? Es ging alles so schnell. Hatten wir wirklich noch eine Chance bekommen? Es schien zu schön, um wahr zu sein. Und gleichzeitig fühlte es sich absolut richtig an.

Ein lautes Klopfen am Fenster ließ mich zusammenfahren. Draußen stand Eve und zeigte überdeutlich auf ihre Armbanduhr, um mich daran zu erinnern, dass der Markt in zehn Minuten beginnen sollte. Rory erkannte sie wieder und winkte grüßend. Sie hingegen verschränkte die Arme vor der Brust und warf ihm einen finsteren Blick zu, nur um dann aufzugeben, ihn mit einem strahlenden Lächeln zu beehren und beide Daumen zu recken, bevor sie zu ihrem Stand zurückging. Wir zahlten schnell, danach begleitete mich Rory zu meinem Eiswagen. Ringsum waren die Händler damit beschäftigt, ihre Ware auszupacken.

»Oh, sieh mal!« Ganz spontan blieb ich am Stand einer Schmuckdesignerin stehen. Er war mir schon auf anderen Märkten aufgefallen, aber ich hatte noch keine Gelegenheit gehabt, mir die Ware näher anzusehen. Eigentlich musste ich dringend den Wagen aufmachen, konnte aber trotzdem nicht widerstehen und riskierte einen schnellen Blick. Rory blieb neben mir stehen. Die Künstlerin kreierte Schmuck aus gepressten Blüten und Pflanzen, indem sie die zarten Gebilde in Glas einschloss. Irgendwie erinnerte mich das an meine Mom.

»Die sind wunderschön«, versicherte ich der Standbesitzerin, während ich die Halsketten und Ohrringe musterte. Ein Stück sprang mir besonders ins Auge, ein zartes Silberkettchen mit einem runden Glasanhänger. Darin schimmerte eine zarte, perfekt konservierte Blüte mit fünf cremeweißen Blättern, die sich um einen leuchtend gelben Kern schmiegten. Irgendwie kam mir die Kette bekannt vor, ich wusste aber nicht, woher.

»Die ist besonders hübsch. Was ist das?« Ich zeigte darauf, und die Künstlerin warf einen prüfenden Blick auf den Anhänger.

»Mal sehen … das ist eine Zitronenblüte. Wirklich einzigartig, nicht wahr?«

Ich nahm die Kette in die Hand, spürte ihr angenehmes Gewicht. Wo hatte ich sie bloß schon einmal gesehen? Ich wusste, dass ich sie irgendwoher kannte. Doch erst als ich die Augen schloss und mir die Situation vorzustellen versuchte, kehrte die Erinnerung zurück – vor dem Spiegel in unserem Haus in Florida, der Anhänger ruhte zwischen meinen Schlüsselbeinen. Ich hatte die Kette angelegt, weil sie so gut zu dem gelben Sommerkleid passte, das ich an diesem einen wundervollen Tag mit Rory und den Mädchen getragen hatte.

Verwirrt starrte ich die Kette an. Wie konnte sie denn überhaupt hier sein, in meiner Hand, wenn ich sie in einem anderen Leben schon einmal getragen hatte? Sie war außergewöhnlich, so ein Schmuckstück hatte ich sonst noch nirgendwo gesehen. Wie konnte das sein? Was ging hier vor?

»Die ist wirklich hübsch«, stellte Rory fest, der mir nun über die Schulter blickte.

»Die Zitronenblüte steht für Klarheit, Freude und Hoffnung«, erklärte ich ihm, noch immer ziemlich verwirrt. »Zumindest hat meine Mom das immer gesagt.«

Rory musterte erst die Kette, dann mich. »Klarheit, Freude und Hoffnung also?« Mit einem liebevollen Blick fragte er: »Darf ich sie dir kaufen?« Und schon zog er seine Brieftasche und wandte sich der Händlerin zu.

»Du musst mir doch nichts …«, setzte ich an, aber Rory reichte bereits die Scheine über den Verkaufstisch.

»Bitte. Ich möchte es gerne. Wenn du sie trägst, soll sie dich daran erinnern, dass man niemals die Hoffnung aufgeben darf und immer nach seinem Glück suchen sollte. Dass es im Leben eben doch hin und wieder zweite Chancen gibt.« Sein schiefes Grinsen war so echt und so erwartungsvoll, dass es mir beinahe das Herz brach. Doch gleichzeitig hallten seine Worte in meinem Kopf wider. *Dass man niemals die Hoffnung aufgeben darf und immer nach seinem Glück suchen sollte. Dass es im Leben eben doch hin und wieder zweite Chancen gibt.*

Völlig verblüfft starrte ich ihn an. Exakt diese Worte hatte er schon einmal zu mir gesagt, in der Küche unseres Hauses in Florida, mitten im klebrigen, nach Pancakes duftenden Chaos. Ganz deutlich erinnerte ich mich daran. Und er hatte sie mit einem bedeutungsvollen Unterton gesagt, als gäbe es eine Geschichte dazu, die für uns wichtig war. An jenem Tag hatte ich nicht gewusst, was das bedeuten sollte. Jetzt schon. Aber wo konnte die Verbindung sein, wenn er das hier zu mir sagte, in genau denselben Worten?

Meine Gedanken überschlugen sich, während ich weiter auf die Kette starrte. Da war etwas, das ich einfach nicht zu fassen bekam. Eine Art Vorahnung, gepaart mit einem Fünkchen Hoffnung. Mein Blick wanderte zwischen Rory und der Kette hin und her. Gestern Morgen war ich mit der festen Überzeugung aufgewacht, dass Rory für mich für immer verloren war. Und doch standen wir nun hier, und ich hielt ein Symbol der Freude und Hoffnung in meiner Hand. Ein Symbol, das ich an unserem herrlichen Tag in Florida um den Hals getragen hatte. Was hatte das zu bedeuten? Es gelang mir einfach nicht, die Puzzleteile zusammenzusetzen.

Dann fiel mir wieder ein, was Tante Gert gesagt hatte: *Oft sagen wir ›unmöglich‹, wenn wir eigentlich ›unbekannt‹ meinen. Vieles ist möglich, aber nur sehr wenig ist uns bekannt. Das wirst du schon bald herausfinden.*

Und da begriff ich. Eine herrliche, unfassbare Möglichkeit tat sich vor mir auf, so überwältigend, dass ich nach

Luft schnappte. Was, wenn ... Was, wenn ... Hatte ich vielleicht alles falsch verstanden? Was, wenn dieser Tag in Florida, unser gemeinsames Leben, die kostbaren Stunden mit den Mädchen ... wenn das gar kein anderes Leben gewesen war? Wenn mir nicht ein Leben gezeigt worden war, das ich hätte haben können und das sich zusammen mit dem letzten Zitronenbonbon aufgelöst hatte? Sondern wenn ich stattdessen einen Blick auf eine mögliche Zukunft geworfen hatte, ein gemeinsames Leben, das noch immer Realität werden konnte?

Meine Finger schlossen sich so fest um die Halskette wie wenige Monate zuvor um das letzte Zitronenbonbon. Vollkommen überwältigt, versuchte ich, das Rätsel zu lösen, während ich kaum zu hoffen wagte. An diesem Tag in Florida hatte ich zwar in den Handykalender geschaut, dabei aber nicht auf das Jahr geachtet. Ich war so auf meine Mutterrolle konzentriert gewesen, dass ich nur die Termine des Tages wahrgenommen hatte. Dabei war ich automatisch davon ausgegangen, dass ich nach dem Zubettgehen mit Bonbon am folgenden Morgen aufgewacht war, im selben Jahr, wie es ja auch in Brighton und Kona der Fall gewesen war. Aber was, wenn dem gar nicht so gewesen war? Was, wenn es bei diesem Versuch anders abgelaufen war? Wenn ich tatsächlich einen Einblick in eine mögliche Zukunft bekommen hatte?

Nun stürmte alles wieder auf mich ein, ich sah die unzähligen Schnappschüsse vor mir, durch die ich mich in meinem Handy gescrollt hatte, in dem kleinen Park, während Freya ihre Ballettstunde hatte: Geburtstagsfeiern, Ballettaufführungen, Familienurlaube, Weihnachtsessen. Unser erstes Haus, neun Monate Schwangerschaft, verwackelte Selfies, alltägliche Momente, Dads Hochzeit mit Ramona. Der schlaksige Junge mit den rotbraunen Haaren, der immer wieder auftauchte. Er hatte erstaunlich viel Ähnlichkeit mit Rorys Sohn. Konnte das womöglich Noah in ein paar Jahren sein? Er sah zumindest so aus wie sein Vater. Und dieses Bild von mir in der professionellen Fertigungsküche, mit dem Eis am Stiel in der Hand? War das der Beweis dafür, dass ich mit Lolly's Pops Erfolg haben würde? Eigentlich hatte ich mein kleines Unternehmen in Gedenken an das erfolgreiche Geschäft benannt, von dem ich in dem Homeoffice in Florida einen kurzen Eindruck gewonnen hatte. Und von dem ich geglaubt hatte, ich würde es niemals haben können. Aber vielleicht war mein kleiner, altmodischer Eiswagen von heute nur der erste Schritt, und Lolly's Pops würde irgendwann so groß werden, dass diese professionelle Küche ins Spiel käme.

Dann dachte ich an die beiden Mädchen, die Dunkle und den Rotschopf, Sophia und Freya. Die Hoffnung zerriss mir fast das Herz. Was, wenn es doch nicht zu spät war? Was, wenn ich die Mädchen immer noch bekommen könnte, und dazu Rory, ein gemeinsames Leben als Familie?

Was, wenn all das noch zu meinem Leben werden könnte?

Diese Vorstellung löste eine derart berauschende Sehnsucht in mir aus, dass ich kaum atmen konnte. War es möglich? Nie hatte ich mir irgendetwas mehr gewünscht als das.

»Lolly? Ist alles in Ordnung?« Rory umfasste stützend meinen Ellbogen und musterte mich besorgt. Er war mir so nahe, dass ich ihn hätte küssen können. Zwischen uns standen noch hundert unausgesprochene Dinge, Beteuerungen und Sehnsüchte, verlockende Möglichkeiten für die Zukunft. Mir wurde regelrecht schwindelig davon.

Also drückte ich nur die Halskette an mein Herz und nickte, erfüllt von einer so überwältigenden Freude, dass ich Angst hatte, mein Herz könnte zerspringen. War dies vielleicht wirklich erst der Anfang?

»Ich muss nur mal kurz durchatmen«, sagte ich leise.

»Okay, ich halte dich fest.« Rory nahm meine Hand, und ich verschränkte unsere Finger miteinander. Natürlich konnte ich nicht wissen, ob ich mit meiner Vermutung richtiglag. Vielleicht täuschte ich mich ja, und uns stand eine vollkommen andere Zukunft bevor. Aber in einem Punkt war ich mir absolut sicher: Wie auch immer diese Zukunft aussehen mochte, ich konnte es kaum erwarten, mich hineinzustürzen.

Epilog

Acht Jahre später

»Lolly? Wo bist du, Kleines?«, brüllte Dad aus der Küche herüber.

»Hier, im Gastraum«, rief ich zurück, während ich letzte Hand an die mit Kreide beschriebene Tafel legte. Dann sah ich mich zufrieden um. Die Sitznischen waren frisch restauriert, die Chromleisten an den Tischen glänzten. Sogar der alte Holzboden schien fröhlich zu schimmern. Die alte Eatery – oder vielleicht sollte ich besser sagen, die erste ortsgebundene Filiale von Lolly's Pops in Seattle – hatte noch nie so gut ausgesehen. Das Rind and Vine war letztes Jahr pleitegegangen, genau zum richtigen Zeitpunkt, um das Gebäude von den neuen Eigentümern zurückzukaufen. Und nun war fast alles bereit für die große Filialeröffnung von Lolly's Pops in Magnolia, die in ein paar Tagen stattfinden sollte.

»Ich habe die neue Gefriertruhe angeschlossen.« Dad kam durch die Schwingtür und wischte sich die Hände an einem Geschirrtuch ab. Er sah deutlich älter aus und war inzwischen vollkommen kahl, aber das fröhliche Funkeln in seinen Augen machte mich glücklich. Ein leichtes Humpeln und eine gewisse Schlaffheit im linken Mundwinkel erinnerten noch daran, dass wir ihn beinahe verloren hätten. Doch seit seinem Schlaganfall hatte Ramona nicht lockergelassen, hatte ihn fröhlich dazu animiert, in Bewegung zu bleiben und seinen Frühstücksspeck durch »Kaninchenfutter« zu ersetzen. Er beklagte sich regelmäßig darüber, doch ich wusste, dass er sich insgeheim gerne ein wenig bemuttern ließ.

»Dieses Ding ist so ausgeklügelt, dass du damit praktisch zum Mars fliegen kannst. Aber wer hilft mir denn jetzt dabei, es mit Eis zu füllen? Wo sind meine kleinen Helferlein?«

»Hier sind wir.« Hinter dem Tresen tauchte ein dunkler Lockenkopf auf, gefolgt von einem rotbraunen Schopf über einem höchst verdächtig violett verschmierten Gesicht. »Ich kann dein Helferlein sein.« Hastig stürmte Sophia mit ihren überlangen Gliedmaßen und prächtigen Zahnlücken hinter dem Tresen hervor.

»Ich auch, ich auch!« Freya vibrierte förmlich vor Vorfreude.

»Was hast du schon wieder angestellt, du Räuber?« Liebevoll fuhr ich Freya durch die zerzausten Haare. Mit vier verlor sie langsam die Pummeligkeit eines Kleinkinds und wuchs in die Höhe, aber ihr freches Grinsen war unverändert. Sie hielt uns alle ziemlich auf Trab.

»Poduktverkostung«, erwiderte sie schlau. Hinter dem Tresen entdeckte ich eine leere Eisverpackung, und sie gehörte tatsächlich zu einer unserer neuen Sorten: Traubensaft und Veilchen. Das erklärte dann wohl die violetten Flecken um ihren Mund.

»Okay, kleiner Schlaufuchs, du hast eindeutig genug verkostet. Geh und hilf Opa mit der neuen Gefriertruhe.« Wie ein Wirbelwind rannte sie hinter ihrer Schwester her. Überglücklich sah ich ihr nach. Es gab noch immer Momente, in denen ich es einfach nicht glauben konnte. In denen ich mir bewusst machen musste, dass sie nicht verschwinden würden, nachdem ich ihnen einen Gute-Nacht-Kuss gegeben hatte, sondern dass sie morgens wieder über uns herfallen und nach Pancakes mit Einhornstreuseln verlangen würden. Es war ein Wunder. Einfach traumhaft.

Fast ebenso erstaunlich war es, nun wieder hier zu sein. Es war eine unerwartete Wendung gewesen, aber auf jeden Fall die richtige Entscheidung. In den acht Jahren seit der Gründung von Lolly's Pops waren zu meinem kleinen grün-weißen Eiswagen zwei gut laufende Filialen in Tampa und eine kleine Flotte weiterer Eiswagen hinzugekommen, jeder im eigenen Vintage-Design. Und nun würden wir unseren ersten Laden in Seattle eröffnen. Da war es eigentlich nur passend, dass er in diesen Räumlichkeiten beheimatet sein sollte. Ich war wieder hier, aber diesmal tat ich, was ich wollte. Etwas, was mir Freude brachte.

Das schrille Quietschen aus der Küche ließ vermuten, dass Dad die Albernheit seiner Helferlein in sinnvolle Produktivität zu verwandeln versuchte. »Bodenkontrolle an Astronautinnen Sophia und Freya, sofortige Rückkehr einleiten. Ich wiederhole, hier spricht die Bodenkontrolle«, verkündete Dad im Tonfall von Dan Rather, Fernsehmoderatorenlegende der 1980er. »Bereit machen zum Start. Ich wiederhole, bereit machen zum Start.«

Ich konnte mir ein Lächeln nicht verkneifen. Er hatte alle Hände voll zu tun mit den beiden Mädchen, genoss aber jede einzelne Sekunde. Florida war einfach viel zu weit weg, da waren Rory und ich uns einig. Wir vermissten Seattle, aber Tampa würde zumindest noch für ein paar Jahre unser Wohnsitz bleiben. Noah war inzwischen vierzehn, und wir fanden beide, dass wir in derselben Stadt leben sollten wie seine Mutter und er, bis er die Highschool abgeschlossen hatte und anfing, auf eigenen Beinen zu stehen. Er kam jede Woche zu uns, und die Mädchen vergötterten ihn. Doch wenn er in ein paar Jahren aufs College ging, wollten wir unbedingt nach Seattle zurückkehren.

Vorerst aber meisterten wir die Lage, so gut wir konnten. Rory war nach wie vor beim Team, und ich leitete meine kleine, wachsende Firma an der Ost- und Westküste. Mein Dad hatte sich bereiterklärt, uns in diesem Laden zu helfen, wenn er erst eröffnet war, und ich hatte einen tollen Geschäftsführer für das Tagesgeschäft an der Westküste eingestellt. Natürlich war es ein wenig kompliziert, eine Firma mit Standorten auf beiden Seiten des Kontinents zu leiten, aber ich hatte ein gutes Gefühl bei der Sache. Alles lief in die richtige Richtung.

»Bereit machen zur Landung«, krähte Sophia in der Küche und ließ lautstarke Raketengeräusche folgen.

»Ihr kommt zu schnell runter«, ertönte daraufhin Dads Stimme. »Wir haben hier eine Notlage. Ich wiederhole, wir haben eine Notlage der Kategorie Eis.«

Freya quietschte vor Lachen. »Mayday, Mayday«, plapperte sie.

Ich nutzte die kurze Verschnaufpause, um meine Nachrichten zu checken. Daphne hatte ein Foto von sich in einer Hängematte unter Palmen geschickt. Damien stand hinter ihr und hielt sie liebevoll im Arm. Wir hatten die beiden zu Weihnachten besucht und konnten es kaum erwarten, wieder einen Abstecher in ihr entspanntes Strandleben in Costa Rica zu machen. Jetzt schickte ich ihr ein Foto zurück, mit strubbeligen Haaren und eisverschmierter Schürze, direkt vor dem altvertrauten Tresen, und einem *Kommt dir das bekannt vor? Xoxoxo.*

Von Tante Gert war ebenfalls eine Nachricht gekommen: WIR HABEN DIE DRAKE-PASSAGE DURCHQUERT … AUF ZU DEN PINGUINEN!!!! Ihre Nachrichten bestanden fast ausschließlich aus Ausrufezeichen und Großbuchstaben. Sie ließen mich jedes Mal wieder schmunzeln. Wie sich herausstellte, kamen sie und Eve so gut miteinander aus, dass sie sich nach Rorys und meiner Heirat, meinem Umzug nach Tampa und Dads und Ramonas Hochzeit auf Hawaii dazu entschlossen hatte, nach Vashon Island zu ziehen. Nun lebte sie in einem klapprigen Wohnwagen in dem Wäldchen am Rand von Eves Farmgelände. Bissig und zupackend wie immer, hatte sie die Aufsicht über meinen Blumen- und Kräutergarten an sich gerissen und ihn so großzügig erweitert, dass er nun fast den gesamten Bedarf von Lolly's Pops in Seattle abdeckte. Mehrmals pro Jahr überließ sie den Garten allerdings Eves fähigen Händen und verschwand für ein paar Wochen mit ihren pensionierten Akademikerfreunden. Wir bekamen dann Fotos und Berichte von ihren spektakulären Abenteuern: Beschreibungen einer Donaukreuzfahrt mit Aufenthalten in Prag und Budapest oder eine Aufnahme von ihr mit unbewegter Miene vor dem Taj Mahal. Und nun also das. Grinsend stellte ich mir vor, wie sie in einem gelben Ganzkörperneoprenanzug ein Schlauchboot bestieg (sie war immer noch erstaunlich gelenkig für eine inzwischen Achtundachtzigjährige), um sich endlich die Pinguine anzusehen. Sie folgte ihrem Glück, egal, wohin es sie führte. Und diesmal hatte es sie anscheinend in die Antarktis gelenkt.

Das Glöckchen über der Tür bimmelte, und ich blickte hoch. Selbst nach all den Jahren machte mein Herz jedes Mal einen kleinen Satz, wenn ich ihn sah.

»Hallo, Traummann.«

»Tut mir leid, mein Flug hatte Verspätung.« Rory ließ seine Reisetasche fallen, zog mich an sich und gab mir einen dicken Kuss. Er war nur für ein paar Tage hergekommen, um mit mir die Eröffnung zu feiern. Ich würde erst nächste Woche nach Tampa zurückfliegen, zusammen mit den Mädchen. Ich genoss den Kuss, stellte dann aber erstaunt fest: »Du schmeckst nach … Ziegenkäse?«

»Oh ja, auf dem Weg hierher ist mir Eve über den Weg gelaufen. Ich soll dir das hier von ihr geben.« Er zog ein kleines Päckchen aus der Tasche.

»Oooh, Brie. Das ist neu.« Neugierig wickelte ich das Päckchen aus. Eve hatte ihr Ziegenimperium in den letzten Jahren ausgebaut und bot nun auch handgemachten Käse an. Die ersten Versuche waren eher planlos verlaufen, aber in letzter Zeit wurde sie immer besser. Ihr Feta mit Schnittlauch und schwarzem Pfeffer war einfach köstlich. »Sie meinte, sie schaut kurz vorbei, wenn der Markt schließt.« Rory blickte sich prüfend um. »Das sieht übrigens alles großartig aus. Und wie geht es meiner liebsten Eis-am-Stiel-Magnatin?«

»Ihr tun die Füße weh.« Lachend trat ich einen Schritt zurück und legte eine Hand auf meinen Kugelbauch. Ich war im siebten Monat schwanger, und nach einem langen Tag hatte ich immer dick geschwollene Knöchel. Vielleicht war das beim dritten Kind einfach so.

»Und wie geht es Junior?« Rory bückte sich und drückte einen Kuss auf meinen Bauch. Wir hatten beschlossen, uns das Geschlecht nicht vorher sagen zu lassen. Es sollte eine Überraschung werden.

»Junior ist schuld daran, dass Mama so müde ist und sich gerne hinsetzen würde.«

»Dann setz dich, und zwar sofort. Ärztliche Anweisung.« Rory führte mich zu einem Stuhl neben der Eistruhe und zog noch einen zweiten heran, damit ich die Füße hochlegen konnte.

»Hast du mir ein Stück aufgehoben?«, fragte er hoffnungsvoll, während er den Stuhl unter meinen Beinen zurechtrückte.

Ich nickte. »Ganz hinten im Kühlschrank, gut versteckt hinter dem Tablett mit den Stiefmütterchen.«

Er verschwand in der Küche, wo sofort ein freudiges Quietschen ertönte. Ein paar Minuten später kam er mit einem Kuchenteller und einer Gabel zurück. Auf dem Teller lag ein großes, glänzendes Stück Zitronenbaiserkuchen, leuchtend gelb und fluffig weiß. Er setzte sich rittlings auf einen Stuhl und bohrte gierig die Gabel in den aufragenden Baiserhaufen. »Du weißt hoffentlich, dass ich schon die ganze Woche von diesem Kuchen träume?«, fragte er noch, bevor er sich einen großen Bissen davon in den Mund schob.

»Und von mir«, ergänzte ich stichelnd. »Von mir träumst du auch.«

Rory zog erstaunt eine Braue hoch. »Selbstverständlich träume ich von dir. Wie du mir diesen Kuchen bringst.«

Ich verdrehte die Augen, und er grinste mich mit vollen Backen an.

Jeden Samstag machte ich zwei Zitronenbaiserkuchen und spendierte sie den glücklichen Kunden, die als Erste in unsere Hauptfiliale in Tampa kamen. Doch das letzte Stück hob ich immer für Rory auf. Ich hatte das nun nicht mehr ganz so geheime Rezept meiner Mutter ein wenig abgewandelt und ein eigenes Element hinzugefügt – ein geschmolzenes Zitronenbonbon in der Füllung. Meiner

Meinung nach wirkte sich das nicht spürbar auf den Geschmack aus, aber Rory schwor, dass es der beste Kuchen sei, den er je gegessen habe. Das Zitronenbonbon sei das entscheidende bisschen Küchenmagie, behauptete er, aber ich wusste es besser. Es war keine Magie. Es war eine Offenbarung.

Deshalb stand ich also samstags früh auf, legte klassische Countrymusic auf und fing an, Teig auszurollen, während Rory und die Mädchen noch schliefen. Zum Teil tat ich das, weil es mir Spaß machte, zum Teil aber auch, um die Erinnerung aufrechtzuerhalten. Ich wollte keinesfalls vergessen, woher ich kam und was ich auf meinem Weg gelernt hatte. Ich benutzte Meyer-Zitronen und französische Butter. Ich rieb Zitronenzesten, rührte und dachte bei der Arbeit an meine Mom. Und in jeden Topf mit heißer, blubbernder Füllung gab ich ein Zitronenbonbon. Während ich dabei zusah, wie es in der Zitronen-Zucker-Mischung schmolz, hielt ich mir vor Augen, was ich nun mit Gewissheit wusste: Es brauchte keine Magie, um ein Leben zu verändern. Man musste nur konsequent seinem Glück folgen. Dann konnten die Umstände noch so finster sein, am Ende ging alles gut aus. Das war das Rezept für ein Leben voller Freude. Das war die wahre Magie dieses Zitronenbaiserkuchens.

»Wir sollten die Mädchen einfangen und ihnen etwas zum Abendessen besorgen«, stellte ich fest und beugte mich ächzend vor.

»Ja, gleich, aber vorher …« Rory leckte seine Gabel ab, sprang auf und ging zu der alten Jukebox hinüber, die noch immer neben der Tür stand. Dad hatte sie in seiner Garage eingelagert, als wir die Eatery verkauft hatten, und wir hatten sie nach dem Rückkauf wieder ausgegraben und hier aufgestellt. Rory fischte eine Münze aus dem bereitstehenden Schälchen, warf sie ein und drückte einen der Knöpfe. Noch bevor die ersten Töne erklangen, wusste ich, was er ausgesucht hatte. F4. *I Will Always Love You*. Und schon erfüllte Dolly Partons unverwechselbare Stimme den Raum. Ich werde dich immer lieben, sang sie. Lächelnd schloss ich die Augen und fühlte mich um etliche Jahre zurückversetzt – derselbe Ort, dasselbe Lied, aber nun in einem brandneuen Kapitel unseres Lebens.

Rory kam zu mir herüber und streckte einladend die Hand aus. Ich stemmte mich hoch, er schlang einen Arm um meine Taille und zog mich so weit zu sich heran, wie das momentan noch möglich war. Es fühlte sich komisch an, als würden wir einen Basketball oder einen mit Wasser gefüllten Ballon zwischen uns balancieren. Ich musste lachen. In der Küche redeten die Mädchen fröhlich auf meinen Dad ein. Als ich aus dem Augenwinkel das Banner mit der Aufschrift LOLLY'S POPS NEUERÖFFNUNG draußen vor dem Fenster sah, wurde mir bewusst, welch ein merkwürdiger und wundervoller Weg uns zu diesem Moment geführt hatte.

Wie durch ein Wunder hatte sich alles so gefügt, wie es immer hatte sein sollen. Durch Herzschmerz und Trauer, durch Opfer und Plackerei, durch verlorene und wiedererlangte Hoffnung hatte ich nach und nach gelernt, ehrlich zu sein. Aufmerksam. Nach Freude zu streben. Und durch Höhen und Tiefen, Tränen und bittersüße Lektionen war mein Zitronenleben langsam, aber sicher in das hier verwandelt worden – die wundervollste, perfekt unperfekteste zweite Chance, die ich mir hätte vorstellen können.

»Bist du glücklich?«, fragte Rory leise, während er mich vorsichtig von sich wegschob und mich dann in einer langsamen Drehung zurückholte.

»Nicht nur glücklich, sondern vollkommen im Glück«, antwortete ich und beugte mich so weit vor, dass ich den Kopf an seine Schulter lehnen konnte. Denn genau dort gehörte er hin.

Lollys Zitronenbonbonkuchen

Lollys Zitronenbonbonkuchen ist cremig, überraschend reichhaltig und einfach nur köstlich mit seiner säuerlichen Süße! Eine erfrischende Variante des Zitronenbaiserkuchens, die jeden einzelnen Tag ein bisschen strahlender macht.

Boden
1 Tortenboden (fertig gekauft oder
selbst gemacht, nach Belieben)

Füllung
2 Meyer-Zitronen (für ein kräftiges Zitronenaroma
möglichst große nehmen)
2 Eier
4 Eigelb
7 EL Kristallzucker
7 EL Butter (falls ungesalzen, ⅛ TL Salz zugeben)
1 Zitronenbonbon

Baisercreme
4 Eiweiß
½ TL Weinsteinpulver
⅓ Tasse Kristallzucker
eine Prise Salz

Den Boden vorbereiten

Den Teig für den Boden 15 bis 20 Minuten bei 190° C blind backen bzw. bei Fertigteig den Anweisungen auf der Packung folgen. Vor dem Backen den Boden mit einer Gabel mehrmals einstechen. Werden Bohnen oder Kuchengewichte verwendet, um Blasenbildung zu verhindern, sollten diese nach der Hälfte der Vorbackzeit entfernt werden, damit der Boden ein wenig Hitze abbekommt. Anschließend den vorgebackenen Teig beiseitestellen und den Ofen auf 175° C herunterdrehen.

Zubereitung der Füllung

1. Die Schale der beiden Zitronen abreiben, anschließend die Zitronen auspressen. Zesten und Saft in eine Schüssel geben und gut verrühren.
2. In einem großen Topf Eier, Eigelb und Zucker miteinander verquirlen, bis sie gut vermengt sind. Zitronensaft und Butter hinzufügen. Nun das Zitronenbonbon dazugeben.
3. Die Mischung unter ständigem Rühren bei mittlerer Hitze zum Kochen bringen, dann weiter köcheln lassen, bis sie so weit eingedickt ist, dass sie am Kochlöffel haften bleibt. Sie sollte eine puddingähnliche Konsistenz haben. Topf vom Herd nehmen und 5 bis 10 Minuten abkühlen lassen. Anschließend ein paar Mal durchrühren, bis die Masse wieder cremig ist.
4. Nun die Füllung auf den vorbereiteten Boden geben, bei 175° C 12 bis 15 Minuten backen. Aus dem Ofen nehmen und die Temperatur wieder auf 190° C stellen.
5. Während die Füllung backt, die Baisercreme anrühren. In einer sauberen, fettfreien Schüssel Eiweiß und Weinsteinpulver 3 bis 5 Minuten steif schlagen, bis sich klei-

ne Spitzen bilden. Unbedingt darauf achten, dass in dem Eiweiß keinerlei Eigelb-Reste verblieben sind, es muss vollkommen klar sein. Dann Zucker und Salz hinzufügen und etwa 2 Minuten steif schlagen, bis sich glänzende Spitzen bilden. Nun die Baisercreme gleichmäßig auf der gebackenen Füllung verteilen. Dabei darauf achten, dass die Creme ringsum lückenlos mit dem Teigrand abschließt, um zu verhindern, dass das Baiser »weint«.

6. Den Kuchen ungefähr 10 Minuten bei 190° C backen, bis das Baiser leicht gebräunt ist.
7. Den fertigen Kuchen aus dem Ofen nehmen und bei Raumtemperatur 1 bis 2 Stunden abkühlen lassen. Nun könnt ihr Lollys Zitronenbonbonkuchen genießen!

Danksagung

Ein Buch entspringt den Bemühungen vieler wundervoller und talentierter Menschen, und diese Geschichte ist durch sie um so vieles besser und stärker geworden. Mein großer Dank geht deshalb an:

Meine überragende Agentin Kevan Lyon für ihre perfekte Mischung aus Erfahrung, Detailverliebtheit, Einsicht, Gelassenheit und Mitgefühl.

Meine wundervolle Lektorin bei Berkley, Kate Seaver, die nicht nur unglaublich konstruktiv ist, sondern auch genau weiß, wie man eine Geschichte zum Strahlen bringt. Durch ihren scharfen Blick ist Lollys und Rorys Geschichte noch kraftvoller und runder geworden. Tausend Dank dafür!

Das spitzenmäßige Lektoratsteam bei Berkley. Dank ihrer erstklassigen Arbeit wurde *Dreimal du und ich* schließlich in die Welt hinausgeschickt. Welch ein Glück, sie auf meiner Seite zu haben!

Meine Testleserinnen Sarah Smith und Sarah Wolfe für ihre seltene Kombination aus rückhaltloser Unterstützung und absoluter Ehrlichkeit. Sie sind so aufmerksame Leserinnen, dass ich jedes Mal auf glühenden Kohlen sitze, bis ich weiß, was sie von den Geschichten halten, die ich ihnen schicke.

Mallory MacDonald von Maxwell Creative, die absolute Göttin des Wiedererkennungswerts. Sie hat genau erkannt, was mich ausmacht, und hat diese Kennzeichen hervorragend in Szene gesetzt.

Rachel McMillan, weitsichtige Autorin, Agentin und eifrige Leserin, die mich dazu ermutigt hat, mir für mein nächstes Buch »etwas Spannendes auszudenken«. Schon am nächsten Tag im Flugzeug hielt ich dann auf einer Serviette fest, was zur zentralen Frage des vorliegenden Buches werden sollte: »Was passiert, wenn eine Frau die Chance bekommt, die drei Entscheidungen zu korrigieren, die sie in ihrem Leben am stärksten bereut?«

Die grandiose Maggie Ritchie, die mit mir in meiner Küche an dem Rezept für den Zitronenbonbonkuchen gefeilt hat. Es war ein Riesenspaß, und das Ergebnis ist einfach nur köstlich!

Dr. Marisa Smith für die Informationen über das Medizinstudium und ihre Leistungen als unsere Familienärztin. Sämtliche medizinischen Fehler im Text gehen ganz allein auf mein Konto.

Die wundervollen Autorinnen und Autoren von Tea & Empathy für ihre Unterstützung, ihren Rat und ihr Mitgefühl. Es ist toll, wie ihr einander unter die Arme greift! Jeder Schriftsteller und jede Schriftstellerin sollten das Glück haben, sich auf einen so liebevollen und großzügigen Zirkel stützen zu können.

Meine genialen *10-Minute-Book-Talk*-Bestsellerautorenfreundinnen Marie Bostwick und Katherine Reay. Es ist einfach herrlich, jede Woche für zehn viel zu kurze und wundervolle Minuten unsere Liebe zu Büchern mit den Leserinnen und Lesern teilen zu können.

Die Autorin Susan Meissner, weil sie eine stets gelassene Quelle der Weisheit und vor allem einfach ein toller Mensch ist.

Die Autorin Melissa Ferguson für ihre Unterstützung und ihre ermutigende Resonanz. Wann immer ich in einer Krise stecke, holt sie mich mit ihren Worten wieder heraus.

Die unabhängigen Buchhandlungen in den Vereinigten Staaten, die ihre Liebe zu Büchern mit den Lesern teilen und uns Autoren dabei helfen, auch weiterhin Geschichten zu schreiben. Ein ganz besonders großes Dankeschön geht hier an die Watermark Book Company in Anacortes, Washington, und in Seattle, außerdem an Island Books auf Mercer Island, an den Magnolia's Bookstore in Magnolia (ja, genau den aus der Geschichte – es gibt ihn wirklich, und er ist wundervoll!) und an die Queen Anne Book Company. Ihre Liebe zum Buch und ihre tatkräftige Unterstützung der Autorinnen und Autoren bedeuten mir und so vielen anderen eine Menge.

Kristy Barrett für den Rückhalt, den sie Autoren durch ihre Arbeit mit *A Novel Bee* gibt. Danke, Kristy!

Meine süßen A und B. Euch gehört mein ganzes Herz. Ich liebe es, eure Mommy zu sein.

Meinen wundervollen Ehemann Yohanan für seine Unterstützung. Er bringt so viele Opfer, damit ich das tun kann, was ich liebe. Ich liebe dich, Big Bacon.

Außerdem möchte ich den Herstellern von Tillamook Ice Cream danken, deren Produkte mir eine wahnsinnig große Hilfe dabei waren, dieses Buch während der Lockdownzeiten 2020 fertigzustellen. Wie gut, dass wir in diesem Jahr sowieso alle nur Yogahosen getragen haben. Meine schlanke Linie dankt ihnen nicht unbedingt, aber meine geistige Gesundheit dafür umso mehr.